GOLDMANN

Buch

Gärten der Nacht ist die Vorgeschichte zu der berühmten Tetralogie *Das Erbe von Foxworth Hall.*

Haß, Eifersucht und Habgier zerstören die Ehe von Olivia und Malcolm Foxworth, die von Anbeginn eine Farce war. Malcolm, der Erbe von Foxworth Hall, hat es nie verschmerzt, daß seine angebetete, schöne Mutter ihn verlassen hat, als er noch ein kleines Kind war. In Alicia, der zweiten, blutjungen Frau seines Vaters Garland, sieht er ihr Ebenbild.

Alicia bringt zwei Kinder zur Welt – Christopher, den Sohn Garlands, und Corinna, die Tochter Malcolms. Danach verschwindet sie aus dem Leben ihrer Kinder, die nicht wissen, daß sie Halbgeschwister sind.

Ein verhängnisvolles, grausames Schicksal nimmt seinen Lauf...

Autorin

V. C. Andrews wuchs im amerikanischen Bundesstaat Virginia auf. Sie arbeitete jahrelang als Modezeichnerin und Grafikerin und errang mit der Familiensaga »Das Erbe von Foxworth Hall« einen außerordentlichen Erfolg. Sie starb im Jahre 1987.

Von V. C. Andrews ist außerdem bei Goldmann erschienen:

Das Erbe von Foxworth Hall:
Blumen der Nacht. Roman (6617)
Wie Blüten im Wind. Roman (6618)
Dornen des Glücks. Roman (6619)
Schatten der Vergangenheit. Roman (8841)

Die Casteel-Saga:
Dunkle Wasser. Roman (8655)
Schwarzer Engel. Roman (8964)

Das Netz im Dunkel. Roman (6764)

V.C. Andrews

GÄRTEN DER NACHT

Das Erbe von Foxworth Hall

Roman

GOLDMANN VERLAG

Aus dem Amerikanischen von Kollektiv Druck-Reif
Titel der Originalausgabe: Garden of Shadows
Originalverlag: Pocket Books, New York

Deutsche Erstveröffentlichung

Der Goldmann Verlag
ist ein Unternehmen der Verlagsgruppe Bertelsmann

Made in Germany · 3/90 · 4. Auflage

Umschlaggestaltung: Design Team München
Foto: Hubertus Mall, Stuttgart
Satz: IBV Satz- und Datentechnik GmbH, Berlin
Druck: Elsnerdruck, Berlin
Verlagsnummer: 9163
Redaktion: Kollektiv Druck-Reif/UK
Herstellung: Sebastian Strohmaier/Voi
ISBN 3-442-09163-2

PROLOG

Addendum zum Letzten Willen
und Testament der Olivia Winfield Foxworth
(zu öffnen 20 Jahre nach meinem Ableben).

Ich bin gezwungen worden, diesen Bericht zu hinterlassen. Hätten andere sich nicht dazu entschlossen, meine Geschichte in ihrem Sinne zu erzählen, dann hätte ich die Geheimnisse der Foxworths mit ins Grab genommen. Vielfältig sind die Formen der Grausamkeit – Unwissenheit ist eine davon. Aus Unwissenheit hat man über mich gerichtet. Jetzt bin ich in Sein Reich eingekehrt, in das Reich des Richters, dessen Urteil wirklich zählt. In Seinen Händen ruht mein Seelenheil. Diejenigen von euch, die noch auf Erden weilen, können hier die wahre Geschichte erfahren. Und wer die Wahrheit kennt, der mag sich erkühnen, über mich Gericht zu halten.

Olivia Winfield Foxworth

ERSTER TEIL

1. KAPITEL

Die erste Knospe des Frühlings

Als ich noch ein kleines Mädchen war, kaufte mir mein Vater ein kostbares, handgearbeitetes Puppenhaus. Es war eine kleine Zauberwelt mit wunderschönen, winzigen Puppen aus Porzellan und Möbeln; ja sogar Gemälde, Kronleuchter und Teppiche waren maßstabsgetreu angefertigt. Aber ein Glaskasten war über das Haus gestülpt, und ich durfte nie die Puppenfamilie in die Hand nehmen. Um Schmutzflecken zu vermeiden, war es mir nicht einmal erlaubt, den Glaskasten zu berühren.

Ich stellte es auf einen Eichentisch unter das bunte Fenster meines Schlafzimmers. Durch die gefärbten Scheiben breitete die Sonne immer ein sanft leuchtendes, regenbogenfarbenes Himmelszelt über das winzige Universum und tauchte die Gesichter der kleinen Familie in ein Licht der Glückseligkeit. Sogar die Küchengehilfen, der Butler in der weißen Livree neben der Eingangstür und das Kindermädchen im Kinderzimmer strahlten Zufriedenheit aus.

Es war genauso, wie es sein sollte, wie es immer sein sollte – und wie es – so hoffte und betete ich – auch eines Tages für mich sein würde. Kein Schatten verdüsterte diese kleine Welt; selbst an bedeckten Tagen, wenn draußen Wolken alles verfinsterten, verwandelten auf zauberhafte Weise die bunten Scheiben das graue Licht in Regenbogen.

Die wirkliche Welt, meine eigene Welt, schien immer grau zu sein, ganz ohne Regenbogen. Grau für meine Augen – wie oft hatte man mir gesagt, sie seien zu hart –, grau für meine Hoffnungen, grau für die *Old Maid,* die im Kartenspiel niemand haben will. Mit 24 war ich bereits so eine *Old Maid,* eine alte Jungfer. Es war, als hätte ich in Frage kommende junge Männer durch meine Größe und Intelligenz abgeschreckt. Es war, als wäre die Regenbogen-Welt aus Liebe, Ehe und Kindern mir ebenso verschlossen wie das Puppenhaus, das ich so sehr liebte. Ich kam deshalb zu der Überzeugung, daß ich all meine Hoffnung fallen lassen mußte.

Ich stellte mir vor, daß ich ebenso hübsch, offenherzig und charmant wäre wie die anderen jungen Frauen, die ich kannte, mit denen ich aber nie befreundet war. Ich führte ein einsames Leben, das hauptsächlich von Büchern und Träumen ausgefüllt wurde. Und ich klammerte mich, obwohl ich nie darüber sprach, an die winzige Hoffnung, die meine geliebte Mutter, bevor sie starb, mir hinterließ:

»Das Leben ähnelt einem Garten, Olivia. Und die Menschen gleichen winzigen Saatkörnern, die durch Liebe, Freundschaft und Behutsamkeit aufkeimen. Und wenn sie ausreichend geliebt und behütet werden, dann stehen sie in der Blüte prachtvoller Blumen. Und manchmal erblühen unerwartet selbst alte, in einen Hinterhof verbannte Pflanzen, wenn sie Samen tragen. Gerade diese sind die wertvollsten, liebenswertesten Blüten von allen. Zu dieser Art von Blumen wirst du gehören, Olivia. Es mag dauern, aber die Zeit deiner Blüte wird kommen.«

Oh, wie ich meine optimistische Mutter vermißte. 16 Jahre war ich alt, als sie starb – es war genau jene Zeit, in der ich sie so dringend gebraucht hätte, in der ich in diesen Frau-zu-Frau-Gesprächen mit ihr erfahren hätte, wie das Herz eines Mannes zu erobern war. Ich wünschte mir, so wie sie zu sein: anerkannt, tüchtig, dennoch in jeglicher Hinsicht eine Frau. Meine Mutter war immer beschäftigt, und sie hatte alle Dinge im Griff. Sie bewältigte jede Krise, und wenn sie einmal nicht weiterkam, fand sie jedesmal einen Ausweg. Mein Vater schien zufrieden zu sein, daß sie beschäftigt war – mit was, das spielte dabei keine Rolle.

Er betonte oft, daß Frauen nicht untätig sein sollten – auch wenn sie nichts mit ernsthaften geschäftlichen Dingen zu schaffen hatten. Schließlich hätten sie ja ihre »weiblichen« Angelegenheiten zu regeln.

Dennoch drängte er mich, die Handelsschule zu besuchen. Es hatte wohl seine Richtigkeit, daß ich sein Privatsekretär wurde. Sein Arbeitszimmer, in dem er mir einen Platz zuwies, war ein Männer-Raum; an einer Wand hingen Schußwaffen, an einer anderen Aufnahmen seiner Jagd- und Fischausflüge. Es war ein Raum, in dem sich der Geruch von Zigarrenrauch und Whiskey ein für allemal festgesetzt hatte, sein dunkelbrauner Teppich war der ausgetretenste des ganzen Hauses. Er räumte für mich einen Teil seines riesigen Schreibtisches, damit ich peinlich genau über seine Abrechnungen, seine geschäftlichen Ausgaben, seine Lohnabrechnungen und sogar seine Haushaltsausgaben Buch führen konnte. Wenn ich mit meinem Vater arbeitete, hatte ich häufig den Eindruck, ich sei eher sein sehnlichst erwünschter Sohn als seine leibhaftige Tochter. Oh, ich wollte schon gefallen, aber offensichtlich fand an meinem Benehmen niemand Gefallen.

Er pflegte zu bemerken, daß ich einem Ehemann eine große Hilfe sein würde, und ich war überzeugt, daß er mir deshalb eine Geschäftsausbildung angedeihen und mich diese Erfahrung machen ließ. Wenn er es auch nicht so ausdrücklich und direkt sagte, ich konnte es doch aus seinen Untertönen heraushören – eine Frau, die einsachtzig groß ist, braucht noch mehr, um die Liebe eines Mannes erobern zu können.

Sicher, ich bin einsachtzig groß; als junges Mädchen schoß ich sehr zu meinem Entsetzen in die Höhe. Ich war die Bohnenstange, die Riesin. An mir war nichts Zierliches oder Zerbrechliches.

Ich hatte zwar das kastanienbraune Haar meiner Mutter, aber meine Schultern waren zu breit, mein Busen zu groß. Oft stand ich vor dem Spiegel und wünschte mir kürzere Arme. Meine grauen Augen waren zu groß und zu katzenhaft und meine Nase zu spitz. Meine Lippen waren schmal, mein Teint bleich und grau. Grau, alles grau. Oh, wie sehr wünschte ich mir, schön und heiter zu wirken. Aber immer wenn ich vor meinem vanillefarbenen Schminktisch saß, um Rouge aufzulegen und meine Wimpern zu tuschen – ich wollte mich hübsch machen –, schaffte ich es nur, wie ein Clown auszusehen. Ich wollte nicht so leer und stumpf wie eine Schaufensterpuppe wirken, aber ich konnte den Blick nicht von dem umglasten Puppenhaus wenden. Ich hatte das schöne, bleiche Porzellangesicht der winzigen Frau vor Augen. Wie sehr wünschte ich mir, daß es mein Gesicht wäre. Vielleicht hätte es dann auch meine Welt sein können.

Aber sie war es nicht.

Und deshalb legte ich all meine Hoffnung zu den Porzellanpuppen in den Glaskasten und ging meines Weges.

Wenn mein Vater tatsächlich erwartet hatte, daß ich durch meine theoretische und praktische Ausbildung im Geschäftsleben attraktiver auf Männer wirken würde, dann mußte er sicher enttäuscht sein. Feine Herren gaben sich bei uns die Klinke in die Hand, und sie wurden, wie ich herausfand, allesamt von ihm dazu ermuntert; ich sollte umworben und geliebt werden. Ständig lebte ich in der Angst, daß es das Geld meines Vaters, das ich einmal erben sollte, war, was einen Mann zu mir führen würde. Mein Vater schien diese Befürchtung zu teilen, denn eines Tages eröffnete er mir: »Ich habe in meinem letzten Willen festgehalten, daß das ganze Geld, das du erben wirst, nur dir gehören soll, daß nur du darüber verfügen kannst. Kein Mann kann sich jemals erhoffen, über dein Vermögen zu bestimmen, nur weil er dich geheiratet hat.«

Nach dieser Eröffnung verschwand er wieder, bevor ich noch etwas erwidern konnte. Dann suchte er für mich einige Heiratskandidaten aus, wobei er sorgfältig darauf achtete, mir nur Herren der vornehmsten Gesellschaft, Männer, die selber über genügend Vermögen verfügten, vorzustellen. Darunter war schon der eine oder andere, den ich nicht um Haupteslänge überragte – aber es schien trotzdem, als müßte ich als alte Jungfer sterben.

Mein Vater jedoch wollte dies nicht zulassen.

»Ein junger Mann wird heute abend zum Dinner kommen«, verkündete er an einem Freitagmorgen gegen Ende April, »er ist einer der beeindruckendsten Männer, die ich kenne. Ich möchte, daß du das blaue Kleid trägst, das du dir zu Ostern hast machen lassen.«

»Ach, Vater!« wollte ich einwenden, doch er kam mir zuvor.

»Widersprich mir nicht und fang um Himmels willen nicht mit der Bewegung für das Frauenstimmrecht an, wenn wir zu Tisch sitzen.«

Meine Augen funkelten. Er wußte genau, wie sehr ich es haßte, wie eins seiner Pferde in Zaum gelegt zu werden.

»Ein Mann zeigt kaum noch Interesse an dir, wenn du dich gegen das bewährteste männliche Privileg wendest. Es wird immer erhalten bleiben. Das blaue Kleid«, wiederholte er, machte kehrt und verschwand, bevor ich noch irgend etwas sagen konnte.

Die ganze Prozedur vor meinem Schminktisch erschien mir als die reinste Zeitverschwendung. Energisch wusch ich mir die Haare, setzte mich dann, um sie immer wieder zu bürsten, bis sie sich weich anfühlten. Dann steckte ich sie mit den Spangen aus Elfenbein, einem Weihnachtsgeschenk meines Vater, ordentlich, aber nicht zu streng nach hinten.

Mein Vater wußte nicht, daß ich das »blaue Kleid« in Auftrag gegeben hatte, weil ich ein Kleid haben wollte, das denen ähnelte, die Frauen auf den Modefotografien trugen. Das Mieder saß tief genug, um ein wenig meinen üppigen Busen hervorzuheben, und die eng geschnürte Taille verlieh meiner Figur einen Hauch von Zierlichkeit. Das Kleid war ganz aus Seide und von ausgesucht feinem Gewebe – ich besaß nichts Vergleichbares. Die Ärmel reichten bis knapp über die Ellbogen. Das würde meine Arme kürzer aussehen lassen, dachte ich.

Ich legte das Collier meiner Mutter mit den blauen Saphiren an, weil ich glaubte, daß es meinen Hals schlanker erscheinen ließ. Eine leichte Röte lag auf meinen Wangen, aber ich konnte nicht sagen, ob sie auf mein gesundes Aussehen oder auf meine Nervosität zurückzuführen war. Ich war so aufgeregt. Ich hatte es oft genug erlebt – die Enttäuschung, die sich im Gesicht des Mannes abzeichnete, wenn er sich erhob, um mich zu begrüßen und er merkte, daß ich ihn an Größe überragte.

Ich bereitete mich auf einen weiteren Mißerfolg vor.

Als es Zeit war, ging ich hinunter; der Gast meines Vaters war eingetroffen. Sie saßen zusammen im Arbeitszimmer. Ich hörte das laute Lachen meines Vaters, dann vernahm ich die Stimme des Gentleman; sie klang gedämpft, jedoch volltönend, wie die Stimme eines sehr selbstbewußten Mannes. Ich preßte meine Handflächen an die Hüften, um den Schweiß abzuwischen, dann schritt ich auf die Tür zum Arbeitszimmer zu.

In dem Augenblick, als ich erschien, stand Malcolm Neal Foxworth auf, und mein Herz stand einen Moment lang still. Er war mindestens einsfünfundachtzig groß und bei weitem der stattlichste junge Mann, der jemals seinen Fuß über die Schwelle unseres Hauses gesetzt hatte.

»Malcolm«, sagte mein Vater, »ich bin stolz, Ihnen meine geliebte Tochter vorstellen zu dürfen.«

Er ergriff meine Hand und sagte: »Ich bin entzückt, Miss Winfield.«

Ich sah direkt in seine himmelblauen Augen, und er blickte geradewegs in meine. Ich hatte nie an die schwärmerischen Schulmädchenvorstellungen von der Liebe auf den ersten Blick geglaubt; jetzt aber spürte ich, wie sein Blick langsam über mein Herz strich, ehe er sich in meine Magengrube versenkte.

Er hatte flachsblondes Haar, das er im Nacken etwas länger trug als die meisten anderen Männer, dennoch waren seine Strähnen ordentlich gekämmt und glänzten herrlich. Er hatte eine strenge Römernase und einen dünnlippigen, geraden Mund. Breitschultrig und schmalhüftig, wie er war, hatte er das Aussehen eines Athleten. Und so, wie er mich anblickte, mit einem nahezu schiefen Lächeln der Belustigung, wußte ich sehr wohl, daß er an Frauen, die ihn anhimmelten, durchaus gewöhnt war. Also, dachte ich mir, gebe ich ihm erst gar nicht die Gelegenheit, sich über Olivia Winfield lustig zu machen. Natürlich würde ein Mann wie er wohl kaum seine Zeit mit mir vergeuden wollen, und ich mußte wohl einen weiteren Abend der zum Scheitern verurteilten Heiratsvermittlung meines Vaters über mich ergehen lassen. Ich schüttelte ihm fest die Hand, lächelte zurück und schaute schnell weg.

Mein Vater erklärte, daß Malcolm direkt von Yale gekommen sei, wo er einem Klassentreffen beigewohnt hatte. Er wolle in der Schiffsbauindustrie investieren, weil er überzeugt sei, daß nach Beendigung des Weltkriegs die Exportmärkte expandieren würden. Ich erfuhr in jener Nacht, daß er bereits eine Anzahl von Tuchfabriken, die Mehrheitsanteile von einigen Banken sowie ein paar Sägemühlen in Virginia besaß. Er betrieb diese Geschäfte gemeinsam mit seinem Vater, aber dieser sei äußerst zerstreut, obwohl er erst 55 Jahre alt sei. Damals wußte ich noch nicht, was damit gemeint war.

Während des Dinners spielte ich, gemäß dem Wunsch meines Vaters, die Rolle des höflichen, schweigsamen Zuschauers, so wie es meine Mutter zu tun pflegte. Margaret und Philip, unsere Diener, servierten ein geschmackvolles Dinner mit einem Menü, das mein Vater höchstpersönlich ausgewählt hatte. Dies tat er nur zu ganz besonderen Anlässen. Ich empfand meinen Vater als ziemlich aufdringlich, als er bemerkte: »Olivia, müssen Sie wissen, hat einen College-Abschluß. Sie hat ein Handels-Diplom und erledigt den Großteil meiner Buchführung.«

»Wirklich?« Malcolm schien zutiefst beeindruckt. Seine himmelblauen Augen leuchteten vor Interesse, und ich fühlte, wie er mich ein zweites Mal musterte, diesmal ernsthafter. »Gefällt Ihnen die Arbeit, Miss Winfield?«

Ich warf einen flüchtigen Blick auf meinen Vater, der in seinem hochlehnigen Ahornsessel saß und nickte, als wollte er mir die Antwort soufflieren. Ich wollte so gern diesem Malcolm Foxworth gefallen, aber ich gab mich als diejenige, die ich wirklich war.

»Es ist besser, seine Zeit mit vernünftigen und produktiven Angelegenheiten zu verbringen«, sagte ich. »Das gilt auch für eine Frau.«

Das Lächeln meines Vaters verblich, während Malcolm strahlte. »Ich bin vollkommen Ihrer Meinung«, stimmte er zu. »Ich finde die meisten der sogenannten hübschen Frauen langweilig und ziemlich dumm. Es ist, als reichte ihnen ihr gutes Aussehen, um das Leben kennenzulernen. Ich bevorzuge intelligente Frauen, die selbstverantwortlich denken und ihren Männern eine wirkliche Stütze sein können.«

Mein Vater räusperte sich. »Ja, ja«, warf er ein und lenkte die Konversation wieder auf die Schiffsindustrie. Er wußte es aus sicherer Quelle, daß die zu Kriegszwecken errichtete Seehandelsflotte bald privaten Reedern angeboten werden sollte. Sein Thema nahm Malcolms Aufmerksamkeit die längste Zeit während des Dinners in Beschlag, aber dennoch spürte ich, daß seine Augen auf mich gerichtet waren, und ab und an, wenn ich ihn ansah, lächelte er mir zu.

Nie zuvor war ich von einem der Gäste meines Vaters so hingerissen gewesen. Nie zuvor fühlte ich mich bei Tisch so akzeptiert. Malcolm war zu meinem Vater höflich, aber ich war überzeugt, daß er lieber mit mir gesprochen hätte.

Mit mir!

Sollte sich der stattlichste Mann, der je unser Haus betreten hatte, für mich interessieren? Aber er konnte doch hundert hübsche Mädchen haben, die ihn bis in alle Ewigkeit anhimmeln würden. Warum sollte er ausgerechnet an einem Mauerblümchen wie mir Gefallen finden? Aber ach, wie sehr wünschte ich mir, daß ich mir das alles nicht bloß einbildete: all diese Seitenblicke, all jene Augenblicke, als er mich bat, ihm Dinge, die er ohne weiteres selbst erreichen konnte, zu geben; seine Art, mich in die Konversation einzubeziehen. Vielleicht war es mir nur für einige wenige Stunden vergönnt, die zarte Knospe meiner Hoffnung zur Blüte treiben zu sehen. Nur für heute nacht! Morgen konnte sich alles wieder in Grau verwandeln.

Nach dem Dinner begaben sich Malcolm und mein Vater ins Arbeitszimmer, um Zigarren zu rauchen und weiter über die Investitionen zu sprechen, die Malcolm zu tätigen beabsichtigte. Mit ihnen verschwanden meine Hoffnungen – so flüchtig erblüht, so rasch verwelkt. Natürlich war Malcolm nicht an mir interessiert – er war an Geschäften mit meinem Vater interessiert. Sie würden für den Rest des Abends da drinbleiben. Ich hätte mich genausogut auf mein Zimmer zurückziehen können, um einen neuen Roman, der in aller Munde war, zu lesen. Aber stattdessen entschloß ich mich, das Buch ins Wohnzimmer herunterzuholen und es im Schein der Tiffany-Lampe zu lesen, in der Erwartung, Malcolm noch einmal zu sehen und ihm auf Wiedersehen zu sagen.

In unserer Straße war es damals an den Abenden sehr ruhig, dennoch erblickte ich ein Liebespaar, das Arm in Arm spazierenging. Genauso würden der Ehemann und seine Frau in meiner umglasten Puppenwelt gehen, wenn sie ihrer Gefangenschaft entfliehen könnten, überlegte ich mir. Ich blickte ihnen hinterher, bis sie um die Ecke verschwanden. Wie sehr wünschte ich mir, eines Tages mit so einem Mann, einem Mann wie Malcolm, spazierenzugehen. Aber Gott schien gegenüber meinen Hoffnungen, meinen Gebeten um Liebe taub zu sein. Ich seufzte tief. Als ich mich wieder meinem Buch widmete, sah ich ein, daß alles, was ich über Liebe und Leben erfahren würde, wohl aus Büchern kommen würde.

Dann erspähte ich in der Eingangstür Malcolm. Ja natürlich, er hatte mich beobachtet! Er stand da mit zurückgezogenen Schultern und erhobenem Haupt, ganz aufrecht und regungslos. Der Blick in seinen Augen hatte etwas Berechnendes, als würde er sich heimlich ein Bild von mir machen wollen, aber ich wußte nicht, was ich davon halten sollte.

»Oh!« Meine Überraschung ließ mich erröten. Mein Herz begann so laut zu schlagen, daß ich fürchtete, er könne es quer durch das Zimmer hören.

»Es ist ein herrlicher Abend«, sagte er. »Haben Sie Lust auf einen Spaziergang?«

Einen Moment lang starrte ich ihn nur an. Er wollte mit mir spazierengehen!

»Ja«, antwortete ich. Ich sah, daß ihm die Art, wie ich schnelle Entscheidungen traf, gefiel. Ich versuchte nicht zu flirten oder mich launenhaft zu benehmen, um ihn mit meiner Antwort hinzuhalten. Ich wollte spazierengehen, und ich wollte mit *ihm* spazierengehen. Wenn ich eine Hoffnung hatte, daß sein Interesse für mich zunehmen würde, und es hatte ganz den Anschein danach, dann mußte ich die bleiben, die ich war. »Ich hole nur schnell meinen Mantel.« Ich war froh, einen Grund zu haben, um wieder zu Atem zu kommen.

Malcolm wartete an der Eingangstür, als ich zurückkehrte. Philip hatte ihm seinen Mantel gereicht und wartete neben ihm, um uns die Tür zu öffnen. Ich fragte mich, wo mein Vater abgeblieben war und ob er dies eingefädelt hatte. Aber obwohl ich Malcolm nur sehr kurz kannte, konnte ich mir nicht vorstellen, daß er ein Mann war, der irgend etwas nicht aus eigenem Willen tat. Als Philip uns die Eingangstür aufhielt, erhaschte ich in seinen Augen einen Ausdruck der Zufriedenheit. Dieser Gentleman fand bei ihm Anklang.

Malcolm nahm meinen Arm und geleitete mich die sechs Eingangsstufen hinunter. Schweigsam setzten wir unseren Weg fort, bis wir die Pforte erreichten. Malcolm öffnete sie und trat zurück, um mir den Vortritt zu lassen. Es war ein kühler Aprilabend, ein Hauch von Frühling lag in der Luft. Die Bäume neben dem Tor streckten immer noch kahle, graue Äste in den Himmel, aber ihre Zweige wurden bereits durch Hunderte von winzigen Knospen sanft zum Leben erweckt. Dennoch, der winterliche Frost erfüllte noch die Luft, war noch in mir. Einen selbstvergessenen Augenblick lang hatte ich den Wunsch, mich an Malcolm zu drücken und mich in seinen Armen geborgen zu fühlen – was ich mich bei einem Mann sicherlich niemals getraut hätte, nicht einmal bei meinem Vater. Entschlossenen Schrittes ging ich weiter und deutete auf den Fluß.

»Wenn wir bis zum Ende der Straße und dann rechts gehen«, schlug ich vor, »haben wir eine herrliche Aussicht auf den Thames River.«

»In Ordnung«, sagte er.

Es war schon immer ein Traum von mir, an einem Frühlingsabend mit einem Mann, der sich in mich verliebt hatte, am Ufer des Flusses entlangzuspazieren. Ich war völlig aufgewühlt – so viele Hoffnungen, Ängste und Gefühle erfüllten mich. Mir wurde schwindelig. Aber ich mußte meine Gemütsbewegung vor Malcolm verbergen, deshalb ließ ich mir nichts anmerken und schritt erhobenen Hauptes neben ihn her. Die Lichter der Schiffe schaukelten auf und nieder. In einer stockfinsteren Nacht wie dieser wirkten die Lichter draußen auf dem Fluß wie Leuchtkäfer, die sich in Spinnennetzen verfangen hatten.

»Wirklich, eine herrliche Aussicht«, bestätigte er.

»Ja.«

»Wie kommt es eigentlich«, fragte er, »daß Ihr Vater Sie bis heute nicht verheiratet hat? Ich will angesichts Ihrer Klugheit nicht unverschämt sein und Ihnen sagen, daß Sie hübsch sind; aber Sie sind attraktiv, und es ist ganz offensichtlich, daß Sie außergewöhnlich geistreich sind. Nun, wie kommt es, daß bislang kein Mann Sie erobern konnte?«

»Wie kommt es, daß Sie keine Frau haben?« antwortete ich.

Er lachte: »Beantworte eine Frage mit einer Frage. In Ordnung, Miss Winfield«, fuhr er fort, »falls es Sie interessiert, ich finde die meisten modernen Frauen mit ihren Verführungskünsten langweilig. Ein Mann, der dazu bestimmt ist, etwas Wesentliches für sich und seine Familie zu schaffen, muß diesen Typ von Frau meiden.«

»Und das sind die einzigen Frauen, die Sie kennengelernt haben?« fragte ich. Ich konnte es natürlich nicht genau sehen, aber ich hatte das Gefühl, er errötete. »Nach anderen haben Sie nicht gesucht?«

»Nein. Meine Geschäfte ließen mir dazu keine Zeit.«

Wir schwiegen, und er schaute in die Ferne, zu den Schiffen hinüber.

»Wenn die Bemerkung auch etwas frühzeitig sein dürfte«, fuhr er fort, »so spüre ich doch, daß Sie und ich einige Gemeinsamkeiten haben. Aus dem, was mir Ihr Vater über Sie erzählt hat und was ich selber beobachten kann, geht hervor, daß Sie ein sehr ernsthafter, praktisch denkender Mensch sind. Da Sie bereits die Bedeutung der Geschäftswelt kennengelernt haben, sind Sie heutzutage in diesem Land den meisten Frauen haushoch überlegen.«

»Das kommt daher, daß die meisten Männer sie gar nicht anders haben wollen«, warf ich rasch ein. Ich biß mir beinahe auf die Zunge. Ich wollte ihm eigentlich nicht widersprechen, aber es war so, als hätten sich die Worte ganz von selbst auf meinen Lippen geformt.

»Ich weiß es nicht. Vielleicht«, fügte er schnell hinzu. »Das Entscheidende ist, daß es der Wahrheit entspricht. Und Sie wissen«, fuhr er fort, indem er sanft meinen Arm ergriff und mich zum Weitergehen ermunterte, »daß wir noch weitere Gemeinsamkeiten haben. Beide haben wir unsere Mütter früh verloren. Ihr Vater klärte mich über das Ableben Ihrer Mutter auf«, beeilte er sich hinzuzufügen, »ich hoffe, daß Sie nicht den Eindruck haben, ich würde mich aufdrängen.«

»Keinesfalls. Sie haben Ihre Mutter in jungen Jahren verloren?«

»Im Alter von fünf Jahren.« Seine Stimme klang schwermütig und weit weg.

»Oh, wie schwer muß das für Sie gewesen sein.«

»Manchmal ist es so«, sagte er, »daß, je schwerer die Verhältnisse sind, wir um so reifer, oder sollte ich besser sagen, um so härter werden.« Tatsächlich klang seine Stimme in diesem Moment hart und so kalt, daß ich mich nicht traute, weitere Fragen zu stellen.

Wir setzten in jener Nacht unseren Spaziergang fort. Ich hörte ihm zu, wie er über seine verschiedenen geschäftlichen Unternehmungen sprach. Wir diskutierten über die bevorstehenden Präsidentschaftswahlen, und er war überrascht, wie gut ich über die um die Nominierung konkurrierenden Kandidaten der Republikaner und der Demokraten Bescheid wußte.

Ich bedauerte, daß wir so bald wieder unser Haus erreichten, aber dann dachte ich mir, daß ich nun wenigstens einmal mit einem stattlichen jungen Mann spazierengegangen war. Das war's dann auch gewesen, vermutete ich.

Aber an der Eingangstür fragte er mich, ob er mich wiedersehen dürfte.

»Ich habe das Gefühl«, sagte er, »daß ich heute abend nur über mich gesprochen habe. Das nächste Mal möchte ich mehr über Sie erfahren.«

Hatte ich richtig gehört? Ein Mann wollte *mich* reden hören, wollte *meine* Gedanken kennenlernen?

»Sie können mich morgen wiedersehen«, sagte ich. Ich hörte mich wahrscheinlich so aufgeregt wie ein Schulmädchen an. Er jedoch blieb vollkommen ernst.

»In Ordnung«, sagte er. »Es gibt in der Nähe, wo ich wohne, ein gutes Fisch-Restaurant. Vielleicht könnten wir dort zu Abend essen.«

Abendessen? Ein richtiges Rendezvous also. Natürlich sagte ich zu. Wie gern hätte ich gesehen, wie er zu seinem Auto ging und davonfuhr, aber das wäre zu auffällig gewesen. Als ich das Haus wieder betrat, stand mein Vater in der Tür zum Arbeitszimmer.

»Ein interessanter junger Mann«, bemerkte er. »Er ist so etwas wie ein Genie auf seinem Gebiet, würde ich sagen. Und er sieht auch gut aus, nicht wahr?«

»Ja, Vater«, sagte ich.

Er lachte in sich hinein.

»Er wird morgen auf Besuch kommen, und wir werden zum Essen ausgehen.«

Er lächelte über das ganze Gesicht. Ich sah, daß er sich wieder einmal Hoffnungen machte.

»Wirklich? Was ist denn passiert?«

»Ich weiß nicht, was ich dir sagen soll, Vater.«

Ich konnte nicht länger an mich halten. Ich mußte mich entschuldigen und nach oben gehen. Eine Zeitlang saß ich einfach in meinem Zimmer und betrachtete mich im Spiegel. Was hatte sich an mir verändert, daß ich eine solche Wirkung auf einen Mann ausübte?

Ich straffte meine Schultern. Weil sie so breit waren, neigte ich dazu, sie nach vorn zu beugen. Ich wußte, daß dies eine schlechte Haltung war; und Malcolm hatte eine so vortreffliche, selbstsichere Haltung. Er schien meine Unzulänglichkeiten und Schwächen gar nicht zu bemerken, und es war so erleichternd, nicht auf einen Mann hinabblicken zu müssen.

Er hatte mir sogar gesagt, daß ich attraktiv wäre, er hat mir damit zu verstehen gegeben, daß ich für Männer begehrenswert war. Vielleicht hatte ich mich selbst all die Jahre unterschätzt.

Natürlich versuchte ich jetzt, mich selbst zu warnen, mich auf den Boden der Tatsachen zurückzuversetzen. Ein Mann, der bei uns zum Dinner gewesen ist, hat dich zum Ausgehen eingeladen. Ja und, sagte dies denn etwas über romantische Absichten aus? Vielleicht fühlte er sich ja nur einsam in dieser Gegend.

Nein, überlegte ich, wir werden nur zusammen zu Abend essen und etwas Konversation betreiben, und dann wird er wieder gehen. Vielleicht würde ich irgendwann einmal zu irgendeinem besonderen Anlaß, etwa zu Weihnachten, von ihm eine Karte erhalten, auf der geschrieben stand: »In dankbarer Erinnerung an die interessanten Unterhaltungen. Schöne Feiertage wünscht Ihnen Malcolm Foxworth.«

Mein Herz schlug unruhig vor Angst. Meine Gedanken wanderten zu meinem umglasten Puppenhaus, wo ich meine Hoffnungen konserviert hatte. Dann legte ich mich schlafen und träumte von den Porzellanfiguren. Ich war eine von ihnen. Ich war die glückliche Ehefrau – und Malcolm war der stattliche Ehemann.

Ich zog mich für das Dinner an. Mit meiner Garderobe wollte ich es nicht übertreiben, aber jedes Kleidungsstück, das ich in Betracht zog, wirkte so unscheinbar. Es rächte sich, daß ich nie genügend Aufmerksamkeit auf meine Garderobe verwendet hatte. Schließlich entschloß ich mich für das Kleid, das ich im letzten Jahr anläßlich einer Hochzeitsfeier getragen hatte. Vielleicht würde es mir Glück bringen, überlegte ich.

Malcolm sagte, ich sähe reizend aus, aber ziemlich schnell begann sich unser Gespräch beim Dinner mehr geschäftlichen Dingen zuzuwenden. Er wollte alles über meine Arbeit für meinen Vater erfahren, und er drängte mich, sie ausführlich zu erläutern. Ich fürchtete, daß das Gespräch dadurch langweilig werden würde, aber er zeigte so viel Interesse, daß ich immer weiter erzählte. Er war sichtlich beeindruckt von meinem Wissen über die geschäftlichen Dinge meines Vaters.

»Erzählen Sie mir«, sagte er, als er mich nach Hause brachte, »was machen Sie in Ihren freien Stunden?« Endlich wurde das Gespräch persönlicher; endlich interessierte er sich wirklich für mich.

»Ich lese eine Menge. Ich höre Musik. Ich gehe spazieren. Mein Lieblingssport ist Reiten.«

»Oh, wirklich. Ich besitze einige Pferde, und Foxworth Hall, mein Besitz, ist ein Paradies für jeden Naturfreund.«

»Das klingt wunderbar«, bemerkte ich.

Er brachte mich zur Tür, und noch einmal dachte ich, dies wäre das Ende. Aber er überraschte mich.

»Sie wissen wahrscheinlich, daß ich Sie und Ihren Vater morgen zum Gottesdienst begleiten werde.«

»Nein«, antwortete ich. »Ich wußte es nicht.«

»Nun gut, ich freue mich darauf«, ergänzte er. »Ich habe Ihnen zu danken für einen äußerst amüsanten Abend.«

»Mir gefiel es auch«, sagte ich und wartete. War das jetzt der Augenblick, in dem der Mann die Frau küssen sollte? Wie sehr bedauerte ich nun, keine echte Freundin zu haben, der ich mich gänzlich anvertrauen konnte und mit der ich über die Angelegenheit zwischen Mann und Frau offen diskutieren konnte. All die Mädchen, die ich von der Schule her kannte, waren längst verheiratet und weit weg.

Sollte ich ihn durch mein Verhalten ermutigen? Mich an ihn lehnen, eine dramatische Pause einlegen, verführerisch lächeln? Ich fühlte mich so einsam, während ich vor der Tür stand und wartete.

»Also, bis morgen«, sagte er, tippte an den Hut und stieg die Eingangsstufen hinab, um in seinen Wagen einzusteigen.

Ich öffnete die Tür und beeilte mich, ins Haus zu kommen; ich war ebenso aufgeregt wie enttäuscht. Mein Vater hielt sich im

Wohnzimmer auf und gab vor, beschäftigt zu sein; doch ich wußte, daß er nur darauf wartete, etwas über mein Rendezvous zu erfahren. Ich beschloß, ihm keinen Bericht abzuliefern. Es hätte mich eher in die Rolle derjenigen gedrängt, die Rechenschaft ablegt, und überhaupt mochte ich diese ganze Erwartungshaltung nicht.

Was hätte ich ihm schon berichten sollen? Malcolm führte mich zum Essen aus. Wir unterhielten uns über alles mögliche, das heißt, ich sprach über alles mögliche, und er hörte zu. Vielleicht hielt er mich jetzt für ein Plappermaul, obwohl ihn die Dinge, über die ich gesprochen hatte, zu interessieren schienen. Ich bin sicher, daß ich deshalb so viel redete, weil ich so aufgeregt war. In gewisser Hinsicht war ich ihm dankbar für seine Fragen nach geschäftlichen Dingen. Schließlich war das ein Thema, über das ich Bescheid wußte!

Natürlich hätte ich auch über Bücher oder Pferde sprechen können, aber ich konnte bis zu diesem Zeitpunkt nicht sagen, daß ihn irgend etwas anderes außer Geldverdienen interessierte.

Also, was sollte ich meinem Vater berichten? Das Dinner war ausgezeichnet. Ich kostete nur von allem etwas, obwohl ich entschieden mehr hätte essen können. Ich versuchte, zierlich und feminin zu wirken und lehnte es sogar ab, mir einen Nachtisch kommen zu lassen. Er war es, der darauf bestand.

»Hast du dich gut amüsiert?«, fragte mich mein Vater schnell. Er merkte, daß ich sogleich auf mein Zimmer gehen wollte.

»Ja, aber warum hast du mir nichts davon erzählt, daß du ihn eingeladen hast, uns in die Kirche zu begleiten?«

»Oh, habe ich das nicht?«

»Vater, dein fachmännisches Können in geschäftlichen Dingen in Ehren, aber ein guter Lügner bist du nicht«, sagte ich. Er brach in schallendes Gelächter aus, und selbst ich mußte ein wenig mitlachen.

»Ich gehe zu Bett«, sagte ich, wobei ich daran dachte, wie früh ich morgen aufstehen mußte. Für mein Aussehen morgen in der Kirche wollte ich mir besonders viel Mühe geben.

Bevor ich in dieser Nacht einschlief, rief ich mir noch jeden einzelnen Augenblick meines Rendezvous mit Malcolm in Erinnerung; dabei ging ich auch mein Verhalten durch: Für manches, was ich getan hatte, verfluchte ich mich, für manches gratulierte ich mir. Und als mir unser Abschied an der Tür ins Gedächtnis kam, malte ich mir aus, wie es gewesen wäre, wenn er mich tatsächlich geküßt hätte.

Ich kann mich an keinen Kirchgang erinnern, an dem ich so aufgeregt war wie an jenem Morgen. Beim Frühstück brachte ich keinen Bissen hinunter. Unzufrieden mit meiner Frisur, eilte ich wie aufgescheucht hin und her. Als es dann endlich soweit war und Malcolm erschien, schlug mein Herz so rasend, daß ich meinte, einer Ohnmacht nahe zu sein, und befürchtete, ich würde auf der Treppe zusammenbrechen.

»Guten Morgen, Olivia«, begrüßte mich Malcolm; ihm schien mein Aussehen zu gefallen. Erst als wir alle im Auto und unterwegs zur Kirche waren, fiel es mir auf, daß er mich mit »Olivia« und nicht mit »Miss Winfield« angesprochen hatte.

Es war ein herrlicher, warmer Frühlingstag, der erste wirklich warme Sonntag des Jahres. Alle jungen Damen zeigten ihre neuen Frühjahrskleider, sie trugen Hüte mit Schleier und Sonnenschirme. Und die Familien waren frisch herausgeputzt. Die Kinder tollten bis zum Beginn des Gottesdienstes im Schutz der wärmenden Sonne herum. Als wir aus dem Auto ausstiegen, hatte ich das Gefühl, daß alle sich mir zuwandten und mich begafften. Mich, Olivia Winfield, die an einem schönen Sonntagmorgen mit ihrem Vater und einem umwerfend stattlichen jungen Mann vor der Kirche vorfährt. Ich wollte losjauchzen: Ja, ich bin es! Seht ihr? Aber natürlich hätte ich mich nie zu solch einem Straßengören-Verhalten herabgelassen. Aristokratischer und aufrechter denn je schritt ich erhobenen Hauptes neben Malcolm und meinem Vater direkt in die düstere, mit Weihrauch geschwängerte Kirche. Da die meisten Kirchenbesucher noch draußen die Sonne genossen, konnten wir uns die Sitzplätze frei auswählen, und Malcolm geleitete uns ohne Umschweife in die vorderste Sitzreihe. Schweigend setzten wir uns und warteten auf den Beginn der Predigt. Nie zuvor hatte ich solche Schwierigkeiten gehabt, dem Wortlaut der Predigt zu folgen; nie zuvor sang ich so selbstbewußt und inbrünstig die Kirchenlieder. Denn Malcolm war neben mir und sang mit klarer, lauter Stimme.

Nach dem Vaterunser beugte er sich zu mir und ergriff meinen Arm, um mich nach draußen zu geleiten. Stolz erfüllte mich, als ich an seiner Seite das Seitenschiff entlangschritt.

Selbstverständlich bemerkte ich, wie die anderen Mitglieder der Gemeinde uns beobachteten und sich fragten, wer dieser stattliche junge Mann war, der da die Winfields begleitete und an der Seite von Olivia Winfield ging.

Hinter uns wurde eifrig getuschelt, und ich wußte wohl, daß Malcolms Auftauchen Gesprächsstoff für die nächste Zeit geliefert hatte.

An jenem Nachmittag ritten wir aus. Es war das erste Mal, daß ich allein mit einem Mann ausritt, und ich muß sagen, daß ich seine Begleitung sehr schätzte. Er ritt wie ein erfahrener englischer Jägersmann. Und es schien ihm zu gefallen, daß ich mit ihm mithalten konnte.

Er speiste mit uns am Sonntagabend, und anschließend unternahmen wir wieder einen Spaziergang am Fluß. Anfangs war er schweigsamer denn je, und ich stellte mir vor, wie er seine Abreise ankündigen würde. Vielleicht, hoffte ich, würde er mir versprechen zu schreiben. Ich hatte dann wenigstens etwas, woran ich mich klammern konnte. Jeden einzelnen Brief von ihm würde ich aufbewahren wie einen kostbaren Schatz.

»Sehen Sie, Miss Winfield«, setzte er auf einmal an. Es gefiel mir gar nicht, daß er mich wieder mit »Miss Winfield« anredete. Es war sicher ein schlechtes Omen. Aber ich sollte mich täuschen. »Wir sind doch zwei vernünftige Menschen. Warum sollen wir also mit einem Schritt warten, der eigentlich selbstverständlich für uns ist?«

»Was meinen Sie damit?«

»Ich spreche vom Heiraten«, antwortete er. »Es ist eines der heiligsten Sakramente, etwas, was man unter keinen Umständen auf die leichte Schulter nehmen darf. Heirat ist mehr als das logische Ergebnis einer Liebe; es ist eine vertragliche Übereinkunft und Zusammenarbeit. Ein Mann muß sich darauf verlassen können, daß seine Frau teilnimmt an seinen Anstrengungen, daß er auf sie zählen kann. Von Ihnen, Miss Winfield, bin ich tief beeindruckt. Ich würde gerne Ihre Erlaubnis haben, bei Ihrem Vater um Ihre Hand anzuhalten.«

Einen Augenblick lang verschlug es mir die Sprache. Malcolm Neal Foxworth, ein so stattlicher, intelligenter, reicher und gutaussehender Mann, wollte mich heiraten? Wir standen am Ufer des Flusses, die Sterne über uns glitzerten heller denn je. Träumte ich oder wachte ich?

»Nun...«, setzte ich an. Ich faßte mir an den Hals und starrte ihn an. Noch immer brachte ich kein Wort heraus.

»Ich merke, daß dies sehr überraschend kommt, aber ich bin ein Mann, der schnelle Entscheidungen trifft und damit immer richtig gelegen ist. Mein Instinkt hat mich noch nie verlassen. Ich bin zuversichtlich, daß dieser Vorschlag sich als gut für uns beide erweisen wird. Wenn Sie auch meinem Instinkt vertrauen könnten...«

»Ja, Malcolm, ich kann«, sagte ich hastig, vielleicht zu hastig.

»Gut. Danke schön«, sagte er.

Ich wartete. Das war sicher der Moment, wo wir uns küssen würden. Jetzt konnten wir unser Versprechen, das wir einander gegeben hatten, unter dem Sternenhimmel besiegeln. Aber wahrscheinlich hing ich einer naiven Romantik nach. Malcolm war einer jener Männer, die eine Sache sauber und korrekt zu Ende brachten.

»Also dann gehen wir, wenn Sie damit einverstanden sind, zu Ihrem Haus zurück, damit ich mit Ihrem Vater sprechen kann«, schlug er vor. Er nahm meinen Arm und zog mich enger an sich. Während wir zum Haus meines Vaters zurückgingen, fiel mir das Paar ein, das ich in jener Nacht, als er zum ersten Mal bei uns gewesen war, die Straße entlangschlendern sah. Mein Traum war in Erfüllung gegangen. Zum ersten Mal in meinem Leben war ich wirklich glücklich.

Mein Vater wartete in seinem Arbeitszimmer, als hätte er die Neuigkeit geahnt. Die Ereignisse überschlugen sich. Einmal mehr ließ ich mich an der Doppeltür, die das Arbeits- vom Wohnzimmer trennte, nieder, um dem Gespräch, das drinnen vor sich ging, zu folgen. Ich war es ohnehin leid, von sämtlichen Gesprächen ausgeschlossen zu sein.

Schließlich gab es nichts, was mich mehr anging, als das nun folgende Gespräch. Atemlos stand ich an der Tür und lauschte begierig den Worten Malcolms.

»Wie Sie bereits seit der ersten Nacht, als wir uns sahen, wissen, Mr. Winfield«, setzte er an, »bin ich sehr beeindruckt von Ihrer Tochter. Selten findet man eine Frau mit solcher Ausgeglichenheit und Würde, eine Frau, die den ökonomischen Fortschritt begreift und gleichzeitig eine solche Anmut besitzt.«

»Ich bin stolz auf Olivias Leistungen«, sagte mein Vater. »Sie ist als Privatsekretär und als Bücherrevisor genauso gut wie jeder Mann«, fügte er hinzu. Die Komplimente meines Vaters waren für mich immer wenig schmeichelhaft.

»Ja, sie ist eine Frau mit Festigkeit und Charakter. Ich habe mir immer eine Frau gewünscht, die mich meines Weges ziehen läßt und nicht hilflos an mir hängt wie eine Klette. Ich möchte mich darauf verlassen können, daß mich zu Hause keine übelgelaunte oder gar nachtragende Ehefrau erwartet, wie dies bei den schwachen Frauen von heute so häufig der Fall ist. Mir gefällt es, daß sie sich nicht mit oberflächlichen Dingen abgibt, daß sie nicht in ihre Frisur vernarrt ist, daß sie weder dämlich kichert noch irgendwie kokettiert. Alles in allem, ich schätze ihre Reife. Ich beglückwünsche Sie, Sir. Sie haben eine gute, verantwortungsvolle Frau erzogen.«

»Nun, ich –«

»Und ich kann mir nicht vorstellen, dieses Kompliment angemessener auszudrücken, als Sie um die Hand Ihrer Tochter zu bitten.«

»Weiß Olivia...«

»Sie ist im Bilde und hat mir die Erlaubnis gegeben, mit Ihnen zu sprechen. Weil ich wußte, daß sie eine eigene Meinung hat, habe ich mir erlaubt, sie zuerst zu fragen. Ich hoffe, Sie verstehen das.«

»O ja, sehr wohl«, räusperte sich mein Vater. »Nun, Mr. Foxworth«, sagte er, »sicher ist Ihnen genausogut wie mir bewußt, daß meine Tochter ihr eigenes Vermögen mit in die Ehe bringt. Ich muß Ihnen sagen, daß ich in meinem Testament verfügt habe, daß nur sie allein über das ererbte Vermögen ermächtigt ist zu verfügen.«

Atemlos folgte ich dem langem Schweigen, das dieser Ankündigung folgte.

»So soll es sein«, sagte schließlich Malcolm. »Ich kenne Ihre

Pläne für die bevorstehende Hochzeit noch nicht«, flocht er hastig ein, »aber mir schwebt eine kleine Kirchenzeremonie vor, die so schnell als möglich stattfinden sollte. Ich muß dringend nach Virginia zurück.«

»Wenn Olivia damit einverstanden ist, bin ich es auch«, sagte mein Vater.

»Schön. Dann habe ich Ihre Einwilligung, Sir?«

»Sie akzeptieren das, was ich über das Geld gesagt habe?«

»Ja, Sir, ich bin einverstanden.«

»Sie haben meine Einwilligung«, sagte mein Vater. »Geben Sie mir Ihre Hand.«

Ich atmete die Luft aus, die ich so lange hatte anhalten müssen, und beeilte mich, daß ich von der Tür wegkam.

Ein Mann, der so stattlich und elegant war, kam zu uns auf Besuch und hielt dann um meine Hand an. Ich hatte gewußt, daß es so etwas gab, aber all dies geschah so rasch, daß ich kaum noch atmen konnte und mir immer wieder sagte, es ist nur ein Traum.

Ich eilte nach oben und setzte mich vor mein Puppenhaus. Ich würde in einem großen Haus mit Dienern leben, Leute würden kommen und gehen. Wir würden ausgesuchte Dinner-Parties geben, und ich würde die Stütze meines Mannes sein, der, wie mein Vater sagte, auf seinem Gebiet ein Genie war. Und alle würden uns bewundern.

»Genauso wie ich euch bewundert habe«, sagte ich zur Porzellanfamilie im Glaskasten.

Ich sah mich um.

Auf Wiedersehen, ihr einsamen Nächte. Auf Wiedersehen, du Welt der Fantasie und der Träume.

Ich nahm Abschied von meines Vaters mitleidvollem Gesichtsausdruck, von meinen eigenen hilflosen Blicken in den Spiegel. Ein neues Gesicht trat in Erscheinung und eine neue Art zu leben. Ich sollte Olivia Foxworth, Mrs. Malcolm Neal Foxworth werden. Alles, was meine Mutter einst prophezeit hatte, sollte nun wahr werden.

Ich blühte auf. Ich fühlte mich gegenüber Malcolm wie eine zarte, noch verschlossene Knospe, die plötzlich zu voller Blüte aufgehen sollte. Und wenn er mit seinen blauen, himmelblauen Augen in meine grauen Augen sah, war es so, als ob die Sonne den Nebel vertreiben würde. Mein Leben würde nicht mehr mausgrau sein. Nein – ab jetzt würde es blau leuchten – so blau wie ein wolkenloser, sonniger Tag, wie Malcolms Augen. In diesem Liebestaumel, in den ich mich stürzte wie ein dummes Schulmädchen, vergaß ich jegliche Vorsicht, schaute ich nicht mehr hinter den schönen Schein, hinter dem sich die nüchternere Wahrheit verbarg. Ich übersah, daß Malcolm kein einziges Mal das Wort »Liebe« erwähnt hatte. Wie ein dummes Schulmädchen glaubte ich, daß ich mich sorglos und selbstvergessen in dem Blick seiner blauen Augen sonnen konnte; in ihrer Wärme würde sich meine winzige Blüte zu voller Pracht entfalten. In meiner Verblendung erkannte ich nicht, daß das Blau dieser Augen nicht die Farbe des warmen, sanften, lebensspendenden Frühlingshimmels, sondern des kalten, frostigen, verwaisten Winterhimmels war.

2. KAPITEL

Meine Hochzeit

Es mußte noch so vieles vorbereitet werden, und es blieb nur noch so wenig Zeit. Wir beschlossen, daß die Hochzeit in zwei Wochen stattfinden sollte. »Ich war ziemlich lange fort«, eröffnete mir Malcolm »und deshalb wartet jetzt eine Menge dringlicher geschäftlicher Angelegenheiten auf mich. Das stört dich doch hoffentlich nicht, Olivia? Schließlich werden wir ja unser ganzes Leben gemeinsam verbringen, und die Flitterwochen können wir später nachholen, wenn du dich erst einmal in Foxworth Hall eingelebt hast. Bist du einverstanden?«

Wie hätte ich damit nicht einverstanden sein können? Meine Hochzeit, diese Entscheidung für das ganze Leben, kam so plötzlich, daß ich keinen ruhigen Gedanken fassen konnte. Ich dachte ständig daran, was für ein Glück es doch war, daß ich diesen Mann gefunden hatte. Außerdem war mir noch nie besonders behaglich zumute gewesen, wenn ich vor den Leuten im Rampenlicht stand. Eigene Freunde, mit denen ich hätte feiern können, hatte ich nicht. Vater lud die jüngere Schwester meiner Mutter und deren Sohn, John Amos, ein – unsere einzigen nahen Verwandten, die noch lebten. Mein Vater nannte sie immer »die armen Verwandten«. Vor sieben Jahren war der Vater von John Amos gestorben. Seine Mutter war eine mausgraue, verhärmte Person, die nach all den Jahren immer noch in Trauer zu leben schien. Und John Amos selbst sah bereits wie ein alter Mann aus, obwohl er erst achtzehn Jahre alt war. Er war ein strenger, gottesfürchtiger junger Mann, der immer passende Bibelzitate parat hatte. Aber ich stimmte meinem Vater zu, der es für angemessen hielt, die beiden einzuladen. Malcolm lud niemanden ein. Sein Vater war vor kurzem auf Reisen gegangen; er wollte eine ganze Reihe von Ländern besuchen und hatte dafür mehrere Jahre eingeplant. Malcolm hatte keine Geschwister und offenbar auch keine näheren Verwandten, die ihm so am Herzen lagen, daß er sie hätte einladen wollen – oder die so schnell hätten kommen können. Ich wußte schon, was die Leute dazu sagen würden – er wollte seiner Familie nicht zeigen, wen er da zu heiraten gedachte; er wollte sie vor vollendete Tatsachen stellen. Sie hätten ihm sonst die Heirat womöglich noch ausgeredet.

Er versprach aber, bald nach unserer Ankunft in Foxworth Hall einen Empfang zu geben.

»Dort wirst du alle kennenlernen, die wirklich wichtig sind«, sagte er.

Die nächsten Wochen waren für mich mit Vorbereitungen und Ängsten ausgefüllt. Ich hatte beschlossen, das Hochzeitskleid meiner Mutter zu tragen. Warum sollte man schließlich so viel Geld ausgeben für ein Kleid, das man sowieso nur einmal tragen konnte? Aber das Kleid war natürlich viel zu kurz für mich, und so mußte Miss Fairchild, die Schneiderin, gerufen werden, um es zu verlängern. Es war ein einfaches Kleid aus perlenweißer Seide, ohne Verzierungen, Borten oder sonstigem Kram, sondern würdevoll, schön und elegant, eben genau die Art von Kleid, die Malcolm bestimmt gefallen würde.

Die Schneiderin runzelte die Stirn, als ich mich auf eine Bank stellte; das Kleid reichte mir kaum über die Waden. »Meine liebe Miss Olivia«, seufzte sie und sah vom Boden, wo sie sich hingekniet hatte, zu mir hoch, »um diesen Saum zu verbergen, müßte ich ein Wunder vollbringen. Sind Sie wirklich sicher, daß Sie kein neues Kleid wollen?«

Oh, ich wußte genau, was sie dachte. Wer um Himmels Willen heiratet denn diese dürre Olivia Winfield, dieses hagere Knochengestell, und warum beharrt sie darauf, sich in das zierliche Kleid ihrer Mutter einzuzwängen wie die Stiefschwester von Aschenputtel, die sich unbedingt den gläsernen Pantoffel anziehen wollte? Und vielleicht war ich tatsächlich Aschenputtels Stiefschwester. Aber an meinem Hochzeitstag mußte ich einfach meiner Mutter nahe sein, so nahe, wie es nur irgend möglich war. In ihrem Kleid fühlte ich mich beschützt, beschützt von all den Generationen von Frauen vor mir, die geheiratet und ihren Männern Kindern geboren hatten. Denn von solchen Dingen wußte und verstand ich doch so wenig. Und ich wollte an meinem Hochzeitstag hübsch aussehen, gleichgültig, wie mitleidig oder spöttisch mich die Schneiderin ansah. »Miss Fairchild, wenn ich das Hochzeitskleid meiner Mutter tragen will, so spielen dabei Empfindungen eine Rolle, die ich Ihnen sicherlich nicht zu erläutern brauche. Nun, können Sie dieses Kleid verlängern oder bin ich gezwungen, jemand anderen damit zu beauftragen?« Ich sagte das mit einem kühlen Ton in der Stimme und hob noch durch meine Körperhaltung meine privilegierte soziale Stellung hervor. Sofort machte sich Miss Fairchild wieder an die Arbeit. Von nun an arbeitete sie, ohne noch ein Wort zu sagen, und ich starrte in den Spiegel. Wer war denn eigentlich diese Frau, die mich aus dem Spiegel anstarrte? Eine Braut in einem weißen Kleid. Eine Braut, die darauf wartete, von einem Mann genommen und sein eigen zu werden. Was für ein Gefühl würde es sein, auf den Traualtar zuzuschreiten? Oh, ich wußte schon, daß in diesem Moment mein Herz wie rasend schlagen wüde. Ich würde versuchen zu lächeln und ein so liebliches Gesicht aufsetzen wie die Braut oben auf der Hochzeitstorte oder wie jene jungen Damen, die ich in den Klatschspalten der Zeitungen gesehen hatte.

Wie nur konnten sie so lieblich und unschuldig dreinblicken? Sicher, sie liefen nicht ihr ganzes Leben mit so einem Gesicht herum. War das etwas, was sie sich angelernt hatten, oder lag das schon in ihrer Natur? Wenn es etwas Angelerntes war, dann gab es noch Hoffnung für mich. Vielleicht konnte auch ich es lernen.

Aber ich würde trotzdem so scheu dreinblicken wie immer, denn ich wußte ja, daß die Leute dachten: Die ist ja so großgewachsen, und ihre Arme sind so lang. Dieses unscheinbare Gesicht macht die ganze schöne Frisur zunichte. Selbst wenn ich ihnen zulächeln würde und sie zurücklächelten und mir zunickten, so wüßte ich doch genau, daß sie sich im nächsten Moment umdrehen und einander mit spöttischem Blick zuzwinkern würden: Wie kann man nur so dümmlich aussehen! Diese Figur in solch einem zierlichen Hochzeitskleid! Und was für große Füße sie hat! Seht nur, sie ist einen Kopf größer als alle anderen – außer Malcolm!

Und Malcolm, so ein stattlicher und würdevoller Mann, wie er neben diesem häßlichen Entlein steht. Oh, die Leute würden sich köstlich amüsieren über den Anblick, den der Adler und die Taube bieten würden – der eine Vogel prächtig, schön und stolz, der andere häßlich, linkisch und mausgrau.

Als ich so vor dem Spiegel stand und Miss Fairchild mit Nadeln, Fäden und Stecknadeln eifrig an mir herumhantierte, war ich ganz froh, daß bei meiner Hochzeit nur Tante Margaret, John Amos, mein Vater, Malcolm und natürlich ich selbst zugegen sein würden. Niemand würde anwesend sein, der meine schlimmsten Alpträume wahrmachen konnte, und so hoffte ich, daß nun meine schönsten Regenbogenträume Wirklichkeit würden.

An meinem Hochzeitstag regnete es. Ich mußte den Weg zur Kirche laufend zurücklegen; mein weißes Kleid schützte ich mit einem grauen Regenmantel. So enttäuschend das Wetter auch war, ich ließ mir dadurch nicht die Vorfreude nehmen. Wir hatten eine einfache Trauungszeremonie in der Kongregationskirche bestellt. Als ich zum Traualtar schritt, verbarg ich meine Ängste und meine Nervosität hinter einem feierlichen Gesichtsausdruck. So konnte ich auch Malcolm direkt in die Augen sehen, als ich zum Altar hin auf ihn zuschritt. Er stand erwartungsvoll vor dem Altar, in steifer Haltung, sein Gesichtsausdruck noch feierlicher als mein eigener. Das enttäuschte mich. Ich hatte gehofft, daß diese verzauberte Atmosphäre unserer ersten Begegnungen wieder entstehen würde, wenn er mich im Hochzeitskleid meiner Mutter erblickte, daß sich auf seinem Gesicht die Vorfreude auf unsere Liebe spiegeln würde. In seinen Augen suchte ich nach einer Antwort. Verbarg er seine wahren Gefühle hinter der gleichen Maske, die auch ich trug? Sein Blick schien geradewegs durch mich hindurchzugehen. Vielleicht dachte er auch, es sei eine Sünde, in der Kirche Verlangen und Gefühle zu zeigen.

Malcolm legte sein Ehegelöbnis mit einer solchen Entschiedenheit ab, daß ich bei mir dachte, es hört sich eher wie das Gelübde eines Geistlichen an. Ich konnte nichts dagegen machen, daß mein Herz wie wild schlug. Ich fürchtete, daß meine Stimme zittern würde, wenn ich das Eheversprechen ablegte, aber sie ließ mich nicht im Stich, als ich gelobte, Malcolm Foxworth zu lieben, zu ehren und ihm zu folgen, bis daß der Tod uns scheide. Und als ich diese Worte sprach, glaubte ich an sie aus vollem Herzen und mit ganzer Seele. Vor dem Auge Gottes legte ich dieses Gelöbnis ab, und Gott ist mein Zeuge, daß ich es nicht ein einziges Mal in meinem Leben gebrochen habe. Was immer ich auch für Malcolm tat, ich tat es, um Gott wohlgefällig zu sein.

Nachdem wir das Ehegelöbnis abgelegt und die Ringe getauscht hatten, wandte ich mich erwartungsvoll Malcolm zu. Dieser Augenblick sollte nur mir gehören. Vorsichtig hob er den Schleier von meinem Gesicht. Ich hielt den Atem an. In der Kirche war eine tiefe Stille eingekehrt; die ganze Welt schien den Atem anzuhalten, als er sich mir entgegenbeugte und seine Lippen sich den meinen näherten.

Aber Malcolms Hochzeitskuß war kalt und mechanisch. Und ich hatte doch so viel mehr erwartet. Schließlich war es ja unser erster Kuß. Ich hatte mir vorgestellt, es werde dabei etwas passieren, das ich mein Leben lang nie vergessen würde. Statt dessen fühlte ich nur, wie sich seine geschürzten Lippen auf die meinen legten und sich sofort danach wieder zurückzogen. Es war ein Gefühl, als ob eine Urkunde gestempelt würde.

Dann schüttelte er dem Priester und meinem Vater die Hand. Mein Vater umarmte mich rasch. Vermutlich hätte ich ihn küssen sollen, aber ich merkte sehr deutlich, mit welchem Blick John Amos uns musterte. Ich las es in seinem Gesicht – er war über Malcolms Kuß ebenso enttäuscht wie ich.

Mein Vater machte einen zufriedenen, aber sehr nachdenklichen Eindruck, als wir alle gemeinsam die Kirche verließen. Wenn er von Zeit zu Zeit Malcolm ansah, lag etwas in seinem Blick, das ich noch nie zuvor bei ihm wahrgenommen hatte. Es war, als ob er etwas Neues entdeckt hätte, etwas, das ihm erst jetzt bewußt geworden war. Einen kurzen Augenblick lang erschreckte mich dieser Blick; als er merkte, daß ich ihn ansah, vertrieb ein Ausdruck von Freude die Düsternis aus seinen Augen, und er lächelte sanft, in der Art, wie er manchmal meine Mutter angelächelt hatte, wenn sie ihn mit irgend etwas beglückt hatte oder wieder einmal besonders hübsch aussah.

Sah ich denn hübsch aus, wenigstens an diesem Tag? Strahlten meine Augen vor Freude auf ein neues Leben? Ich hoffte es so sehr. Und ich hoffte, daß auch Malcolm dies fühlte. Mein Vater schlug vor, wir sollten uns schnell zu uns nach Hause begeben, wo er einen kleinen Empfang vorbereitet hatte. Natürlich, wie hätte ein Empfang auch groß sein können, bei dem bloß eine Braut und ein Bräutigam, ein Vater, eine verhärmte Tante und ein Junge von achtzehn Jahren anwesend waren? Dennoch war es ein Ereignis, das mit Fug und Recht als Empfang bezeichnet werden konnte. Vater kredenzte erlesenen Champagner. »Olivia, meine geliebte und einzige Tochter, und Malcolm, mein verehrter neuer Schwiegersohn – möget ihr immer glücklich sein und in Harmonie leben!« Warum lief ihm eine Träne aus dem Augenwinkel, als er das Glas auf uns erhob? Und warum sah Malcolm meinen Vater an und nicht mich, als er den Champagner trank? Mit einem Mal fühlte ich mich verloren und wußte nicht mehr, was ich tun sollte. Deshalb hob ich mein Glas und sah über den Rand hinweg, wie mein Cousin John Amos Malcolm mit finsterem Blick musterte. Dann kam er zu mir herüber.

»Du siehst heute bezaubernd aus, Cousine Olivia. Vergiß bitte niemals, daß du zu meiner Familie gehörst, und wann immer du mich brauchst, werde ich für dich da sein. Denn nach dem Willen des Herrn sollen die Angehörigen einer Familie immer zusammenhalten, immer einander helfen, immer nach einem Gebot in Liebe leben.« Ich wußte nicht, was ich darauf antworten sollte. Warum sagte er das, ich kannte diesen jungen Mann doch kaum? Und wieso das alles an meinem Hochzeitstag? Was um Himmels willen hoffte John Amos, der arme Verwandte, jemals für mich tun zu können – für mich, die von nun an im Schoße einer Südstaaten-Familie ein Leben in Wohlstand und Ruhm führen sollte? Was wußte er damals bereits von dem, was ich erst entdecken sollte, als es schon zu spät war?

Malcolm hatte Zugplätze für uns gebucht; wir sollten um drei Uhr abfahren. Unser Ziel war Foxworth Hall. Er meinte, er habe keine Zeit für ausgedehnte Flitterwochen, und er sah auch keinen praktischen Sinn darin. Als er mir das sagte, war ich zwar sehr enttäuscht, gleichzeitig fühlte ich mich aber auch erleichtert. Ich hatte genug Geschichten gehört über das Verhalten der Männer in der Hochzeitsnacht, über die Pflichten einer Frau ihrem Ehegatten gegenüber, und hatte daher nicht den Wunsch, diese Anfangszeremonie auszudehnen. Offen gesagt, der Gedanke an eheliche Beziehungen versetzte mich in Schrecken, und so fühlte ich mich irgendwie befreit, als ich hörte, daß wir in einem gemütlichen Zug, umgeben von anderen Menschen, durch die Nacht reisen sollten.

»Für dich, Olivia, wird allein schon die Ankunft in Foxworth Hall ein romantisches Abenteuer sein, glaub mir das«, sagte er in einem Ton, als ob er meine Gedanken gelesen hätte. Ich beklagte mich auch nicht. Die Beschreibung, die er mir von Foxworth Hall gegeben hatte, ließ mich an ein Märchenschloß denken, das so groß und faszinierend war, daß ich seine volle Schönheit mit meinen Puppenhaus-Träumen gar nicht erfassen konnte.

Genau um zwei Uhr fünfzehn verkündete Malcolm, daß es Zeit sei aufzubrechen. Das Auto wurde vorgefahren, und meine Reisekoffer wurden eingeladen.

»Sie müssen wissen«, sagte mein Vater zu Malcolm, als wir das Haus verließen, »es wird mich äußerste Mühe kosten, einen so hervorragenden Privatsekretär wie Olivia zu finden.«

»Ihr Verlust ist mein Gewinn, Sir«, antwortete Malcolm. »Ich versichere Ihnen, ihre Talente werden auf Foxworth Hall nicht ungenutzt bleiben.«

Es kam mir vor, als ob die beiden sich über einen Sklaven unterhielten, der verschachert worden war.

»Vielleicht wird sich auch mein Gehalt verbessern«, sagte ich. Ich meinte das halb als Scherz, aber Malcolm verzog keine Miene.

»Natürlich«, meinte er trocken.

Mein Vater küßte mich auf die Wange und sagte mit traurigem Blick: »Du mußt jetzt gut auf Malcolm achtgeben, Olivia, und mach ihm keinen Ärger. Von nun an ist Malcolms Wort dein Gesetz.« Irgendwie erschreckte mich dieser Satz, zumal plötzlich John Amos neben mir stand, meine Hand ergriff und zu mir sagte: »Der Herr segne und beschütze dich.« Ich wußte nicht, was ich erwidern sollte, also dankte ich ihm, zog meine Hand zurück und stieg ins Auto.

Als wir losfuhren, warf ich einen Blick zurück auf das Viktorianische Haus, das mir mehr bedeutet hatte als nur eine Wohnstätte. Es war das Heim meiner Träume und Wunschvorstellungen gewesen; es war der Ort gewesen, von dem aus ich in die Welt hinausgeschaut und darüber gegrübelt hatte, was mich dort noch alles erwarten würde. Ich hatte mich hier geborgen gefühlt, sicher auf allen Gängen und in meinem Zimmer. Ich ließ mein Puppenhaus im Glaskasten mit seinen getönten Fenstern und dem Regenbogenzauber zurück, aber ich würde diese Traumwelt nun nicht mehr brauchen.

Nein, jetzt würde ich in der wirklichen Welt leben, in einer Welt, die ich mir in den Hoffnungen und Träumen meines teuren Puppenstuben-Universums nie hätte vorstellen können.

Ich nahm Malcolms Arm und drückte mich an ihn. Er sah mich an und lächelte. Jetzt, wo wir allein waren, dachte ich, würde er seine Liebe und Zuneigung bestimmt deutlicher zeigen.

»Erzähl mir mehr über Foxworth Hall«, sagte ich. Es war, als ob ich bitten würde, mir eine Gutenachtgeschichte über ein Zauberreich zu erzählen. Als er den Namen seines Familienbesitzes hörte, richtete er sich auf.

»Es ist mehr als hundertfünfzig Jahre alt«, sagte er. »Und es ist sehr geschichtsträchtig. Manchmal fühle ich mich wie in einem Museum, manchmal ist es ein Gefühl wie in einer Kirche. Es ist der reichste Landsitz von ganz Virginia. Aber ich will, daß es der reichste Landsitz im ganzen Land, vielleicht sogar in der ganzen Welt wird. Ich möchte, daß es als das Schloß Foxworth bekannt wird«, fügte er noch hinzu, und seine Augen wurden kalt und entschlossen. Er erzählte immer weiter, beschrieb die Zimmer und das umliegende Gelände, sprach von den Geschäften seiner Familie und davon, welche Erwartungen er daran knüpfte. Während er so sprach, entstand in mir ein Gefühl, als ob ich immer tiefer in die Abgründe seines Ehrgeizes hineingezogen würde. Kalte Schauer liefen mir über den Rücken. Ich hatte nicht gewußt, wie monomanisch er sein konnte. Mit Leib und Seele hatte er sich seinen ehrgeizigen Zielen verschrieben, und ich fühlte deutlich, daß es für ihn nichts Wichtigeres gab, nicht einmal unsere Heirat.

In einem meiner Bücher hatte ich irgendwo gelesen, daß eine

Frau sehr beglückt ist, wenn sie fühlt, daß es für ihren Mann nichts Wichtigeres gibt als sie, daß er bei allem, was er tut, in Gedanken bei ihr ist.

»Das ist wahrhafte Liebe; das ist wahrhaftes Einssein«, lautete der Satz aus dem Buch, den ich nicht vergessen konnte. Eheleute sollten empfinden, daß jeder ein Teil des anderen war, und jeder sollte sich immer der Bedürfnisse und Gefühle des anderen bewußt sein.

Als der Wagen aus unserer Straße herausfuhr und ich auf die Themse blickte, auf der die vielen Schiffe langsam und bedächtig ihrem vorbestimmten Weg folgten, dachte ich darüber nach, ob ich mit Malcolm jemals diesen Zustand der Harmonie erreichen würde.

Mir wurde klar, daß eine solche Frage eine Frau an ihrem Hochzeitstag eigentlich nicht beschäftigen durfte.

Wir aßen im Zug zu Abend. Den ganzen Tag über war ich zu nervös gewesen, um etwas zu essen, deshalb fühlte ich mich plötzlich völlig ausgehungert.

»Ich habe solchen Hunger«, sagte ich zu ihm.

»In diesen Zügen muß man gut überlegen, was man sich bestellt«, erwiderte er. »Die Preise hier sind aberwitzig.«

»Sicherlich können wir heute nacht eine Ausnahme in unserem Haushaltsplan machen«, sagte ich. »Leute unseres Standes...«

»Genau deshalb müssen wir immer ökonomisch denken. Ein guter Geschäftssinn will geübt sein. Eben das hat mich an deinem Vater so angezogen. Dank seines guten Geschäftssinns verschwendet er sein Geld nicht sinnlos. Nur die sogenannten Neureichen sind verschwenderisch. Man kann sie überall finden. Sie sind unanständig.«

Ich spürte, wie tief er von dem überzeugt war, was er sagte; deshalb unternahm ich keinen neuen Anlauf. Ich ließ ihn für uns beide bestellen, obwohl ich über seine Wahl enttäuscht war und den Tisch nach wie vor hungrig verließ.

Malcolm begann mit anderen Männern im Zug zu diskutieren. Es entwickelte sich eine hitzige Debatte um die sogenannte »Rote Gefahr«, der der Generalstaatsanwalt der Vereinigten

Staaten, A. Malcolm Palmer, Vorschub geleistet haben sollte. Fünf Mitglieder der gesetzgebenden Organe im Staate New York waren entlassen worden, weil sie der Sozialistischen Partei angehörten. Es lag mir schon die Erwiderung auf den Lippen, was für eine schreckliche Ungerechtigkeit das sei, doch Malcolm stimmte so entschieden zu, daß ich meine Meinung für mich behielt. Dies sollte ich immer öfter tun müssen, und es mißfiel mir sehr. Ich preßte meine Lippen zusammen, voller Angst, daß mir die Worte entfliehen könnten wie die Vögel aus einem Käfig, dessen Tür unvorsichtigerweise offengelassen worden war.

Nach einer Weile kümmerte ich mich nicht mehr um die Diskussionen, lehnte mich gegen einen Fensterrahmen und schlief ein. Ich entspannte mich von der körperlichen und emotionalen Anstrengung. Die Dunkelheit hatte uns eingehüllt, und abgesehen von ein paar Lichtern da und dort in der Entfernung gab es wenig, was mich an der Landschaft draußen hätte interessieren können. Als ich erwachte, lag Malcolm schlafend neben mir.

Im Schlaf hatte sein Gesicht jugendlichere, fast schon kindliche Züge angenommen. Jetzt, da seine Lider geschlossen waren, war die Intensität, die von seinen blauen Augen ausging, verschwunden. Seine Wangen sahen jetzt weicher aus, und das Kinn hatte nichts mehr von dem harten und angespannten Ausdruck. Ich dachte... besser, ich hoffte, daß dies das Gesicht sei, das er mir in den Stunden der Liebe zeigen würde, das Gesicht, in das er mich blicken ließ, wenn er wußte, daß ich wahrhaftig sein Weib, seine Kameradin, seine Geliebte war. Ich starrte ihn an, fasziniert von der Art, wie seine Oberlippe sich hochzog. Es gibt so viele kleine Dinge am anderen, die man erst entdecken muß, dachte ich. Werden zwei Menschen jemals alles voneinander ergründen können? Dies war eine Frage, die ich gerne meiner Mutter gestellt hätte.

Ich wandte mich ab und blickte zu den anderen Passagieren. Der ganze Wagen schlief. Die Müdigkeit war auf leisen Sohlen durch die Gänge geschlichen, hatte jeden mit ihren luftigen Fingern gestreift, um danach unter der Tür des Abteils hindurchzuschlüpfen und wieder eins zu werden mit der Nacht. Wenn der Zug sich um die Biegungen wand und von der einen auf die andere Seite schlingerte, hatte ich das Gefühl, als säßen wir alle im

Inneren einer riesigen Schlange aus Metall. Ich fühlte, wie ich durch die Nacht getragen wurde, fast schon gegen meinen Willen.

Von Zeit zu Zeit fuhr der Zug durch eine verschlafene Stadt oder ein Dorf. Die Lichter in den Häusern waren matt und die Straßen leergefegt. Dann konnte ich in der Ferne die Blue Ridge Mountains undeutlich erkennen; sie sahen aus wie schlafende Riesen.

Ich dämmerte wieder in den Schlaf hinüber. Der Klang von Malcolms Stimme weckte mich.

»Wir nähern uns dem Bahnhof«, sagte er.

»Wirklich?« Ich schaute aus dem Fenster, sah aber nur Bäume und leere Felder. Dennoch bremste der Zug und hielt schließlich. Malcolm geleitete mich durch das Abteil zur Tür, und wir stiegen aus. Ich stellte mich auf den Bahnsteig und schaute mir die kleine Bahnstation an, die nur aus einem Blechdach bestand, das von vier hölzernen Pfosten gehalten wurde.

Die Luft war kühl und roch frisch. Der Himmel war klar und übersät mit leuchtenden Sternen. Unter diesem unermeßlich weiten und hohen Himmel fühlte ich mich klein und unbedeutend. Er war zu groß für mich und zu nah. Seine Schönheit erfüllte mich mit einem seltsamen Gefühl böser Vorahnungen. Es wäre mir lieber gewesen, wir wären am Morgen angekommen und vom warmen Sonnenlicht begrüßt worden.

Mir gefiel die tödliche Ruhe und Leere um uns herum nicht. Nach Malcolms Beschreibung von Foxworth Hall und seiner Umgebung hatte ich Lichter und geschäftiges Treiben erwartet. Niemand, außer Malcolms Chauffeur Lucas war zu unserem Empfang gekommen. Er sah aus wie ein Mann Ende Fünfzig, hatte dünnes graues Haar und ein schmales Gesicht. Seine Figur war schlank, und er war etwa einen halben Kopf kleiner als ich. Aus der Art, wie er sich bewegte, erkannte ich, daß er wahrscheinlich eingeschlafen war, während er am Bahnhof auf uns gewartet hatte.

In aller Form stellte mich Malcolm vor. Lucas nickte nur, setzte seine Mütze auf und beeilte sich, meine Reisekoffer zu holen, während Malcolm mich zum Wagen führte. Ich beobachtete Lucas, wie er meine Reisekoffer einlud, und sah zu, wie der Zug sich langsam in Bewegung setzte und sich in die Nacht davonschlich, gleich einem silbrig-dunklen Wesen, das unauffällig entfliehen will.

»Es ist so einsam hier«, sagte ich, als Malcolm einstieg und sich neben mich setzte. »Wie weit sind wir von der nächsten Siedlung entfernt?«

»Wir sind nicht weit weg. Charlottesville liegt eine Stunde von hier entfernt, und hier in der Nähe gibt es ein kleines Dorf.«

»Ich bin so müde«, sagte ich und wollte meinen Kopf an seine Schulter schmiegen. Aber er saß so steif da, daß ich zögerte.

»Es ist jetzt nicht mehr weit.«

»Willkommen auf Foxworth Hall, Ma'am«, sagte Lucas, als er sich endlich ans Steuer setzte.

»Ich danke Ihnen, Lucas.«

»Nichts zu danken, Ma'am.«

»Fahren Sie los«, befahl Malcolm.

Die Straße führte bergan. Als wir uns den Hügeln näherten, fiel mir auf, daß die Bäume zwischen den Hügeln in Reihen angepflanzt waren und das Gelände in einzelne Abschnitte unterteilten.

»Sie dienen als Windschutz«, erklärte mir Malcolm, »und halten die schweren Schneeböen ab.«

Kurze Zeit später sah ich eine Gruppe weitläufiger Häuser, die sich an einem steilen Hang emporreckten. Und dann, mit einem Mal, stand Foxworth Hall vor uns – es schoß gleichsam in den Nachthimmel empor und füllte ihn aus. Die Größe des Hauses wirkte überwältigend auf mich. Es ragte auf der Spitze des Hügels empor und blickte zu den anderen Gebäuden herab wie ein stolzer König, der seine Günstlinge mustert. Und dies also sollte mein Zuhause werden, dies war das Schloß, in dem ich die Königin sein sollte. Jetzt erst verstand ich, warum Malcolm so ehrgeizig war. Niemand, der in einem solch königlichen und vor Reichtum strotzenden Haus aufgewachsen war, konnte in kleinen Dimensionen denken oder sich jemals mit dem gewöhnlichen Gang der Dinge zufriedengeben. Und doch, wie einsam, wie bedrohlich und einschüchternd konnte solch ein Haus jemandem erscheinen, der ängstlich war und klein. Mir schauderte bei dem Gedanken.

»Du lebst hier nur mit deinem Vater?« fragte ich, als wir näher heranfuhren. »Es muß sehr einsam für dich geworden sein, als er auf Reisen ging.«

Malcolm antwortete nicht, sondern blickte nur geradeaus, als ob er versuchen wollte, in meinen erstaunten Augen sein Herrenhaus wiederzuentdecken.

»Wie viele Räume gibt es in diesem Haus?«

»Etwa dreißig bis vierzig. Wenn es dir eines Tages langweilig sein sollte, kannst du sie ja durchzählen.« Er lachte über seinen eigenen Witz, ich aber konnte meine Furcht nicht besänftigen.

»Und die Dienerschaft?«

»Mein Vater hatte zu viele Diener. Seit er auf Reisen ist, habe ich einige entlassen. Wir haben natürlich einen Koch, einen Gärtner, der sich ständig darüber beklagt, daß er einen Gehilfen braucht, ein Zimmermädchen und Lucas, der als Butler und Chauffeur arbeitet.«

»Reicht denn das wirklich aus?«

»Wie ich schon sagte, jetzt bist ja auch du hier, meine Liebe.«

»Aber ich bin nicht hierhergekommen, um als Dienstbote zu arbeiten, Malcolm«, warf ich ein. Einige Augenblicke lang schwieg er. Lucas fuhr am Hauptportal vor.

»Selbstverständlich benutzen wir nicht alle Räume, Olivia. Es gab eine Zeit, da waren Dutzende von Verwandte dort untergebracht. Zum Glück wurden diese Parasiten wieder entfernt.« Sein Gesicht entspannte sich. »Ich bin sicher, wenn du erst einmal eingezogen bist, wirst du beurteilen können, wie viele Angestellte wir brauchen, und alles veranlassen, was notwendig und wirtschaftlich ist. Du wirst für die Haushaltsführung verantwortlich sein. Für diese Dinge habe ich keine Zeit mehr, und ich brauche eine Frau wie dich, die in der Lage ist, diese Aufgabe mit Sorgfalt auszuführen«, sagte er. Es klang, als ob er in die Stadt gefahren war, um sich eine Frau zu kaufen.

Ich sagte nichts mehr. Es drängte mich jetzt, hineinzugehen und zu sehen, wie solch ein Herrenhaus von innen aussah, ein Herrenhaus, das mein Zuhause werden sollte. Es entzückte und erschreckte mich gleichzeitig. Ich fand es schade, daß wir in der Nacht angekommen waren, denn jetzt lastete eine unheilvolle Atmosphäre über dem Haus. Man hatte fast den Eindruck, als ob dieses Haus ein eigenes Leben besaß, als ob es über seine Bewohner zu Gericht sitzen würde, während sie schliefen, und sie für die Dinge, die es nicht duldete, verurteilen würde.

Mein Vater hatte mir auch einiges beigebracht über den Zusammenhang von Häusern und den Menschen, die darin leben. Die Häuser spiegeln immer etwas von der Persönlichkeit der Leute wider. Mein Vater selbst war dafür das beste Beispiel. Unser Zuhause war zwar sehr einfach, aber elegant. Und es strahlte Wärme aus. Was würde mir dieses Haus über den Mann erzählen, den ich geheiratet hatte? Herrschte er über die Menschen ebenso, wie dieses Haus seine Umgebung beherrschte? Würde ich mich in dieser weitläufigen Anlage verloren fühlen, würde es um mich herum einsam werden, wenn ich durch die langen Korridore von Zimmer zu Zimmer wanderte?

Lucas beeilte sich, die riesigen Flügeltüren zu öffnen, dann führte mich Malcolm in mein neues Zuhause. Als er mich durch das große Eingangsportal geleitete, wobei er seine Hand auf meinen Rücken legte, versagte mir fast das Herz. Ich wußte, daß mein Wunsch närrisch war, aber ich hoffte, er würde mich über die Schwelle tragen, hinein in mein neues Zuhause, mein neues Leben. Für diesen einen Tag wünschte ich mir so sehr, eine dieser bezaubernden, reizenden Damen zu sein, denen die Männer schmeichelten und nach denen sie sich umdrehten. Aber das sollte eben nicht sein.

Eine kleine Person trat aus der Dunkelheit auf uns zu, und im Nu hatte ich meine Gedanken vergessen. »Willkommen auf Foxworth Hall, Mrs. Foxworth«, begrüßte mich eine Stimme, und einen Augenblick lang konnte ich darauf nichts erwidern. Zum allerersten Mal hatte mich jemand mit Mrs. Foxworth angesprochen. Malcolm machte mich rasch mit Mrs. Steiner, der Haushälterin, bekannt. Sie war eine zierliche kleine Frau, kaum einsfünfundsechzig groß, und wie ich so hochgewachsen vor ihr stand, errötete ich bei dem Gedanken, ich wäre über die Schwelle getragen worden. Diese Frau wäre, obgleich sie schon um die Fünfzig war, eine bessere Kandidatin für eine solche Zeremonie gewesen. Sie lächelte mich freundlich an. Ich blickte zu Malcolm, aber er war damit beschäftigt, Lucas, der meine Reisekoffer entlud, Anweisungen zu geben.

»Ich habe Ihr Bett aufgeschlagen und ein kleines Feuer angezündet, Ma'am«, sagte sie zu mir. »Heute nacht ist es etwas frostig.«

»Ja.« Einen Augenblick lang war ich bestürzt durch die Erwähnung des Bettes. Warum, es war ja schon fast Morgen. Sollte meine Hochzeitsnacht jetzt stattfinden? Irgendwie fühlte ich mich darauf noch nicht vorbereitet, aber ich verbarg schnell meine Verwirrung. »Ich nehme an, an das Wetter in den Bergen von Virginia muß man sich erst gewöhnen.«

»Es bedarf einiger Zeit, bis man sich daran gewöhnt hat«, sagte sie. »Im Spätfrühling und im Sommer ist es tagsüber warm, aber die Nächte werden kalt. Folgen Sie mir bitte«, bat sie mich.

Ich war bisher nicht weiter gekommen als bis zum Eingang, aber jetzt war es an der Zeit, Foxworth Hall kennenzulernen. Überall war gedämpftes Licht, und die Kerzen gaben nur einen spärlichen Schein. Ich ging langsam, wie eine Schlafwandlerin, die sich in ihre Träume verloren hat, und durchschritt den langen Eingangskorridor mit seiner hohen Decke. Die Wände waren übersät mit Ölportraits, vermutlich von Malcolms Vorfahren, die vor mir auf Foxworth Hall gelebt hatten. Als ich durch die Halle schritt, blickte ich sie an, einen nach dem anderen. Die Männer sahen streng, kühl und stolz aus. Ebenso die Frauen. Ihre Gesichter wirkten verhärmt und angespannt, in ihren Augen konnte man die Trauer über ein Unglück lesen. Ich schaute mir jedes einzelne der Portraits an, um eine Spur zu finden, die zu Malcolm führte, eine Ähnlichkeit in den Gesichtszügen. Einige der Männer hatten sein helles Haar und die gerade Nase, und einige der Frauen, besonders die älteren, hatten den gleichen intensiven Gesichtsausdruck wie er.

Am Ende der Eingangshalle, die groß genug war, um als Ballsaal zu dienen, befanden sich zwei elegante Treppen, die sich nach oben schlängelten wie die Krausen an den Ärmeln einer Königin. Die beiden geschwungenen Treppen führten zu einer Galerie im ersten Geschoß, wo sie sich vereinigten; von dort aus führte eine einzelne Treppe weiter nach oben. In etwa zwölf Meter Höhe hingen drei gigantische Kristalleuchter von der goldverzierten Decke, und der Boden bestand aus kunstvoll verlegten Mosaiksteinen. Die Erhabenheit des Raums nahm mir den Atem.

Wie mausgrau und tölpelhaft fühlte ich mich in diesem eleganten Saal.

Während Mrs. Steiner mich weiterführte, blickte ich verstohlen auf die Marmorbüsten, die Kristalleuchter und die antiken Wandteppiche, die nur die Reichsten der Reichen sich leisten konnten. Lucas folgte uns; er schleppte einen meiner Reisekoffer. Am Fuße der Treppe hielt ich an, ich fühlte mich wie in Trance. Auf diesem großartigen Herrensitz sollte ich die Herrin werden! Plötzlich stand Malcolm neben mir und legte seine Hand auf meine Schulter.

»Nun, sagt es dir zu?« fragte er.

»Es ist wie ein Palast«, antwortete ich.

»Ja«, sagte Malcolm. »Der Sitz meines Imperiums. Ich erwarte von dir, daß du es gut führst«, fügte er noch hinzu. Er streifte sich die Handschuhe ab und warf einen Blick durch die Halle. »Dort drüben ist die Bibliothek«, sagte er und deutete nach rechts. Ich schaute durch den offenen Gang und erhaschte einen Blick von den Wänden, die vollgestellt waren mit reichlich verzierten Buchregalen aus Mahagony, in denen ledergebundene Bände standen. »Im rückwärtigen Teil habe ich so etwas wie ein Büro, in dem du an deinen Haushaltsbüchern arbeiten kannst. Die Hauptkorridore oben«, sagte er und lenkte meine Aufmerksamkeit wieder auf die Treppen, »treffen in der Rotunde zusammen. Unsere Schlafzimmer liegen im Südflügel, der wärmeren Lage wegen. Im Nordflügel gibt es vierzehn Zimmer von verschiedener Größe – Platz genug für Gäste.«

»Ja, das denke ich auch.«

»Aber ich neige dazu, Benjamin Franklin recht zu geben, der einmal gesagt hat, Fische und Gäste fangen gewöhnlich nach drei Tagen zu stinken an. Bitte merke dir das.«

Ich begann zu lachen, sah aber, daß er es völlig ernst gemeint hatte.

»Nun komm, du bist müde. Du kannst deine Entdeckungsreise morgen fortsetzen. Ich befürchte fast, du wirst in einem der Zimmer im Nordflügel noch einen meiner älteren Verwandten finden, der sich dort verkrochen hat.«

»Das ist doch nicht dein Ernst?«

»Natürlich nicht. Es gab aber einmal eine Zeit, wo so etwas

möglich gewesen wäre. Mein Vater ging mit solchen Dingen sehr sorglos um. – Mrs. Steiner«, sagte er und wollte damit andeuten, daß sie mich weiter nach oben führen sollte.

»Hier lang, Mrs. Foxworth«, sagte sie. Ich stieg die Treppe zu meiner Rechten hoch und ließ dabei die Hand über das Geländer aus Rosenholz gleiten. Lucas lief eilig die linke Treppe hinab, um mein übriges Gepäck nach oben zu transportieren. Malcolm ging knapp hinter mir, nur einen oder zwei Schritte von mir entfernt.

Wir erreichten das obere Ende der Treppe. Als wir in den Südflügel abbiegen wollten, stand ich plötzlich vor einer Ritterrüstung auf einem Postament, und nun war es mir wirklich so, als hätte ich ein Schloß betreten.

Der Südflügel lag in einem weichen Licht. Die Schatten in den Gängen sahen aus wie riesige Spinnweben. Die erste Tür rechts war verschlossen. Aus der Größe der Eingangstür schloß ich jedoch, daß dies ein großer Raum sein mußte. Malcolm mußte mein Interesse bemerkt haben.

»Das Trophäenzimmer«, murmelte er, »mein Zimmer«, fügte er hinzu, wobei die Betonung unüberhörbar auf »mein« lag. »Dort bewahre ich Kunstgegenstände auf, die ich während meiner Reisen und Jagden gesammelt habe.«

Sofort erwachte in mir die Neugier auf dieses Zimmer. Sicherlich würden die Dinge, die es enthielt, mir mehr über den Mann erzählen, den ich geheiratet hatte.

Wir gingen an einer Tür nach der anderen vorbei, bis wir rechts zu einer Doppeltür gelangten. Diese war die einzige Tür mit einem weißen Anstrich. Ich hielt inne.

»Niemand betritt dieses Zimmer«, erklärte Malcolm. »Es war das Zimmer meiner Mutter.« Seine Stimme war kalt und hart, als er das sagte, und der Blick in seinen Augen so entrückt, daß ich mich fragte, was es wohl mit seiner Mutter auf sich hatte, das ihn so quälte. Das Wort »Mutter« spie er förmlich aus, als ob es Gift wäre. Was mußte das für ein Mann sein, der seine Mutter so hassen konnte?

Natürlich wollte ich mehr darüber wissen, aber Malcolm nahm mich am Arm und führte mich weiter. Mrs. Steiner blieb bei einem der offenen Korridore stehen und trat zur Seite, um mich eintreten zu lassen.

Das Schlafzimmer war geräumig. Ein mit Schnitzereien verziertes Bett aus Kirschenholz bildete den Mittelpunkt. Die handgeschnitzten Bettpfosten trugen einen weißen Baldachin, und auf dem Bett lag eine Steppdecke aus Satin. Außerdem gab es zwei voluminöse weiße Kissen mit handgehäkelten Überzügen.

Das Bett selbst stand zwischen zwei großen paneelierten Fenstern, die nach Süden hinausgingen. Geschmückt waren die Fenster mit hellblauen plissierten Vorhängen aus Antikseide. Das Zimmer hatte einen polierten Hartholzboden, und neben dem Bett lag ein dicker, hellgrauer Wollteppich.

Mein Blick fiel auf einen Ankleidetisch mit einem Spiegel in einem ovalen Rahmen, der links stand. Daneben befand sich eine große Kommode, an die sich ein Wandschrank von riesigen Ausmaßen anschloß. Gegenüber dem Bett stand ein mit blauem Samt überzogener Sessel. An der rechten Seite befand sich ein weiterer Wandschrank, rechts davon eine kleine Kommode. Ein offener Kamin, in dem nun ein Feuer züngelte, war auf der gegenüberliegenden Seite vom Bett.

Obwohl die Vorhänge, das Bett und der Teppich Wärme und eine weibliche Atmosphäre ausstrahlten, wirkte der Raum kalt. Als ich mir das alles ansah, hatte ich den Eindruck, daß die Einrichtung sehr hastig zusammengetragen worden war. In einem so prächtigen Haus wollte Malcolm solch ein Schlafzimmer haben?

Die Antwort auf meine Frage ließ nicht lange auf sich warten. Dies war nicht unser Schlafzimmer.

Dies war mein Schlafzimmer.

»Du möchtest doch gleich zu Bett gehen«, sagte er. »Es war ein anstrengender Tag für dich, mit der langen Reise. Du kannst so lange schlafen, wie du möchtest.«

Malcolm beugte sich zu mir herüber und küßte mich flüchtig auf die Wange. Dann drehte er sich um und verließ, noch ehe ich etwas sagen konnte, den Raum.

Mir schien, als sei Malcolm etwas verlegen gewesen; vermutlich hatte er sich wegen Mrs. Steiner von mir verabschiedet. Wahrscheinlich würde er im Morgengrauen an mein Bett zurückkommen.

Mrs. Steiner blieb noch eine Weile bei mir, zeigte mir das Badezimmer, erklärte mir die Hausordnung, unterrichtete mich über den Wechsel der Bettwäsche, sagte mir, wann die Zimmer gereinigt und wie die Mahlzeiten geordert würden.

»Es ist bereits so spät«, sagte ich, »daß ich natürlich nicht alles im Kopf behalten kann. Aber morgen früh gehen wir zusammen noch einmal alles durch, und dann werde ich entscheiden, was so bleiben kann und was geändert werden muß.« Ich glaube, sie war etwas überrascht von meiner Entschlossenheit.

»Donnerstag pflegen die Bediensteten in die Stadt zu fahren. Dort kaufen wir für unsere persönlichen Bedürfnisse ein«, sagte sie, offenbar mit der Befürchtung, ich könnte diese Gepflogenheit unterbinden.

»Wo schlafen die Bediensteten?« wollte ich wissen.

»Die Zimmer der Bediensteten liegen im rückwärtigen Teil, über der Garage. Morgen wird Olsen, der Gärtner, sich bei Ihnen vorstellen. Er wird Ihnen die hinteren Gärten zeigen, auf die er sehr stolz ist. Unsere Köchin ist Mrs. Wilson. Sie arbeitet bei den Foxworths bereits seit nahezu dreißig Jahren. Sie behauptet zwar, zweiundsechzig zu sein, aber ich weiß, daß sie an die siebzig Jahre alt ist«, fügte sie noch hinzu. Während sie meine Reisekoffer auspackte und meine Garderobe ordnete, plauderte sie in ihrem unüberhörbaren deutschen Akzent unverdrossen vor sich hin. In meinen Ohren verschmolzen ihre Worte schließlich zu einem monotonen Rhythmus, so daß ich ihr nicht mehr folgen konnte. Als sie bemerkte, daß ich ihr nicht mehr zuhörte, entschuldigte sie sich.

»Ich hoffe, Sie genießen Ihre erste Nacht auf Foxworth«, sagte sie. Eigentlich war es ja schon Morgen.

Ich nahm mein blaues Nachthemd heraus. Ich hatte soviel Mühe aufgewendet, damit es bis zur Hochzeitsnacht fertig wurde. Es hatte einen tiefen V-Ausschnitt und war das enthüllendste Kleidungsstück, das ich jemals besessen hatte. Ich erinnerte mich, als der V-Ausschnitt in Mode kam, wurde er von der Geistlichkeit als schamlose Selbstentblößung verurteilt. Die Ärzte sagten, er sei eine Gefahr für die Gesundheit, und Blusen, die vorne einen dreieckigen Ausschnitt hatten, bekamen den Beinamen »Lungenentzündungsbluse«. Die Frauen ließen sich davon allerdings nicht abbringen, und so wurde der V-Ausschnitt populär. Bis jetzt hatte ich niemals etwas angezogen, das von den

Brüsten soviel enthüllte. Nun überlegte ich, ob ich es wirklich anziehen sollte.

Da ich glaubte, daß Malcolm am Morgen zu mir kommen könnte, entschied ich mich doch, es zu tun. Nachdem ich hineingeschlüpft war, öffnete ich mein Haar, ließ es um die Schultern fallen und betrachtete mich dann im Spiegel. Der Schein des Feuers verlieh meiner Haut eine besondere Tönung, so daß es aussah, als würden die Flammen in mir lodern.

Als ich mich so betrachtete, kam mir der Gedanke an eine Kerze, die nicht angezündet wird – denn was sonst ist eine Frau, die nicht geliebt wird. Ganz gleich, wie schön sie sein mochte, wenn sie keinen Mann hatte, der sie liebte, würde sie niemals in voller Pracht erstrahlen. Die Gelegenheit, meine Kerze zu entzünden, war gekommen. Ich sehnte mich danach, die Flamme zu sehen.

Das Verlangen stand in meinen Augen. Mit den Fingerspitzen strich ich an meinem Haar hinab und berührte meine Schultern. Wie ich so dastand und daran dachte, daß Malcolm zurückkommen und mich in seine Arme nehmen würde, rief ich mir die Liebesszenen ins Gedächtnis zurück, die ich aus Büchern kannte.

Er würde seine Lippen auf meine Schultern pressen; er würde meine Hand in der seinen halten und sie sanft streicheln. Dann würde er flüstern, wie sehr er mich liebte, und mich fest an sich drücken. Meine Körpergröße, die immer eine Last für mich gewesen war, würde ihn erregen. In seinen Armen würde ich Erfüllung finden, so anmutig sein und so sanft, wie eine Frau nur sein konnte, denn dies war die Macht der Liebe – das häßlichste der Entlein wurde durch sie in einen Schwan verwandelt.

In diesem Nachthemd fühlte ich mich wie ein Schwan. Ich war endlich eine Frau, die begehrt werden wollte. In dem Augenblick, wo Malcolm durch die Tür treten würde, würde er das erkennen, und wenn er noch irgendwelche Zweifel hätte, was mich betraf, würden diese Zweifel weggeweht werden wie die Herbstblätter vom Wind. Ich sehnte mich danach, daß er durch diese Tür trete. Ich war für ihn bereit, wenn er durch diese Tür treten würde.

Nachdem ich das Licht gelöscht hatte, schlüpfte ich unter die Decke. Feurige Schatten tanzten über mir; sie sahen aus wie Figuren, die aus den Wänden herausgetreten waren. Die Geister von Malcolms Vorfahren, die jahrelang geschlafen hatten, waren durch meine Ankunft wachgerüttelt worden. Nun vollführten sie ein Auferstehungs-Ritual, erregt von der Aussicht, daß eine neue Herrin vom Spuk der Vergangenheit heimgesucht werden konnte. Der Gedanke daran faszinierte mich mehr, als daß er mich erschreckte, und ich konnte meinen Blick kaum abwenden von den tanzenden Figuren, die vom roten Schein des Feuers zum Leben erweckt worden waren.

Dann hörte ich, wie irgendwo hinten in dem langen, leeren Korridor eine Tür ins Schloß fiel. Das Echo davon hallte wider, setzte sich zwischen den Wänden fort und suchte seinen Weg durch die Dunkelheit, bis es an meine Tür drang.

Darauf folgte eine tiefe, eisige Stille, die mir das Herz gefrieren ließ, ein Herz, das sich danach sehnte, gewärmt, geliebt und liebkost zu werden. Ich zog mir die Decke bis ans Kinn und atmete den Duft von frischgewaschenen Bettlaken.

Angestrengt lauschte ich, um Malcolms Schritte zu hören, aber nichts rührte sich. Das Feuer erlosch langsam; die Schatten wurden kleiner und zogen sich wieder in die Wände zurück. Meine Lider wurden immer schwerer; ich konnte sie schließlich nicht mehr offenhalten und schlief ein. Ich sagte mir, wenn ich aufwache, wird Malcolm neben mir liegen, und das wunderbare neue Leben, das ich mir ausgemalt habe, wird anbrechen.

3. KAPITEL

Das hässliche Entlein und der Schwan

Etwas Grelles senkte sich auf meine Augenlider. Ich wachte auf. Im Halbschlaf träumte mir, es wäre der Schein der Liebe von Malcolms Augen. Aber als ich die Augen aufschlug, merkte ich, daß es nur die strahlende Morgensonne war. Neben mir das Bett war unberührt und leer. Malcolm war also in dieser Nacht nicht zu mir gekommen. Unwillkürlich traten mir Tränen in die Augen. Ich war doch eine verheiratete Frau; wann würde ich hier liegen, eingebettet in den Glanz der Liebe? Alle meine jüngst erblühten Träume verwelkten im schneidenden Winterwind. Wer eigentlich war mein Gatte? Und wer war ich? Ich ging zum Fenster und schlug die Satinvorhänge zurück. Sonnenlicht überflutete mein Gesicht.

Gerade in dem Moment vernahm ich ein verhaltenes Klopfen an der Tür.

»Wer ist da?« rief ich, wobei ich meiner Stimme einen hellen und heiteren Klang verleihen wollte. Aber es hatte keinen Zweck. Ich brachte nur ein Krächzen hervor und klang bestenfalls unsicher.

»Guten Morgen, Mrs. Foxworth. Hoffentlich haben Sie gut geschlafen.«

Es war Mrs. Steiner. Und ehe ich noch irgend etwas sagen konnte, stand sie mitten im Zimmer und musterte mich. Ein hämisches Grinsen umspielte ihre Lippen.

»Ist Mister Foxworth schon aufgestanden?« beeilte ich mich zu fragen.

»O ja, Ma'am. Schon vor einiger Zeit. Er ist bereits weggegangen.«

Einen Augenblick lang starrte ich sie nur an. Er ist schon weggegangen? Krampfhaft versuchte ich, die Tränen zurückzuhalten. Wollte er nicht den ersten Tag mit mir zusammen hier verbringen? Schaute er in mein Zimmer und ging wieder, als er mich schlafend gesehen hatte? Warum hat er mich denn um Gottes willen nicht geweckt? Warum kam er denn nicht zu mir?

Ich fühlte mich hier im Haus wie irgendein Gast und nicht wie eine jungvermählte Frau. Merkte das auch die Dienerschaft? Oder warum sonst hatte Mrs. Steiner diesen kalten, abschätzenden Blick?

»Hat Mister Foxworth irgendeine Nachricht für mich hinterlassen?« fragte ich und bereute es sofort, mich bei einer Bediensteten nach einer Mitteilung von meinem Gatten erkundigt zu haben. Das wenigste, was von ihm zu erwarten gewesen wäre, wären Anweisungen für den Haushalt gewesen, die er, ohne mich zu wecken, auf dem Bett hätte zurücklassen können – als eine kleine Geste, daß er an mich gedacht hatte. Der ganze Raum war von einer schaurigen Kälte erfüllt. Die Feuersglut war zusammen mit meinen Träumen und Hoffnungen erloschen. Gestern noch war ich entflammt gewesen vor Hoffnung, bereits heute blieb von meiner Leidenschaft nur noch ein Häuflein Asche übrig. Meiner Dienerschaft gegenüber würde ich die Rolle der neuen Herrin spielen, streng und verantwortungsbewußt.

Mit einer knappen Verbeugung antwortete Mrs. Steiner: »Nein, Ma'am, Mister Foxworth hat keine Nachricht hinterlassen. Wünschen Sie Ihr Frühstück hier oben einzunehmen?«

»Nein, ich werde mich ankleiden und gleich herunterkommen.«

»Sehr wohl.« Mrs. Steiner schickte sich an, das Feuer anzumachen.

»Lassen Sie es gut sein. Es ist nicht notwendig. Ich mag diese Behaglichkeit am Morgen nicht.«

»Wie Sie wünschen. Haben Sie einen besonderen Wunsch für das Frühstück, Mrs. Foxworth?«

»Was frühstückte mein Gatte?«

»Mr. Foxworth pflegt am Morgen nicht viel zu sich zu nehmen.«

»Das ist auch meine Angewohnheit«, sagte ich.

Mrs. Steiner nickte und zog sich eiligst zurück.

Natürlich hatte ich gelogen. Bisweilen wachte ich heißhungrig auf und verschlang alles, dessen ich habhaft werden konnte. Aber an diesem Morgen hatte ich keinen Hunger. Gott bewahre! Ich befand mich in einem schrecklichen Zustand und wollte dies schleunigst ändern.

Irgend etwas stimmte nicht. Von meinem Vater wußte ich, daß, wenn etwas nicht in Ordnung war, es einen erklärbaren Grund dafür geben mußte. Um die Wahrheit zu erfahren, mußte man jedoch um sie ringen. »Aber, Olivia, merk dir«, warnte er mich, »wenn du die Wahrheit ergründen willst, dann mußt du immer damit rechnen, etwas Schreckliches, Häßliches zu enthüllen.« Aber ich war eine selbstbewußte Frau, Malcolm Foxworth war mein Ehemann, und es würde mir gelingen herauszufinden, warum er mich in der Hochzeitsnacht so sträflich vernachlässigt hatte. Nein, meine Enttäuschung sollte meinen Verstand nicht trüben. Allzulange hatte ich von den Küssen am Morgen, von den Liebkosungen, von dem Geflüster der Liebe und Zärtlichkeit geträumt. Auch ich hatte einen Anspruch darauf. Warum sollte ich darauf verzichten – so ohne weiteres?

Als ich mich erhob und auf mein verführerisches Nachthemd hinunterblickte, war ich furchtbar verlegen, obgleich niemand anwesend war. Es war so, als wäre ich für ein nie aufgeführtes Stück kostümiert worden, für ein Stück, das nicht einmal geprobt worden war. Ich empfand mein Verhalten als töricht und war zornig auf mich selbst. Schnell zog ich es aus und kleidete mich an.

Nie werde ich diesen Morgen vergessen, als ich zum ersten Mal die Treppe herunterkam. Ich stand oben am Treppenabsatz, ließ meine Blicke über die riesige Halle schweifen und empfand die Kälte, die sie ausstrahlte. Es würde meine Aufgabe sein, dieses ganze Haus wohnlich zu gestalten; dies war eine Herausforderung, die anzunehmen ich bereit war.

Als ich die Treppe hinunterstieg, fühlte ich mich wie eine Königin. Zu meinem Empfang hatte Mrs. Steiner sowohl Mrs. Wilson, die Köchin, und Olsen, den Gärtner, als auch Lucas herbeigerufen. Meine Dienerschaft wartete unten, ängstlich und voreingenommen gegenüber ihrer neuen Herrin. Es gab keinen Zweifel, daß ich einen sehr imposanten Eindruck damals auf sie gemacht haben mußte. Ich stellte mir vor, wie sowohl Lucas als auch Mrs. Steiner mich ihnen gegenüber beschrieben hatten. Dennoch hatte sicher keiner von ihnen erwartet, daß Malcolm eine so hochgewachsene Braut nach Hause bringen würde. Als sie mich mit meinen aufgesteckten Haaren und meinen breiten, straffen Schultern die Treppe heruntersteigen sahen, dachten sie sicher, sie hätten eine Amazonenkönigin vor sich. Angst und Neugier las ich in ihren Augen.

»Guten Morgen«, begann ich. »Glauben Sie bloß nicht, daß ich jemals wieder so spät wie heute aufstehen werde. Wie Ihnen Mrs. Steiner bestätigen kann, sind wir erst sehr spät, mitten in der Nacht angekommen. Machen Sie mich mit der Dienerschaft bekannt, Mrs. Steiner«, ordnete ich an. Das wäre eigentlich Malcolms Aufgabe gewesen, überlegte ich mir. Ich war überzeugt davon, daß man mir die Enttäuschung darüber ansehen konnte.

»Das ist Mrs. Wilson, die Köchin.«

»Willkommen, Mrs. Foxworth«, sagte sie. Anders als Mrs. Steiner war Mrs. Wilson von knochiger Gestalt und nur etwa einsfünfundfünfzig groß. Sie hatte weißgraues Haar und große, haselnußbraune, neugierige Augen. Ich hatte den Eindruck, daß ein verständnisvolles Lächeln in ihrem Gesicht auszumachen war. Von Mrs. Steiner wußte ich, daß sie Malcolm schon von Kindesbeinen auf kannte und deshalb genau wußte, welche Art von Frau er sich zur Gattin wählen würde.

»Das ist Olsen, der Gärtner«, sagte Mrs. Steiner. Olsen trat einen Schritt vor, wobei er seinen Hut in der Hand hielt. Er war ein massiger, stiernackiger Mann von untersetzter Gestalt. Obwohl er von grobschlächtiger Gestalt war, zeugten seine Augen von Sanftmut. Er schaute drein wie ein erschrockener Volksschüler, der gerade eine Rüge seines Lehrers über sich ergehen läßt.

»G-g-g-g-guten Morgen, Mrs. Foxworth«, stotterte er, wobei er rasch zu Boden schaute.

»Guten Morgen.« Ich wandte mich wieder Mrs. Steiner zu. »Ich möchte jetzt frühstücken. Anschließend werde ich einen Rundgang durchs Haus und das Anwesen machen. Gehen Sie jetzt wieder an Ihre Arbeit. Ich werde Sie rufen, wenn ich Sie brauche.«

Allein saß ich an einem langgezogenen Eichentisch, an dem

gut und gern zwanzig Leute Platz gefunden hätten. Ich kam mir vor wie ein kleines Mädchen in einem Riesensaal. Dieses Haus überwältigte sogar mich. Sobald ich zu laut sprach, antwortete mir ein Echo, in dem die ganze Verlassenheit des Hauses widerhallte. Oh, wäre nur Malcolm dagewesen! Dann hätte ich mich wie eine normale Erwachsene gefühlt und nicht wie eine Riesin oder ein Kind.

Mrs. Steiner begab sich sogleich nach dem Servieren nach oben zu den Schlafgemächern. Ich hatte keine Lust, allein zu frühstükken; ich war zwar daran gewöhnt, aber heute war schließlich der Tag nach meiner Heirat oder, wie Malcolm sagte, die Zeit meiner Flitterwochen!

Ich schaute mich im weiten Speisezimmer um. Obgleich es hell erleuchtet war, wirkte es sehr düster. Vielleicht war es notwendig, die Tapeten zu erneuern. Graubraun, ja schmutzig wirkten die Vorhänge. Dieses ungemütliche Haus würde ich in ein wohliges Heim verwandeln, das wußte ich. Es bedurfte nur des Eifers, der Willensstärke und des Durchsetzungsvermögens.

Bevor ich mich erhob, kam Mrs. Wilson aus der Küche und fragte mich nach meinen Anordnungen für das Mittagessen. Wieder war ich zunächst sprachlos. Woher sollte ich wissen, was Malcolm bevorzugte und was nicht?

»Was gibt es normalerweise am Mittwoch?« fragte ich.

»Mittwochs gibt es Lamm, aber Mister Foxworth gab die Anweisung, daß von jetzt an Sie das Menü zusammenstellen sollen.«

»Das ist gut«, sagte ich, »aber bereiten Sie vorläufig bitte das Menü wie gewohnt vor. Zur gegebenen Zeit werde ich dann entsprechende Veränderungen vornehmen.«

Sie nickte, und wieder sah ich dieses gewisse Lächeln in ihren Augen. War es denn möglich, daß sie mir alles von den Lippen ablesen konnte? fragte ich mich. Ich gab mich entspannt. »Mrs. Wilson, ich werde Sie später aufsuchen«, fügte ich hinzu. »Sie können mich dann in den Speiseplan einweisen, damit ich weiß, was Mr. Foxworth' Lieblingsspeisen sind.«

»Wie Sie wünschen, Mrs. Foxworth«, sagte Mrs. Wilson. Sie ging in die Küche zurück, und ich begann meinen Erkundungsgang durch Foxworth Hall, wobei ich mir wie ein Museumsbesucher vorkam. Der einzige Unterschied bestand darin, daß mir wohl alles in diesem Haus Aufschlüsse über den Mann, den ich gerade geheiratet hatte, geben würde. Ach, um wieviel aufschlußreicher wäre es doch gewesen, wenn mich Malcolm auf einem Rundgang begleitet hätte! Er hätte mir die Sachen, die er schätzte, zeigen können, mir die Geschichte einzelner Möbelstücke oder Bilder erzählen können.

Ich beschloß, mit der Bibliothek anzufangen. Es war ein Raum gewaltigen Ausmaßes; er war langgezogen, düster und muffig. Die Bücherregale reichten fast bis zur Decke hinauf, die mindestens sechs Meter hoch war. Eine schmale Treppe aus Schmiedeeisen, die an einer Schiene entlanggleiten konnte, führte hinauf zu einer Galerie, von wo aus man die Bücher ganz oben erreichen konnte. Noch nie hatte ich so viele Bücher gesehen. Ich war höchst erfreut, war ich doch eine leidenschaftliche Leserin. Natürlich war mir klar, daß meine neuen Aufgaben mir jetzt nicht mehr soviel Zeit zum Lesen lassen würden. Bei einer flüchtigen Durchsicht der Regalbestände registrierte ich Geschichtsbände, Biographien und die Werke der Klassiker. Mit den Werken der damals gerade populären Autoren war Malcolm offensichtlich nicht vertraut. Rechts neben der Eingangstür stand ein kolossaler Schreibtisch; einen größeren hatte ich noch nie gesehen. Dahinter befand sich ein hoher, drehbarer Ledersessel. Was mich aber am meisten überraschte, war die Anzahl der Telefone auf dem Schreibtisch: es waren sechs! Ich stellte mir Malcolm vor, wie er mit seinen verschiedenen Geschäftszweigen Verbindung halten mußte und daß er mit den Anwälten und Börsenmaklern sprechen mußte, aber gleich sechs Telefone...?

Gleich neben dem Schreibtisch begann eine Fensterreihe, die den Blick auf einen Garten freigab: eine wunderschöne, prächtige und friedliche Idylle. Ich sah Olsen, wie er gerade Unkraut jätete. Er mußte mich am Fenster gesehen haben, denn er drehte sich nach mir um und nickte mir zu, bevor er sich wieder an seine Arbeit machte; er arbeitete jetzt schneller.

Als ich mich wieder der Bibliothek zuwandte, bemerkte ich eine dunkle Mahagonisitzgruppe, die sehr vornehm wirkte. Etwa einen Meter von der Wand entfernt waren zwei lange, lohfarbene Ledersofas aufgestellt; um den Kamin waren Sessel gruppiert. Die Regale zierten Kunstgegenstände.

Trotz der riesigen Fenster wurde der Raum kaum erhellt. Vielleicht konnte man dennoch einige Blumentöpfe neben den Fenstern aufstellen, überlegte ich mir. Sie hätten sicherlich dem Raum etwas Wärme gegeben.

Dann entdeckte ich hinten, am Ende der Bibliothek, eine Tür. Wollte Malcolm, daß ich hier arbeiten sollte, oder wollte er, daß ich in dem Raum, zu dem diese Tür führte, meiner Arbeit nachgehen sollte? Die Neugier trieb mich zu der Tür. Ich öffnete sie. Vor mir tat sich ein kleiner Raum auf; in der Mitte befanden sich ein Schreibtisch und ein Sessel; sie waren viel kleiner als in der Bibliothek. Aktenordner stapelten sich auf einer Schreibtischecke, in der Mitte lagen verstreut Füllfederhalter, Tintenfässer und Notizblöcke. Die Wände waren schmucklos, und die ehedem prächtigen Tapeten hatten sich mittlerweile zu einem dumpfen Grau verfärbt.

Hatte Malcolm diesen kalten, abgeschiedenen Raum als meinen Arbeitsplatz vorgesehen? Ich schauderte. Wie konnte er nur? Der Raum taugte bestenfalls als Lager oder Archiv oder als Arbeitsplatz für einen Angestellten, für irgendeinen untergeordneten Sekretär, auch das wäre vorstellbar; aber das war doch kein Raum für eine Ehefrau, die ihren familiären Aufgaben nachgehen sollte!

Natürlich mußte ich berücksichtigen, daß Malcolm seinen Heiratsentschluß Hals über Kopf gefällt hatte. Alles ging so schnell, daß er wahrscheinlich gar keine Zeit gehabt hatte, den Raum entsprechend auszustatten. Das sollte wohl jetzt meine Aufgabe sein. Der graubraune, staubig wirkende Vorhang mußte ausgetauscht werden, Pflanzen und Blumen, farbenprächtige Gemälde für die Wände, Regale und ein heller Teppichvorleger waren vonnöten. Es gab so viel zu tun. Angesichts dieser bevorstehenden Aufgaben wurde ich gleich ganz aufgeregt.

Natürlich konnte ich mir vorstellen, hier drinnen zu arbeiten, wenn Malcolm gleichzeitig seinen Geschäften in der Bibliothek nachging. Wir würden Tür an Tür arbeiten. Das war vielleicht der Grund, warum Malcolm mich in diesem Hinterzimmer wünschte. Dieser Gedanke versetzte mich in freudige Aufregung.

Ich schloß die Tür und zog mich aus der Bibliothek zurück,

während ich mir überlegte, welchen Teil des Hauses ich jetzt inspizieren sollte. Noch immer beschlich mich die Neugier, wenn ich daran dachte, wie ich vor diesen großen weißen Türen gestanden und Malcolm mir erklärt hatte, daß dies das Zimmer seiner Mutter gewesen sei. Begierig wollte ich so schnell wie möglich alles über ihn und seine Vergangenheit erfahren. Ich begab mich zum Südflügel und erreichte schließlich das »Geheimzimmer«. Als Malcolm verkündet hatte, daß niemandem der Zutritt zu diesem Zimmer gestattet sei, hatte er mit Sicherheit nicht mich in dieses Verbot miteingeschlossen.

Vor den zwei Stufen, die zu den Doppeltüren führten, hielt ich inne. Gerade, als ich im Begriff war, auf sie zuzuschreiten, hörte ich, wie Mrs. Steiner unten in der Halle eine Tür zuschlug. Sie sah zu mir herauf, und trotz der großen Distanz zwischen uns bemerkte ich ein verärgertes Stirnrunzeln auf ihrem Gesicht.

Ich ertrug es nicht, wie sie dastand und mich anstarrte. Es war, als hätte sie mich ertappt, wie ich mit der Hand in eine Schachtel voller Süßigkeiten gegriffen hatte. Wie konnte sich eine Bedienstete nur unterstehen, mir so gegenüberzutreten!

»Sind Sie fertig mit Ihrer Arbeit?« herrschte ich sie an.

»Noch nicht ganz, Mrs. Foxworth.«

»Was stehen Sie dann hier noch herum? Gehen Sie wieder an Ihre Arbeit!« befahl ich. Ich ließ sie nicht aus den Augen, bis sie kehrtmachte und auf Malcolms Zimmer zuging. Sie drehte sich tatsächlich noch einmal um, als sie aber gewahr wurde, wie ich sie noch immer beobachtete, beeilte sie sich, im Zimmer zu verschwinden.

Ich stieg die Stufen empor, drehte den Türknauf und stand im Zimmer von Malcolms Mutter. Das Zimmer flößte mir Ehrfurcht ein. Das Herz schlug mir bis zum Halse. Hatte Malcolms Mutter wirklich hier geschlafen? Nein, das konnte ich nicht glauben!

Inmitten des Zimmers stand auf einem Podest ein ... ja ein Schwanenbett, so konnte man es bezeichnen. Es hatte einen geschnitzten Schwanenkopf aus Elfenbein, der sich dem Betrachter im Profil zeigte. Es sah aus, als wollte ihn der Schwan gerade unter den ausgebreiteten Flügel stecken. Ein schläfriges, rubinrotes Auge blinzelte einen dabei an. Die Flügel schwangen sich sanft um ein fast ovales Bett, für das offensichtlich speziell angefertige Bettücher notwendig waren. Der Designer hatte es so eingerichtet, daß die Federspitzen der Flügel den feinen, durchsichtigen Vorhang – er leuchtete in allen Schattierungen von rosarot über violett bis hin zu purpur – wie Finger zurückhielten. Quer vor dem Fußende des großen Schwanenbettes stand ein Kinderschwanenbett.

Neben dem Bett lag ein dicker, malvenfarbener Teppich sowie ein großes weißes Fell. Die Kristalleuchter waren über einen Meter hoch und über und über mit Gold und Silber verziert. Zwei von ihnen hatten schwarze Blenden. Unter den beiden anderen erstreckte sich eine Chaiselongue in rosafarbenem Samt.

Ich muß zugeben, dieser Anblick schockierte mich damals. Die Wände waren reichlich mit wertvollem Seidendamast bespannt, der ganz in einem auffallenden Erdbeerrot gehalten war.

Ich ging zum Bett und befühlte den weichen, flauschigen Überzug. Was für eine Frau mochte Malcolms Mutter wohl gewesen sein? War sie ein Filmstar? Wie würde ich mich fühlen, wenn ich in solch einem Bett schlafen würde, überlegte ich. Ich würde nicht aufhören können, mich in diesem Bett zu wälzen, mich seiner sanften verführerischen Sinnlichkeit hinzugeben. War es das, wonach Malcolm sich sehnte? War dies das Bett, in dem er geboren wurde? Hatte ich gar meinen stattlichen Gatten bislang verkannt? War hinter den Schatten ein strahlender Glanz verborgen, eine unvorstellbare Sinnlichkeit, von der ich nicht einmal zu träumen gewagt hätte?

»Wer hat dir erlaubt hier einzutreten?«

Erschreckt fuhr ich hoch. In der Tür konnte ich undeutlich Malcolm erkennen. Einen Augenblick lang dachte ich, er würde zärtlich auf mich zukommen, aber dann bemerkte ich ein seltsames Funkeln in seinen Augen und seine zur Grimasse verzerrten Gesichtszüge. Ein eiskalter Schauer jagte mir den Rücken hinunter. Mir verschlug es den Atem; ich faßte mir, nach Luft ringend, an den Hals.

»Malcolm, ich habe dich gar nicht kommen hören.«

»Was suchst du hier drinnen?«

»Ich ... ich tue, was du mir aufgetragen hast. Ich mache mich mit unserem Haus vertraut.«

»Dies hier gehört nicht zu unserem Haus. Dies hat nichts mit unserem Haus zu tun«, sagte er mit schneidender Schärfe.

»Ich tat es nur deinetwegen, Malcolm. Ich wollte nur etwas über dich erfahren, und ich dachte mir, wenn ich etwas über deine Mutter wüßte, dann würde ich auch dich kennen.« Alles war so verwirrend, so irreal. Ich fühlte mich benommen und von Angst erfüllt.

»Meine Mutter? Wenn du der Meinung bist, daß das Wissen über meine Mutter irgend etwas über mich offenbaren könnte, dann täuschst du dich gewaltig, Olivia. Du möchtest, daß ich dir etwas über meine Mutter erzähle. Nun gut, ich werde dir etwas über meine Mutter erzählen!«

Ich sank in die seidenen Bettücher. Ich fühlte mich schwach und war verwirrt, als er sich drohend über mich beugte.

»Meine Mutter«, begann er, »meine Mutter war wunderschön. Sie war so schön, so lebensfroh, so voller Liebe – mein ein und alles für mich. Damals war ich noch so unschuldig, vertrauensvoll und unwissend. Denn damals wußte ich noch nicht, daß seit Eva im Paradies alle Frauen die Männer betrügen. Besonders Frauen mit einem hübschen Gesicht und einem verführerischen Körper. O Olivia, du kannst dir nicht vorstellen, was sie für eine Betrügerin war. Denn ihr charmantes Lächeln und ihre überschwengliche Liebe konnten nicht darüber hinwegtäuschen, daß in ihr das Herz einer Hure schlug.« Plötzlich machte er einen Schritt auf den Wandschrank zu und riß die Türen auf. »Schau dir diese Kleider an«, sagte er, wobei er ein helles Kleid herausriß und es auf den Boden schleuderte. »Ja, es stimmt, meine Mutter war eine elegante Dame der ›fröhlichen Neunziger‹.« Er riß farbenprächtige, spitzenbesetzte Nachthemden, herrliche Unterröcke und einen Riesenfächer aus gekrümmten Straußenfedern heraus und schleuderte auch das alles auf den Boden. »Ja Olivia, sie war immer die Ballkönigin. Auf den Bällen schulte sie ihren Charme.« Er ging zu der abgelegenen Nische hinüber, wo sich das Ankleidezimmer befand. Der ganze Raum war vollkommen mit Spiegeln verkleidet. Wie in Trance griff er nach der silberbeschlagenen Haarbürste und dem Kamm auf dem Ankleidetisch. »Dieses Zimmer kostete ein Vermögen. Mein Vater erfüllte ihr jeden Wunsch, selbst jede ihrer Marotten.« Er hielt inne, dann hauchte er: »Corinna«, als ob die bloße Nennung ihres Namens ihren Geist in diesen verlassenen Gemächern hätte wiederbeleben können. Ich konnte es in seinen Augen lesen: Er bildete sich tatsächlich ein, daß er sie sehen würde. Jetzt wußte ich, daß sie wirklich wunderschön gewesen sein mußte.

»An was starb sie eigentlich?« fragte ich. Er hatte sich in unseren Gesprächen nie genauer darüber ausgelassen, nicht einmal dann, als ich ihm von dem Tod meiner Mutter erzählt hatte. Ich vermutete, daß ihr Tod für ihn so schmerzlich und tragisch gewesen sein mußte, daß er nicht darüber sprechen konnte.

»Als sie starb, war der Grund nicht hier zu finden«, antwortete er zornig. »Außer der Langeweile vielleicht. Der Langeweile, die sich einstellt, wenn du alles bekommst, was du dir nur wünschst, der Langeweile, die über dich kommt, wenn all deine Bedürfnisse befriedigt sind und du abstumpfst.«

»Was meinst du damit, sie wäre hier nicht gestorben?« fragte ich. Er wandte sich ab und ging auf die Tür zu, als ob er das Zimmer verlassen wollte. »Malcolm, wie kann ich deine Frau sein und nichts von deiner Vergangenheit wissen?«

»Sie lief weg«, sagte er, während er im Gehen innehielt. Dann drehte er sich zu mir um. »Sie lief weg mit einem anderen Mann, als ich knapp fünf Jahre alt war«, preßte er hervor.

»Sie lief weg?« Ich zitterte bei dieser Enthüllung. Er kam zu mir herüber und setzte sich neben mich auf das Bett.

»Sie machte, was sie wollte. Etwas anderes spielte überhaupt keine Rolle, wenn es ihr nur gefiel. Mein Gott, Olivia, du kennst doch diese Art von Frauen«, sprach er auf mich ein, während er die Hand auf meine Schulter legte. »Sie sind genau das, was du nicht bist: schwache, narzißtische, launenhafte Frauen. Sie flirten andauernd, sie kennen keine Treue einem Mann gegenüber, und man kann ihnen keine Verantwortung über irgend etwas anvertrauen«, erklärte er, und ich merkte, wie ich errötete.

Plötzlich wechselte er den Gesichtsausdruck. Er zwinkerte, als hätte er sich soeben selbst von etwas überzeugt. Jetzt sah er mich mit ganz anderen Augen an. Seine Hand ruhte immer noch auf meiner Schulter, nur sein Griff wurde fester, so daß er zu schmerzen begann. Ich versuchte mich aus dieser Umklammerung zu entwinden, aber er hielt mich nur noch fester.

Es gelang mir nicht, mich von ihm abzuwenden. Er starrte mich an, als wolle er mich hypnotisieren. Dann lächelte er. Wie ein Verrückter, dachte ich. Sein Griff begann sich zu lockern, was aber keineswegs bedeutete, daß er von mir abließ. Seine Hand glitt an mir hinunter, erfaßte meine Brust und preßte sie mit roher Gewalt.

»Ja, sie hat mich verlassen«, flüsterte er. »Sie hat mich verlassen und mir nur die Erinnerung an ihre Zärtlichkeit, an ihre Küsse und an den betörenden Duft ihres Körpers hinterlassen«, zischte er. Er hielt die Augen geschlossen und atmete stoßweise.

Wie wild fingerte er an mir herum, öffnete mir die Bluse. Seine Lippen näherten sich meinem Hals, er flüsterte: »Sie ließ mich für immer hier allein zurück, in diesem Raum, wo ich sie sehen kann, wo ich ihre Anwesenheit fühlen kann...«

Mit einem Ruck riß er mir die Bluse vom Leib. Vor Entsetzen brachte ich kein Wort hervor. Ich hielt nur den Atem an.

»Ihr Name geistert durch dieses Haus«, sagte er. »Corinna«, hauchte er, »Corinna.«

Seine Hände glitten an meinem Körper hinunter, zerrten an meinem Rock. Ich merkte, wie meine Kleidungsstücke zerrissen wurden, und sank zurück. Wie verrückte kleine Kreaturen machten sich seine Finger an meinem Körper zu schaffen. Sie nestelten und zerrten an meiner Unterwäsche; grob riß er sie mir vom Leib.

»Corinna«, fuhr er fort, »ich haßte sie – ich liebte sie. Aber du wolltest etwas über meine Mutter erfahren. Du hast es nicht anders gewollt. Meine Mutter...«, verächtlich brach er ab.

Er lehnte sich zurück, um sich seine Hosen abzustreifen. Erschrocken starrte ich ihn an, als er über mich herfiel. Er tat es wie ein Verrückter, nicht wie ein liebender Ehemann, nein, wie jemand, der außer Rand und Band geraten war. Nicht Liebe und Leidenschaft trieben ihn, sondern Haß und Begierde.

Ich hob meine Arme, er aber drückte sie wieder zurück und preßte sie auf das Bett.

»Meine Mutter. Du bist nicht wie meine Mutter. Du wirst niemals so sein wie sie. Du wirst niemals die Kinder, unsere Kinder verlassen oder, Olivia? Würdest du das jemals tun?«

Ich schüttelte den Kopf. Dann drang er in mich ein, roh ergriff er von mir Besitz. Ich wollte ihn doch lieben, ihn glücklich machen, ihn zärtlich liebkosen, aber jetzt, angesichts dieses verzerrten Gesichtsausdrucks, dieses vor Wut berstenden Blickes, konnte ich nichts anderes tun, als mich zu verschließen und zurückfallen zu lassen.

»Bitte, Malcolm«, flüsterte ich, »nicht so. Bitte. Ich will nicht wie sie sein. Ich bin nicht wie sie. Ich möchte dich lieben, und ich möchte unsere Kinder lieben.«

Er hörte mich nicht. Als ich die Augen aufschlug, sah ich ihn, wie er gefangen war in seinem Zorn, in seiner Lust. Immer wieder nahm er mich, wie ein Tier drang er immer wieder in mich ein. Ich wollte schreien, aber ich hatte Angst vor seiner Reaktion, und ich fürchtete, daß mein Schrei von einem der Bediensteten hätte gehört werden können. Ich erstickte meinen Schrei und biß mir auf die Lippen.

Schließlich verströmte er seinen Zorn in mich. Es war mir so heiß, daß ich dachte, ich würde verbrennen. Er hörte auf mit seinen Stößen, er hatte sich befriedigt. Er stöhnte, dann vergrub er sein Gesicht in meinen Brüsten. Ich spürte, wie sein Körper zitterte, ehe er erschlaffte.

Ein letztes »Corinna«, dann erhob er sich, kleidete sich schnell an und verließ das Zimmer.

Nun denn, jetzt wußte ich es genau. Ich wußte, welche Gespenster in den Schatten von Malcolm Neal Foxworth umgingen. Jetzt wußte ich auch, warum er eine Frau wie mich zu seiner Gattin gemacht hatte. Ich war das Gegenteil seiner Mutter. Sie war der Schwan; ich war das häßliche Entlein. Und so hatte er sich das vorgestellt. Die Liebe, nach der ich mich so sehnte, würde nie in Erfüllung gehen.

Malcolms Liebe war bereits vergeben. Sie gehörte einer Frau, die sie zerstört hatte und deren Geist noch in diesem Zimmer spukte. Für mich würde es keine Liebe geben.

4. KAPITEL
DIE GEISTER DER VERGANGENHEIT

In dieser Nacht lag ich allein im Bett und weinte. Denn wenn ich auch zu wissen glaubte, was Malcolm haben wollte, so wurde ich doch immer verwirrter. Seine Mutter hatte ihn verlassen, als er fünf Jahre alt war. Sie war nicht gestorben, im Gegenteil, in seiner Erinnerung war sie lebendiger denn je. Die Geister der Dunkelheit verspotteten mich. Du wolltest es doch wissen, flüsterten sie, jetzt weißt du es. Der wahre Malcolm hatte begonnen, sich mir zu enthüllen. Nicht meine Sanftmut schätzte er an mir, sondern meine Härte. Es war nicht die geheimnisvolle herrliche, weibliche Anmut, nach der er sich sehnte, sondern eine starke, treue Gattin, wie ich es war. Für Malcolm würde ich nie eine dieser herrlichen Frühlingsblumen sein. Nein, für ihn würde ich immer eine dieser genügsamen Lilien sein, die den Frost überdauerten, die größte Blume im Garten, widerstandsfähig, stolz und selbst dem kältesten Winterwind trotzend. Das war es, was Malcolm in mir gesehen hatte. Das war es, was ich sein sollte. Mit diesem Schicksal tröstete ich mich und sank in einen unruhigen Schlaf.

Am nächsten Morgen wachte ich früh auf und schlich die Treppe hinunter. Mein Herz schlug so heftig, daß mir schwindelig wurde und ich mich am Geländer festhalten mußte. Ich schloß die Augen und atmete tief ein, dann ging ich in das Speisezimmer. Malcolm saß an der Stirnseite des Tisches und frühstückte, als ob nichts zwischen uns passiert wäre.

»Guten Morgen, Olivia«, sagte er teilnahmslos. »Für dich ist bereits gedeckt.«

Alle meine Befürchtungen hatten sich bewahrheitet. Mein Platz war auf der gegenüberliegenden Seite des langen Tisches. Während ich mich setzte, versuchte ich, ihm in die Augen zu blicken. Ich versuchte, seine Gedanken zu lesen. Aber ich vermochte seine Maske nicht zu durchdringen. Alles, was ich hoffen konnte, war, daß Malcolm sich gestern im Zimmer seiner Mutter selbst vergessen hatte und daß er – wie ich – den gestrigen Vorfall schnell zu vergessen wünschte, um an unsere gemeinsame Zukunft zu denken. Es würde, das wußte ich, eine zweckmäßige, mit materiellem Wohlstand gesegnete Zukunft sein, eine Zukunft, in der die Frivolität und Koketterie, die mich so bestürzt und Malcolm so verletzt hatten, keinen Platz haben würden.

Ich preßte meine Lippen zusammen und setzte mich.

»Olivia«, begann Malcolm, und seine Stimme klang freundlich, »es ist Zeit, daß wir unsere Hochzeit feiern. Morgen abend wird unser Hochzeitsfest stattfinden. Mrs. Steiner hat alle Vorbereitungen getroffen, und ich habe alles, was in dieser Gegend Rang und Namen hat, eingeladen. Ich werde dich, meine Gattin, voller Stolz präsentieren, Olivia, und du darfst mir keine Schande machen.«

Vor Aufregung zitterte ich. Offensichtlich hatte auch er sich entschlossen, das gestrige Erlebnis zu vergessen. Er wollte unsere Hochzeit noch einmal feierlich begehen. »O Malcolm, kann ich irgendwie behilflich sein?«

»Das wird nicht nötig sein, Olivia. Es ist alles für morgen abend festgelegt, da, wie ich schon andeutete, Mrs. Steiner sich bereits um alles gekümmert hat. Seit jeher ist meine Familie dafür bekannt, die schönsten und extravagantesten Parties zu geben, und diesmal habe ich die Absicht, alles bisher Dagewesene noch zu übertreffen. Denn du weißt ja, Olivia, daß ich große Pläne habe. Bald werde ich der reichste Mann in dieser Gegend sein, dann der reichste Mann im Staat und schließlich sogar der reichste Mann von ganz Amerika. Schon immer spiegelten meine Parties meinen Rang in der Gesellschaft wider.«

Ich brachte keinen Bissen hinunter. Ich wollte bei den Freunden und Geschäftskollegen von Malcolm den bestmöglichen Eindruck machen. Ständig mußte ich daran denken, daß ich kein Kleid besaß, das für diesen Anlaß schön genug war. Als Mrs. Steiner mir Kaffee eingoß, durchkämmte ich im Geiste meine Garderobe: die grauen Hängekleider mit hochgeknöpften Kragen, die einfachen Blusen. Kaum daß mein Gedeck abgeräumt worden war, eilte ich in mein Zimmer und durchwühlte hastig meinen Schrank nach den Sachen, die erst gestern so ordentlich von den Bediensteten eingeräumt worden waren. Ich entschied mich für das blaue Kleid, das ich in jener Nacht getragen hatte, als ich zum ersten Mal Malcolm begegnet war. Wenn ich ihn damals schon beeindruckt hatte, warum sollte ich dann nicht alle damit beeindrucken können? Mir gefiel der Gedanke, daß das Kleid all das, was Malcolm von einer Frau erwartete, zeigen würde – von einer Frau, die stolz, konservativ und wohlerzogen war.

An diesem Nachmittag war das ganze Haus mit den Festvorbereitungen beschäftigt. Seit Malcolm klargestellt hatte, daß meine Hilfe nicht erforderlich wäre, wollte ich auch nicht im Weg sein. Jetzt, da ich wußte, daß die Party mir zu Ehren gegeben wurde, empfand ich es als sehr rücksichtsvoll, daß Malcolm darauf bestanden hatte, daß ich diesen Tag gänzlich für mich freihielt. Ich zögerte, meinen Erkundungsgang in Foxworth Hall fortzusetzen, hatte ich doch jetzt Angst davor, die Schatten zu erspähen. Doch war es nicht besser, die ganze Wahrheit statt nur einen Teil davon zu erfahren? Ich war jetzt mehr denn je dazu entschlossen, etwas über die Menschen, die hier einmal gewohnt hatten, zu erfahren. Als ich die Halle des nördlichen Flügels durchschritt, zählte ich nicht weniger als vierzehn Räume. Von Malcolm wußte ich, daß das die Räume seines Vaters gewesen waren. Die Gänge waren noch dunkler, wirkten noch kälter als die übrigen des Hauses. Schließlich kam ich zu einer Tür, die nur leicht angelehnt war. Ich sah mich um, um mich zu vergewissern, daß niemand mich beobachtete. Dann trat ich in ein ziemlich großes Schlafzimmer, das mit Möbeln vollgestellt war. Es lag so abgeschieden. Anscheinend war es für jemanden gedacht, der sich zurückziehen wollte. Anders als die anderen Zimmer des Nordflügels, mit Ausnahme des Raumes von Malcolms Vater, hatte dieses ein eigenes Bad. Ich konnte mir gut vorstellen, wie Malcolm einen seiner ungeliebteren Vettern in diese Gemächer verbannte.

Die Möbel, mit denen man zwei Doppelräume hätte ausstatten können, bestanden aus einem Wandschrank, einem großen Glasschrank, einem Toilettentisch samt Stuhl, einem Mahagonitisch mit vier Stühlen sowie einem weiteren, aber kleineren Tisch mit einer Lampe. Die zwei Vorderfenster wurden von einem schweren Wandteppich umrahmt. Der helle Orientteppich mit goldenen Fransen, der zwischen all diesen wuchtigen und düsteren Möbelstücken lag, erstaunte mich. Diente dieser Raum vielleicht als eine Art Versteck, vielleicht sogar als Fluchtwinkel für Corinna? Ich war fasziniert. Während ich den Raum weiter erkundete, entdeckte ich eine weitere, kleinere Tür in der Rückwand des Schrankes. Ich öffnete sie, wobei ich das feingesponnene Netz, das Spinnen seit ewigen Zeiten ungestört hatten weben können, zerriß. Nachdem sich der Staub, den ich aufgewirbelt hatte, wieder gelegt hatte, erblickte ich eine schmale Treppe, von der ich annahm, daß sie zum Dachboden führte.

Ich zögerte. Dachböden wie dieser gaben mehr als Erinnerungen preis. Ein Schleier des Geheimnisvollen umhüllte sie. Sicher war es leicht, die Gesichter von Portraits zu enträtseln, aber niemand schien sich für die offensichtlichen Ähnlichkeiten zu interessieren. Trotzdem mußten doch in einem so verborgenen Dachboden, der nur durch eine kleine Tür in einem Wandschrank zugänglich war, streng behütete Familiengeheimnisse bewahrt sein. Sollte ich meinen Erkundungsgang fortsetzen? Ich lauschte auf die Geräusche des Hauses. Aber von hier aus war es unmöglich, irgend etwas oder irgend jemanden von unten zu hören.

Schon seit dem Augenblick, als ich das Netzgebilde am Treppenaufgang, das von einer Wächterspinne gewoben worden war, zerrissen hatte, wußte ich, daß es kein Zurück mehr gab. Der Bann des Schweigens war bereits gebrochen worden. Ich stieg hinauf.

Einen so riesigen Dachboden hatte ich bisher noch nie gesehen. Durch die Staubwolke hindurch, die im Licht der Dachfenstergruppe aufstieg, konnte ich die Wände ausmachen. Undeutlich, kaum wahrnehmbar zeichneten sie sich im Hintergrund ab. Es roch muffig, als wären die Dinge hier drinnen seit der Jahrhundertwende nicht mehr berührt worden.

Die breiten Holzbodendielen knarrten leicht unter meinen Füßen, als ich mich zögernd, Schritt für Schritt, in den Dachboden hineinwagte. Einige der Dielen sahen angefault aus, so daß ich fürchtete, sie könnten in ihrer Morschheit unter meinem Gewicht durchbrechen.

Zu meiner Rechten vernahm ich ein Huschen. Ich erblickte einige Mäuse, für die es hier oben wie im Paradies sein mußte.

Als ich mich umblickte, bemerkte ich genügend Möbelstücke, um gleich mehrere Häuser damit auszustatten. Sie waren düster, wuchtig und schwer. Die Stühle und Tische, die nicht abgedeckt waren, blickten mir grimmig entgegen. »Warum laßt ihr uns hier unnütz herumstehen?« schienen sie mich zu fragen, »es gibt sicher irgendeinen Platz für uns da unten, wenn schon nicht in diesem Haus, dann doch in einem anderen.« Warum hatten Malcolm und sein Vater alles das aufbewahrt? Waren sie etwa Sammler? Würden diese Möbelstücke eines Tages sogar zu wertvollen Antiquitäten werden?

Wertvollere Möbel waren mit Laken abgedeckt, deren ehemaliges Weiß vom Staub im Laufe der Zeit in ein schmutziges Grau verwandelt worden war. Die Formen, die sich unter den Laken abzeichneten, sahen aus wie schlafende Geister. Ich hütete mich davor, einen von ihnen zu berühren oder auch nur anzutippen, aus Angst, er könnte aufwachen und zur Decke des Dachbodens aufschweben. Da glaubte ich plötzlich ein Flüstern hinter meinem Rücken zu hören, aber sobald ich mich umdrehte, war da rein gar nichts, keine Bewegung, kein Geräusch.

Einen Augenblick lang wünschte ich mir, Stimmen zu hören, denn es wären die Stimmen von Malcolms Ahnen gewesen, und was sie zu sagen gehabt hätten, wäre sicher sehr aufschlußreich gewesen. Alle Geheimnisse von Foxworth Hall hatten hier Zuflucht gefunden; dessen war ich mir sicher. Diese Gewißheit ließ mich nicht ruhen und trieb mich weiter. Ich entdeckte eine lange Reihe von lederbezogenen Reisekoffern, deren schwere Schlösser ebenso wie die Beschläge an den Ecken aus Messing waren. Sie nahmen den Platz einer ganzen Wand ein. Einige von ihnen trugen noch Reiseaufkleber, die Zeugnis davon ablegten, daß sie um die ganze Welt gereist sein mußten.

An der gegenüberliegenden Wand des Dachbodens standen riesige Kleiderschränke. Sie machten den Eindruck von stummen Wächtern. Nachdem ich die Schubladen von einem geöffnet hatte, fand ich Bürgerkriegsuniformen der Union neben denen der Konföderierten. Ich überlegte mir, daß es wegen der besonderen geographischen Lage von Virginia möglich gewesen sein konnte, daß einige Familienmitglieder der Foxworths verschiedene Wege gegangen waren, bis sie sich in einer Schlacht gegenüberstanden. Ich stellte mir alle Foxworths so eigenwillig und entschlossen wie Malcolm vor. Sicherlich gingen einst diejenigen, die den Wert der Industrialisierung und des Handels einsahen zu den Nordstaatlern. So hätte auch Malcolm entschieden.

Ich legte die Uniformen zurück und betrachtete einige alte Kleidungsstücke, die auch meine Mutter zu tragen pflegte. Ich fand ein rüschenbesetztes Leibchen, das man über Pantalons trug. Dazu gehörte eine Krinoline, über die Dutzende bunte Unterröcke gehängt waren; sie waren allesamt rüschen- und spitzenbesetzt und verziert mit Stickereien und Borten aus Samt und Seide. Wie konnte man nur etwas so Schönes hier verbergen?

Ich legte alles zurück und ging hinüber zu den alten Büchern, die hier stapelweise herumlagen, um mir einige anzusehen. Sie hatten dunkle Einbände und vergilbte Seiten, deren Ecken zerbröselten, sobald man sie aufschlug. Daneben standen Kleiderständer und Schneiderbüsten in allen Formen und Größen sowie Vogelkäfige mit den verschiedensten Ständern dazu. Oh, wie herrlich, dachte ich mir. Ich würde diese Käfige nach unten bringen, und fröhliches Gezwitscher würde das Haus erfüllen. Sicherlich würde das Foxworth Hall beleben. Ich war bereits auf dem Weg zurück zur Treppe, als ich ein Bild links oberhalb eines Schranks erblickte.

Ich ging darauf zu und blickte auf eine hübsche Frau, die sicherlich nicht älter als achtzehn oder neunzehn Jahre war. Beim näheren Hinschauen konnte man ein äußerst geheimnisvolles Lächeln erkennen. Sie war eine hinreißende Schönheit. Je länger ich sie anstarrte, desto gefesselter war ich von ihrem Bild. Plötzlich wußte ich, wer das war. Es war niemand anderes als Malcolms Mutter! Das also war Corinna Foxworth! Die Ähnlichkeit der Augen und des Mundes waren unverkennbar.

Hatte Malcolm dieses Bild hier heraufgebracht, um nicht mehr an seine Vergangenheit erinnert zu werden? Das konnte möglich sein, aber da war noch etwas weit Ungewöhnlicheres: das Bild glänzte, anders als die übrigen Dinge auf diesem Dachboden. Alles andere, was ich berührt hatte, war von einer Staubschicht überzogen, alles andere hinterließ Schmutzflecken an meinen Fingern. Dieses Bild jedoch war klar zu erkennen, es war frisch abgestaubt und poliert. Es war genauso sauber wie alles in ihrem Zimmer. Es schien, als ob alles, was einst Corinna gehört hatte, ständig gereinigt und sorgfältig gepflegt worden wäre. Wer in diesem Haus hielt die Erinnerung an Corinna Foxworth so liebevoll wach? Malcolms Vater konnte es nicht sein – schließlich war er seit einiger Zeit in Europa. Die Bediensteten? Oder war es am Ende gar... Malcolm? Wie viele andere Sachen standen hier auf diesem riesigen Dachboden noch herum, die einst Malcolms Mutter gehört hatten? Malcolm mußte sie hier heraufgebracht haben, um durch ihren Anblick nicht an seine Kindheit erinnert zu werden, und dennoch zogen sie ihn genauso wie das Schwanenzimmer immer wieder an.

Ich war hier heraufgestiegen in der Hoffnung, Antworten auf meine Fragen zu finden. Statt dessen fand ich noch mehr Rätsel, noch mehr Geheimnisse. Vorsichtig nahm ich das Bild von der Wand und ging erneut auf die Treppe zu. Da entdeckte ich einen weiteren, abgelegenen Raum, direkt neben einer zweiten Treppe. Es schien eine Art Klassenzimmer gewesen zu sein, denn es befanden sich fünf Pulte darin, die einem größeren Pult frontal gegenüberstanden. An drei Wänden hingen Schiefertafeln. Darunter befanden sich niedrige Bücherregale, in denen verblichene alte Bände standen.

Als ich die Pulte näher in Augenschein nahm, entdeckte ich eingeritzte Namen und Daten: »Jonathan, elf Jahre alt, 1864« und »Adelaide, neun Jahre alt, 1879«. Zwei Holzöfen standen in den Ecken. Ein Spielzimmer war das bestimmt nicht, nein, es war ein richtiges Klassenzimmer, das ohne weiteres wieder benutzt werden konnte. War es denn Tradition bei den Foxworths, daß die Kinder zu Hause ihre Elementarbildung erhielten?

Wohlhabend und eigensinnig, wie die Foxworths nun einmal waren, konnten sie es sich leisten, ihre Kinder von einem Privatlehrer unterrichten zu lassen. Hier oben, auf dem Dachboden von Foxworth Hall konnten sie durch nichts abgelenkt werden. Sie hätten doch ebensogut an regnerischen Tagen hier oben spielen können, überlegte ich mir, während mein Blick auf ein Schaukelpferd fiel. Wie viele Stunden seiner Kindheit mochte wohl Malcolm hier oben zugebracht haben?

Ich ging zu einem der Dachfenster hinüber und schaute hinaus. Aber alles, was ich sehen konnte, war ein schwarzes Schieferdach, das sich über die ganze Fensterfront erstreckte und jeden Blick auf die nähere Umgebung erschwerte. In der Ferne, hinter dem Dach, konnte ich Baumwipfel erkennen; hinter den Baumwipfeln, senkte sich blaugrauer Nebel über die Bergketten in der Ferne. Ich konnte mir nicht vorstellen, daß dies ein Ausblick war, wie ihn sich Kinder wünschten. In gewisser Hinsicht, überlegte ich mir, während ich meine Augen über den weiten Dachboden schweifen ließ, war dies eine Art von Gefängnis für Kinder. Ich schauderte und mußte an ein Kindheitserlebnis denken: Damals sperrte mich meine Mutter in einen Wandschrank, weil ich mit völlig verschmutzten Schuhen über ihren Schlafzimmerteppich gelaufen war. Obwohl die Schranktür nicht abgeschlossen war, durfte ich sie nicht öffnen. Sollte ich sie dennoch öffnen, dann müßte ich noch länger eingeschlossen bleiben, drohte mir meine Mutter. Obwohl ich entsetzliche Angst vor der Dunkelheit in diesem engen Raum hatte, schluchzte ich nur still vor mich hin und ließ meine Finger von der Schranktür.

Die Erinnerung an dieses Erlebnis war so lebendig, daß sie wie Melasse an meinen Fingern klebte. Ich konnte sie nicht abstreifen, solange ich hier auf diesem Dachboden war. Deshalb eilte ich zur vorderen Treppe, die viel sauberer als die andere war; hier gab es keine Spinnennetze. Ich beeilte mich, die Treppe hinunterzusteigen. Hinter mir ließ ich den riesigen, düsteren und staubigen Dachboden mit all seinen Geheimnissen und Rätseln, die er nicht preisgeben wollte.

Ich hatte nur an der Oberfläche von dem, was die Foxworths wirklich waren, gekratzt.

Als mich Malcolm an diesem Abend fragte, wie ich denn diesen Tag verbracht hätte, wagte ich nicht, ihm von meinem Fund, dem Bild seiner Mutter, zu berichten. Statt dessen erzählte ich ihm von dem Raum, den ich am Ende des Nordflügels entdeckt hatte.

»Vor langer Zeit gab es einige Vettern, die den Foxworths ungelegen waren«, erklärte er mir, »deshalb wurden sie dort eine Zeitlang untergebracht.«

»Ich jedenfalls hatte den Eindruck, das dies ein Ort für jemanden ist, den man aus der Welt schaffen will«, bemerkte ich. Er murmelte etwas und war offensichtlich nicht gewillt, mir mehr Auskünfte über seine Vettern zu erteilen. Als ich ihm erzählte, daß ich dort oben auf dem Dachboden gewesen war und die Vogelkäfige herunterbringen wollte, reagierte er ziemlich verärgert.

»Meine Mutter hatte sie hier überall aufgestellt«, sagte er. »Es war damals so, als lebten wir inmitten eines Vogelhauses. Laß sie doch, wo sie sind. Kümmere dich doch mehr um die ernsthaften Dinge, wenn du das Haus verschönern willst.«

Es war jetzt nicht mehr die Zeit, in irgendeiner Form Malcolms Mutter zu erwähnen. Wir plauderten noch ein wenig über Charlottesville, dann erklärte er mir seine geschäftlichen Probleme. Er machte dafür einige schlampige Geschäftspraktiken und Fehlentscheidungen verantwortlich, die sein Vater getroffen hatte, bevor er seine Reise angetreten hatte. Doch dann verkündete er erfreulichere Neuigkeiten.

»Ich habe heute ein ziemlich gutes Geschäft an der Börse gemacht. Ich kaufte eintausend Aktien zum Preis von fünfundzwanzig Dollar, und noch bevor es Abend wurde, kletterten sie auf fünfzig Dollar. Kennst du dich in Börsengeschäften aus, Olivia?«

»Nein, eigentlich nicht«, antwortete ich. »Ich hielt mich zwar über die Kapitalanlagen meines Vaters auf dem laufenden, aber ich konnte ihn nicht beraten.«

»Apropos, Olivia, willst du dir eigentlich nicht noch einmal überlegen, wie du dein Vermögen anlegen willst? Wenn du es mir anvertraust, dann mache ich das daraus, wozu es bestimmt ist: es würde mehr und mehr werden.«

»Malcolm, müssen wir denn heute abend darüber sprechen? Ich muß mich doch erst noch an so vieles gewöhnen.«

Seine Augen verdüsterten sich, er griff nach seinem Glas und trank das Wasser in einem Zug aus. »Natürlich, meine Liebe. Ich muß jetzt ohnehin gehen. Ich habe noch etwas Geschäftliches zu erledigen. Aber es wird bestimmt nicht zu spät werden. Du wirst wohl schon zu Bett gegangen sein, wenn ich fertig bin«, sagte er. Dann fügte er entschieden hinzu: »Du brauchst nicht auf mich zu warten, Olivia.«

5. KAPITEL
MEINE HOCHZEITSPARTY

Gleich würden die Partygäste, einer nach dem anderen, und, wie es damals üblich war, etwas verspätet, eintreffen. Da ich noch fünf Minuten Zeit hatte, setzte ich mich vor den Spiegel und überprüfte mein Aussehen. Ich kam mir wieder wie eine Riesin vor. Vor dem Spiegel an der Wand mußte ich einige Schritte zurücktreten, um meinen ganzen Körper betrachten zu können.

Gab es eigentlich irgendeine Mode, die auch mich zierlich und lieblich aussehen ließ? Sicher, ich hätte mein Haar offen tragen können, aber wäre ich dann noch so selbstbewußt gewesen? Ich hätte das Gefühl gehabt, als wäre ich fast unbekleidet.

Ich fragte mich, ob ich mich getäuscht hatte, ob dieses Kleid, das Malcolm so gefallen hatte, dem Anlaß wirklich würdig sei. Würden Malcolms Freunde und Geschäftspartner mich darin bewundern? Ich schloß die Augen und stellte mir vor, wie ich neben Malcolm stand. Sicherlich würde ich genau das Bild abgeben, das er sich von einer Frau bereits vor unserer Hochzeit ausgemalt hatte. Dieses Bildes wegen hatte er mich geheiratet. Es gelang mir nicht, mir Selbstvertrauen einzureden. Wie konnte ich denn diesen Vogel, der so unruhig in meiner Brust herumflatterte, bloß beruhigen?

Ich preßte die Hand an meine Brust und atmete tief ein; erst dann begann ich die Treppe zur Halle hinunterzugehen. Obwohl es ein herrlicher Tag war und durch die Fenster mehr Sonnenlicht als sonst hereindrang, wollte Malcolm auf Nummer sicher gehen: Foxworth Hall sollte einen fröhlichen und aufgeschlossenen Eindruck machen. Deshalb hatte er angeordnet, daß alle fünf Reihen der vier Kristalleuchter mit brennenden Kerzen bestückt sein sollten.

So herrlich der Raum war, so nervös war ich. Es war, als würde ich in eine Feuersbrunst hinabsteigen. Mein Herz schlug so heftig, daß ich einhalten mußte, um Atem zu holen. Meine Knie zitterten, und einen Augenblick lang stand ich wie angewurzelt auf der Treppe. Ich war unfähig weiterzugehen. Ich mußte mich am Treppengeländer festhalten, während mir Tränen in die Augen schossen. Verschwommen schimmerte das Licht der Lampen und der Kerzen durch diesen Tränenschleier. Ich war wie betäubt.

Schließlich riß ich mich zusammen und ging hinunter.

»Heute abend soll ein wahrhaft festliches Ereignis stattfinden«, hörte ich Malcolm sagen, der Anweisungen an die Diener gab. »Ich erwarte, daß die Gäste sich wohl fühlen und entspannen können. Wenn also Gläser und Teller geleert sind, dann müssen sie schnell weggeschafft werden. Ich erwarte, daß der Kaviar, die Sandwiches und die Häppchen ständig angeboten werden. Darüber hinaus erwarte ich, daß ihr stets beim Bedienen lächelt, freundlich seid und jederzeit zur Stelle seid, um eure Hilfe anzubieten. Und ihr habt stets Servietten bei euch, verstanden! Ich möchte nicht, daß die Gäste sich erst umblicken müssen, wo sie ihre Finger abwischen können.«

Malcolm sah mich die Treppe herunterkommen: »Ah, Olivia, da bist du ja«, sagte er. Ich sah, wie ein Anflug von Enttäuschung über sein Gesicht huschte. »Komm mit mir, wir werden am Eingang unsere Gäste begrüßen.«

Ich hakte mich bei Malcolm ein, ich war nervös und gespannt, versuchte aber, mir das nicht anmerken zu lassen. Malcolm gab sich bemerkenswert gelöst und selbstbewußt, als würde er diese Rolle jeden Tag spielen. Er machte einen stattlichen, beherrschten und entschiedenen Eindruck. Arm in Arm mit ihm hoffte ich, daß sein Gebaren sich auf mich übertrug.

Die Glocke schellte. Die ersten Gäste kamen an! »Mr. und Mrs. Patterson«, kündigte Lucas an. Mr. Patterson war ein kleiner, rundlicher Mann mit geröteten Wangen. Mrs. Patterson hingegen war mager; sie trug ein eng geschnürtes Kleid, das knapp ihre Knie bedeckte. Ihr Haar war in Locken gelegt, zusammengehalten von einem wagemutigen, mit Edelsteinen besetzten Stirnband. Warum hatte ich denn bislang niemanden gekannt, der sich so kleidete? Ich kannte so etwas nur aus Modemagazinen.

»Ich möchte ihnen meine Gattin vorstellen«, sagte Malcolm. Und als ich Anstalten machte, Mrs. Patterson zu begrüßen, sah ich, wie sie ihre Augen zuerst auf meinen Haarschopf richtete und dann an mir herunterblickte. Als sie wieder aufsah, diesmal in Malcolms blaue Augen, verzog sich ihr Gesicht zu einem abschätzenden Grinsen.

Mr. Patterson versuchte die peinliche Situation zu entspannen, indem er herzlich meine Hand ergriff und sagte: »Willkommen in Virginia, Olivia. Sie werden die sprichwörtliche Gastfreundschaft, die in diesem Lande herrscht, zu schätzen wissen.«

Mrs. Patterson, die endlich Malcolm nicht mehr anstarrte, sagte schließlich, ohne mich wirklich anzublicken: »Bestimmt.«

Der Strom der ankommenden Gäste riß von nun an nicht mehr ab, und bald war die Party im vollen Gange.

Die Männer verhielten sich korrekt und freundlich mir gegenüber. Aber wenn ich mir die Frauen betrachtete, war ich schokkiert. Sie trugen sackähnliche Kleider, die knapp unter oder sogar über den Knien endeten und entweder gar nicht tailliert oder erst weit über der Hüfte geschnürt waren. Hell waren die modischen Töne: cremefarben, beige, weiß oder sanft pastellfarben. Sie sahen eher wie kleine Mädchen als wie Damen der Gesellschaft aus. Ihre umfangreichen Accessoires, riesige Boas aus Samt und Seide und schwere Perlenketten betonten ihre zierliche Figur. Neben ihnen wirkte ich wie eine richtige Riesin, wie Gulliver in Liliput, dem Land der Zwerge. Jede meiner Gesten, jede meiner Bewegungen schien übertrieben zu sein. Es gab keine einzige Frau, die ich nicht überragte, und selbst die meisten Männer waren kleiner als ich.

Ich muß zugeben, die Partygäste waren außerordentlich vergnügt. Als sie sich schließlich von der Punschbowle zum kalten Büffet begaben, ließen sie sämtliche Hemmungen fallen. Das Geschnatter und Gelächter schwoll von Minute zu Minute immer stärker an. Malcolm bemerkte ganz nebenbei, daß es wohl das beste wäre, wenn wir uns unter die Gäste mischten. Die Halle war erfüllt von Gelächter und lauter Konversation. Noch nie zuvor war ich in einer so lebhaften Menge von Leuten gewesen.

Zunächst war ich ganz glücklich darüber; allem Anschein nach sollte der Empfang mir zu Ehren ein voller Erfolg werden, aber als ich mich dann unter die Gäste mischte, war meine überschwengliche Laune schnell wieder verpufft. Zwischen mir und all diesen heiteren, beschwingten Leuten herrschte eine frostige Stimmung.

Die Frauen standen in kleinen Gruppen herum, wobei einige von ihnen Zigaretten in langen Spitzen aus Elfenbein in den Händen hielten. Alle miteinander machten sie auf mich einen sehr kultivierten Eindruck; in allen Belangen der Mode waren sie auf der Höhe der Zeit. Sobald ich mich allerdings einer x-beliebigen Gruppe näherte, verstummte abrupt ihr Gespräch; sie starrten mich an, als wäre ich ein Störenfried. Durch ihr Verhalten fühlte ich mich wie ein ungebetener Gast auf meiner eigenen Party.

Sie fragten mich, wie es mir denn in Virginia und vor allem auf Foxworth Hall gefiele. Ich versuchte etwas Intelligentes zu sagen, aber die meisten von ihnen schienen über meine Antwort ungehalten zu sein. Es war so, als ob sie meine Meinung überhaupt nicht interessierte.

Sobald ich wieder verstummt war, lenkten sie das Gespräch wieder auf die neueste Mode. Ich hatte überhaupt keine Ahnung, über was sie eigentlich sprachen.

»Könnten Sie sich vorstellen, so eine Matrosen-Bluse zu tragen?« fragte mich Tamara Livingston. Ihrem Gatten gehörte das größte Sägewerk in ganz Charlottesville.

»Ich... ich glaube, ich kenne sie gar nicht«, antwortete ich.

Alle schauten mich erstaunt an, dann fuhren sie in ihrer Unterhaltung fort, als wäre ich überhaupt nicht vorhanden. Sobald ich mich entfernt hatte, brachen sie in schallendes Gelächter aus.

Oh, wie dumm waren doch diese Frauen! Ihre Gespräche drehten sich einzig und allein um Mode oder um die Art und Weise, wie sie ihre Häuser verschönern könnten. Keine von ihnen ließ auch nur ein einziges Wort über Politik oder Geschäfte fallen, und in keinem meiner Gespräche wurde auch nur einmal ein Buch erwähnt. Je mehr der Abend fortschritt, desto dümmer erschienen sie mir, wie sie lachten und kicherten und mit aufreizenden Gebärden flirteten.

Ich nahm an, daß Malcolm über dieses zunehmend unschickliche Treiben schockiert sein würde. Aber immer, wenn ich nach ihm Ausschau hielt, stand er lachend inmitten einer solchen Gruppe von Frauen, wobei er es zuließ, daß sie ihn berührten, sich an ihn lehnten und ihn sogar ziemlich unverhohlen streichelten.

Ich war entsetzt. Das war doch genau die Art von Frauen, die er so verachtete: geistlose, aufgetakelte Weibsbilder mit keinem bißchen Selbstachtung. Aber was machte er statt dessen? Er drängte sich geradezu danach, der einen ein Glas Punsch zu bringen oder eine andere mit Kaviar zu füttern. Eine leckte sogar die Brösel von seinen Fingerspitzen.

Amanda Biddens, die Frau eines Geschäftspartners von Malcolm, bat ihn: »Ich muß einfach Ihre Bibliothek sehen, Malcolm. Ich möchte den Platz sehen, an dem Sie Ihre Millionengeschäfte austüfteln.« Als ich das hörte und mitansehen mußte, wie er ihren Arm ergriff und sie durch die schwere Doppeltür geleitete, war ich einfach entsetzt. Es war so, als hätte ich vor aller Augen eine Ohrfeige bekommen. Meine Wangen brannten, und Tränen flossen mir in die Augen. Ich mußte mich zusammenreißen, ihnen nicht zu folgen und mir nichts anmerken zu lassen. Ich spielte weiterhin die Rolle der Gastgeberin. Ich bewegte mich zwischen meinen Gästen, wobei ich ab und zu an einem Glas nippte, eine Kleinigkeit zu mir nahm oder den Bediensteten Anweisungen gab. Niemand trat auf mich zu, um sich mit mir ausführlich zu unterhalten. Einige der Männer erkundigten sich nach den Geschäften meines Vaters; sobald ich ihnen aber eine ausführliche Antwort geben wollte, schienen sie nur noch gelangweilt zuzuhören.

Schließlich mußte ich mir sogar anhören, wie über mich gespottet wurde, wobei die Gäste entweder nicht merkten, daß ich mithörte, oder einfach gar keine Rücksicht darauf nahmen.

Ich hörte, wie eine der Frauen eine andere fragte, warum ein Mann wie Malcolm Neal Foxworth, ein Mann von so stattlicher Statur und solch unermeßlichem Reichtum, ausgerechnet eine Frau wie mich, die so groß und unattraktiv, so ernst und typisch nordamerikanisch war, zu seiner Gattin gemacht hatte.

»Wer Malcolm kennt«, bemerkte die andere, »der weiß, daß das nur eine Geldheirat ist.«

An der Art und Weise, wie man über mich tuschelte und mich anschaute, merkte ich, daß ich mehr und mehr zum Gespött der ganzen Party wurde. Ich schnappte sogar auf, wie eine Frau sich über mein Kleid lustig machte. Sie sagte, ich würde darin aussehen wie jemand, der geradewegs aus dem Museum käme.

»Vielleicht ist sie eine Statue, die zum Leben erweckt worden ist«, gab darauf ihre Begleiterin zur Antwort.

»Das nennst du ›zum Leben erweckt‹?«

Sie konnten kaum noch an sich halten vor lauter Lachen. Hilfesuchend blickte ich mich nach Malcolm um. Aber er war nirgendwo zu sehen. Plötzlich tauchte von irgendwoher Mr. Patterson auf und zog mich zur Seite. »Lassen Sie uns Ihren Gatten suchen, damit er mir helfen kann, meine Frau zum Auto zu bringen. Ich fürchte, sie hat ein bißchen zu tief ins Glas geblickt.«

Ehe ich ihn noch daran hindern konnte, hatte Mr. Patterson schon die Tür zur Bibliothek aufgestoßen. Welcher Anblick bot sich mir! Malcolm saß hinter seinem Schreibtisch, und vor ihm, auf der Mahagoniplatte des Schreibtisches, rekelte sich Amanda Biddens. Er grinste dümmlich. Sein Haar war zerzaust, seine Krawatte verrutscht. »Ah, Olivia«, rief er mir entgegen, »tritt ein. Du mußt Amanda kennenlernen.«

Sie winkelte ihren Ellbogen an, stützte ihren Kopf mit der Hand und sah zu mir auf: »Erinnerst du dich nicht mehr, Malc?« girrte sie. »Ich bin deiner Gattin doch bereits vorgestellt worden.«

Ich bebte vor Zorn wegen dieser Demütigung, doch abermals mischte sich Mr. Patterson ein: »Malcolm, alter Freund, ich brauche wieder einmal wegen einer gewissen kleinen Dame deine Hilfe«, erklärte er mit bitterer Ironie. Gut gelaunt erhob sich Malcolm und folgte Mr. Patterson, ohne mich eines Blickes zu würdigen, zur Tür. Durch eines der Fenster konnte ich beobachten, wie sie Mrs. Patterson in das Auto verfrachteten. Dabei wurde eines ihrer Beine bis zum Strumpfband entblößt, ihre Schuhe hatte sie bereits verloren. Malcolm holte sie von der Auffahrt und legte sie auf den Rücksitz. Neben mir sagte Amanda schnippisch: »Ihr Gatte spielte schon immer die Rolle des Mädchens für alles. Es freut mich zu sehen, daß seine Heirat nichts daran geändert hat.«

Ich war froh, als sich die Party dem Ende zuneigte. Die Gäste begannen, sich von uns zu verabschieden. Malcolm hatte mittlerweile wieder seinen Platz neben mir eingenommen; er hatte sich wieder auf eine würdevollere Haltung besonnen. Man wünschte uns viel Glück. Ich wußte genau, daß das Versprechen der Frauen, mich einmal anzurufen, nur leeres Gerede war, aber es machte mir nichts aus.

Als dann schließlich das letzte Paar sich verabschiedet hatte, fühlte ich mich erschöpft, verletzt und gedemütigt; ich war froh, daß alles vorüber war. Ich teilte Malcolm mit, daß ich müde wäre und mich in mein Schlafgemach zurückziehen wollte.

»Es war doch ein gelungener Abend, meinst du nicht auch«, fragte mich Malcolm.

»Ich habe von den Gästen nicht allzuviel gehalten, vor allem nicht von den Frauen«, antwortete ich. »Ganz im Gegensatz zu dir.«

Überraschung stand in seinem Gesicht geschrieben, als ich mich umdrehte und die Treppe hinaufging. Ich war niedergeschlagen und zutiefst enttäuscht. Oh, wäre doch Malcolm nicht mit dieser lasziven Frau in der Bibliothek verschwunden und hätte er mich doch nicht allein in diesem Schlangennest zurückgelassen! Sollte das die Gesellschaft von Virginia sein, dann war es ein Glück, wenn sie nichts von mir wissen wollte, tröstete ich mich.

Und dennoch ging mir nicht aus dem Kopf, wie sich diese Frauen benahmen: ihre Freiheit, die sie so zu genießen schienen, ihr Selbstvertrauen in ihr Aussehen und Auftreten, und vor allem, wie sie auf Männer wirkten, waren für mich völlig fremd. Niemand hatte mich mit Augen, die mich vorbehaltlos bewunderten und vor Sehnsucht verschlangen, angesehen.

Meine Erschöpfung war nicht physischer Natur, sie war eher psychisch und gefühlsmäßig bedingt. Als ich unter die Bettdecke geschlüpft war und nachdenklich an die Decke starrte, war mir zum Weinen zumute. Ich hatte mir einen Empfang gewünscht, der mich in die Gesellschaft Virginias einführen sollte, aber genau das Gegenteil war eingetreten. Wie konnte ich mich noch in der Öffentlichkeit sehen lassen, nachdem sich Malcolm so schäbig auf seiner eigenen Hochzeitsparty benommen hatte? Trostsuchend umklammerte ich mein Kopfkissen und fiel in einen unruhigen Schlaf. Dämonen mit häßlichen Fratzen suchten meine Träume heim, so daß ich keine fünf Minuten durchschlafen konnte und immer wieder in mich hineinzuschluchzen begann, bis mich endlich doch der Schlaf übermannte.

Irgendwann, es war noch vor der Morgendämmerung, hörte ich die Türe knallen, und als ich die Augen aufschlug, sah ich im Mondenschein Malcolm; er war vollkommen nackt und streckte mir seine Männlichkeit entgegen. »Ich wünsche mir einen Sohn«, sagte er bestimmt.

Ich schauderte und brachte kein Wort heraus; ich starrte ihn nur an.

»Du mußt dich bei der Sache mehr konzentrieren, Olivia«, sagte er, als er zu mir ins Bett stieg. »Nur so kann es gelingen.«

Er schlug die Bettdecke zurück und schlüpfte zu mir herein. Seine Entschlossenheit, die keinen Widerspruch duldete, erschreckte mich abermals.

In der Erwartung eines Kusses oder einiger zärtlicher Worte, wandte ich mich ihm zu. Sein Gesicht jedoch war wie versteinert, und seine himmelblauen Augen hatten etwas merkwürdig Lebloses. Sie waren ganz nach innen gerichtet und schienen ins Leere zu starren.

Was meinte er denn zu sehen, als er mir gegenüber seinen Willen durchsetzte? Stellte er sich Amanda Biddens vor? Hatte er seine Mutter vor Augen? Stellte er sich vor, mit irgendeiner Traumfrau zu schlafen?

Ich ließ mich auf das Kopfkissen zurückfallen und drehte mein Gesicht weg. Mein ganzer Körper zuckte und zitterte. Als er schließlich kam, als er seinen Samen in mir verströmte, konnte ich in seinen glasigen Augen lesen, wie er sich krampfhaft abmühte, sein Ziel zu erreichen.

Danach brach er wie ein erschöpfter Marathonläufer über mir zusammen; dennoch war ich dafür dankbar. Wenn er so über mir lag, ging wenigstens etwas Wärme von ihm aus.

»Gut«, murmelte er selbstzufrieden, »gut.« Dann erhob er sich. Er kleidete sich an und blickte dabei in den Spiegel, als ob er sich zu seiner Männlichkeit gratulieren wollte. Und tatsächlich schien ihm sein eigenes zufriedenes Lächeln so zu gefallen, daß er es auch mir zuteil werden ließ. »Ich hoffe, Olivia«, bemerkte er, »daß du genauso fruchtbar bist, wie ich es von dir erwartet habe.«

»Du kannst der Natur nichts befehlen, Malcolm. Die Natur fügt sich weder dir noch mir.«

»Ich wünsche mir einen Sohn«, wiederholte er. »Ich habe dich geheiratet, weil du eine sehr ernstzunehmende Frau bist, eine Frau, die Herrin eines großen Hauses sein kann und mir kraft ihres gesunden Körpers die Kinder schenken kann, die ich mir wünsche.« Unfähig zu antworten, starrte ich ihn nur an. Er hatte kalte Augen und war mir jetzt fremder denn je.

Ich wußte, daß alles, was er gesagt hatte, schon seine Richtigkeit hatte: Eine Frau war dazu bestimmt, eine gute Ehefrau zu sein und verantwortungsvoll das Haus ihres Gatten zu hüten; sie sollte vernünftig und zuverlässig sein, kurz jemand, dem er vertrauen konnte. Andererseits sollte sie natürlich den Kindern eine gute Mutter sein. Aber bei dieser Rollenzuweisung fehlte das Wichtigste – was dabei überhaupt keine Rolle spielte, war die Liebe.

Ich würde in einem großen Haus leben und alles bekommen, was sich eine Frau vom Materiellen her wünschen konnte. Selbstverständlich würden die Leute, die da unten in kleinen Häusern mit geringem Einkommen lebten, mich voller Neid betrachten. Aber konnte auch nur irgend etwas in Foxworth Hall stark und schön werden, wenn es den Samen von Liebe und Zuneigung entbehren mußte? Ich mußte an all die Schatten, an die feuchten und dunklen Ecken, die schummerigen Gänge, die kalten, verschlossenen Räume und an diesen staubigen, schmutzigen Dachboden mit seiner toten Vergangenheit denken. Mir schauderte.

»Malcolm, als du mich zum ersten Mal gesehen, als du mir den Hof gemacht hast, da müssen doch noch stärkere Gefühle dagewesen sein, Gefühle, die...«

»Bitte«, fiel er mir ins Wort, »sprich mir nicht von Gefühlen. Ich will von einem romantischen Glockengeläut ebensowenig wissen wie von einer durch die rosarote Brille betrachteten Welt. Die Briefe meiner Mutter strotzten nur so davon.«

»Welche Briefe?«

»Die Liebesbriefe, die sie meinem Vater schrieb, als sie noch ineinander verliebt waren.«

»Wo sind die Briefe denn?«

»Ich habe sie verbrannt. Ich habe sie zu dem gemacht, was sie ohnehin waren: Asche. Ich habe morgen einen arbeitsreichen Tag, Olivia«, fügte er schnell hinzu. Offensichtlich wollte er das Thema wechseln. »Schlaf gut und träume süß«, wünschte er mir. Mit diesen Worten verließ er mein Schlafzimmer.

Er ließ ein tiefgründiges, tödliches Schweigen zurück. Das Echo seiner Schritte auf dem Flur verhallte irgendwo in der Ferne. Ich richtete mich auf und zitterte vor Kälte.

Es gab jetzt keinen Zweifel mehr: Seit unserer Ankunft in Foxworth Hall war ich für ihn nichts anderes als eine seiner Dienerinnen. Er hatte mich wie eine Bedienstete eingestellt: Ich hatte eine Rolle mit ganz bestimmten Aufgaben zu übernehmen. Es wunderte mich nicht mehr, daß er seinen Wunsch nach einem Sohn ausgesprochen hatte wie einen Befehl.

6. KAPITEL

VÄTER UND SÖHNE

Malcolm bekam, was er wollte. Exakt neun Monate und zwei Wochen nach meiner Einführung in die Gesellschaft Virginias wurde unser erster Sohn geboren. Nach seinem Vater nannten wir ihn Malcolm, um aber Verwechslungen zu vermeiden, riefen wir ihn Mal. In dieser Zeit wurden bei mir sämtliche Zweifel über Malcolm ausgeräumt: Jetzt stand für mich fest, daß er ein ehrgeiziger, selbstbewußter Mann war, der immer genau das bekam, was er wollte. Er war immer der Sieger, denn er ging nie in einen Kampf, ohne sich vorher zu vergewissern, daß er gewinnen würde. Auf diese Art und Weise führte er sowohl seine Geschäfte als auch sein Leben. Unzweifelhaft würde er so zu seinen Lebzeiten zu einem der reichsten Männer auf der ganzen Welt werden.

Nachdem Mal geboren worden war, flammten kurzzeitig meine Hoffnungen nach Liebe wieder auf. Mals Geburt sollte mir Malcolm näherbringen. Seit ich auf Foxworth Hall war, fühlte ich mich mehr wie eine Magd als wie die Herrin des Hauses. Da Malcolm jeden Tag von früh bis spät arbeitete, fanden wir kaum je Zeit, miteinander zu Abend zu essen. Wir gingen auch nie aus, und die »Damen der Gesellschaft«, denen ich bei unserem Empfang vorgestellt worden war, schienen mich wieder gänzlich vergessen zu haben. Jetzt, nachdem der Sohn, den sich Malcolm so sehr gewünscht hatte, geboren war, dachte ich, daß sich Malcolm etwas mehr dem Familienleben widmen und vielleicht sogar so etwas wie ein liebender Vater werden würde. Von der Geburt des Babys erhoffte ich mir etwas Wunderbares für unsere Ehe. Mal sollte eine Brücke zwischen seinem Vater und mir schlagen und uns auf eine völlig neuartige Weise wieder zusammenbringen.

Wie wohl jede Mutter war ich entzückt über jedes Glucksen, jedes Lächeln und jeden Fortschritt meines so wunderbaren, allerliebsten Sohnes. Jeden Tag konnte ich es kaum erwarten, bis Malcolm nach Hause kam, um ihm das Neueste über unseren Sohn zu berichten.

»Zweifellos erkennt er dich jetzt, Malcolm!«

»Heute krabbelte er zum ersten Mal!«

»Heute hat er sein erstes Wort gesagt!«

»Mal machte heute seine ersten Gehversuche!«

Jede dieser Neuigkeiten hätte uns doch eigentlich glücklich machen sollen, wir hätten uns, dankbar für dieses gesunde Kind, umarmen und küssen sollen. Aber Malcolm reagierte auf alles, was das Baby machte, mit einer überraschenden Gleichgültigkeit, so, als hätte er gar nichts anderes erwartet. Er nahm das alles wie selbstverständlich hin; nie zeigte er sich erfreut, geschweige denn von Vaterstolz erfüllt.

Wenn er sich überhaupt darum kümmerte, dann zeigte er sich ungeduldig gegenüber den Fortschritten, die Mal machte. Es ging ihm alles viel zu langsam, und er nahm sich auch nicht die Zeit, das Baby dabei zu beobachten. Malcolm haßte es, wenn ich Mal zum Dinner mit an den Tisch brachte, und er befahl mir, ihn vor dem Essen zu füttern. Nur ganz selten warf er einen Blick in Mals Zimmer.

Noch bevor das Baby zwei Jahre alt war, schwängerte mich Malcolm erneut; es war nicht anders als beim ersten Mal: oberflächlich und lieblos! Malcolm, der entschlossen war, eine möglichst große Familie zu gründen, wünschte sich jetzt eine Tochter. Ich weiß auch nicht warum, aber diese zweite Schwangerschaft war schwerer für mich als die erste. Jeden Morgen war mir übel. Als ich bereits hochschwanger war, eröffnete mir der Arzt, daß ihm mein Zustand gar nicht gefiele. Seine Befürchtungen erwiesen sich als zutreffend, denn im siebten Monat hatte ich beinahe eine Fehlgeburt, und schließlich erblickte das Achtmonatskind Joel Joseph das Licht der Welt.

Joel Joseph war von Anfang an ein schmächtiges, schwächliches, kränkelndes Kind mit hellem, dünnen Haar und den blauen Augen der Foxworths. Malcolm war bestürzt darüber, daß ich ihm keine Tochter geschenkt hatte, und wütend, weil Joel kein gesundes Kind war. Ich wußte, daß er mir dafür die Schuld gab, obwohl ich nichts getan hatte, was das Baby hätte gefährden können, und strikt die Anweisungen des Doktors befolgt hatte.

Malcolm sagte: »Die Foxworths sind dafür bekannt, daß sie gesund und stark sind. Laß es dir gesagt sein, daß du, und niemand sonst, die Verantwortung dafür trägst, daß sich dieses Baby ändert und so wird, wie ich es von meinen Söhnen erwarte: stark, aggressiv, zuversichtlich, in jeglicher Hinsicht männlich sollen sie sein!«

Eines Tages kam Malcolm in mein Schlafzimmer, nachdem mich der Hausarzt der Familie Foxworth, Dr. Braxten, untersucht hatte. Der Doktor eröffnete ihm, er glaube nicht, daß ich noch weitere Kinder bekommen könne.

»Das ist unmöglich«, donnerte Malcolm los. »Ich habe noch keine Tochter bekommen!«

»Seien Sie jetzt vernünftig, Malcolm«, versuchte Dr. Braxten ihn zu beruhigen.

Sorgte sich Malcolm eigentlich überhaupt nicht um meine Gesundheit?

Weder der Doktor noch ich hatten Malcolms übertriebene Reaktion voraussehen können. Vor Zorn lief er ganz rot an und biß sich auf die Lippe. Dann trat er einen Schritt zurück, sah erst mich, dann den Doktor und schließlich wieder mich an.

»Was heckt ihr zwei da eigentlich miteinander aus?«

»Entschuldigen Sie, bitte, Sir«, entgegnete Dr. Braxten. Er war ein Mann von Ende Fünfzig, eine Kapazität auf seinem Gebiet. Seine ohnehin großen Fischaugen, die hinter seiner starken Brille noch größer wirkten, weiteten sich.

»Sie haben die Stirn, mir zu eröffnen, daß ich keine weiteren Kinder bekommen werde! Daß ich nie eine Tochter bekommen werde!«

»Warum, ja... ich...«

»Wie können Sie es wagen, Sir? Wie können Sie sich unterstehen, dies zu prophezeien?«

»Mit Prophezeiung, Malcolm, hat das nichts zu tun. Diese Schwangerschaft war ziemlich kompliziert und...«

»Ich will nichts mehr davon hören«, unterbrach ihn Malcolm, während er sich mir mit einem haßerfüllten Gesicht, wie ich es bei ihm noch nie gesehen hatte, zuwandte. »Ich will nichts mehr davon hören, verstanden?« Wie eine Marionette, von unsichtbaren Fäden gezogen, wirbelte er herum, bevor er aus meinem Schlafzimmer stürmte. Mr. Braxten war peinlich berührt; ich wollte nicht, daß er noch länger blieb.

Natürlich war ich über Malcolms Verhalten schockiert, aber ich hatte mir mittlerweile gegen seine Tiraden und häßlichen Bemerkungen ein dickes Fell zugelegt. Er kam nie mehr auf dieses Thema zurück, und auch ich versuchte nicht mehr, mit ihm darüber zu diskutieren. Es machte mir nichts aus, daß ich ihm keine Kinder mehr schenken konnte. Er war nicht der Mann, der seinen Kindern ein liebevoller Vater sein konnte.

Malcolm schien Mal zu ignorieren und Joel dafür verantwortlich zu machen, daß er nicht die Tochter war, die er sich so sehr gewünscht hatte. Er reagierte gereizt auf Joels Schreien. Behüte Gott, daß er nicht in der Nähe war, wenn Joel in die Windeln machte oder sein Essen erbrach.

Manchmal hatte ich den Eindruck, daß er sich wegen seiner kleinen Familie schämte. Es war so, als wäre es eine Schande, ein Makel seiner Männlichkeit, nur zwei Kinder zu haben. Als er zum ersten Mal mit der ganzen Familie eine kleine Reise machte, war Mal schon fast drei Jahre alt.

Wir besichtigten seine Tuchfabriken. Die ganze Zeit, wenn er irgend etwas erläuterte, sprach er zu Mal, als könnte dieser bereits alles verstehen.

»Das, Mal, wird eines Tages alles einmal dir gehören«, redete er auf ihn ein, wobei er so tat, als wäre Joel überhaupt nicht vorhanden. »Ich erwarte von dir, daß du es vergrößern und es zu einem richtigen Foxworth-Imperium machen wirst.«

Es war an einem herrlichen Frühlingstag, an dem die ersten Knospen sich der Frühlingssonne öffneten. Die Jungs tollten wie muntere Lämmer herum.

An diesem wundervollen Tag kamen wir nach Foxworth Hall zurück. Als ich ins Haus ging, kam mir Mrs. Steiner entgegen.

»O Mrs. Foxworth, ich bin ja so froh, daß Sie zurück sind. Heute morgen kam ein Telegramm aus Connecticut für Sie an, und ich bin sicher, daß es sehr wichtig ist.«

Mein Herz schlug schneller. Was konnte das bedeuten? Hastig riß ich das Couvert auf, während Mrs. Steiner mir neugierig über die Schultern blickte.

OLIVIA FOXWORTH STOP

MIT TIEFSTEM MITGEFÜHL UND HERZLICHEM BEILEID MUSS ICH IHNEN MITTEILEN, DASS GOTT DER HERR IHREN VATER HEIMGEHOLT HAT STOP DAS BEGRÄBNIS FINDET AM 7. APRIL STATT

Ich preßte das Telegramm an meine Brust und zerknüllte es fassungslos vor Schmerz. Der siebte April, das war ja schon morgen! Der kleine Mal zerrte an meinem Rock: »Mommy, Mommy, was ist passiert, warum weinst du?«

Malcolm schnappte sich das zerknüllte Telegramm und las es. »Malcolm, ich muß sofort fahren, ich muß den nächsten Zug erwischen!«

»Wie?« fragte er mit ernster Miene. »Und was hast du mit den Jungs vor?«

»Aber Malcolm, ich lasse sie hier bei dir. Mrs. Steiner und Mrs. Stuart können sich um sie kümmern.«

»Ich an deiner Stelle würde niemandem die Obhut über sie anvertrauen, Olivia. Eine Mutter gehört an die Seite ihrer Kinder.«

»Aber Malcolm, er ist mein Vater, mein geliebter Vater. Ich muß zu seinem Begräbnis.«

Ich diskutierte mit Malcolm darüber, bis es zu spät war. Malcolm erlaubte mir schließlich zu fahren, aber den Nachtzug hatte ich bereits verpaßt. Mit dem Morgenzug kam ich fünf Stunden nach dem Begräbnis meines Vaters in New London an. Endlich zu Hause, empfingen mich John Amos und der Notar meines Vaters im Wohnzimmer.

Ich hatte rotgeränderte und geschwollene Augen vom vielen Weinen auf der langen Zugfahrt – es waren sowohl Tränen der Trauer über den Tod meines Vaters als auch Tränen des Selbstmitleids. Jetzt war ich ganz allein auf der Welt.

Sobald ich eingetreten war, erhoben sich beide, und John Amos trat auf mich zu und ergriff meine Hand. Er war in der Zwischenzeit zu einem erwachsenen Mann geworden. Erneut war ich den Tränen nahe, als er zu mir sprach: »Olivia, ich bin so froh, daß du gekommen bist. Ich war überrascht, dich nicht auf dem Begräbnis zu sehen, aber ich bin sicher, daß alles in deinem Sinne abgelaufen ist. Ich kann dir versichern, daß dein Vater auf äußerst ehrwürdige Weise seinem Schöpfer übergeben worden ist. Jetzt setz dich bitte, Olivia. Du erinnerst dich doch noch an Mr. Teller, den Notar deines Vaters. Dein Vater scheint einige Zusatzklauseln in seinem letzten Willen aufgenommen zu haben, die wir noch erörtern müssen.«

Nachdem ich auch Mr. Teller die Hand gegeben hatte, setzten wir uns alle in den dunklen Raum.

Ich war wie betäubt, während all die Einzelheiten erläutert wurden. Mein Vater hinterließ mir sein ganzes Vermögen unter der Bedingung, daß nur ich darüber verfügen konnte. O ja, ich wußte sehr wohl, warum er das getan hatte. Er hatte sichergestellt, daß mein Geld Malcolm niemals in die Hände fallen würde. O Vater, wie war es gekommen, daß du die Wahrheit schon so viel eher kanntest als ich? Und warum ließest du es zu, daß ich diesen Mann heiratete? Wieder traten mir Tränen in die Augen, und ich mußte mein Gesicht in meinem Schoß verbergen.

John Amos bat Mr. Teller zu gehen, wobei er ihm versicherte, daß wir unsere Entscheidungen treffen und sie ihn noch vor meiner Abreise wissen lassen würden.

Was für eine Wohltat war doch die Anwesenheit von John Amos für mich! Während der zwei Tage, die ich in New London verbrachte, schüttete ich ihm mein Herz aus. Am Ende wußte er mehr über mich, als irgend jemand sonst auf der Welt. Und ich wußte, daß ich diesem gottesfürchtigen Mann immer würde trauen können. Wenn ich in Zukunft einmal nicht mehr weiter wissen sollte, dann würde ich mich John Amos in langen Briefen anvertrauen, und seine Antwortbriefe würden voll des Trostes sein. Er würde mich auch mit den Worten Gottes trösten, denn er beabsichtigte in Kürze ein Theologiestudium an einem Priesterseminar in New England aufzunehmen. Er war mein einziger Verwandter, und er war klug und sorgte sich um mich – er war ganz anders als Malcolm. Dadurch kehrte ich gestärkt nach Virginia zurück. Ich hatte zwar meinen Vater verloren, dafür aber einen Bruder, Ratgeber und geistlichen Beistand gewonnen. »Olivia«, sagte John, als er sich am Bahnhof von mir verabschiedete, »kehre jetzt heim zu deinem Gatten und zu deinen Söhnen. Gott sei mit dir. Ich bin für dich da, wann immer du mich brauchst.«

Malcolm fand überhaupt keine Worte des Bedauerns über den Tod meines Vaters. Bereits an dem Tag meiner Rückkehr fing er erneut von meinem Vermögen an.

»Schön, Olivia, du bist jetzt durch dein Erbe eine reiche Frau. Wie beabsichtigst du denn dein Vermögen zu verwalten?«

Ich antwortete ihm, daß ich mir darüber noch keine Gedanken gemacht hatte, schließlich wäre ich ja immer noch in Trauer über den Tod meines Vaters und hätte weiß Gott Besseres zu tun, als ausgerechnet an Geld zu denken.

Wochen vergingen, in denen wir mit Ausnahme von Malcolms beinahe täglichen Erkundigungen nach meinen geschäftlichen Plänen kein Wort miteinander sprachen. Eines Tages erschien Malcolm im Kinderzimmer, um mir eine Ankündigung zu machen, die unser ganzes Leben von Grund auf verändern sollte. Da es so selten vorkam, daß er das Kinderzimmer betrat, begrüßte ich ihn herzlich und hoffte, daß er sich endlich auf seine Vaterpflichten seinen Kindern gegenüber besonnen hatte. Mit Holzklötzchen brachte ich Mal gerade das Alphabet bei, während Joel in seiner Wiege lag und an der Flasche nuckelte. Das Zimmer war etwas unordentlich, weil nun einmal Kinder, und besonders Kinder im Alter von drei Jahren, überall etwas herumliegen lassen. Ich räumte erst am Abend alles wieder auf.

»Ist das hier ein Laufstall oder ein Saustall?« fragte Malcolm.

»Wenn du öfters hierher kommen würdest, dann würdest du das verstehen«, gab ich ihm zur Antwort. Er grunzte. Ich ahnte, daß er nicht gekommen war, um über die Kinder zu diskutieren.

»Ich habe dir etwas zu sagen«, begann er, »wenn du dich einen Augenblick von diesen Holzklötzchen trennen könntest.«

Ich erhob mich vom Boden, strich mein Kleid glatt und ging zu ihm hin.

»Nun?«

»Mein Vater... Garland kommt zurück. In einer Woche wird er bereits hier sein.«

»Oh!«

Ich wußte wirklich nicht, was ich dazu sagen sollte. Ich

kannte Garland nur von Fotos, und alles, was ich sonst noch über ihn wußte, hatte ich den Bemerkungen entnommen, die Malcolm ab und zu über ihn fallen ließ. Ich wußte, daß er bei seiner Abreise fünfundfünfzig Jahre alt gewesen war, und von seinen letzten Bildern entnahm ich, daß er ein stattlicher Mann war, dem man sein Alter nicht ansah. Seine wenigen grauen Haare unterschieden sich kaum von seinen goldblonden Strähnen. Er war fast so groß wie Malcolm. In seinen besten Jahren war er ein durchtrainierter Athlet und Sportler gewesen, und er war ein Geschäftsmann von Format, daran konnte auch Malcolms Kritik an seinen letzten Entscheidungen nichts ändern.

»Er möchte jedoch nicht wieder in sein Zimmer im Nordflügel ziehen, sondern in das neben dem deinigen im Südflügel. Du hast dafür Sorge zu tragen, daß das Zimmer komfortabel und behaglich eingerichtet wird, so daß es meinem Vater an nichts fehlen wird.«

»Ich verstehe.«

»Nein, du verstehst gar nichts. Der Grund, warum er einen wärmeren Raum mit einem eigenen Bad haben möchte, ist, daß er seine Frau mitbringen wird.«

»Seine Frau? Du meinst, dein Vater hat nach all diesen Jahren noch einmal geheiratet?«

»Ja, seine Frau.« Malcolm drehte sich einen Moment lang weg, dann wandte er sich mir wieder zu: »Ich habe dir nie davon erzählt, aber er hat, noch bevor er nach Europa gegangen ist, geheiratet.«

»Was? Warum hast du mir davon nichts erzählt?«

»Oh, du wirst schon verstehen, Olivia. Du wirst es noch früh genug verstehen«, betonte er mit erhobener Stimme.

Joel fing zu weinen an. Mittlerweile reagierten unsere beiden Söhne äußerst empfindlich auf Malcolms Zornesausbrüche, und insbesondere Joel hatte eine übermäßige Angst vor seinem eigenen Vater.

»Du erschreckst die Kinder«, sagte ich.

»Ich werde noch Schlimmeres tun, wenn er nicht ruhig ist, während ich spreche. Ruhe!« befahl er. Mals Gesicht erstarrte, und er unterdrückte seine Tränen. Joel drehte sich zur Seite und schluchzte leise in seiner Wiege vor sich hin.

»Du solltest nur darauf gefaßt sein«, preßte Malcolm noch hervor, bevor er aus dem Kinderzimmer stürmte.

Ich sollte gefaßt sein? Was konnte er damit meinen? Haßte er denn seinen Vater so sehr? Wollte er Foxworth Hall mit niemandem teilen? Ich legte keinen Wert darauf, die alleinige Herrin dieses Hauses zu sein. Es würde also noch eine weitere Frau hier sein, die Frau eines fünfundfünzigjährigen Mannes. Sie würde sicher zu meiner Verbündeten werden. Vielleicht würde ich in ihr sogar die Mutter finden, die mir allzufrüh weggestorben war. Ich würde zu ihr kommen können, um mir bei ihr über Malcolm und mich Rat zu holen. Sicherlich wußte jemand, der soviel älter war, viel besser über die Dinge zwischen Mann und Frau Bescheid. Die Aussicht, bald Garland und seine Frau kennenzulernen, stimmte mich glücklich.

»Malcolm«, fragte ich ihn später beim Dinner, »möchtest du Foxworth Hall verlassen? Würdest du gerne ein eigenes Haus haben?«

»Du meinst, wir sollten ausziehen?«

»Nun, ich dachte mir...«

»Bist du verrückt geworden? Wo sollten wir denn hingehen? Sollten wir uns vielleicht ein neues Haus kaufen oder bauen und das hier alles aufgeben? Ich kümmere mich um meinen Vater; um seine Frau hast du dich zu kümmern. Du wirst die Kontrolle über dieses Haus behalten und dafür Sorge tragen, daß es stets ein angesehenes, sauberes und behagliches Zuhause bleibt. Nun erzähle mir bloß nicht, du hättest Angst vor ihr«, fügte er höhnisch hinzu.

»Natürlich nicht. Ich dachte doch nur, weil doch dein Vater der ältere Mann ist, daß...«

»Mein Vater ist zwar älter, aber bestimmt nicht klüger«, fiel mir Malcolm ins Wort. »Er ist mehr denn je von mir abhängig. Während er sich mit seiner neuen Frau in Europa herumgetrieben hat, habe ich unser Geschäftsimperium vergrößert und in allen Bereichen die Führung übernommen. Die Herren unseres Aufsichtsrates wissen praktisch nicht einmal mehr, wie er aussieht. Und ich habe seit seinem Weggang einige neue Leute eingestellt. Es wird sicher ein ganzes Jahr in Anspruch nehmen, bis er sich wieder eingearbeitet hat.«

»Nein«, fügte er etwas nachdenklicher hinzu, »du hast es nicht nötig, dich seiner neuen Frau unterzuordnen. Denk nur einmal an den Typ von Frau, der meinem Vater gefällt.«

Er verzog verächtlich die Mundwinkel und blickte traurig drein. Als er wegging, hatte ihn die Erinnerung an seine Mutter wieder eingeholt.

Ich sprach das Thema nicht mehr an. Ich trug den Zimmermädchen auf, den Raum neben dem meinigen ordentlich herzurichten, und verdrängte jeden Gedanken an die Ankunft von Malcolms Vater und seiner Frau.

Vielleicht war das verkehrt, aber ich hätte ohnehin nichts tun können, um auf den ersten Schock bei ihrer Ankunft gefaßt zu sein, geschweige denn den noch größeren Schock, den Malcolm erlitt, abzuwenden.

ZWEITER TEIL

7. KAPITEL

Malcolms Stiefmutter

Malcolm hatte seine Zeitung aufgeschlagen, aber ich wußte, daß er gar nicht las. Ich war so aufgeregt, in meinem Bauch krabbelte ein ganzes Wespennest. Wir warteten beide auf die Ankunft von Garland und Alicia. Malcolm war frühzeitig von der Arbeit nach Hause gekommen, um ihre Ankunft ja nicht zu verpassen. Er legte die Zeitung ungeduldig wieder zusammen und schaute auf die Standuhr. Sie hätten bereits seit einer halben Stunde hier sein müssen.

»Wenn man meinen Vater kennt«, bemerkte er schließlich, »dann weiß man, daß er statt um vier Uhr nachmittags auch um vier Uhr morgens ankommen kann.«

»Er wird doch wohl den Unterschied zwischen Tag und Nacht kennen«, sagte ich.

»Oh, ich kann mich erinnern, wie meine Mutter einmal genau in diesem Zimmer auf ihn gewartet hat, weil sie nachmittags gemeinsam etwas unternehmen wollten. Aber er kam überhaupt nicht, weil er den Termin falsch in seinen Kalender eingetragen hatte.«

»Daran kannst du dich erinnern? Du warst doch erst fünf Jahre alt, als sie weggegangen ist.«

»Ich kann mich sehr gut daran erinnern«, beharrte er. »Ich saß gewöhnlich hier, und sie pflegte sich bei mir zu beschweren. Du mußt wissen, daß sie mich sehr ernst nahm. Sie sprach nie zu mir von oben herab, wie es bei Müttern so häufig vorkommt. Nach einiger Zeit, wenn er sich immer noch nicht zeigte, obwohl er erwartet wurde, ging sie dann allein weg.«

»Er war wahrscheinlich zu sehr beschäftigt«, warf ich in der Hoffnung ein, das Gespräch auf ihn selbst lenken zu können. Aber Malcolm hörte mir entweder gar nicht zu, oder er wollte einfach keine Parallelen zu seinem eigenen Leben erkennen.

»Ja, sicher, aber er ging häufig genug mit seinen Geschäftsterminen genauso schlampig um. Oft schienen sie ihn sogar zu langweilen. Ich kann dir gar nicht sagen, wie viele Geschäfte wegen seiner Nachlässigkeit geplatzt sind und wie oft ich rettend einspringen mußte.«

»Hat sich deine Mutter mit diesen Dingen beschäftigt?«

»Wie bitte?« Er starrte mich an, als hätte ich gerade den dümmsten Scherz, den man sich vorstellen konnte, gemacht. »Wohl kaum. Sie hielt den Börsenmarkt für einen Markt, an dem man mit Geldbörsen handelt.«

»Malcolm, jetzt übertreibst du aber.«

»So, meinst du? Sie hatte nicht einmal eine Ahnung davon, was ein Dollar ist. Deshalb achtete sie beim Einkaufen auch nie auf den Preis; er interessierte sie einfach nicht. Sie kaufte ein, ohne darüber nachzudenken, was das alles kostete, und mein Vater... mein Vater wies sie deshalb niemals zurecht. Hoffentlich«, fügte er noch hinzu, »ist seine neue Frau anders.«

»Wie lernte dein Vater deine Mutter eigentlich kennen?« fragte ich ihn.

»Sie überquerte gerade eine Straße in Charlottesville, als er zufällig vorbeikam. Er hielt seinen Einspänner an und verwickelte sie in ein Gespräch. Er wußte nicht einmal, aus welcher Familie sie stammte! Noch am gleichen Abend lud sie ihn zu sich nach Hause ein. Sagt das nicht schon genug über sie aus? Kann man nicht daraus bereits ersehen, was für eine triebhafte Person sie war? Könntest du dir vorstellen, jemals auch so zu handeln? Nun?« hakte er nach, als er sah, daß ich zögerte.

Ich versuchte mir die Situation vorzustellen. Sie war ohne Zweifel sehr romantisch: Ein stattlicher junger Mann hielt seine Kutsche an, um mit einer jungen Frau zu plaudern; er war für sie ein völlig Fremder, doch er gefiel ihr so gut, daß sie nicht anders konnte – sie mußte ihn zu sich nach Hause einladen.

»Sie kannte ihn überhaupt nicht?«

»Nein. Sie war bloß auf Besuch bei einer Tante in Charlottesville. Sie stammte nicht aus dieser Gegend und hatte noch nie etwas von den Foxworths gehört.«

»Ich nehme an, daß er sie sehr beeindruckt hat.«

»Hättest du ihn zu dir nach Hause eingeladen?«

»Nein, das gerade nicht«, antwortete ich halbherzig. Doch in meinem tiefsten Inneren empfand ich ganz anders: Ich wünschte mir, daß mir selbst so etwas einmal geschehen wäre. Gleichzeitig aber kannte ich Malcolms Vorstellungen von Anstand und Schicklichkeit.

»Du verstehst also, was ich meine? Er hätte doch sofort, auf den ersten Blick, erkennen müssen, was für eine Art Frau sie war.«

»Wie lange dauerte es, bis sie heirateten?«

Ein schiefes Lächeln erschien auf seinem Gesicht.

»Nicht lange genug«, antwortete er schließlich.

»Aber Malcolm, bei uns muß die Zeit des Kennenlernens doch noch viel kürzer gewesen sein.«

»Das kann man nicht miteinander vergleichen. Ich wußte sogleich, was für eine Art Frau du bist. Er aber taumelte wie blind in diese Affäre und machte ihr sogleich einen Heiratsantrag. Mir gegenüber hat er sogar einmal zugegeben, er hätte den Verdacht gehabt, daß ihre Tante sie nur deshalb nach Charlottesville kommen ließ, um hier einen vornehmen Gentleman kennenzulernen. Die weibliche Heimtücke! Es hätte mich nicht verwundert, wenn ich erfahren hätte, daß sie genau zu dem Zeitpunkt die Straße überquerte, als sie ihn kommen sah. Er sagte, daß sie ihn so verführerisch angelächelt hatte, daß er gar nicht anders konnte, als den Einspänner anzuhalten.«

»Das kann ich nicht glauben.«

»Ich schon. Solche Frauen gehen immer sehr berechnend vor. Nach außen hin geben sie sich so schlicht, so bescheiden, so anmutig, aber glaub mir, in Wirklichkeit sind sie berechnend und falsch. Und gewisse Männer, Männer wie mein Vater, fallen immer wieder darauf herein.«

»Gehört denn seine jetzige Frau auch zu dieser Art von Frauen?« Er gab keine Antwort. »Nun, ist sie so?«

»Ich sehe keinen Grund, daran zu zweifeln«, sagte er schließlich und blätterte geräuschvoll in seiner Zeitung.

Ich wollte gerade etwas erwidern, als Lucas hereinkam und meldete, daß der Wagen vorgefahren sei.

»Geh hinaus und hilf ihnen mit den Koffern und dem ganzen Gepäck«, sagte ich zu ihm. Ich erhob mich, doch Malcolm blieb sitzen und starrte vor sich hin. »Nun, was ist?«

Er schüttelte den Kopf, wie um einen Gedanken abzuschütteln, und folgte mir zur Eingangstür, als Garland und eine junge Frau, die seine Tochter hätte sein können, aus dem Wagen stiegen. So wie er mit ihr umging, bestand kein Zweifel: Diese Kindfrau war seine Gattin! Ich war völlig fassungslos. Warum hatte Malcolm mir das verschwiegen? Ich drehte mich nach ihm um, um ihm einen mißbilligenden Blick zuzuwerfen. Aber das Gesicht, in das ich schaute, war nicht wiederzuerkennen, so verzerrt waren seine Züge.

»Mein Gott«, zischte Malcolm, »sie ist schwanger.« Ich wußte natürlich den Grund seiner Beunruhigung: Das bedeutete einen weiteren Erben. Sein Gesicht lief dunkelrot an, und er ballte die Hände zu Fäusten. »Sie ist schwanger!« wiederholte er, als müßte er sich dies selbst bestätigen.

In der Tat, es war nicht zu übersehen, daß sie schwanger war. Die ansonsten zierlich und schlank wirkende junge Lady mit ihrem glänzenden kastanienfarbenen Haar war kurz vor ihrer Niederkunft. Als Garland uns in der Tür erblickte, winkte er überschwenglich, hakte Alicia unter und führte sie zu uns herauf.

Er wirkte erstaunlich jung, was wahrscheinlich auf die ausgedehnte Reise und die Heirat mit einer so schönen und jungen Frau zurückzuführen war. Natürlich gab es eine ganze Menge äußerlicher Ähnlichkeiten zwischen ihm und Malcolm, aber durch die Behendigkeit seines Ganges und seiner Bewegungen und die Herzlichkeit seines Lächelns unterschied er sich doch sehr von seinem Sohn.

Garland war beinahe genauso groß und hatte die gleichen breiten Schultern wie Malcolm. Er wirkte durchtrainiert und sprühte vor Energie. Es überraschte mich nicht, daß selbst ein so junges Mädchen an ihm Gefallen finden konnte. Er sah blendend aus in seinem hellen Sportjackett und der braunen Hose.

Und seine Frau war unzweifelhaft eine Schönheit. Leichtfüßig und graziös kam sie auf uns zu.

Sie hatte große blaue Augen und jenen pfirsichfarbenen Teint, den man ansonsten nur in Modemagazinen bewundern konnte.

Ihr Mund war weich und sanft geschwungen, und sie hatte eine zierliche Stupsnase. Von ihren feinen, weiblichen Gesichtszügen war ich sofort bezaubert. Und dann erst ihre Hände – wie klein sie waren! – und ihr schlanker, anmutiger Hals. Sie erinnerte mich in vielerlei Hinsicht an Malcolms Mutter Corinna, und ich verstand jetzt, warum gerade sie von Garland Foxworth auserwählt worden war. Als er sie zum ersten Mal gesehen hatte, mußte er sich unweigerlich an seine erste Begegnung mit Corinna auf der Straße in Charlottesville erinnert haben.

Ich wandte mich schnell zu Malcolm um, um zu sehen, wie er auf sie reagierte. Er kniff die Augen zusammen und konnte den Blick nicht mehr von ihr wenden. Obwohl er sich vorgenommen hatte, bei ihrer Ankunft ernst und förmlich zu bleiben, war es nicht zu übersehen, wie sich seine Gesichtszüge entspannten. Was für einen Typ Frau hatte er denn erwartet? fragte ich mich. Oder war es umgekehrt genau eine Frau wie Alicia, die er erwartet hatte?

»Malcolm, du siehst irgendwie... älter aus«, sagte sein Vater lachend. »Alicia, das ist dein Stiefsohn. Malcolm, darf ich vorstellen: deine Stiefmutter Alicia.«

Malcolm sah seinen Vater an. Wieder erschien dieses hämische Grinsen auf seinem Gesicht.

»Mutter? Willkommen, Mutter«, höhnte er und hielt ihr seine Hand entgegen. Alicia lächelte, drückte kurz seine Hand, um sich wie Garland sofort mir zuzuwenden.

»Dies ist«, sagte Malcolm langsam, wobei er jede Silbe einzeln betonte, »Mrs. Malcolm Neal Foxworth. Olivia.«

»Schön. Guten Tag, Olivia«, sagte Garland. Ein Schauer lief mir den Rücken hinunter. Ich konnte es an Garlands Gesicht ablesen, daß Malcolm ihm nie etwas von unserer Heirat geschrieben hatte, daß er nicht einmal etwas von seinen beiden Enkelkindern gewußt hatte.

»Warum hast du mir gar nichts davon gesagt?« wandte sich Alicia in ihrer unschuldigen und aufrichtigen Art an Garland. Garland, der seinen Sohn sehr gut zu kennen schien, wäre über diesen peinlichen Moment am liebsten hinweggegangen und hätte Malcolm sicher am liebsten erst später unter vier Augen zur Rede gestellt. »Garland?« drängte Alicia.

»Ganz einfach deshalb, weil ich selbst nichts davon wußte, mein Liebes«, erklärte er und warf Malcolm einen Seitenblick zu. Dieser bekam wieder jenen selbstzufriedenen Ausdruck, den er immer hatte, wenn er sich überlegen fühlte. »Seit wann seid ihr denn verheiratet?« fragte sein Vater.

»Nun, bereits seit über drei Jahren«, gab Malcolm Auskunft.

»Wir haben zwei Kinder«, beeilte ich mich hinzuzufügen, weil ich langsam die Geduld verlor. »Es sind beides Jungs.«

»Beide Jungs? Nun, jetzt weißt du es, Alicia, du bist schon Großmutter, noch bevor du Mutter bist.«

Alicia lachte über das ganze Gesicht, als Garland sie umarmte. Er drückte sie so heftig, daß ich um ihre Schwangerschaft fürchtete – sie sah doch so zerbrechlich aus.

»Nun, laßt uns endlich eintreten«, sagte Garland. Malcolm trat beiseite, und ich begleitete die beiden in das Haus. »Oh, ich seh' schon, hier hat sich in der Zwischenzeit einiges verändert«, bemerkte Garland. Er verwies auf einige der Dinge, die ich hatte anbringen lassen, damit die Halle nicht mehr so kalt wirkte: einige Landschaftsbilder aus der Region und aus anderen Gegenden sowie einige prächtige Teppiche. »Das gefällt mir alles sehr gut.« Er zwinkerte mir zu, als er mir dieses Kompliment machte.

Ich kann es nicht anders sagen: ich mochte ihn. Er machte einen so lebhaften und glücklichen Eindruck. Seine Lebenslust war direkt ansteckend. Alicia strahlte.

»Es ist genauso, wie du es mir versprochen hattest«, schwärmte sie und drückte ihm einen Kuß auf die Wange. Es war ein Kuß, der um so viel zärtlicher war als all die Küsse, die ich von Malcolm bekommen hatte. Ich wurde direkt eifersüchtig. Er hatte etwas Leidenschaftliches an sich.

»Eure Suite befindet sich im Südflügel neben dem Zimmer von Olivia«, erläuterte Malcolm. Er sagte dies in einem Ton, der eher an einen Hotelmanager erinnerte – nicht an einen Sohn, der seinen Vater und dessen frischvermählte Braut zu Hause willkommen hieß. »Es ist die Suite, die du verlangt hast.«

»Sehr gut. Nun, laß uns zuerst unsere Sachen dorthin bringen, und dann möchte ich endlich meine Enkel sehen. Du doch auch, nicht wahr, Alicia?«

»O ja, ich kann es kaum noch erwarten.«

»Und dann möchten wir zu Abend essen. Wir sind beide völlig ausgehungert. Das Essen in diesen Zügen läßt sehr zu wünschen übrig. Bist du viel herumgereist, Olivia?« fragte er mich. »Oder hat Malcolm dich in Foxworth Hall etwa wie eine Gefangene gehalten?«

»Nun, ich kann nicht behaupten, daß ich bislang in meinem Leben sehr viel gereist bin... nein, das kann man wirklich nicht sagen. Aber gleich nach unserer Hochzeit sind wir mit dem Zug gefahren.«

»Olivia kommt aus New London, Connecticut«, erklärte Malcolm. »Ihr Mädchenname ist Winfield. Ihr Vater war in der Schiffsindustrie tätig; leider ist er vor kurzem verstorben.«

»Oh, ein Yankee, wie?« bemerkte Garland scherzhaft. »Alicia ist aus Richmond, Virginia. Laßt uns deshalb das Kriegsbeil begraben und den Bürgerkrieg nicht wiederbeleben«, fügte er hinzu und schüttelte sich vor Lachen. Malcolm blickte nun finster drein, doch Alicia lächelte mir aufmunternd zu.

»Olivia, ich möchte nicht mit dir kämpfen«, sagte sie scherzhaft, wobei sie meine Hand drückte. Ich muß zugeben, daß ich von ihrer Herzlichkeit und ihrem geselligen Wesen sehr eingenommen war. Sie kannte keine Hemmungen und benahm sich so ungestüm wie ein vierjähriges Mädchen. Ihre Offenheit wirkt auf mich überwältigend, obwohl ich mir einzureden versuchte, daß dies nur auf ihre sehr glückliche Kindheit zurückzuführen sei. Sicher, sie war erst neunzehn Jahre alt, aber sie hatte bereits an der Seite eines sehr weltmännischen Mannes fast ganz Europa bereist. Sie mußte innerhalb kürzester Zeit sehr viel erlebt haben, protzte aber dennoch nicht mit ihren Reiseerfahrungen oder mit der Tatsache, daß sie die Frau eines vornehmen Mannes war.

»Oh, da haben wir endlich Mrs. Wilson und Mrs. Steiner«, rief Garland aus, als er die beiden erblickte. Hinter ihnen verbarg sich schüchtern Mary Stuart.

»Willkommen zu Hause, Mr. Foxworth«, begrüßte ihn Mrs. Wilson herzlich.

»Willkommen zu Hause«, echote Mrs. Steiner. Er küßte beiden die Hände und brachte sie dadurch ein wenig in Verlegenheit.

»Ich bin durch meine Reise zu einem Europäer geworden«,

scherzte er weiter. »Nehmt euch also besser vor mir in acht.« Darauf kicherten die beiden wie Schulmädchen. Ich wußte, daß man sich so gegenüber Bediensteten nicht benehmen sollte, aber ich bemerkte auch, um wieviel höher er in ihrer Achtung stand als Malcolm. Schließlich entdeckte er Mary Stuart: »Hallo, Sie da hinten. Wer sind Sie denn?« fragte er freundlich. Sie verbeugte sich nur und sah sich unsicher um. »Sind das alle Bediensteten?« erkundigte sich Garland.

»Olsen arbeitet noch im Garten«, gab ich zur Auskunft. »Gehen Sie wieder an die Arbeit«, befahl ich den Hausangestellten, und sofort verließen sie die Halle. Garland runzelte die Stirn und blickte Malcolm von unten herauf an.

»Wir müssen doch niemanden entlassen?« erkundigte er sich besorgt.

»Natürlich nicht«, antwortete Malcolm. »Wir zeigen unsere ökonomische Macht ganz offen. Was du dir zu Hause auch leisten kannst, nur das spiegelt deinen geschäftlichen Erfolg wider.«

»Ich verstehe. Nun denn, die Schaffenskraft von uns beiden wird durch den Ehrgeiz eines weiteren Kindes zusätzliche Unterstützung erhalten, nicht wahr Alicia?« stellte er fest.

»Wie du meinst, Liebling.«

Malcolms Gesicht hatte sich in eine schmerzvoll verzerrte Grimasse verwandelt.

»Es wird immer weiter aufwärts gehen«, prophezeite Garland, während er seine Gattin die Treppe hochgeleitete. Er zeigte ihr dieses und jenes, was sie jedesmal mit einem Kichern und einem Ausdruck ihrer tiefsten Bewunderung kommentierte. Malcolm und ich schauten ihnen von der Halle aus nach. Es war so, als ob ein ebenso stürmischer wie warmer Wind durch Foxworth Hall gebraust wäre und all die toten Gegenstände, die hier schon seit Jahrhunderten schliefen, zu neuem Leben erweckt hätte.

»Jetzt hast du selbst gesehen, wie lächerlich er ist«, murmelte Malcolm. »Kannst du jetzt verstehen, warum ich nicht anders über ihn denken kann?«

»Warum hast du ihm niemals etwas über unsere Heirat oder wenigstens über die Geburt der Kinder geschrieben?«

»Ich hielt es nicht für notwendig«, gab er zur Antwort.

»Nicht für notwendig?«

»Nein, ich hielt es wirklich nicht für notwendig. Und was sie betrifft... denk daran, daß du zuerst hier gewesen bist. Außerdem bist du die Ältere. Behandle sie einfach wie ein Kind. Laß es niemals zu, daß die Bediensteten von ihr Anweisungen entgegennehmen«, befahl er.

»Aber«, fragte ich, »was ist, wenn Garland dies möchte?«

Er gab darauf keine Antwort, murmelte nur etwas Unverständliches in sich hinein und ging in den Salon. Wahrscheinlich wollte er seine Zeitungslektüre bis zum Dinner beenden.

Ich ging zu den Jungs hoch; schließlich sollten sie bei ihrer ersten Bekanntschaft mit ihrem Großvater und ihrer Stiefgroßmutter ordentlich gekleidet sein.

Garland konnte es überhaupt nicht verstehen, warum Malcolm nicht gestattete, daß die Jungs gemeinsam mit uns am Tisch zu Abend aßen. Zunächst wollte Malcolm nicht darüber sprechen, aber Garland ließ nicht locker, so daß er sich schließlich doch zu einer Erklärung genötigt sah.

»Du mußt wissen, Vater, daß es nicht gerade appetitanregend ist, Kindern beim Essen zuzusehen.«

»Das ist doch lächerlich. Kinder sind nun einmal so. Glaubst du, du wärst anders gewesen«, entgegnete er. Malcolms Gesicht rötete sich vor Zorn, und seine Lippen wurden so weiß, daß man sie nicht mehr von den Zähnen unterscheiden konnte. »Ständig ging er jedem, aber auch wirklich jedem mit seiner ewigen Fragerei auf die Nerven«, berichtete Garland. »Seine Mutter konnte ihm nichts zufriedenstellend erklären; immer wieder kam er von neuem mit seinen Warum-Fragen an. Manchmal war sie, wenn ich nach Hause kam, völlig aufgebracht – nur wegen ihm. Einmal ist sie sogar vor ihm geflüchtet. Sie versuchte sich im ganzen Haus zu verstecken, aber er war ihr immer auf den Fersen, um sie über irgend etwas auszuquetschen. Sie war ständig regelrecht auf der Flucht vor ihm. Er wollte sie immer in Beschlag nehmen«, bekräftigte Garland noch einmal.

»Und ich war es dann wohl auch, der sie verjagt hat, oder?« warf Malcolm sarkastisch ein. »Wir hatten damals doppelt soviel Bedienstete wie heute, darunter ein Kindermädchen, das rund um die Uhr für mich da war.«

»Bei ihm war das nötig«, gab Garland, der einem Streit ausweichen wollte, zur Antwort. Alicia lächelte so sanftmütig, daß sich Malcolm sofort wieder beruhigte.

Garland ließ sich nicht davon abbringen, neben Alicia auf der linken Breitseite des Tisches Platz zu nehmen. Malcolm war sogar bereit, ihm seinen Platz an der Stirnseite zu überlassen, aber Garland wollte davon nichts wissen.

»Wir sind immer noch in den Flitterwochen«, erklärte er, »und wir könnten niemals so weit wie ihr zwei auseinandersitzen, nicht wahr Alicia?«

»Bestimmt nicht. In Europa, egal wo wir waren, überall bestand Garland darauf, daß wir direkt nebeneinander saßen. In dieser Frage ließ er überhaupt nicht mit sich reden.«

»Ich kann mir das sehr gut vorstellen«, bemerkte Malcolm in einem überraschend versöhnlichen Ton.

»Nirgendwo und zu keiner Zeit während unserer ganzen Reise wich er von meiner Seite. Wir haben häufig andere amerikanische Touristen getroffen«, erklärte sie mit ihrer sanften, melodischen Stimme. »Und jedesmal«, fügte sie, zu mir gewandt, hinzu, »brachte er mich in Verlegenheit.« Sie lächelte mir zu. Ihr Lächeln war freundlich und aufrichtig. Malcolm starrte sie an, als wäre sie ein Wesen von einem anderen Stern, während mir klar wurde, daß sie sehr den jungen Frauen auf meinem Empfang ähnelte.

»Aber du mußt auch zugeben, Alicia, daß du jede Minute davon genossen hast«, sagte Garland.

»Natürlich habe ich das, schließlich war ich doch bei dir«, schwärmte sie. Daraufhin küßten sie sich auf den Mund, wobei sie sich weder durch unsere Anwesenheit noch durch die Bediensteten stören ließen. Als ich Malcolm in der Erwartung einer Mißbilligung ansah, las ich nur Neid in seinem Gesichtsausdruck – oder war da sogar ein Lächeln? Auf jeden Fall verschwand es sofort wieder, als er sich zu mir wandte.

»Ihr werdet schon noch alles darüber erfahren«, warnte uns Garland. Er sah mich an, als er fortfuhr: »Wir werden dich noch genug mit allen Einzelheiten langweilen, aber das ist der Preis, den die Schwiegertochter eines Garland Foxworth zu zahlen hat«, scherzte er.

»Hört ihm einfach nicht zu«, mischte sich Alicia ein, »wenn es euch nicht interessiert.«

»Wir hören aber gern zu«, sagte Malcolm zu ihr, »vorausgesetzt, daß du erzählst und mein Vater dich nicht ständig unterbricht.«

»Ich werde jedes unnötige Wort vermeiden«, versprach Garland. »Ich gebe mein Ehrenwort darauf«, bekräftigte er, während er seine rechte Hand zum Schwur hob.

»Glaubt ihm kein Wort«, beschwor uns daraufhin Alicia. Malcolm grinste; er lächelte überhaupt die ganze Zeit über. Im Laufe des Dinners wurde er immer sanftmütiger, bis sich schließlich zwischen ihm und Alicia ein längeres Gespräch entwickelte. Ich wurde dabei gänzlich geschnitten, als wäre ich nicht an einem Tisch mit den anderen gesessen. Das Mädchen sprach ungeheuer lebendig von den Reiseerlebnissen und beeindruckte selbst Malcolm, der schon sehr weit herumgekommen war. Garland war ganz mit dem Essen beschäftigt.

»Deine Kinder sind entzückend«, schmeichelte Alicia Malcolm, »sie sind richtige Foxworths.«

»Für Mal mag das zutreffen«, schränkte Malcolm ein.

»Das scheint nur so, weil Joel noch so klein ist. Oh, ich kann die Geburt unseres Babys kaum noch erwarten«, freute sie sich, klatschte übermütig in die Hände und ließ sich auf den Stuhl zurückfallen. Während des ganzen Dinners kümmerte sie sich nicht um Anstand und die Gebote der Schicklichkeit. Sie sprach mit vollem Mund, konnte wie ein kleines Kind auf ihrem Platz nicht stillhalten und trank den Wein wie Wasser. Malcolm war an diesem Abend außerordentlich tolerant. Ich führte es darauf zurück, daß es unser erstes gemeinsames Essen war.

»Im wievielten Monat bist du eigentlich schwanger?« fragte Malcolm.

»Ich bin jetzt im achten Monat.«

»Da ist keine Zeit zu verlieren«, sagte Garland, »nicht in meinem Alter«, ergänzte er lachend.

»Du vergeudest wirklich keine Zeit«, bestätigte Alicia. Sie warfen sich Blicke zu, die so leidenschaftlich waren, daß ich errötete. Wieder küßten sie sich, wie sie auch sonst beinahe jeden Satz, den sie wechselten, mit einem Kuß krönten.

Malcolm schien hin- und hergerissen zu sein zwischen Momenten des Verdrusses und der uneingeschränkten Bewunderung. Immer wenn Alicia ihm ihre ganze Aufmerksamkeit schenkte, war er wie verzaubert. Einmal beugte sie sich über den Tisch und berührte dabei seine Hand. Er errötete, doch er zog seine Hand nicht zurück.

Garland schlug vor, daß wir den Kaffee auf der Veranda einnehmen sollten.

»Ins Freie«, forderte er uns mit einer übertriebenen Geste auf. Wie ein Ober legte er sich um seinen angewinkelten Arm eine Serviette, und mit seinem anderen Arm geleitete er Alicia ins Freie.

»Oh, es war so schön in Italien«, schwärmte Alicia. Als Malcolm sich erhob, hakte sich Alicia bei ihm unter, und ich war erstaunt, daß er ihr dies gestattete. Alicia schritt, flankiert von Malcolm und Garland, hinaus auf die Veranda.

Draußen amüsierten sie sich gerade köstlich über Alicias Beschreibung einer Gondelfahrt in Venedig, als ich hinzukam. Alicia war aufgestanden, um Garland zu imitieren.

»›Setzen Sie sich bitte hin, Sir‹, bat ihn der Gondoliere« – sie sagte das mit einer tiefen, dramatischen Stimme. »Aber dein Vater hatte bereits so tief ins Weinglas geguckt, daß er die Leichtfüßigkeit eines Seiltänzers zu haben glaubte. ›Kein Problem‹, lallte er, ›ich werde euch zeigen, wo's langgeht.‹ Alle anderen Passagiere waren zutiefst erschrocken. Erneut flehte der Gondoliere ihn an, sich zu setzen, als die Gondel bereits zu schaukeln begonnen hatte. Wie wild schaukelte sie hin und her. Und was glaubt ihr, was dann passiert ist?« lachte sie. »Garland...« Die Erinnerung machte sie lachen, und Garland stimmte mit ein. »Garland plumpste ins Wasser!« rief sie und fiel gegen Malcolm, der sich beeilte, sie zu stützen, damit sie nicht auf seinen Schoß fiel. Garland brüllte vor Lachen, und Malcolm errötete, als er mich in der Tür erblickte.

»Gleich kommt der Kaffee«, verkündete ich.

Ohne mich zu beachten, fuhr Alicia fort: »Alle versuchten ihn aus dem Kanal zu fischen. Aber er lehnte vehement ihre Hilfe ab, weil er behauptete, alles wäre in Ordnung. Es herrschte ein fürchterliches Durcheinander, bis er schließlich wieder in der

Gondel landete.« Als sie fertig war, setzte sie sich auf Garlands Schoß und umarmte ihn. Sie küßten sich erneut.

»Wie herrlich sie das erzählen kann«, bewunderte sie Garland. »Eines Tages mußt auch du mir, Olivia, alles über eure Hochzeit erzählen...«

Sie lachten noch mehr, wodurch Alicia sich angespornt fühlte, eine weitere Geschichte über Garland in Europa zum besten zu geben. Noch bevor der Abend ausklang, beschloß ich, ihm den Namen »Die Geschichten von Garland Foxworth, erzählt von Alicia Foxworth« zu geben. Nie zuvor hatte ich eine Frau getroffen, die einem Mann so ergeben war wie Alicia Garland. Ihr entging nichts von dem, was er tat; selbst jedes Stückchen Boden, den er betrat, schien sie zu vergöttern.

Unser gemeinsamer Abend ging erst zu Ende, als die beiden gestanden, daß sie von ihrer Reise doch ziemlich mitgenommen waren. Alicia lehnte den Kopf an Garlands Schulter, und er umfaßte ihre Taille. Dann gingen sie beide, die eher wie zwei neuvermählte Zwanzigjährige als wie ein 58jähriger Mann und ein 19jähriges schwangeres Mädchen aussahen, ins Haus und zogen sich zurück.

»Sie ist ziemlich hübsch«, bemerkte ich.

»Findest du?«

»Sie ist wie ein kleiner Vogel, der deinen Vater umschwirrt, meinst du nicht auch?«

»Ich bin müde«, gab er zur Antwort. »Das ganze Gezwitscher hat mir Kopfschmerzen bereitet.« Dann ging er in seine Gemächer.

Ich blieb noch ein wenig unten. Als ich schließlich die Treppe hinaufstieg, schaute ich zuerst bei den Jungs vorbei. Sie schliefen tief und fest. Ihr Großvater hatte sich sehr mit ihnen beschäftigt, und Mal hatte ziemlich schnell Zutrauen zu ihm gefaßt. Ich konnte mir vorstellen, daß Garland einen viel besseren Vater abgeben würde, als es Malcolm je war. Garland schien Kinder wenigstens zu mögen.

Als ich an der Suite des glücklichen Paares vorbeikam, hörte ich, daß sie noch wach waren. Sie redeten und kicherten wie zwei Teenager. Ich hielt inne und genoß ihr zärtliches Zwiegespräch. Wie gern hätte ich so mit Malcolm gesprochen!

Ich stellte mir vor, wie hinter dieser Tür Garland Alicia in die Arme nahm, wie er seine schöne junge Braut zu sich zog und sie fühlen ließ, daß sie begehrt und geliebt wurde. Und ich stellte mir vor, wie er ihr mit den Händen über den Bauch strich, um das Kleine zu fühlen. Dies wäre Malcolm nie in den Sinn gekommen. In den letzten Monaten meiner Schwangerschaft, als mein Bauch wuchs und ich immer unvorteilhafter aussah, ging er mir einfach aus dem Weg.

Alicia dagegen wirkte unverändert. Wer nur ihr Gesicht und ihren Busen betrachtete, kam niemals auf die Idee, daß sie schwanger war. Ich fand es ungerecht, daß diese schlanken, zierlichen Mädchen niemals etwas von ihren weiblichen Reizen einbüßten.

Als ich dann zu meinem Zimmer ging – es lag direkt neben dem ihrigen –, wußte ich, daß mich meine Eifersucht eher traurig als zornig machte. Die Zwischenwände zu beiden Räumen waren so dünn, daß ich, wenn ich lauschte, jedes Wort von ihnen verstehen konnte.

»Sie sieht genauso aus, wie ich mir eine Frau, die Malcolm heiraten würde, immer vorgestellt hatte«, bemerkte Garland.

»Sie ist ziemlich groß«, sagte Alicia. »Sie tut mir so leid deswegen.«

»Mir tut sie leid, weil sie mit Malcolm verheiratet ist«, entgegnete er.

»Ach, Garland!«

»Er hat doch keine Ahnung von Frauen. Er hatte eigentlich niemals eine richtige Freundin, mußt du wissen.«

»Armer Kerl.«

»Arm? Er ist genausowenig arm wie du, mein Liebling«, sagte er zärtlich. Ein kurzes Schweigen trat ein, und ich wußte, jetzt küßten sie sich.

»Ich bin reich, seit du zum ersten Mal unser Haus betreten hast«, gestand sie ihm. Und dann wurden sie wieder ruhig.

Ich legte mich ins Bett und fühlte mich einsam. Ich fragte mich, wie ich mich denn jemals mit so einem schönen und unschuldigen Wesen wie Alicia würde messen können. Jedesmal, wenn sie sprach, würde das meine Schweigsamkeit hervorheben; jedesmal, wenn sie lachte, würde das meine Traurigkeit betonen, und jedesmal, wenn Malcolm sie anblickte, würde mich das an die vielen Male erinnern, als er meinen Blick vermieden hatte. Und ihre Zierlichkeit ließ mich noch größer erscheinen.

Ich haßte sie – wenigstens wollte ich sie hassen.

Und dennoch war es so schwierig für mich, mein Herz ihr gegenüber zu verschließen, denn sie verkörperte doch all dies, was ich selbst sein wollte.

Am nächsten Morgen erschien Alicia mit demselben Elan und derselben überschäumenden Energie wie tags zuvor. Unser Frühstück war noch nie so lebhaft verlaufen. Garland bemerkte, daß sie wie Babies geschlafen hätten.

»Was wieder einmal beweist, wie wichtig es für einen Mann ist, nach Hause zu kommen«, sagte er. »Zu uns nach Hause«, fügte er hinzu und lächelte dabei Alicia an. Ihr volles, kastanienbraunes Haar trug sie genauso aufgesteckt wie ich, bloß daß das ihrige glänzte und ihren weichen, weißen Hals noch graziöser erscheinen ließ. Ich kann mich noch erinnern, daß Malcolm von ihr ganz hingerissen war. Malcolm und ich hatten erwartet, daß man ihnen zu so früher Morgenstunde die Strapazen ihrer Reise ansehen würde. Das Gegenteil war der Fall, sie wirkten frisch und ausgeruht.

Garland bestand sogar darauf, Malcolm ins Büro zu begleiten, um sich so schnell wie möglich einzuarbeiten.

»Ich weiß, daß ich eine Menge aufzuholen habe. Schließlich gehört Malcolm nicht gerade zu denjenigen, die untätig abwarten, bis Gras unter ihren Füßen gewachsen ist«, erklärte er Alicia. »Mein Sohn mag vielerlei Fähigkeiten haben, aber eins ist er mit Sicherheit: ein Finanzgenie.«

»Das hat er schon immer von dir behauptet, Malcolm«, bestätigte Alicia. »Wenn ich ihn fragte, ob er es sich denn leisten könne, so lange Zeit von seinen Geschäften fernzubleiben, dann gab er jedesmal zur Antwort, daß er vollstes Vertrauen in deine Fähigkeiten hätte.«

Ich wartete auf eine von Malcolms typischen sarkastischen Antworten, doch er zuckte nur bescheiden mit den Achseln, was man von ihm gar nicht gewohnt war.

»Es wird Zeit, daß wir gehen«, forderte er seinen Vater auf.

Garlands Abschied von Alicia dauerte so lange und war so leidenschaftlich, daß es mir für sie peinlich war. Es schien ihr anfangs überhaupt nichts auszumachen; als sie jedoch meine Verlegenheit merkte, beeilte sie sich zu erklären, daß dies das erste Mal seit dem Beginn ihrer Reise nach Europa sei, daß sie sich trennten. Malcolms Verabschiedung von mir war wie immer kurz und oberflächlich: Er drückte mir einen flüchtigen Kuß auf die Wange und verlor noch ein paar Worte über das Dinner am Abend.

»War es nicht anfangs schwer für dich, die Rolle der Herrin eines so großen Hauses zu spielen?« bedrängte mich Alicia. Und schnell fügte sie hinzu: »Oh, nicht, weil ich die Absicht habe, selber die Herrin zu werden. Es ist nur, weil ich das so... überwältigend finde.«

Einen Moment lang starrte ich sie nur an. Sie klang zwar sehr ehrlich, aber Malcolms Mißtrauen ihr gegenüber ging mir einfach nicht aus dem Kopf.

»Ich habe alles ziemlich gut im Griff«, gab ich zur Antwort. »Die Bediensteten haben ihre genauen Anweisungen, und mein eigener Tagesablauf ist gut organisiert.«

»Oh, daran habe ich nicht gezweifelt. Ich habe nicht die Absicht, irgend etwas durcheinanderzubringen. Du mußt es mir sagen, wenn ich das trotzdem einmal unbewußt tun sollte.«

»Das werde ich«, versicherte ich mit Nachdruck, aber entweder hörte sie den drohenden Unterton in meiner Stimme nicht oder sie wollte ihn einfach nicht wahrnehmen.

»Ich will niemandem auf den Füßen herumtanzen«, betonte sie noch einmal. »Alles, was ich will, ist, meinen Gatten glücklich zu machen. Garland ist so wundervoll. Er hat sich gegenüber mir und meiner Familie so edel benommen, daß ich gar nicht weiß, wie ich ihm je dafür danken kann.«

»Was hat er denn für dich und deine Familie getan?« fragte ich mit unschuldiger Miene.

»Garland war einer der ältesten und besten Freunde meines Vaters. Mein Vater zog sich in jungen Jahren bei einem Reitunfall eine schwere Rückenverletzung zu, so daß er die Stelle, die er gebraucht hätte, um den Lebensunterhalt seiner Familie zu sichern, nicht bekommen konnte. Garland bot ihm eine Stelle als Buchhalter an, denn mein Vater konnte nur noch eine sitzende Tätigkeit verrichten. Ohne seine Hilfe hätten wir uns wohl kaum durchschlagen können.«

Ich hatte meine eigenen Vorstellungen vom Altruismus und glaubte nicht daran, daß jemand etwas aus reiner Nächstenliebe tat, ohne sich einen eigenen Vorteil davon zu versprechen. Hatte Garland Foxworth vielleicht von Anfang an ein Auge auf dieses liebenswürdige Mädchen geworfen?

»Wie alt warst du eigentlich, als Garland euch zum ersten Mal besuchte?«

»Ach, wenn ich mich recht entsinne, dann war ich damals so fünf oder sechs Jahre alt. Als ich zwölf war, schenkte er mir diesen wunderschönen goldenen Armreif. Schau, ich trage ihn immer noch«, sagte sie und zeigte ihn mir.

»Du warst zwölf?«

»Ja. Und als ich vierzehn war, unternahmen wir bereits lange Spaziergänge. Wir hakten uns unter, und gewöhnlich plapperte ich die ganze Zeit, während er mir mit einem wunderbaren Lächeln einfach nur zuhörte. Er machte mich so glücklich. Ich sehnte mich nach seinen Besuchen so sehr, wie nach nichts anderem sonst. Und als ich vierzehn war, küßte er mich zum ersten Mal«, hauchte sie.

»Was? Du warst erst vierzehn?«

»Ja, und es war nicht nur ein flüchtiger Kuß auf die Wange«, zwinkerte sie mir vielsagend zu. Sie mußte meine Verblüffung gemerkt haben. »Von diesem Moment waren wir einander versprochen, verstehst du?«

»Nein, ich verstehe nicht, wie ein Mann in seinem Alter und ein Mädchen von vierzehn Jahren einander versprochen sein können.«

»Es war Liebe«, sagte sie ebenso bestimmt wie schamlos. »Wahre, reine Liebe. Von nun an besuchte er mich noch häufiger. Mit seinem Einspänner pflegten wir Ausflüge in den Park zu machen und beobachteten dabei oft stundenlang die Vögel. Wir sprachen soviel miteinander – frag mich bitte nicht, über was –, unsere Unterhaltungen waren wie eine endlose Melodie. Der Ton klingt noch in meinen Ohren, nicht aber die Worte«, lächelte sie verträumt.

»Oh, wie sehr liebte ich diese Schlittenfahrten durch das Schneetreiben im winterlichen Virginia«, fuhr sie fort. »In dicke Decken gehüllt und uns fest an den Händen haltend, kutschierten wir mit roten Gesichtern in die Kälte hinaus, aber unsere Herzen waren von Liebe erfüllt. Du kannst dir nicht vorstellen, wie wundervoll das war«, schloß sie.

»Nein«, sagte ich traurig, »das kann ich nicht.«

»Im Sommer gab es dann diese herrlichen Konzerte im Park«, fing sie wieder an. »Ich packte immer einen Picknickkorb für uns ein, und dann fuhren wir hin, um der Musik zu lauschen. Danach pflegten wir uns ein Boot zu mieten, und ich sang ihm auf dem See vor. Er liebte das, obwohl ich keine gute Stimme habe.«

»Aber hast du dir denn niemals über euren Altersunterschied Gedanken gemacht?«

»Nein. Garland war für mich immer nur ein wunderbar zärtlicher Mann. Er war schon immer ein so geistreicher Mann, der vor Fröhlichkeit nahezu übersprudelte, so daß sein Alter überhaupt keine Rolle spielte.«

»Aber wie konntest du die Stirn haben, einen Mann, der soviel älter als du ist, zu heiraten? Ich meine das nicht so grob, wie es sich anhört, aber er wird sterben, noch bevor du eine Frau im mittleren Alter bist. Waren denn deine Eltern mit eurer Heirat einverstanden?«

»Mein Vater starb, einen Monat bevor mir Garland den Heiratsantrag machte. Meine Mutter war zuerst entrüstet und gegen diese Heirat. Sie brachte dieselben Argumente wie du vor, aber ich ließ mich nicht davon abhalten. Und du mußt wissen, sie verehrte Garland. Sie sah dann auch bald ein, daß ich ihn wirklich liebte und daß der Altersunterschied dabei keine Rolle spielte.«

»Um ehrlich zu sein, meine Liebe, ich bin dennoch überrascht, daß du dich entschlossen hast, mit Garland – wenn man sein Alter bedenkt! – Kinder zu bekommen.«

»Ach, Garland würde es gar nicht anders wollen. Er pflegt immer zu sagen: ›Alicia, wenn ich bei dir bin, dann fühle ich mich immer wie ein Mann in den Dreißigern.‹ Und er sieht tatsächlich aus wie ein Mann in den Dreißigern, oder? Stimmt das etwa nicht?« wiederholte sie, als ich mit meiner Antwort zögerte.

»Sicher, er sieht jünger aus, als er ist...«

»Nur das zählt... was wir denken«, beendete sie das Thema. Sie ging vollständig in ihrer Liebe auf. Die harte, rauhe Wirklichkeit nüchterner Tatsachen konnte ihrer rosaroten Welt nichts anhaben. Sie lebte in der Welt meines umglasten Puppenhauses. Natürlich tat sie mir in ihrer Naivität leid, wußte ich doch, daß am Ende die Wirklichkeit doch obsiegen würde. Aber gleichzeitig neidete ich ihr die Unbeschwertheit ihres Glücks.

»Laß mich dich begleiten. Ich mag es, dir zuzusehen, wenn du bei deinen Kindern bist. Sie sind so entzückend. Und ich kann sicherlich von dir etwas lernen.«

»Ich bin wohl kaum eine Expertin in der Kindererziehung«, dämpfte ich ihren Enthusiasmus. Doch als ich merkte, wie sehr sie enttäuscht gewesen wäre, wenn ich sie zurückgewiesen hätte, gestattete ich ihr, mich zu begleiten.

Die Kinder mochten sie sehr gerne, vor allem Joel. Wenn er sie sah, lachte er über das ganze Gesicht, und es gefiel ihm, wenn sie ihn auf den Arm nahm. In vielerlei Hinsicht verstand sie es wesentlich besser als ich, auf Kinder einzugehen. Schon bald spielte sie mit Mals Spielsachen, und Joel beobachtete die beiden aufmerksam.

»Du brauchst nicht hierzubleiben, tu doch etwas, wozu du Lust hast«, schlug sie mir vor. »Es macht mir nichts aus, bei ihnen zu bleiben.«

»In deinem Zustand solltest du mehr auf dich aufpassen«, ermahnte ich sie, doch dann überlegte ich, ob sich Malcolm wohl eine Fehlgeburt herbeisehnte.

Der Gedanke ließ mich nicht mehr los, ich konnte ihn einfach nicht mehr abschütteln. Und je mehr ich mir vorstellte, daß sie tatsächlich eine Fehlgeburt haben könnte, desto glücklicher machte mich das.

Ich hatte einfach Angst davor, daß sie ein Kind auf die Welt bringen würde, wenn auch aus anderen Gründen als Malcolm. Seine Geldgier teilte ich nicht, denn ich wußte, daß wir Geld ohnehin im Überfluß hatten und immer haben würden. Was mir Angst einjagte, war, daß ihr Kind viel schöner als die meinigen sein würde. Schließlich war Garland der Vater, und er war ebenso stattlich, wenn nicht gar noch imposanter als Malcolm. Und sie war doch um soviel schöner als ich.

Deshalb malte ich mir aus, wie sie die Wendeltreppe hinunterstieg, plötzlich stolperte, die Treppe hinunterstürzte und dadurch einen Abgang erleiden würde. Sie war viel zu vertrauensselig, um mir diese Gedanken anzumerken.

Den ganzen Tag über bestürmte sie mich, sobald sie mich erblickte, mit Fragen – über Foxworth Hall, über die Kinder, über die Bediensteten und über Malcolm.

»Wie ist er denn eigentlich wirklich?« wollte sie wissen. »Garland übertreibt immer so.«

»Es ist besser, wenn du das selbst herausfindest«, erwiderte ich. »Frage niemals eine Ehefrau, wie ihr Gatte ist – du wirst keine ehrliche Antwort erhalten.«

»Ach, wie recht du doch hast«, sagte sie darauf. Ich schien sie niemals aus der Fassung bringen zu können. »Du bist so klug, Olivia. Ich bin so glücklich, daß du hier bist.«

Ich starrte sie an. Sie meinte das wirklich so, wie sie es sagte, dieses dumme Mädchen! Hegte sie denn überhaupt keinen Verdacht? Gab sie sich denn tatsächlich damit zufrieden, wie ein weiteres Kind in diesem Hause betrachtet zu werden?

Ich hatte eigentlich erwartet, daß sich im Laufe der Zeit die Lebhaftigkeit der beiden wieder legen würde, daß die Schwermut, die über Foxworth Hall lastete, auch auf sie abfärben würde und daß Alicias Zustand, wenn sie erst einmal im neunten Monat schwanger war, ihr mehr und mehr lästig wäre und sie zunehmend gereizt reagieren würde. Aber nichts davon trat ein. Unsere gemeinsamen Mahlzeiten gestalteten sich ebenso lebhaft wie an jenem Abend, als Garland und Alicia angekommen waren.

Jeden Abend bestand Alicia darauf, daß ihr Garland seinen Arbeitstag in allen Einzelheiten schilderte.

»Du darfst niemals annehmen, daß mich das langweilen würde«, versicherte sie ihm. »Schließlich handelt es sich um *deine* Arbeit, und alles, was dich betrifft, geht auch mich etwas an.«

So ein Unsinn, dachte ich bei mir. Sie würde doch niemals die Einzelheiten von Geschäftsbedingungen begreifen.

»Nun, heute habe ich Malcolms Anlagen bei zwei Hotels in Chicago geprüft. Er hat da eine Idee, wie man den Geschäftsleuten das Catering zu besseren Konditionen anbieten kann.«

»Wie sagst du dazu, Malcolm?«

»Wozu?«

»Na, zu diesen besonderen Konditionen?«

»Geschäftskonditionen«, sagte er gleichgültig.

»Ja, natürlich. Wie dumm von mir zu fragen! Das ist aber eine entzückende Idee«, freute sie sich. Entzückend? Was soll das denn? überlegte ich. Ich wartete ab, daß Malcolm auf seine Art explodierte, aber er wurde mit jedem Tag toleranter.

Mehrmals war ich versucht, ihm von meinen Phantasien über Alicias Abgang zu erzählen. Ich wollte seine Reaktion erleben. Aber das Äußerste, was ich ihm darüber sagen konnte, war, daß Alicia meiner Meinung nach für eine Frau, die im neunten Monat schwanger war, zuviel in Bewegung und zu lebhaft war.

»Sie hetzt die Treppen hinauf und hinunter und hält dabei ihren Bauch, als hätte sie nur einen Ballon unter ihrem Kleid. Manchmal ist sie draußen bei Olsen und spricht mit ihm über Blumen, und es kam auch schon mal vor, daß ich sie dabei ertappt habe, wie sie ihm beim Umgraben half. Erst gestern sah ich, wie sie eine riesige Topfpflanze aushob. Ich wollte sie eigentlich warnen, unterließ es aber dann. Sie läßt es sich nicht nehmen, Joel ins Kinderzimmer zu tragen, und wenn ich auch nur irgendeine Arbeit erwähne, nimmt sie sich sofort der Sache an, egal wie sehr sie sich dabei anstrengen muß.«

»Was mischst du dich da ein?« wies Malcolm mich zurecht und ging weg, bevor ich auch nur irgendein weiteres Wort sagen konnte. Möglicherweise konnte er die Chance einer Fehlgeburt gar nicht einschätzen, oder aber er war so von ihrer unschuldigen Schönheit eingenommen, daß er bereits blind gegenüber seinen eigenen Interessen war.

Eines Tages, als Alicia bereits in der zweiten Woche des neunten Monats war, erkundigte sie sich bei mir nach dem Dachboden.

»Oh, er ist sehr interessant«, sagte ich und begann ihn zu beschreiben, als ich plötzlich innehielt: »Aber du mußt ihn eigentlich selber sehen«, schlug ich ihr dann vor. Ich malte mir aus, wie sie diese wackeligen kleinen Stufen hinaufstieg und über diesen riesigen Dachboden wanderte, wo überall tausend Sachen herumstanden, über die man stolpern konnte.

»Ich wollte schon durch diese Doppeltür gehen und die Treppe hinaufsteigen.«

»Ach, es gibt noch einen anderen Weg«, bemerkte ich. »Einen Geheimgang.«

»Wirklich?« Sie war ganz fasziniert. »Wo denn?«

»Er führt im äußersten Raum des Nordflügels durch eine Tür in einem Wandschrank.«

»Oh, wie aufregend, eine Tür in einem Wandschrank. Willst du mit mir hinaufgehen?«

»Ich war bereits oben«, antwortete ich. »Ich zeige dir den Weg, und dann kannst du für dich alleine diese ganzen alten Sachen erkunden und dich daran ergötzen.«

»Ach, das wird mir sicher Spaß machen«, sagte sie, und ich geleitete sie in den Nordflügel zu dem besagten Raum. Sie war begeistert. »Er ist wie ein Versteck«, rief sie.

»Stimmt!«

»Dieses Haus ist so aufregend, so geheimnisvoll. Ich muß Garland über diesen Raum ausfragen.«

»Mach das«, unterstützte ich sie. »Und sag mir dann, was er gesagt hat.«

Ich zeigte ihr die Tür im Wandschrank.

»Jetzt mußt du aber vorsichtig sein«, ermahnte ich sie, als sie sich noch einmal nach mir umblickte. »Gleich bei der ersten Stufe siehst du eine Kordel; wenn du daran ziehst, dann hast du Licht auf der Treppe.«

Sie folgte meinem Rat, aber die Glühbirne ging nicht an. Ich hatte sie nämlich bereits vor einiger Zeit herausgeschraubt.

»Sie muß durchgebrannt sein«, kommentierte ich. »Aber mach dir nichts draus.«

»Nein, das ist schon in Ordnung, ich kann ganz gut sehen.«

»Denk daran«, rief ich ihr noch nach, »ich habe dich gewarnt hinaufzugehen.«

»Jetzt führ dich nicht auf wie ein alter Kauz, Olivia! Es ist doch nichts dabei!«

»Nun denn, wenn du es nicht anders willst, dann geh hinauf«, sagte ich zu ihr. »Ich werde unten im Salon sein und lesen.«

Sie schloß die Tür hinter sich und begann die Stufen hinaufzusteigen. Ich hörte sie herumtasten und ab und an lachen, da sie offenbar immer wieder anstieß. Mein Herz schlug wie wild. Die Dunkelheit, die Finsternis, diese ganzen morschen Stufen und Dielen, all dies barg soviel Gefahr für eine hochschwangere Frau! Ach, was war sie doch nur für ein vertrauensseliges, junges Dummchen, überlegte ich mir beim Weggehen. Wenn ihr etwas zustoßen sollte, würde ich weit genug weg sein, um ihr auch nur die geringste Hilfe leisten zu können. Ich hatte sie ja gewarnt. Keiner konnte mir einen Vorwurf machen.

Ich eilte zum Zimmer hinaus und verließ den Nordflügel. Ich ließ mich im Salon bequem in einen Sessel fallen und begann zu lesen, wie ich es ihr erzählt hatte. Aber es war schwierig, mich auf irgend etwas zu konzentrieren. Immer wieder mußte ich zur Decke blicken. Dann sah ich sie vor mir, wie sie stolperte und möglicherweise gegen einen der Koffer oder einen Kleiderschrank fiel. Und dann die Fehlgeburt! Später würde ich Malcolm berichten, wie das Ganze passiert war. Er würde vielleicht nicht viele Worte darüber verlieren, aber sein Dank würde mir sicher sein. Und vielleicht würde sie dann auch nicht mehr durch dieses Haus schweben und auf alle Gesichter ein Lächeln zaubern. Vielleicht würde die Fehlgeburt ihre Schönheit beeinträchtigen und ihren Blick verdüstern. Die Verzweiflung würde ihr strahlendes Gesicht zerstören. Ihre Stimme würde sich verändern, sie würde spröde und gar nicht mehr melodiös klingen. Malcolm könnte sich nicht mehr von ihrem Geschnatter und ihren Schmeicheleien bezaubern lassen.

Ich hatte keine Ahnung, wieviel Zeit inzwischen verstrichen war, aber als Malcolm und Garland nach Hause kamen, war sie immer noch nicht zurückgekehrt. Natürlich erkundigte sich Garland nach ihr.

»Ach, mein Lieber«, gab ich zur Antwort, »ich war ganz versunken in meine Lektüre. Sie ist bereits vor einiger Zeit auf den Dachboden hinaufgegangen.«

»Auf den Dachboden? Warum das denn?«

»Um sich dort umzusehen. Sie langweilte sich ganz einfach!«

»Auf den Dachboden«, wiederholte Garland, während sich seine Miene verdüsterte. »Das hätte sie doch nicht tun sollen.«

»Das habe ich ihr auch gesagt, aber sie ließ sich nicht davon abbringen. Sie schalt mich deswegen sogar einen alten Kauz.«

Er eilte hinaus und stürmte die Treppe hinauf. Malcolm, der in der Tür stand, sah ihm nach und wandte sich dann mir zu. Nie zuvor sah ich einen so stechenden Blick in seinen Augen. Es war ein äußerst merkwürdiger Blick, eine Mischung aus Angst und Wut. Er schien etwas bei mir entdeckt zu haben, was er bis dahin noch nicht wahrgenommen hatte.

»Du solltest ihn vielleicht begleiten, um zu sehen, ob irgend etwas passiert ist«, schlug ich vor. Ein verzerrtes Grinsen zeichnete sich plötzlich in seinem Gesicht ab; er machte kehrt und verließ mich.

Etwas später vernahm ich Garlands Stimme und ging in die Wandelhalle.

»Ist alles in Ordnung?« fragte ich Garland, der sich beeilte, in den Südflügel zu kommen.

»Was? Ach ja, natürlich. Stell dir vor, was sie gemacht hat! Sie stand vor dem staubigen Spiegel und probierte Corinnas alte Kleider. Man muß sagen, sie standen ihr ausgezeichnet.«

Plötzlich tauchte Malcolm hinter mir auf. Er schäumte vor Wut, und dennoch ... dennoch ... schaute er ganz verträumt. Hätte ich es nicht besser gewußt, hätte ich gemeint, daß etwas wie Liebe in seinem Blick war.

Ungefähr zwei Wochen später war es dann soweit. Dr. Braxten war anwesend, um Alicia von dem Kind zu entbinden. Malcolm und ich warteten derweil in der Halle. Garland erschien auf der Rotunde und schrie zu uns herunter: »Es ist ein Junge! Ein Junge! Und Alicia ist wohlauf! Sie könnte schon wieder zum Tanzen gehen.«

»Das ist ja wunderbar«, sagte ich. Er verschränkte die Arme und riß sie in Siegerpose in die Höhe, bevor er wieder in ihrer Suite verschwand. Malcolm sagte nichts, aber als ich mich zu ihm umdrehte, sah ich, wie wütend er war.

»Ich hatte gebetet, daß es ein Mädchen werden würde«, sagte er.

»Was spielt das jetzt noch für eine Rolle? Komm, laß uns das Kind anschauen.«

Er zögerte, und schließlich ging ich allein. Als ich das Baby zum ersten Mal in den Armen seiner Mutter sah, stockte mir der

Atem. Er hatte zwar dieselben blonden Haare und die gleichen blauen Augen wie meine Söhne, aber dieser Säugling strahlte eine so wundersam friedliche Ruhe aus, wie ich sie bei einem Kind noch nie gesehen hatte. Mit seinen klaren, hellwachen Augen schaute er allen, die sich ihm näherten, ins Gesicht – und ich wußte sehr wohl, daß Neugeborene so etwas in der Regel nicht taten.

»Ist er nicht wunderschön?« flüsterte Alicia, wobei sie das Baby noch enger an sich drückte und es noch liebevoller herzte. »Ich werde ihn nach seinem Vater Christopher Garland nennen.«

Garland stand daneben und lächelte so stolz wie jeder frischgebackene Vater. In diesem Augenblick sah er um zwanzig Jahre jünger aus. Waren sie ein Zauberpaar? Konnten sie die Zeit zurückdrehen? Hatten sie den ewigen Quell der Jugend gefunden, oder war es einfach nur die Liebe, die sie so glücklich aussehen ließ? Noch nie zuvor war ich auf jemanden so eifersüchtig gewesen wie in diesem Moment auf Alicia. Sie hatte einfach alles, was man sich nur wünschen konnte: Schönheit, einen liebenden Gatten und jetzt auch noch ein wunderschönes Kind.

»Gratuliere, Vater«, sagte Malcolm, als er zur Tür hereinkam.

»Danke, Malcolm. Komm näher und betrachte dir deinen Stiefbruder.«

Malcolm trat hinzu und beugte sich über Alicia und das Kind.

»Hübsch. Ein echter Foxworth«, sagte er.

»Worauf du wetten kannst«, stimmte ihm Garland zu. »Darauf werden wir uns morgen eine Zigarre genehmigen, meinst du nicht auch, mein Sohn?«

»Sicher werden wir das«, gab er zur Antwort. »Du hast es geschafft, Vater.«

»Ach, ich glaube nicht unbedingt, daß er es ganz alleine geschafft hat«, bemerkte Alicia trocken. Daraufhin mußte sogar ich lachen. Malcolm errötete.

»Nun, ich meinte doch nur ... ich ... natürlich gratuliere ich auch dir, Alicia«, stotterte er und kniete nieder, um ihr einen flüchtigen Kuß auf die Wange zu drücken. An der Art, wie er seine Augen geschlossen hielt, erkannte ich, daß er sich gewünscht hatte, der Kuß würde länger dauern.

Was konnte er doch für ein Heuchler sein! Ich wußte genau, daß er dieses Baby haßte, und dennoch fand er die richtigen Worte und benahm sich ganz korrekt.

Schnell stand er wieder auf und trat vom Bett zurück.

»Nun, es ist jetzt wohl besser, wenn wir dich allein lassen«, sagte er. Dann verließen wir beide den Raum. Garland hatte für die ersten paar Wochen eine Krankenschwester eingestellt, etwas, was Malcolm niemals in den Sinn gekommen wäre, als ich meine Söhne auf die Welt brachte. In der Halle trafen wir noch Dr. Braxten, der gerade im Aufbruch war.

»Also, Malcolm«, bemerkte er, »Sie können doch stolz auf Ihren Vater sein, nicht wahr?«

»Ja«, antwortete Malcolm gleichgültig.

»Ich habe mich wohl geirrt«, fügte Dr. Braxten noch hinzu.

»Wie bitte?«

»Es sollte schließlich doch noch ein weiterer Foxworth in Foxworth Hall das Licht der Welt erblicken, wie?« sagte er.

Einen Augenblick lang verschlug es Malcolm die Sprache. Er bewegte seine Lippen und sah zu mir herüber.

»Ja, Doktor«, bestätigte er schließlich. »Sie haben sich tatsächlich geirrt.«

Er geleitete den Doktor die Treppe hinunter. Ihre Schritte hallten wie Donner – wie der Donner, der ein furchtbares Unwetter ankündigt.

8. KAPITEL

Tage der Leidenschaft

Nach der Geburt von Christopher verbrachte Garland wesentlich mehr Zeit zu Hause. Malcolm behauptete, er sei froh, seinen Vater im Büro nicht mehr um sich zu haben.

»Der kapiert überhaupt nicht die Kompliziertheit der Hochfinanz, und er raubt mir zuviel Zeit, weil ich ihm alles im einzelnen erklären muß. Außerdem geht er allen mit seinen ständigen Fragen auf die Nerven«, polterte er. »Er benimmt sich wie ein Geschäftsmann im Ruhestand. Ich wünschte, er würde endlich seinen Abschied nehmen«, fügte er hinzu.

Garland störte mich nie absichtlich, aber es ging mir auf die Nerven, daß er jetzt die ganze Zeit in meiner Nähe war. Dies bedeutete, daß ich ständig mit seinem Eheglück konfrontiert war.

Die ganze Zeit wich er nicht von Alicias Seite, sah ihr zu, wie sie das Baby fütterte, und nahm sie beide ab und an zu kurzen Spaziergängen oder Ausritten auf dem Einspänner mit. Gelegentlich luden sie mich dazu ein, sie zu begleiten, aber ich lehnte jedesmal dankend ab. Wenn ich mich gemeinsam mit Alicia im Spiegel sah, mußte ich stets denken, daß ich eher wie eine Mutter als wie die Gattin ihres Stiefsohnes aussah. Ich wußte, daß es viel zu unangenehm für mich gewesen wäre, wenn ich beide begleitet hätte, ohne daß Malcolm mit dabei war. Darüber hinaus spielte sich etwas noch viel Beunruhigenderes ab.

Christophers Geburt war noch nicht zwei Monate her, als Garland und Alicia begannen, sich bereits am frühen Nachmittag in ihre Suite zurückzuziehen. Anfangs verstand ich ihre Begierde überhaupt nicht. Nach ihren Spaziergängen pflegten sie ganz aufgeregt und engumschlungen nach Hause zu kommen. Manchmal gingen sie so an mir vorbei, als wäre ich überhaupt nicht anwesend. Genauso engumschlungen huschten sie dann die Treppe hinauf und verschwanden für den ganzen Nachmittag in ihrer Suite. Wenn die Zimmermädchen und Lucas sie dabei beobachteten, warfen sie sich verstohlene Blicke des Einverständnisses zu. Ab und an bekam ich zufällig mit, wie sie über Garland und seine junge Gattin tuschelten. Einmal hielt ich auf dem Weg zur Küche vor der nur angelehnten Tür inne und mußte mir anhören, wie Mrs. Steiner zu Mrs. Wilson sagte: »Es ist schon bemerkenswert, wie sie es ständig miteinander treiben. Ich kann nicht einmal ins Schlafzimmer gehen, um dort sauberzumachen.«

»Anfangs war es genauso wie mit der ersten Mrs. Foxworth«, bestätigte Mrs. Wilson.

»Zwischen dem alten Mr. Foxworth und seiner Gattin ist es ganz anders als zwischen Malcolm Foxworth und Olivia«, bemerkte Mrs. Steiner. »Ich kann mich an keinen Augenblick erinnern, an dem sie ihre Zuneigung genauso unverhohlen gezeigt hätten.«

»Ihre Zuneigung?« fragte Mrs. Wilson ungläubig.

»Olivia ist so kaltherzig. Ihre grauen Augen funkeln wie zwei Granitsplitter. Ich bin so froh, daß die Jungs die Augen von Malcolm haben.«

»Das ist wohl wahr. Immer wenn Alicia sich in einem Raum aufhält, ist es so, als ob er von ihrer Glückseligkeit erhellt würde. Es spielt nicht einmal eine Rolle, wenn gleichzeitig Olivia im Zimmer ist. Alicias Glanz überstrahlt sogar Olivias Düsternis«, stellte Mrs. Wilson fest. »Ich wünschte, sie würde die Herrin von Foxworth Hall, was ihr eigentlich auch zusteht. Sie ist einfach zu gutmütig, um uns ihre Autorität spüren zu lassen.«

»Es wäre ein Unterschied wie Tag und Nacht, meinst du nicht auch? Die eine lächelt die ganze Zeit, während die andere ständig finster dreinblickt und überhaupt nicht sieht, wie schwer ich arbeiten muß. Erst gestern befahl sie Mary, hinter mir in der Wandelhalle herzuwischen.«

»Wenn eine Frau in ihrer Liebe unglücklich ist, dann läßt sie das jeden in ihrer Umgebung spüren«, schloß Mrs. Wilson.

»Das ist genau der Grund, warum ich mir wünschte, daß Alicia die Herrin von Foxworth Hall wäre.«

Ich trat von der Tür zurück. Mein Herz schlug so rasend und ich war so wutentbrannt, daß ich nicht wußte, was ich getan hätte, wenn ich noch weiter gelauscht hätte. Wollte Alicia wirklich die Herrschaft über die Bediensteten gewinnen? Sie hätte niemals einen von ihnen zurechtgewiesen. Auf diese Weise mußte ich als ein Ungeheuer erscheinen. War denn nicht auch ihre obszöne Leidenschaft etwas, was die Bediensteten bewunderten? Wo blieb denn hier der Anstand, wo die Selbstachtung? Wie konnte ihre Liebenswürdigkeit genauso Anklang finden wie ihre Heißblütigkeit?

Eines Tages folgte ich Garland und Alicia, angestachelt von ihrer Leidenschaft, die Treppe hinauf. Schnurstracks ging ich in mein Zimmer, um an der Wand zu lauschen. Was ich zu hören bekam, brachte mein Blut in Wallung.

Ihre Küsse reichten eigentlich schon aus, aber was dann Garland mit seinem Stöhnen und Alicia mit ihren quiekenden Schreien von sich gaben, das war schon der Gipfel. Ich hörte sie in ihrem Bett und bekam in allen Einzelheiten mit, wie Alicia zu ihrem Höhepunkt kam, oder besser gesagt, zu ihren Höhepunkten. Denn sie jauchzte jedesmal so laut, und jedesmal feuerte Garland sie an mit Worten wie: »Oh, meine Liebste, meine Allerliebste... das tut so gut, so gut! Ich hab' mich noch nie so jung wie jetzt gefühlt.«

Manchmal dachte ich schon, wenn ich nichts mehr von ihnen hörte, daß sie eingeschlafen wären, aber dann vernahm ich, daß ihre Leidenschaft aufs neue entbrannte. Dann sinnierte ich im Bett darüber, wie es hätte sein können, wenn Malcolm genauso leidenschaftlich gewesen wäre wie sein Vater. Niemals hatte ich bei Malcolm das Bedürfnis verspürt, solche kleinen Schreie auszustoßen, und niemals hauchte er mir solche Sachen ins Ohr, wie es Garland bei Alicia zu tun pflegte, wenn sie sich ganz nahe waren.

Bei jeder Tages- und Nachtzeit sehnte ich mich danach, ihrem Liebesgeflüster zu lauschen. Dabei stellte ich mir vor, wie sie sich im Bett aneinander kuschelten. Das war für mich viel erregender, als entsprechend anzügliche Stellen in irgendwelchen Romanen zu lesen.

Eines Tages belauschte ich eines ihrer Gespräche im Speisezimmer. Ich bekam mit, daß sie zum See gehen wollten, um sich dort im Freien zu lieben. Der bloße Gedanke daran versetzte mich in helle Aufregung. Ich war so erhitzt, daß ich mein Gesicht abkühlen mußte. Ich schaute durch das Fenster und sah, wie sie den Weg zum See hinuntergingen. Garland trug Christopher in seiner Wiege mit sich. Ich sah ihnen nach, bis sie verschwunden waren. Dann folgte ich ihnen in einigem Abstand.

Ich war zwar darüber beschämt, aber ich konnte nicht anders. Ihrem Liebesleben zu lauschen, war schon verführerisch genug, aber sie dabei zu beobachten, war eine unwiderstehliche Vorstellung.

Sie erreichten eine Lichtung in der Nähe der Anlegestelle für unser Kanu. Ich konnte sie sehr gut sehen, wie sie die Decke ausbreiteten und sich darauflegten. Das Baby schlief.

Alicias Figur war nach ihrer Geburt nichts mehr von ihrer Schwangerschaft anzumerken. Daß sie bereits Mutter war, sah man ihr überhaupt nicht an. Sie schien jünger und lebenslustiger denn je zu sein. Ihr Busen war immer noch straff, und sie hatte noch immer eine Wespentaille. Ich mußte an meine Porzellanpuppe denken.

Sie schlang ihre Arme um die Knie, legte ihr Haupt in den Nacken, so daß ihr Haar sich in den Nacken hineinkräuselte, und blickte hinaus auf den See. Garland lag neben ihr, die Arme hinter seinem Nacken verschränkt. Sie benahmen sich so wie immer, und ich fühlte mich beschämt, weil ich ihnen auf diese Weise nachspionierte. Fortwährend mußte ich mich umdrehen, um sicherzugehen, daß mich Olsen oder einer der anderen Bediensteten nicht bei meinem schändlichen Tun ertappten.

Plötzlich neigte sich Garland zu Alicia, um sie auf den Nacken zu küssen. Sie ließ den Kopf zurückfallen und schloß die Augen. Sollte ein einziger Kuß sie bereits in Ekstase versetzen? Auch ich verschränkte die Arme hinter dem Nacken und beobachtete fasziniert, wie Garland sie am Dekolleté küßte und ganz langsam begann, ihre Bluse zu öffnen.

Er zog sie so zärtlich und behutsam aus, daß es so aussah, als würden beide ineinander verschmelzen. Als sie schließlich beide nackt dalagen, hielten sie sich eng umschlungen und flüsterten sich heiße Liebesworte zu. Sie sprachen so leise, daß ich kein

Wort verstehen konnte, aber es hörte sich so an, als würden sie ein leises Kirchenlied intonieren, so rhythmisch und hymnisch klangen die Kadenzen. Ich sah, wie ihre große Leidenschaft sich in kleine zärtliche Liebkosungen auflöste, wobei sich ihr Liebesgeflüster in Gekicher verwandelte.

Als ich genug gesehen hatte, wollte ich nach Hause zurückgehen. Ich aber war noch so aufgewühlt, und meine Knie zitterten dermaßen, daß ich wie festgewurzelt stehenblieb. Ich atmete ein paarmal tief ein, um mich wieder zu beruhigen. Schließlich ermannte ich mich und ging nach Foxworth Hall zurück.

Ich lief sofort die Treppe hinauf zu meinem Schlafzimmer, legte mich aufs Bett und starrte über eine Stunde lang die Decke an, wobei ich an die Szene dachte, deren Zeuge ich geworden war. Wie hatte man mich bislang betrogen! Wieviel von dem, was im Grunde genommen doch jeder Frau zusteht, wurde mir vorenthalten, und wie wenig davon würde ich jemals bekommen!

Vielleicht würde eines Tages mein in dunklen Ölfarben gehaltenes Portrait irgendwo in Foxworth Hall hängen. Meine Lippen würden zusammengepreßt und blutleer sein und wie zusammengenäht aussehen. Mit meinen grauen Augen würde ich auf meine Nachkommen blicken. Für meine Urenkel würde ich also eine Frau sein, die sich in nichts von der Strenge und Unzugänglichkeit der anderen Portraits im Haus unterscheiden würde, eine Frau, die von ihrem unglücklichen Leben gezeichnet war. Und sie würden sehr genau darüber Bescheid wissen.

Ich lag immer noch in meinem Zimmer, als ich Garland und Alicia vom See zurückkommen hörte. Sie waren ausgelassener Stimmung, lachten und kicherten. Ihre Stimmen klangen so jung, daß ich das Gefühl hatte, ich wäre die Stiefmutter und Malcolm Garlands Vater.

An jenem Abend hatten Malcolm und Garland nach dem Dinner eine lange Unterredung im Jagdzimmer. Alicia und ich saßen derweil im Salon und paßten auf die drei Kinder auf. Mal führte Joel und Christopher alle seine Spielsachen vor, wobei er ihnen jedes einzelne Detail erklärte, so, als würden sie das schon verstehen können. Zwischen ihnen mußte ein kindliches Übereinkommen bestehen, ansonsten wären die Babys nicht die ganze Zeit über ruhig und völlig hingerissen gewesen.

Alicia und ich häkelten, und ich muß zugeben, sie konnte das besser, als ich es ihr zugetraut hätte. Offensichtlich hatte sie, bevor sie Garland heiratete, sehr viel von ihrer Mutter gelernt. Sie schenkte dabei sowohl den Kindern als auch mir ein Lächeln.

»Es ist doch ein Glück für sie, daß sie gemeinsam aufwachsen können«, bemerkte sie. »Sie werden sicher einmal schöne und geistreiche Frauen heiraten und hier in Foxworth Hall mit ihren Familien leben.«

»Vielleicht wollen dies aber ihre Frauen gar nicht«, gab ich knapp zur Antwort. Ihre kindischen Träume gingen mir auf die Nerven. Wenn ihr Leben schon auf Rosen gebettet war, dann bedeutete dies doch noch lange nicht, daß dies auf immer und ewig und auch für alle anderen zutreffen mußte.

»Ach, sie werden es schon wollen. Ich meine damit natürlich nicht, daß es zwischen ihnen nicht gewisse Meinungsverschiedenheiten geben könnte, so etwas wird es immer geben, aber schließlich werden sie Foxworths sein, und auch ihre Kinder werden noch die Traditionen bewahren.«

»Wir sind keine Königsfamilie«, warf ich ein, »weder du noch ich sind Königinnen.« Einen Moment lang sah sie mich nur an, dann lächelte sie, als wollte sie mir meinen Willen lassen. Ich konnte die Unverfrorenheit dieses schlichten Gemüts einfach nicht fassen. Ich wollte ihr gerade meine Meinung darüber zu verstehen geben, als Malcolm und Garland auftauchten. Sie hatten ihr Tête-à-tête anscheinend beendet und konnten sich wieder uns zuwenden.

An Malcolms Gesichtsausdruck konnte ich ablesen, daß sie ein sehr ernsthaftes Gespräch geführt haben mußten. Gleichzeitig verspürte ich, daß er mir etwas zu sagen hatte. Deshalb rief ich Mal und Joel zu mir und erklärte, daß ich sie hinaufbringen wollte. Dann ging ich, und Malcolm folgte mir. Er kam sogar mit ins Kinderzimmer, was nur sehr selten geschah, und sah mir dabei zu, wie ich die Jungs ins Bett brachte.

»Nun, was gibt's?« fragte ich ihn schließlich.

»Wir haben über sein Testament gesprochen. Natürlich hat er darüber jetzt andere Vorstellungen.«

»Natürlich. Hast du etwa etwas anderes erwartet?«

»Ich werde den Landbesitz und das Geschäft erben; Alicia und

Christopher können jedoch, solange sie es wünschen, hier wohnen bleiben. Alicia wird von unserem gemeinsamen Vermögen drei Millionen Dollar in Aktien und Christopher zwei Millionen Dollar als Treuhandvermögen erhalten. Als Vermögensverwalter werde ich ihr Vermögen dort investieren, wo es mir sinnvoll erscheint. Er wird stärker von mir abhängig sein, als ich vermutet hatte.«

»Das sollte dich doch glücklich machen«, bemerkte ich.

»Mein Vater weiß einfach meine geschäftlichen Fähigkeiten zu schätzen, und das solltest du auch endlich zur Kenntnis nehmen.«

Ich starrte ihn nur an. Dann sagte ich: »So leichtsinnig würde ich nie mit meinem eigenen Vermögen umgehen.«

»Du machst einen geschäftlichen Fehler.«

»Und wenn schon? Ich bin es schließlich, die ihn macht!«

»Das ist doch nur dumm und verbohrt. Ist das übrigens eine typische Eigenschaft der Winfields?«

»Ich hätte eher geglaubt, das wäre eine typische Eigenschaft der Foxworths. Wer ist es denn, der mir ständig versucht klarzumachen, wie dumm doch sein Vater ist? Und wer ist es denn, der dessen Vorstellungen so skrupellos ausnützt?«

Malcolm trat die Zornesröte ins Gesicht, aber überraschenderweise machte er diesmal nicht wie üblich kehrt und verließ das Zimmer.

»Ich wollte dich nur darüber unterrichten«, sagte er lakonisch, »weil ich möchte, daß du mich sofort über jedes Anzeichen unterrichtest, was darauf hindeutet, daß mein Vater seine Entscheidungen diesbezüglich verändern möchte. Offensichtlich erzählt dir ja Alicia alles; sie wird dich auch darüber auf dem laufenden halten. Ich gehe davon aus, daß ihr die getroffenen Vereinbarungen nicht gefallen werden, und sie wird mit Sicherheit all ihren Charme einsetzen, ihn dazu zu bewegen, daß sie mehr bekommt.«

»Aha, du möchtest also, daß ich für dich spioniere; soll ich nun deinen Vater oder seine Gattin ausspionieren?«

»Bist du denn etwa nicht dazu bereit?« fragte er scharf zurück.

Ich wurde ganz blaß. Er lächelte nur. Es war ein eiskaltes, verzerrtes Grinsen, das mich erschauern ließ. Meine Antwort wartete er erst gar nicht ab.

»Es ist nur in deinem eigenen Interesse, zu tun, was ich verlange, und im Interesse der Jungs«, fügte er hinzu, ohne allerdings den Kindern auch nur einen Blick zu schenken, und verließ das Zimmer. Er hatte ihnen überhaupt noch nie einen Gute-Nacht-Kuß gegeben.

Ich beugte mich zu den beiden, die bereits tief und fest schliefen, hinunter. Wie gut war es doch, daß sie noch zu klein waren, um die Worte ihres Vaters verstehen zu können. Aber was würde ihnen bevorstehen, wenn sie groß genug wären und ihrem Vater gehorchen mußten? Ich blieb im Kinderzimmer zurück und wünschte mir, daß sie doch für alle Zeiten Babys bleiben könnten.

Alicia äußerte den Wunsch, das Schwanenzimmer zu sehen, und Garland gab sein Einverständnis dazu. Seit jeher interessierte sie dieses Zimmer und seine Einrichtung. Es entging mir nicht, wie aufgebracht jedesmal Malcolm wurde, wenn sie davon zu sprechen anfing, aber ich hatte nie geglaubt, daß sie ernsthaft beabsichtigte, in das Zimmer von Garlands erster Frau einzudringen. Eine zweite Ehefrau sollte niemals die Erinnerungen ihres Gatten an seine erste Ehefrau wachrütteln, doch sie war auch in dieser Hinsicht völlig naiv.

Eines Abends verkündete uns Garland beim Dinner, daß Alicia ihre Sachen ins Schwanenzimmer bringen wollte.

»Das Kinderschwanenbett ist doch wie gemacht für Christopher«, schwärmte sie.

Malcolm hörte auf zu essen.

»Aber dieses Zimmer gehörte doch meiner Mutter«, klärte er uns auf, als hätten wir das nicht bereits alle gewußt.

»Das stimmt immer noch«, fügte Garland lakonisch hinzu. »Es gehört jetzt deiner neuen Mutter«, erklärte er, während er Alicia umarmte.

»Man kann von mir wohl schwerlich erwarten, daß ich jemanden, der so viel jünger ist als ich, als meine Mutter betrachten könnte«, setzte Malcolm bissig hinzu, aber weder Garland noch Alicia schienen sich etwas daraus zu machen.

»Ich habe nicht vor, auch nur irgendeine Kleinigkeit zu verändern«, beteuerte sie. »Es ist ohnehin alles so sauber und aufgeräumt. Das Zimmer sieht aus, als wäre es nie benutzt worden.«

»Es hat auch noch nie jemand in diesem Raum geschlafen seit ... seit meine Mutter mich verlassen hat!« ereiferte sich Malcolm.

»Schön, aber warum sollte es deshalb zu einem Museum verkommen?« sagte Alicia und fing zu lachen an. Sie meinte es sicher nicht böswillig, dennoch fuhren ihre Worte wie ein Dolch in Malcolms Herz. Er wand sich vor Schmerzen.

»Ein Museum! Oh, das ist aber gut gesagt. Ein Museum«, wiederholte Garland und fiel in ihr Lachen ein.

Später wütete und tobte Malcolm gegen diese ekelhafte Art und Weise, wie Garland jede Marotte und jeden Wunsch von Alicia zu erfüllen bereit war.

»Er verhätschelt sie genauso, wie er meine Mutter verhätschelt hat«, entrüstete er sich mir gegenüber.

»Wie kannst du das denn wissen?« fragte ich ihn. »Du warst doch damals noch so klein.«

»Ich war ein frühreifes Kind, und ich wußte schon immer, was ich wollte. Es gab kein Kleid, das sie sich wünschte und das er ihr abgeschlagen hätte. Sie besaß so viele Schmuckstücke, daß sie damit einen eigenen Juwelierladen hätte eröffnen können. Er war der Meinung, daß er sie nur glücklich machen könnte, wenn er alle ihre Wünsche erfüllte. Du siehst, ich habe schon frühzeitig mehr vom Leben mitbekommen als andere Kinder in meinem Alter.«

»Ich glaub' dir das«, versicherte ich ihm. »Dein Vater wird nicht müde, mir zu erzählen, wie schwer es deiner Mutter gefallen wäre, dich zu erziehen. Er behauptet, du wärst zu naseweis gewesen. Sie hätte dich überhaupt nicht in den Griff bekommen können, weil du ihre Verbote und Strafandrohungen grundsätzlich ignoriert hättest. Du hättest es bewußt ausgenutzt, daß sie weder die Geduld noch die Nachsicht gehabt hätte, sich mit dir endlos auseinanderzusetzen. Er ist der festen Überzeugung, daß ihr nichts anderes übriggeblieben sei, als vor dir die Flucht zu ergreifen.«

»Das hat er tatsächlich behauptet?« Er preßte die Lippen zusammen. »Er war es doch, der mit meiner Mutter nicht umgehen konnte. Oder glaubst du denn wirklich, sie wäre mit einem anderen Mann weggelaufen, wenn er ein ernstzunehmender Ehemann gewesen wäre? Warum nur konnte sie über so viel eigenes Geld verfügen!«, setzte er hinzu. »Das hat sie doch erst wirklich selbständig gemacht; sie konnte immer dahin gehen, wohin sie wollte und wann sie es wollte.« Plötzlich brach er ab und verließ eilig den Raum, als hätte er mir bereits zu viel erzählt. Verhielt er sich so, weil er die Kontrolle über mein Vermögen erreichen wollte? Hegte er mir gegenüber die gleichen Befürchtungen? Hatte er tatsächlich Angst davor, daß ich ihn auch einmal verlassen könnte und tun und lassen würde, was immer mir gerade in den Sinn kommen würde?

Ich war keineswegs erstaunt, daß er solche Überlegungen über mein Vermögen anstellte, und auch seine Meinung über Alicias Absichten störte mich nicht.

Am nächsten Tag wurden Alicias Sachen in das Schwanenzimmer gebracht. Während dieser Zeit standen die Türen die ganze Zeit offen, und immer, wenn Malcolm und ich daran vorbeigingen, beschleunigte er seine Schritte, als hätte er Angst, daß er sich an dem hellen Licht, das aus dem Zimmer drang, verbrennen könnte. Er würdigte den Raum keines Blickes, so, als existierte er überhaupt nicht. Jedenfalls nahm ich das an, bis er mir eines Tages eröffnete: »Es ist einfach ekelhaft, was in diesem Zimmer seit einiger Zeit vor sich geht«, eröffnete er mir, und ich wußte genau, daß er sie entweder beobachtet oder vom Jagdzimmer aus belauscht hatte. War ihm so etwas zuzutrauen? Konnte er je etwas so Abartiges tun? Die Neugier trieb mich eines Tages in das Jagdzimmer, als Malcolm im Büro war und Garland und Alicia sich im Schwanenzimmer aufhielten.

Bereits kurz nach unserer Hochzeit stellte Malcolm mir gegenüber klar, daß das Jagdzimmer eines seiner Heiligtümer, ein Raum des Mannes im wahrsten Sinne des Wortes wäre. Daran konnte es auch keinen Zweifel geben, denn jedesmal, wenn ich daran vorbeiging oder hineinschaute, roch es nach Zigarrenrauch. Das Zimmer erinnerte mich in mancherlei Hinsicht an das Arbeitszimmer meines Vaters, doch es gab auffallende Unterschiede. Mein Vater besaß nur einen ausgestopften Hirschkopf mit Geweih, den er von einem sehr zufriedenen Kunden als Dank erhalten hatte. Malcolms Jagdzimmer war aber über und über angefüllt mit solchen Jagdtrophäen.

Es hingen da ein Tiger- und ein Elefantenkopf, die beide Garlands Vater auf einer Safari erlegt hatte. Garland selbst hatte einen Grizzlybären, eine Antilope und einen Berglöwen von seinen Jagdausflügen mitgebracht. Auch Malcolm hatte bereits begonnen, sich eine Trophäensammlung anzulegen. Jetzt sprach er schon davon, an einer Safari in Afrika teilzunehmen, sobald seine Geschäftsangelegenheiten dies zulassen würden. Garland ermunterte ihn dazu und versicherte ihm, daß er während seiner Abwesenheit den Laden schon schmeißen würde; aber Malcolm wollte davon nichts wissen.

An der gegenüberliegenden Wand befand sich ein offener Kamin, der mindestens sechs Meter breit war. An beiden Seiten des Kamins waren Fenster mit schwarzen Samtvorhängen. Den Kaminsims zierten Abbildungen von verschiedenen Jagdexpeditionen. An einer der Seitenwände stand eine dunkelbraune Ledercouch mit passender Polsterung, ihr gegenüber standen zwei Schaukelstühle und ein schwarzer Ledersessel. Überall waren Aschenbecher.

Leise schloß ich die Tür hinter mir und ging zu der Wand links von mir, die an das Schwanenzimmer angrenzte. Als ich jedoch, wie ich es schon häufig von meinem eigenen Zimmer aus getan hatte, an der Wand zu lauschen versuchte, konnte ich kaum ihre Stimmen vernehmen. Diese Wand war zu dick. Enttäuscht wollte ich schon wieder gehen, als mir plötzlich ein Bild von Garland auffiel. Es zeigte ihn in jungen Jahren im Safari-Look; in Siegerpose hatte er ein Bein auf den erlegten Tiger gestellt. Das Bild hing schief. Als ich es wieder gerade hängen wollte, entdeckte ich ein Loch in der Wand.

Es war nicht sehr groß, aber offensichtlich mit irgendeinem scharfen Werkzeug sorgfältig hineingebohrt worden. Als ich hindurchsah, erblickte ich Garland und Alicia, die nackt im Schwanenbett lagen. Ich schrak zurück und hielt den Atem an. Schnell blickte ich mich im Zimmer um, um mich zu vergewissern, daß mich niemand beobachtet hatte.

Wie lange gab es dieses Loch hier schon? Hatte es Malcolm gebohrt, nachdem Alicia in das Schwanenzimmer gezogen war, oder war das Loch schon viel älter? War es vielleicht von einem fünf Jahre alten Jungen gebohrt worden?

Ich ließ das Bild so hängen, wie ich es vorgefunden hatte, und schlich mich vorsichtig aus dem Jagdzimmer. Ich fühlte mich jetzt fast wie ein Einbrecher. Niemals würde ich mit Malcolm über meine Entdeckung sprechen können, das wußte ich genau. Er würde abstreiten, daß er von diesem Loch gewußt hatte. Zugleich aber wollte ich ihm nicht zu erkennen geben, daß ich wußte, daß ihn das Liebesleben seines Vaters und Alicias mehr interessierte als unser eigenes.

War er denn wirklich so fasziniert von der Gattin seines Vaters? Verspürte er denn das gleiche prickelnde Gefühl wie ich, wenn er ihnen nachspionierte? Auf all diese Fragen sollte ich an einem heißen Sommertag Antwort bekommen.

Es war an einem jener seltenen Tage, an denen Garland ins Büro gegangen war. Christopher war damals schon eineinhalb, Joel war zweieinhalb und Mal fünf Jahre alt. Malcolm hatte beschlossen, sowohl Mal als auch bereits Joel von einem Privatlehrer unterrichten zu lassen. Wie es Tradition war, fand der Unterricht in dem Klassenzimmer auf dem Dachboden statt. Malcolm hatte Mr. Chillingworth, einen pensionierten Sonntagslehrer, eingestellt. Mal haßte ihn, und auch ich fand ihn ziemlich gefühllos und viel zu streng gegenüber einem Fünfjährigen. Malcolm jedoch vertrat die Ansicht, daß er der ideale Lehrer für seine Kinder wäre.

»Was sie in diesem Alter lernen müssen, ist Disziplin und nichts als Disziplin. Später wird sich das auszahlen. Sie werden mir noch ihr ganzes Leben dafür dankbar sein. Simon Chillingworth ist absolut geeignet für diese Aufgabe; er war mein Lehrer in der Sonntagsschule«, betonte er.

Dennoch verweigerte sich Mal jedesmal, wenn Mr. Chillingworth zum Unterricht kam. Manchmal klammerte er sich sogar an meinen Rock und bettelte, nicht auf den Dachboden hinaufgehen zu müssen. Aber Malcolm war unnachgiebig. Das einzige, was ich zur Beruhigung von Mal tun konnte, war, daß ich Joel erlaubte, mit hinaufzugehen, obwohl er doch noch viel zu klein für den Unterricht war. Malcolm, der der Meinung war, daß es auch einem Jungen in seinem Alter nicht schaden konnte, dem Unterricht beizuwohnen, war sofort damit einverstanden.

Nach dem Mittagessen kam Mr. Chillingworth, um seine dreieinhalb Stunden Unterricht abzuhalten, und ging mit Mal und Joel auf den Dachboden. Sie taten mir leid, da ich mir vorstellte, daß die Hitze an diesem Sommertag dort oben unerträglich sein mußte. Deshalb machte ich Mr. Chillingworth den Vorschlag, doch in den nördlichen Salon zu gehen, wo es im ganzen Haus am kühlsten war. Aber er wollte davon nichts wissen.

»Die Brise, die durch die Dachfenster kommt, ist erfrischend genug«, erklärte er, »und außerdem brauche ich die Tafeln und Pulte. Die Kinder müssen sich ohnehin an Unannehmlichkeiten gewöhnen, nur so werden sie zu gehorsamen Christen.«

Ich schüttelte bedauernd den Kopf, während ich den Jungs saubere Kleidung anzog. Auch Alicia hatte offensichtlich Mitleid mit ihnen; ihr standen Tränen in den Augen. Sie gelobte, noch an diesem Abend mit Malcolm darüber zu sprechen, aber ich verbot es ihr.

»Ich brauche deine Fürsprache nicht«, wies ich sie zurecht. »Und ich bin keineswegs anderer Ansicht als Malcolm«, fügte ich schnell hinzu. Das war natürlich eine Lüge, aber allein der Gedanke, daß Alicia Malcolm wegen etwas zur Rede stellte, was eigentlich meine Aufgabe gewesen wäre, war mir unerträglich.

»Wie du willst«, gab sie zur Antwort, »mir tun nur die armen Jungs so leid.«

Sie brachte Christopher für ein kurzes Nickerchen ins Bett und kam gleich darauf zurück, wobei sie sich über die Hitze und die Stickigkeit im Haus beklagte. Ich zog mich in den kühlen Salon zurück, um ein wenig zu lesen. Sie jedoch war zu aufgewühlt und zu erhitzt, um sich zu entspannen.

»Olivia«, fragte sie mich, »gehst du eigentlich nie zum See hinunter, um zu baden?«

»Im See zum Baden? Nein, ich besitze nicht einmal einen Badeanzug«, gab ich knapp zur Antwort und widmete mich wieder meinem Buch.

»Wir könnten uns doch auch ohne Kleidung kurz abkühlen«, schlug sie vor.

»Ohne Kleidung? Wohl kaum«, sagte ich, »und, nebenbei gesagt, an so etwas habe ich nicht das geringste Interesse.«

»Ach, wie schade. Nun gut«, sagte sie schließlich, »dann werde ich eben alleine gehen.«

»Ich will darüber nichts mehr hören«, sagte ich scharf. »So etwas schickt sich für eine Lady nicht.«

»Unsinn«, sagte sie. »Garland und ich haben das schon häufig gemacht.«

Ich erbleichte, wußte ich doch, daß ich sie einmal dabei beobachtet hatte. Aber sie schien das überhaupt nicht zu bemerken. Statt dessen holte sie einige Handtücher und ging zum See.

Sobald ich die Haustür ins Schloß fallen hörte, ging ich zum Fenster, um ihr nachzuschauen, wie sie zum See eilte. Noch bevor ich sie aus den Augen verlor, tauchte plötzlich Malcolm auf. Ich war sehr überrascht, daß er schon so früh nach Hause gekommen war. Auch er schaute Alicia nach.

Und als er ihr dann auch noch folgte, anstatt ins Haus zu kommen, war ich gänzlich verblüfft. Die Vorhänge flatterten im heißen Sommerwind, und ich stand einen Moment lang wie angewurzelt da.

Dann eilte ich zum Haus hinaus und schlug den Weg ein, den ich auch benutzt hatte, als ich Garland und Alicia nachspionierte. Was hatte Malcolm vor? Warum folgte er ihr? Noch bevor ich den See erreicht hatte, hörte ich Alicias Stimme. Schnell versteckte ich mich hinter einem großen Busch, um sie von dort aus zu beobachten.

Alicia, die ihre Kleider bereits abgelegt hatte, war im Wasser. Malcolm stand am Ufer und hatte bereits sein Jackett und sein Hemd ausgezogen.

»Komm bloß nicht näher«, warnte sie ihn, wobei sie im Wasser blieb und mit ihren überkreuzten Armen ihre Brüste bedeckte. »Geh sofort ins Haus zurück, Malcolm.«

Er lachte nur.

»Sollte ich vielleicht auch deine Kleider mitnehmen?« fragte er und warf einen schelmischen Blick auf ihre Unterwäsche.

»Untersteh dich, irgend etwas anzurühren! Verschwinde!«

»Jetzt stell dich nicht so an, Alicia. Es ist dir doch sicher langweilig, so ganz allein hier.«

»Ich bin nur hier, um mich kurz abzukühlen. Garland wird jeden Moment nach Hause kommen.«

»Nein, du irrst dich, er hat noch geschäftlich in Charlottesville zu tun. Er wird so schnell nicht nach Hause kommen.«

»Los, verschwinde endlich«, wiederholte sie, aber er machte überhaupt keine Anstalten dazu.

»Auch ich möchte mich abkühlen, und es macht noch viel mehr Spaß, das gemeinsam zu tun.«

»Geh und mach das mit deiner Frau. Und hör endlich auf, mir nachzustellen.«

»Aber dieser alte Mann kann dir doch unmöglich genügen.«

»Garland ist kein alter Mann«, protestierte sie. »In vielerlei Hinsicht ist er um zwanzig Jahre jünger als du. Er kann wenigstens lachen und sich amüsieren. Du hast doch nichts anderes im Kopf als Geld. Warum kannst du dich nicht einmal gegenüber deiner eigenen Frau anständig verhalten?« fragte sie ihn erregt.

Malcolm starrte sie an und hörte auf, sich auszukleiden. Ihre Worte hatten ihn offensichtlich tief getroffen.

»Du bist doch nur ein Kind«, zischte er und konnte seine Wut kaum unterdrücken. »Du hast doch meinen Vater nur geheiratet, weil er reich ist. Jeden Tag hoffst du, daß er stirbt und dir ein Riesenvermögen hinterläßt. Aber das werde ich nicht zulassen, darauf kannst du Gift nehmen.«

»Verschwinde doch endlich«, schrie sie.

»Ich glaube nicht, daß du das wirklich wünschst«, sagte er mit gedämpfter Stimme. Er zog seine Hose aus, worauf sie noch weiter im Wasser zurückwich.

»Verschwinde endlich!«

»Ich hab's dir doch gesagt – ich bin zu erhitzt.«

Er zog seine Unterhosen aus und lief, nackt wie er war, ins Wasser auf sie zu.

»Du wirst doch nicht schreien wollen«, redete er auf sie ein. »Was hätten wir denn davon, wenn die gesamte Dienerschaft kommen würde? Garland würde das überhaupt nicht gefallen.«

»Du Teufel«, schrie sie und schwamm schräg von ihm weg. Er verfolgte sie.

»Du bist so schön, Alicia«, sagte er, »so wunderschön. *Meine* Frau solltest du sein, nicht seine.«

Sie dachte nicht daran zu warten, bis er sie eingeholt hatte. Mit kräftigen Zügen schwamm sie ans Ufer. Er versuchte ihr zu folgen. Als sie das Ufer erreicht hatte, drehte sie sich noch einmal zu ihm um.

»Laß mich endlich in Ruhe!« schrie sie ihn an. Ihre Lautstärke ließ ihn erstarren. »Laß mich jetzt endlich in Ruhe, Malcolm«, wiederholte sie, »oder zu zwingst mich, Garland zu erzählen, daß du mich ständig verführen willst.«

Was hatte sie da gesagt? Das war nicht das erste Mal gewesen, daß er versucht hatte, sie zu verführen?

»Ich habe es ihm bisher erspart, ihn von deinen Nachstellungen zu unterrichten. Ich wollte dieser Familie nur den Frieden bewahren – aber jetzt ist es genug! Ich hasse und verachte dich, Malcolm Foxworth. Du bist nicht einmal halb soviel wert wie dein Vater, nicht einmal halb soviel!« schrie sie mit gellender Stimme. Sie stieg aus dem Wasser, hüllte sich schnell in das Handtuch, packte ihre Kleider und verschwand in den Büschen, glücklicherweise weit von meinem Platz entfernt.

Ich beobachtete Malcolm. Er starrte ihr einen Augenblick nach, bevor er ebenfalls aus dem Wasser kam.

»Meine Mutter glaubte das nicht«, murmelte er laut genug vor sich hin, daß ich es noch verstehen konnte. »Sie hat sich einfach mit irgendeinem Mann, der keinen Pfifferling wert war, aus dem Staub gemacht.«

Er verfolgte sie nicht mehr weiter, sondern ging zu seinen Kleidern. Sie war ohnehin schon fast ganz angezogen und auf dem Weg zum Haus. Ich kauerte mich in die Büsche. Ich war verzweifelt und fühlte mich so allein; immer wieder wurde ich hintergangen. Langsam, ganz langsam brach ich zusammen und fiel auf den Boden. Wo gab es denn noch Sicherheit, Wahrheit und Ehrlichkeit? Malcolm mißbrauchte mich für seine Zwecke und war nur hinter meinem Geld her, das er noch immer unter seine Kontrolle zu bringen hoffte. Der letzte Funken Liebe zwischen uns war erloschen.

Nachdem er sich angekleidet hatte, ging er langsam und mit Bedacht auf das Haus zu. Dabei achtete er sorgfältig darauf, daß er nicht mit seinen teuren Kleidern im Dornengestrüpp hängenblieb. Er sprach zu sich selbst, als er an mir vorbeiging.

»Sie wird mir noch für diesen Tag der Beleidigung büßen, und es wird sie noch teuer zu stehen kommen«, murmelte er. »Diese verdammte kleine Hure kann doch unmöglich einen so alten Mann wie meinen Vater lieben! Sie spielt ihr Spiel – aber von jetzt an werde auch ich mein Spiel spielen, allerdings noch viel raffinierter.«

Von diesem Tag an behandelte Malcolm Alicia, sobald Garland nicht in der Nähe war, mit Abscheu, Verachtung und einer Grobheit, die fast schon an Grausamkeit grenzte. Ich war sogar manchmal versucht, ihr beizustehen und ihm die Szene am See vorzuhalten, aber ich hielt mich dann doch zurück.

Obwohl Alicia Malcolm so entschieden zurückgewiesen hatte, brachte sie mich dennoch in Rage; sie war so schön und verführerisch! Ich ließ also die Dinge ihren Lauf nehmen. Malcolms Leidenschaft und sein Zorn waren ein Feuer, das Alicia in Brand stecken und versengen sollte.

Garland war entweder blind vor Liebe oder glaubte Alicia nicht, was sie ihm über Malcolm erzählt hatte, denn er stellte Malcolm nie zur Rede. Dennoch schien er irgendwie sich verändert zu haben. Er und Alicia liebten sich zwar nach wie vor leidenschaftlich, aber Garland schien von jetzt an sehr schnell zu altern. Mir fiel auf, daß er sich auf einmal immer häufiger für längere Zeit zur Ruhe begab. Auch sein vorher unersättlicher Appetit nahm ab. Während des zweiten Winters, den Garland und Alicia in Foxworth Hall verbrachten, fesselte ihn eine schwere Grippe, die sich beinahe zur Lungenentzündung ausgewachsen hätte, lange Zeit ans Bett.

Die ganze Zeit hindurch suchte Alicia weiterhin meine Nähe. Ich wußte genau, was sie wollte. Sie suchte meine Hilfe, besonders was ihr Verhältnis zu Malcolm betraf. Ich jedoch hielt Distanz zu ihr, zeigte mich kühl und uninteressiert. Was ich mir erträumt hatte, traf tatsächlich ein: Der heitere Ton in Alicias Stimme legte sich. Sie war nicht mehr so quirlig und voller Tatendrang wie früher. Sie ging nicht mehr mit ihren jungen Freundinnen aus und brachte wesentlich mehr Zeit allein zu, wartete auf Garland, bis er nach Hause kam oder von seinem Mittagsschlaf wieder erwachte. Zugleich versuchte sie, Malcolm aus dem Weg zu gehen. Sie beschäftigte sich viel mit Christopher, der jetzt schon zweieinhalb Jahre alt war. Überhaupt widmete sie den Kindern viel Zeit. Sie war es, die, sehr zu Malcolms Mißfallen, Mal das Klavierspielen beibrachte. Sowohl Mal als auch Joel zeigten ein natürliches musikalisches Talent, aber Malcolm war der Meinung, daß Musiker schwache, effeminierte Männer mit wenig Geld seien. Ich hingegen ließ Alicia gewähren, weil die Jungs sehr viel Spaß an der Musik hatten und weil es Malcolm so maßlos ärgerte.

Eine Zeitlang kam ich mir vor wie ein Theaterbesucher, der sich ein Trauerspiel ansieht, und der an einzelnen Szenen Gefallen findet, obwohl der eigene Kummer dabei nur unwesentlich gelindert wird.

Damals wußte ich noch nicht, daß mein egoistisches Vergnügen etwas ganz anderem Vorschub leistete. Ohne es zu merken, öffnete ich noch mehr Dämonen des Herzens und der Lust die Pforten von Foxworth Hall. Sie lauerten im Verborgenen und warteten nur auf die Gelegenheit, gebieterisch ins Licht zu treten.

Es sollte nicht lange dauern, bis diese Gelegenheit kam und die Dämonen mehr Unheil über Foxworth Hall und seine kalten, leeren Räume bringen sollten, als ich mir jemals hätte vorstellen können.

9. KAPITEL
TAGE DER DÜSTERNIS

Die Monate verstrichen. Jeder glich dem vorangegangenen. Allesamt waren sie erfüllt mit Spannungen, die, so vermutete ich, aus Malcolms Haltung gegenüber Alicia erwuchsen. Seine Wut offenbarte sich in scharfen, oftmals beißenden Bemerkungen und in der Art, wie er sie häufig einfach ignorierte. Wegen vieler Dinge war er noch gereizter als zuvor, besonders wegen Malcolms Vorliebe für Musik. Eines Nachmittags, als er früher als erwartet nach Hause kam, ertappte er Mal am Klavier; neben ihm war Alicia, die ihm gerade die Tonleiter beibrachte. Ich häkelte derweil an einer Strickjacke für Joel und freute mich, wie Mal jedesmal intuitiv die richtigen Noten fand. Zweifelsohne hatte er auf diesem Gebiet eine Begabung, die, wenn sie nur richtig gefördert wurde, einmal zu wirklichem musikalischen Können führen konnte.

Malcolm hörte das Klavierspielen und kam wutentbrannt in den Salon. Ich sah gerade von meiner Häkelarbeit auf, als er zur Tür hereinstürmte. Er klappte den Klavierdeckel mit solcher Wucht zu, daß er dem armen Mal beinahe die Hände eingequetscht hätte. Ich glaube, er hatte dies tatsächlich vor, um Mals Klavierspielerei für immer ein Ende zu bereiten. Alicia atmete schwer und schloß Mal in die Arme, während sie beide zu dem tobenden Malcolm aufschauten.

»Habe ich es nicht verboten, daß der Junge Klavier spielt?«

»Aber Malcolm, der Junge ist doch talentiert. Er ist ein wahres Wunderkind. Schau doch, was er in seinem Alter bereits alles kann. Laß es uns dir zeigen«, bat Alicia ihn inständig.

»Es interessiert mich überhaupt nicht, was er am Klavier kann. Lernt er damit etwas fürs Geschäft? Wird ihn das befähigen, einmal in meine Fußstapfen zu treten? Du machst ihn damit nur zu einem verweichlichten, effeminierten Mann. Runter vom Klavierhocker«, befahl er, aber Alicia hielt noch immer die Arme fest um Mal geschlossen. »Mal, steh auf«, befahl er scharf.

Mal befreite sich von Alicia und stand mit zitternden Lippen auf. Er hatte Angst davor zu weinen, wußte er doch, daß das Malcolm nur noch zorniger machen würde. Gewöhnlich pflegte Mal in solchen Fällen nur leise vor sich hin zu schluchzen. Joel, der zusammen mit Christopher am Boden spielte, schaute voller Entsetzen zu Malcolm auf. Die beiden Jungs hatten die gleiche Furcht vor ihrem Vater. Immer dann, wenn einer von ihnen angeschrien wurde, reagierte der andere, als wäre er selbst betroffen. Christopher hingegen verfolgte schweigend das Geschehen. Alicia wandte sich mir zu in der Hoffnung, daß ich ihr zur Hilfe kommen würde.

»Was hast du vor?« fragte ich schließlich.

»Der Junge muß endlich lernen, mir zu gehorchen. Ich hatte ihm befohlen, seine Zeit mit Schularbeiten zu verbringen und sie nicht am Klavier zu vertrödeln.«

»Er ist doch nicht dir gegenüber ungehorsam«, bemerkte ich. »Schließlich haben es ihm seine Mutter und seine Großmutter erlaubt.«

»Er gehorcht mir nicht!« wiederholte er. »Er weiß genau, was ich davon halte.« Plötzlich packte er Mal am Nacken und schleppte das erschrockene Kind aus dem Salon in die Bibliothek, um ihm eine Abreibung zu verpassen. Beinahe gleichzeitig fing Joel zu weinen an. Christopher schaute ganz verwirrt drein.

»Malcolm, tu es nicht!« schrie ihnen Alicia hinterher.

»Kümmere dich gefälligst um deinen eigenen Sprößling«, geiferte er, »und überlaß mir meine Jungs selber.«

Alicia vergrub das Gesicht in den Händen, dann blickte sie mich entsetzt an. Joel war zu mir gelaufen und umklammerte meine Beine.

»Wie kannst du ihm das nur gestatten?« fragte sie mich ungläubig.

»Ich kann ihm doch schwerlich verbieten, seine Meinung über seine eigenen Kinder zu äußern, noch dazu in seinem eigenen Hause.«

»Aber du bist doch die Mutter; du hättest doch einschreiten müssen!«

»Versuchst du etwa einen Keil zwischen mich und meinen Mann zu treiben?« gab ich zur Antwort. Ich wußte zwar genau, daß dies nicht ihre Absicht war, doch ich wollte, daß sie annahm, ich würde dies glauben.

»Natürlich nicht, Olivia. Oh, meine Liebe«, seufzte sie, »ich fühle mich doch nur verantwortlich dafür. Schließlich habe ich ihn doch dazu ermuntert. Doch du hast es erlaubt«, ergänzte sie. »Du hättest es nicht erlauben sollen, wenn du schon wußtest, daß es soweit kommen würde. Malcolm ist so grausam. Hast du denn gar keine Angst um deinen kleinen Mal?«

»Es wird ihm schon nichts passieren«, belehrte ich sie. »Wenn Mal etwas wirklich will, dann kann selbst sein Vater ihn nicht aufhalten. Er ist in dieser Hinsicht mir nachgeraten. Versuche Malcolm zu ignorieren. Halt dich von ihm fern«, setzte ich hinzu, wobei ich einen schärferen Ton anschlug. »Das Haus ist groß genug.«

»Dennoch tut er mir so leid.« Sie begann zu weinen. Dann erhob sie sich und verließ den Raum.

Ich rief sie nicht zurück, um sie zu trösten. Im Gegenteil, ich war froh, daß es so starke Differenzen zwischen ihr und Malcolm gab. Solange dies so war, brauchte ich nicht zu befürchten, daß sie jemals auf seine Annäherungsversuche eingehen würde.

Dann allerdings veränderte sich alles wieder einmal.

Zum dritten Geburtstag von Christopher gaben Garland und Alicia eine Party und luden zahlreiche Nachbarn ein, die Kinder im Alter von Christopher, Mal oder Joel hatten. In der Halle von Foxworth Hall ging es zu wie auf einem Schulhof. Überall lärmten Kinder herum. Alicia besorgte Spiele und dekorierte die Halle mit bunten Papierschlangen und Luftballons, und Mrs. Wilson bereitete eine riesige Geburtstagstorte.

Malcolm ging am Morgen ins Büro, während Garland zu Hause blieb, um bei den Vorbereitungen zu helfen – was Malcolm nie in den Sinn gekommen wäre.

»Er benimmt sich einfach lächerlich, wenn es um Christopher geht«, sagte mir Malcolm an diesem Morgen nach dem Frühstück. Garland und Alicia waren bereits aufgestanden, um mit den Partyvorbereitungen anzufangen. »Er benimmt sich wirklich kindisch. Man könnte glauben, es wäre sein erstes Kind.«

»Vielleicht ist er nicht nur stolz darauf, in seinem Alter noch ein Kind zu haben, sondern vor allem auch darauf, daß es so fröhlich und aufgeweckt ist«, bemerkte ich. Malcolm kniff die Augen zusammen, und zum ersten Mal verstand ich, daß er auf Christopher eifersüchtig war. »Hat dir dein Vater nicht die gleiche Zuwendung erwiesen?«

»Wohl kaum.«

»Wieso?« hakte ich nach.

»Das glatte Gegenteil war der Fall. Ich hätte ihn praktisch bitten müssen, mich auf seinen Geschäftsreisen mitzunehmen. Nachdem meine Mutter weggelaufen war, war er so charakterschwach, daß er nicht einmal davor zurückschreckte, mich dafür verantwortlich zu machen. Er warf mir vor, ich hätte meine Mutter vertrieben. Das werde ich ihm nie verzeihen. Meine Mutter liebte mich über alles, und es war seine Unfähigkeit, die sie dazu trieb, selbst mich im Stich zu lassen. Verstehst du denn nicht, daß er jedesmal, wenn er in meine blauen Augen sah, darin Corinna erblickte? Er wußte genau, daß sie ihn nie so geliebt hätte wie mich. Oh, sie muß ihn gehaßt haben ... andernfalls hätte sie ihn niemals verlassen. Und das kann ich ihm niemals verzeihen.«

Zum ersten Mal in all den Jahren fühlte ich tatsächlich Mitgefühl für meinen Gatten, und ich ergriff seine zitternde Hand: »Aber später verbrachte er doch mehr Zeit mit dir, oder?« fragte ich ihn in der Hoffnung, ihn zu beruhigen.

»Nicht, bis ich in der Lage war, ihm im Geschäft zu helfen. Ich wurde von einer Privatschule zur nächsten und schließlich ins College geschickt; es kam ihm nur darauf an, mich vom Hals zu haben. Solange ich von zu Hause weg war, schrieb er mir keinen einzigen Brief, er beantwortete nicht einmal meine Briefe. Einmal, es waren gerade Weihnachtsferien, kam ich vom Internat nach Hause und fand ein Haus vor, das von Dienern wimmelte. Aber wo war mein Vater? Er hatte es vorgezogen, einen seiner Jagdausflüge zu unternehmen. Er dachte nie daran, mich mitzunehmen. Ich hatte hier keine Freunde, mit denen ich darüber hätte sprechen können. So verbrachte ich die gesamten Ferien, indem ich in Foxworth Hall herumspazierte und dem Echo meiner Schritte lauschte.«

»Malcolm«, sagte ich so besänftigend, wobei ich das Gefühl hatte, daß er jetzt bereit war, über seine Vergangenheit zu sprechen – etwas, was er sehr selten tat –, »ich wollte dich das schon immer fragen: Nachdem dich deine Mutter verlassen hatte, hat sie dir da jemals geschrieben? Hast du noch irgend etwas von ihr gehört?«

»Kein Wort, keine Karte, überhaupt nichts. Als ich klein war, vermutete ich, daß mein Vater mir ihre Briefe verheimlichte. Ich war immer wieder stundenlang in meinem Zimmer, um ihr endlose Briefe zu schreiben, die niemals abgeschickt wurden. Darin flehte ich sie an, doch wieder zu mir zurückzukommen. Ich war doch erst fünf Jahre alt! Ich brauchte sie doch! Ich konnte einfach nicht begreifen, was sie davon abhielt, zu ihrem Sohn zurückzukehren, der sie so sehr liebte. Wenn ich heute die Möglichkeit hätte, mit ihr zu sprechen, würde ich sie nur das fragen.«

»Aber was würde dir das jetzt noch nützen?« fragte ich ihn erstaunt.

»Das würdest du sowieso nicht verstehen«, sagte er und verließ das Zimmer.

Ich war überrascht, daß Malcolm an diesem Tag noch rechtzeitig zu Christophers Geburtstagsparty zurückkam; es hätte mich nicht überrascht, wenn er diesen besonderen Tag des Jungen einfach ignoriert hätte, selbst wenn dies sehr verletzend für seinen Vater gewirkt hätte: Noch überraschter war ich über den Gesichtsausdruck, mit dem er Alicia anschaute, die gerade mit den Nachbarskindern spielte.

Sie trug eines dieser sackähnlichen Kleider, die Frauen so burschikos aussehen ließen. Ihr Haar hatte sie hochgesteckt, und um den Hals trug sie zwei riesige Perlenketten. Auf einer solchen Party, umgeben von Leuten, gewann sie ihre strahlende Schönheit und ihre ganze Lebhaftigkeit wieder. Sie sah genauso aus wie damals, als sie in Foxworth Hall ankam. Sogar Garland sah erholt aus; der müde, verhärmte Gesichtsausdruck der letzten Zeit hatte sich auf einmal wieder geglättet.

Alicias Gelächter schallte durch die riesige Halle. Die Kinder waren ganz fasziniert von ihrer Herzlichkeit und Fröhlichkeit. Sie umschwirrten sie und wetteiferten um ihre Gunst. In erster Linie waren es unsere Jungs, die ständig nach ihr riefen.

Malcolm stand wie angewurzelt da und beobachtete sie. Ich hatte eigentlich sein für ihn so typisches spöttisches Lächeln und diesen haßerfüllten Blick erwartet. Statt dessen sah er ganz zufrieden und wohlwollend drein, ja er glich dabei sogar den Kindern, die von Alicia ganz gefesselt waren.

Etwas Wildes und Schreckliches keimte tief in meinem Herzen auf. Er sah sie so verlangend an, wie nur ein Mann blicken kann, der verliebt ist. Was ich bereits für verwelkt gehalten hatte, war plötzlich wieder lebendig geworden. Es hatte nur wie ein riesiger Bär Winterschlaf gehalten und auf den Frühling gewartet. Alicias Schönheit verkörperte diesen Frühling. Ihre Schönheit zog ihn an, erweckte diese starken Gefühle in ihm und ermunterte ihn, ihr erneut nachzustellen.

Ich merkte es an der Art, wie er sie ansprach, sah es in seinen Augen, die ihr die ganze Zeit über folgten. Zufrieden saß er in einem Sessel, schlürfte Tee und ließ Alicia den ganzen Nachmittag nicht aus den Augen.

Die Party war vorüber, und alle Gäste waren schon längst gegangen, da saß Malcolm immer noch in der Halle und schaute Alicia zu, wie sie sich um die Aufräumarbeiten kümmerte. Garland, der nun doch ermattet war, zog sich in sein Schlafzimmer zurück. Ich badete derweil die Kinder und machte sie fürs Schlafengehen zurecht.

Alicia kündigte an, daß sie sich im Schwanenzimmer bei einem guten Buch entspannen wollte.

»War das nicht eine gelungene kleine Party?« fragte sie mich.

»Den Kindern hat es gefallen«, stimmte ich ihr zu, »man fragt sich nur, ob ein dreijähriges Kind so eine Festlichkeit überhaupt würdigen kann.«

»Ach Olivia, manchmal klingst du wie Malcolm«, seufzte sie. Ich fand es schade, daß Malcolm zu weit weg war, um diese Bemerkung hören zu können.

Ich sah ihr nach, wie sie die Treppe hinaufging, dann holte ich mir meine Häkelarbeit, um sie mit ins Schlafzimmer zu nehmen. Allerdings blieb ich noch eine Zeitlang unten. Die Bediensteten hatten noch einige Fragen wegen des Geschirrs, und Mrs. Wilson wollte mit mir noch den Speiseplan für die kommende Woche durchgehen.

Was sich dann ereignete, erfuhr ich von Alicia, aber sie war damals in einer solch hysterischen Verfassung, daß es schwierig für mich war, dies alles zu verstehen.

Ich war auf dem Weg zu meinem Schlafzimmer und befand mich gerade auf halber Treppe, als ich sie schreien hörte. Unmittelbar davor hatte ich ein lautes Krachen gegen die Wand des Schwanenzimmers gehört. Ich eilte die restlichen Stufen empor und lief den Flur entlang, der zum Schwanenzimmer führte. Dort angekommen, sah ich Garland am Boden kriechen, wobei er sich krampfhaft an die Brust faßte. Er war im Schlafanzug, war also offensichtlich aufgewacht und sofort barfüßig zum Schlafzimmer geeilt.

Alicia lag ausgestreckt quer über dem Bett, ihr Nachthemd war von der rechten Schulter bis zur Hüfte aufgerissen, so daß ihre blanken Brüste sichtbar waren. Malcolm stand über den zusammengebrochenen Körper seines Vaters gebeugt. Seine Hände waren zu Fäusten geballt, sein Gesicht war dunkelrot angelaufen, seine Augen schienen aus den Höhlen zu treten. Über seine ganze rechte Gesichtshälfte zog sich eine lange Kratzwunde.

»Was ist passiert?« schrie ich.

»Schnell, hol den Doktor«, befahl mir Malcolm, der sich zusammenriß, als er mich erblickte. Ich wandte mich zu Alicia, die jetzt hysterisch aufschrie und versuchte, sich notdürftig mit dem zerrissenen Fetzen ihres Nachthemdes zu bedecken. Garland bewegte sich nicht mehr, deshalb eilte ich zum nächsten Telefon ins Jagdzimmer und verständigte Doktor Braxten.

Bis Doktor Braxten ankam, schleppte Malcolm Garland in dessen Schlafzimmer und legte ihn ins Bett. Alicia, die ihren Morgenmantel angezogen hatte, schluchzte an Garlands Seite und hielt seine kraftlose Hand.

»Was ist passiert?« fragte Doxtor Braxten, während er zum Bett eilte. Malcolm sah erst mich, dann Alicia an, bevor er antwortete.

»Er hatte einen dieser Anfälle und schrie. Bis ich bei ihm war, war er bereits in diesem Zustand«, erklärte er.

Der Doktor hörte mit seinem Stethoskop Garlands Herzschlag ab, dann überprüfte er seine Augen und seinen Puls.

»Es muß ein Herzanfall gewesen sein«, sagte er mit sanfter Stimme. »Es tut mir leid, für mich gibt es hier nichts mehr zu tun.«

Alicia brach in lautes Wehklagen aus und warf sich über Garland.

»Nein! Nein! Nein!« schrie sie immer wieder. »Das kann doch nicht sein. Wir haben doch eben erst den Geburtstag unseres Sohnes gefeiert. Bitte, nein. Bitte. *Garland, wach auf! Beweis ihnen, daß du nicht tot bist! Garland! Garland!*« Ihr Schluchzen war herzzerreißend.

Malcolm machte kehrt und floh aus dem Zimmer. Dabei würdigte er mich keines Blickes.

»Ich werde den Leichenbestatter verständigen«, sagte Dr. Braxten mit leiser Stimme. Er warf einen Blick auf Alicia. »Es wird wohl das beste sein, wenn sie nicht länger hierbleibt.«

»Natürlich«, erwiderte ich.

»Er kam bereits vor einigen Wochen zu mir«, erklärte Doktor Braxten, »und ich eröffnete ihm damals schon, daß mir sein Herz Sorgen bereiten würde. Er beschwor mich, niemandem etwas davon zu erzählen, vor allem Alicia nicht. Das war so seine Art.«

»Ja«, nickte ich verständnisvoll. Garland war ein Mann, der sich sein Alter nie eingestehen wollte. Er hatte alles getan, um Alicia das Leben so angenehm wie möglich zu machen.

»Kann sie das verkraften? Ich kann ihr etwas geben, damit sie leichter schlafen kann«, sagte er. Ich ging zu ihr hin, zögerte zuerst, sie zu berühren, und legte schließlich doch die Hand auf ihre Schulter.

»Alicia, der Doktor möchte wissen, ob er dir etwas geben soll, damit du besser schlafen kannst.«

Sie schüttelte den Kopf und erhob sich dann langsam von Garlands Körper. Sie schaute benommen drein und blickte sich im Zimmer um, als würde sie das alles nur träumen. Der Doktor kam auf sie zu.

»Es ist wohl besser, wenn Sie sich in Ihr eigenes Zimmer begeben«, sprach er auf sie ein. »Schlaf ist jetzt das einzige Mittel gegen einen so großen Kummer.«

Sie nickte und erlaubte ihm, sie zu stützen. Als er sie zur Tür führte, warf sie noch einen letzten Blick auf den toten Garland und begann erneut hysterisch zu schreien. Ich folgte ihnen hinaus und schloß die Tür hinter mir. Malcolm war nirgendwo zu sehen. Er hatte sich in irgendein Zimmer des Hauses zurückgezogen, aber im Moment war ich nicht daran interessiert, ihn ausfindig zu machen. Ich begleitete den Doktor und Alicia ins Schwanenzimmer. Alicia gestattete ihm, sie wie ein kleines Kind ins Bett zu legen.

»Sie sollten eine Weile bei ihr bleiben«, schlug er mir vor.

»Natürlich werde ich das«, gab ich zur Antwort. Auch ich fühlte mich durch die Ereignisse ziemlich mitgenommen, aber ich bin nicht der Typ Frau, der jemals die Beherrschung verliert. Es gefiel mir, daß der Doktor mir zutraute, in dieser komplizierten Situation alles in den Griff zu bekommen. Alicia war im Grunde doch eher ein Kind.

»Ich werde jetzt dem Leichenbestatter Bescheid geben«, flüsterte er mir zu. »Rufen Sie mich an, wenn Sie mich brauchen.«

»Ich danke Ihnen, Doktor Braxten.«

»Es tut mir leid«, sagte er. »Er war ein vortrefflicher... Es tut mir leid«, wiederholte er noch einmal, bevor er ging.

Ich wandte mich Alicia zu. Sie hatte ihr Gesicht im Kissen vergraben und schluchzte leise vor sich hin. Ich ging zur Tür, machte sie zu und schloß von innen ab. Ich wollte nicht, daß uns die nächste Zeit jemand stören konnte. Dann ging ich zum Schwanenbett zurück und setzte mich neben Alicia aufs Bett.

»Alicia«, begann ich, »ich muß wissen, was hier vorging, bevor ich diese schreckliche Szene vorfand. Was hat Malcolm in deinem Zimmer zu suchen gehabt?« Ihr Schluchzen wurde immer stärker. »Alicia, du mußt es mir sagen. Außer mir hast du jetzt niemanden mehr«, setzte ich noch hinzu, weil ich glaubte, daß dies jetzt der richtige Moment wäre, ihr dies klarzumachen. Mein Argument verfehlte seine Wirkung nicht, denn ihr Schluchzen wurde schwächer, und schließlich drehte sie sich zu mir um. Sie preßte die Hände vors Gesicht, als ob sie dadurch ihren Tränenfluß hätte aufhalten können, und dann zog sie die Decke vors Gesicht.

»Es war schrecklich, schrecklich«, begann sie schließlich.

»Was ist passiert?«

»Ich lag hier und las und dachte an die gelungene Party und wie glücklich alle waren. Garland...«, erneut fing sie zu weinen an. »Er war so stolz und so glücklich.«

»Was ist hier passiert?« drängte ich sie.

»Ich hatte meine Tür nicht abgeschlossen. Manchmal... manchmal kommt Garland mitten in der Nacht noch zu mir«, sagte sie. »Ich vermutete dann auch, als sich die Tür öffnete, daß es Garland war, aber es war Malcolm«, sagte sie, während sie rasch zur Tür blickte und sich ihr Gesicht so verzerrte, als ob sich die ganze Szene noch einmal in allen Einzelheiten vor ihren Augen abspielen würde.

»Was wollte er denn?«

»Er wollte...« Sie hielt plötzlich inne, als wäre es äußerst anstößig weiterzusprechen. »Er wollte mich«, sagte sie schließlich zornerfüllt. »Er kam auf mein Bett zu. Ich sagte, daß er hier nichts zu suchen hätte. Er lachte nur und meinte, daß ich keine Angst zu haben bräuchte. Garland schlief. Malcolm sagte schreckliche Sachen zu mir. Er erklärte mir, daß Garland jetzt zu alt sei, um mich noch befriedigen zu können, deshalb hätte ich ihn, Malcolm, jetzt nötiger denn je. Dies ginge schon in Ordnung, da er ja Garlands Sohn sei.«

»Was hast du dann getan?«

»Ich befahl ihm, er solle hinausgehen, andernfalls würde ich Garland rufen, aber er wollte das Zimmer nicht verlassen. Ich richtete mich auf, um besser schreien zu können, falls er noch näher kommen würde. Malcolm muß meine Absicht durchschaut haben, denn plötzlich stürzte er sich auf mich und hielt mir den Mund zu, wobei er mich in das Kissen zurückdrückte und... mich ungestüm liebkoste. Ich versuchte ihn zurückzustoßen, und er zerriß mein Nachthemd. Im Verlauf unserer Rangelei stieß ich die Nachttischlampe um. Schließlich gelang es mir, einen Schrei auszustoßen. Garland, der ihn gehört hatte, erschien in der Tür und mußte mit ansehen, wie Malcolm versuchte, sich auf mich zu werfen.«

»Das habe ich schon vermutet«, bemerkte ich.

»Garland eilte auf uns zu und riß Malcolm zurück. Sie begannen miteinander zu ringen, wobei Garland ihn verwünschte und

Malcolm ihm alle möglichen schrecklichen Sachen über Garlands erste Frau, dieses Zimmer und seine Potenz an den Kopf warf. Sie fielen auf den Boden und kämpften weiter, ohne allerdings ihre Fäuste zu gebrauchen.

Schließlich gelang es Malcolm, sich von Garlands Umklammerung zu befreien, und er kroch zur Tür. Aber Garland war so in Wut geraten, daß er ihn nicht gehen lassen wollte. Er bekam ihn erneut zu fassen. Wieder fielen sie übereinander her, bis Garland plötzlich aufschrie. Er entglitt Malcolms Armen und sackte auf den Boden, wo er ... er ... Oh, mein Gott, ist es wirklich wahr? Ist Garland tatsächlich tot?«

»Ja, es ist wahr«, bestätigte ich.

»Garland. Garland, mein geliebter Garland.« Sie ließ sich ins Kissen zurückfallen und begann erneut zu schluchzen. Ich wußte, daß sie jetzt so lange weinen würde, bis sie vor Erschöpfung einschlief. So verließ ich sie und machte mich auf den Weg, um Malcolm aufzustöbern.

Ich fand ihn schließlich im Jagdzimmer. Sofort kam mir in den Sinn, daß er uns die ganze Zeit über durch sein Guckloch beobachtet hatte. Er saß in einem Lederstuhl und starrte zur Tür. Er war leichenblaß, und seine Augen waren so weit wie bei einem Sterbenden aufgerissen. Seine Hände hatten sich so stark in die Sessellehnen gekrampft, daß sich seine Adern ganz deutlich abzeichneten. Er klammerte sich so fest an den Stuhl, als ginge es um sein Leben.

»Was hast du bloß getan?« fragte ich ihn.

»Laß mich in Ruhe!«

»Kannst du dir vorstellen, was passiert, wenn das herauskommt?«

»Nichts wird herauskommen. Niemand wird etwas darüber erfahren. Es war nicht meine Schuld. Er war sowieso ein kranker Mann. Der Doktor wird dies bestätigen. Verschwinde jetzt und laß mich in Ruhe«, geiferte er mich an.

»Du bist ein widerwärtiger Mensch, Malcolm. Nach dem, was du angerichtet hast, wirst du nie wieder glücklich werden!«

»Es war ihre Schuld«, bemerkte er kühl, »nicht meine.«

»Ihre Schuld?« fragte ich verblüfft und mußte beinahe lachen.

»Verschwinde«, wiederholte er. Ich schüttelte nur den Kopf.

»Du tust mir leid, Malcolm.« In diesem Augenblick tat er mir tatsächlich leid. Wenn er es auch zu überspielen versuchte, so wußte ich doch genau, daß er sich schuldig fühlte und daß diese Schuld ihn sein ganzes Leben verfolgen würde. Sie schnitt sich wie ein Messer ins Herz. Es war offensichtlich, daß er, wenn er Alicia die Schuld an allem gab, nur seinen eigenen Schmerz lindern wollte. Sein verwirrter Geist machte sie für alles verantwortlich, weil sie sich ihm widersetzt und Garland um Hilfe gerufen hatte. Sein verwirrter Geist machte immer Frauen für alles verantwortlich, aber niemals den Mann.

Später, irgendwann einmal, würde er mir eröffnen, daß Alicia ihn gepeinigt und verführt hätte. Deshalb hätte sie nur das bekommen, was sie verdient hätte. Er würde dem Typus Frau, den sie verkörperte, dafür die Schuld geben. Er haßte und liebte Alicia gleichzeitig, genauso wie er seine Mutter haßte und zugleich liebte.

Ich ging und ließ ihn allein im Schatten des dunklen Zimmers zurück.

Es wurde ein großes Begräbnis; von überall her kamen die Leute – Geschäftspartner, alte Freunde, Verwandte und viele, die einfach bei der Beerdigung eines der reichsten Männer der ganzen Gegend dabei sein wollten.

Malcolm hatte nur an eine bescheidene und kurze Trauerfeier gedacht, die auf die Einäscherung folgen sollte, doch Garland hatte die Gefühllosigkeit seines Sohnes schon vorausgesehen. Er hatte deshalb dem Pfarrer der Gemeinde ein Schreiben mit genauen Anweisungen hinterlassen und Malcolm so vor vollendete Tatsachen gestellt. Ein aufwendiges Begräbnis sollte stattfinden, das eine Menge Geld kosten würde.

Das einzige, was man unter diesem Gesichtspunkt begrüßen konnte, war der Zustand von Alicia vor, während und nach dem Begräbnis. Sie stand unter der Wirkung schwerer Beruhigungsmittel und bewegte sich wie eine Schlafwandlerin, die einen Alptraum erlebte, mit aschgrauem Gesicht und leerem Blick, ohne irgend jemanden wahrzunehmen.

Und wie ich es ihr bereits in der Nacht von Garlands Tod gesagt hatte, sie hatte nur noch einen Menschen: mich.

Ich achtete darauf, daß sie ordentlich gekleidet war, daß sie etwas aß und sich um Christopher kümmerte.

Während der gesamten Trauerfeier blieb ich an ihrer Seite; manchmal mußte ich sie richtiggehend stützen. Ich bemerkte wohl, wie die Leute zu uns herüberschauten, und wie beeindruckt sie waren, daß ich mich so um sie sorgte.

Mrs. Whipple, eine Frau mittleren Alters, die lange Zeit Garlands persönliche Sekretärin gewesen war, sagte zu mir: »Garland würde Ihnen sehr dankbar sein, wenn er sehen könnte, wie Sie Alicia beistehen. Er liebte sie so sehr.«

»Ich tue nur meine Pflicht«, antwortete ich ihr.

Die Trauergäste kamen, um Alicia ihr Beileid auszusprechen, aber sie nahm sie gar nicht wahr. Durch Garlands Tod waren sie ihr fremd geworden. In gewisser Weise waren alle, die sie über ihn kennengelernt hatte, mit ihm gestorben. Sie war bereits auf dem Weg in eine andere Welt, eine Welt ohne Garland, ohne sein Lachen und ohne seine Liebe, eine Welt, die nur noch aus Träumen bestand. Vielleicht wich ich auch deshalb nicht von ihrer Seite, weil ich die Welt, in die sie nun eintreten würde, so gut kannte. Es war fast, als würde ich sie in jener Welt willkommen heißen, als würde sie mich dorthin begleiten, damit wir von jetzt an gemeinsam die Einsamkeit ertragen konnten.

Während des folgenden Monats war Alicia praktisch nicht ansprechbar. Sie stand noch immer unter großer Nervenanspannung und nahm Medikamente. Manchmal mußte man sie an die einfachsten Dinge erinnern, zum Beispiel an die Essenszeiten. Von nun an trug sie dunklere und einfachere Kleider. Sie sah immer sehr bleich aus. Schwermut verdüsterte ihre Augen, bis sie so leer erschienen wie die Glasaugen der Tiere, die ausgestopft im Jagdzimmer standen. Das einzige, was ihr Gesicht ein wenig aufleuchten ließ, war der Anblick von Christopher. Wenn er nicht gewesen wäre, hätte sie ihr Zimmer vielleicht nie mehr verlassen.

Während der Trauerzeit verhielt sich Malcolm so, als wäre Alicia gar nicht anwesend. Er sah einfach über sie hinweg. Niemals sprach er auch nur ein Wort mit ihr. Auch mir gegenüber erwähnte er sie nie. Ich wußte genau, daß das seine Methode war, den Schuldgefühlen aus dem Wege zu gehen. Vielleicht hoffte er auch, sie würde dahinsiechen und sterben, so daß seine Verantwortung für alles, was geschehen war, niemals ans Tageslicht kommen konnte.

Natürlich machte sie es ihm leicht, sie nicht anzusehen, denn sie schminkte sich nicht und trug das Haar streng nach hinten gekämmt. Mit ihrer bleichen Gesichtsfarbe und den dunklen Kleidern, die sie trug, sah sie aus wie ein Gespenst.

Unsere Abendmahlzeiten erinnerten an Begräbnisfeiern. Sie aß langsam und mechanisch. Malcolm starrte vor sich hin und richtete nur selten eine Frage an mich. Ansonsten herrschte düsteres Schweigen. Alicia merkte nicht einmal, wenn das Mahl beendet war. Malcolm pflegte sich ruckartig zu erheben, um den Tisch zu verlassen, und jedesmal sah Alicia ihn erstaunt an. Man hatte den Eindruck, als habe sie erst in diesem Moment gemerkt, daß sie hier war.

Sie blickte dann mit leidvoller Miene zu Garlands Stuhl hinüber. Der Anblick seines leeren Platzes quälte sie jedesmal, wenn sie sich an den Tisch setzte. Ich war mir sicher, daß sie deshalb so ungern mit uns aß.

Und wenn sie wirklich einmal Malcolm anblickte, sah ich eine tiefe Verwirrung in ihren Augen. Ich stellte mir vor, wie sie versuchte, die zurückliegenden Ereignisse im Kopf zu ordnen. Sie in einer Weise zu sehen, die es ihr erlaubte, mit ihnen fertig zu werden. Sie konnte nicht die geringste Regung bei ihm wahrnehmen. Vielleicht war auch alles nur ein Traum gewesen. Vielleicht kam Garland schon im nächsten Augenblick die Treppe herab, um sich an den Tisch zu setzen. Einmal dachte ich sogar, daß sie nur deshalb hier saß, um auf ihn zu warten. Ich mußte sie auffordern, mit dem Essen zu beginnen.

Malcolm ließ sich durch ihre unheimliche Geistesabwesenheit bei den Mahlzeiten nicht stören. Er aß wie immer mit gesundem Appetit. Durch nichts ließ er sich aus der Ruhe bringen. Falls er von Alpträumen geplagt wurde, so merkte ich nichts davon.

Mich aber machte Alicias Verhalten nervös, und die drei Jungen reagierten verängstigt auf ihren Anblick.

Schließlich ging ich eines Tages auf ihr Zimmer, um ernsthaft mit ihr zu reden. Meine Hoffnung war, daß sie Foxworth Hall verlassen würde, wenn sie sich erst einmal von Garlands Tod erholt hatte. Da sie finanziell unabhängig war, würde sie vielleicht den Wunsch haben, irgendwo anders neu anzufangen. Sie war jung genug, um einen neuen Ehemann zu finden, der ihr auch den Wohlstand bot, den sie so schätzte. Welcher Mann hätte sich keine gutaussehende, reiche Frau mit einem schönen Kind gewünscht?

»Keiner von uns ist glücklich über das, was geschehen ist«, sagte ich, »aber das entläßt dich nicht aus der Verantwortung. Du solltest endlich über den Schmerz hinwegkommen und dich wieder um deinen Sohn kümmern.« Sie begann zu schluchzen. Ich empfand Mitleid mit ihr, wie sie so auf ihrem Bett saß und so zerbrechlich aussah wie ein junges Rotkehlchen. Doch ich redete beherrscht und sachlich weiter.

»Denk daran, daß du ein Vorbild für Christopher sein mußt. Und auch für Mal und Joel«, sagte ich. »Durch dein Verhalten machst du aus diesem Haus ein Leichenschauhaus.«

»O Olivia, es will mir nicht in den Kopf, daß Garland für immer von uns gegangen ist.« Sie preßte die Hände zusammen.

»Er ist tot, und damit mußtest du rechnen. Vor langer Zeit versuchte ich dir einmal klarzumachen, daß er lange vor dir sterben würde. Doch das schien dich damals nicht zu bekümmern.«

»Doch, das bekümmerte mich schon. Ich glaubte nur nicht, daß es geschehen würde.«

»Ich versuchte, dich zu warnen, nicht in einer Traumwelt zu versinken. Nun mußt du dich mit der Realität abfinden, ebenso wie ich es mußte – vom ersten Tage an, als ich meinen Fuß in dieses Haus setzte.«

Sie sah mich bestürzt an. Sie hatte mich verstanden.

»Du bist so viel stärker, als ich es bin, Olivia. Du fürchtest dich vor nichts; du fürchtest dich nicht, allein zu sein.«

»Das Leben selbst macht einen stark. Wenn du dich dagegen sträubst, stark zu werden, wirst du untergehen. Ist es das, was du willst? Willst du deinen Sohn im Stich lassen?«

»Nein!«

»Dann gib dieses Selbstmitleid auf, und sei deinem Sohn eine richtige Mutter.«

Sie nickte nachdenklich.

»Ich weiß, daß du recht hast. Ich stehe in so vieler Hinsicht in deiner Schuld. Vom ersten Tag an, als ich hierherkam, wußte ich, daß du eine kluge und intelligente Frau bist. Malcolm wird dich niemals einschüchtern können, ganz gleich, was er tut.«

»Zieh dich an, komm herunter zum Essen und hör endlich auf, dich deinem Kummer hinzugeben«, befahl ich ihr.

Vielleicht hätte ich es zulassen sollen, daß sie bis ans Ende ihrer Tage in Trauer blieb. Vielleicht hätte ich sie darin noch bestärken sollen. Denn mein kurzes Gespräch mit ihr zeitigte eine Wirkung, die ich nicht erwartet hatte. Als sie an diesem Abend zum Essen herunterkam, wirkte sie fast schon wieder erholt. Sie erschien wie jemand, der gerade aus einem langen Schlaf erwacht ist. Sie hatte Rouge aufgelegt, sich die Lippen angemalt, ein hellblaues Kleid angezogen und trug eines der Diamantenhalsbänder, die Garland ihr gekauft hatte. Ich hatte schon vergessen, wie schön und bezaubernd sie sein konnte. Doch nun war es zu spät. Als sie das Speisezimmer betrat, wurden Malcolms Augen auf einmal größer, er betrachtete sie aufmerksam und richtete sogar das Wort an sie. Wie ein Kleidungsstück streifte er sich wieder sein überhebliches Bemühen über und gab ihr Ratschläge, wie sie ihr Geld investieren sollte.

»Es wird noch eine Weile dauern, bis ich die Sachen alle aufgearbeitet habe«, sagte er, »aber ich werde mich bald einmal mit dir zusammensetzen und dir deine finanzielle Situation erläutern.«

»Ich danke dir«, sagte sie.

»Warum dauert es so lange?« fragte ich. »Nach dem Tod meines Vaters hat es nicht so lange gedauert.«

»Die Dinge lagen damals nicht so kompliziert. Mein Vater bestand auf einigen schwierigen Klauseln, die die Nachlaßverwalter erst erfüllen müssen. Wir haben unser Geld in diversen Bereichen investiert. Dein Vater dagegen war ein Geschäftsmann, aber kein Investor. Sein Vermögen wird sich jetzt schon verdoppelt haben«, fügte er noch hinzu, um zu zeigen, welche Vorteile mir seine Arbeit brachte.

»Es ist schon in Ordnung, Olivia«, sagte Alicia. »Ich bin sicher, es wird nicht mehr lange dauern.«

Malcolm war sehr erfreut über ihren Kommentar. Es war fast so, als hätte sie ihn verteidigt. Wenn sie unbedingt eine Närrin sein will, dachte ich bei mir, so laß sie doch.

Sie erholte sich rasch. Rund um die Uhr kümmerte sie sich um Christopher und widmete wie früher ihre meiste Zeit den Kindern. Für sich und für Christopher kaufte sie neue Kleider, und jeden Tag wurde sie kräftiger, fröhlicher und sogar hübscher.

Ich sah, wie Malcolm sie beobachtete. Obwohl sie nur das Allernotwendigste miteinander besprachen, war ich doch erstaunt, wie höflich sie mit ihm umging. Wie konnte sie ihm nur in die Augen sehen? Mußte sie nicht Zorn und Haß in ihrem Herzen tragen? Oder war sie so rein und unschuldig, daß die Rache keinen Platz in ihrem Herzen fand?

Ihr Gleichmut, ihre Gelassenheit, ihre wiederkehrende Fröhlichkeit machten mich rasend. Ich hatte sogar gehofft, sie würde Intrigen gegen Malcolm schmieden; ich träumte schon von einem gemeinsamen Komplott, um ihr Erbteil zu vergrößern – denn finanzielle Einbußen trafen Malcolm immer am schmerzlichsten.

Aber sie war vollkommen vertrauensselig und geduldig. Begriff sie denn nicht, wie gefährlich es war, einem Mann wie Malcolm gegenüber freundlich zu sein? Als ich es nicht länger mitansehen konnte, stellte ich sie zur Rede und mußte erstaunt hören, wie sie darüber dachte.

»Malcolm leidet sicherlich auch sehr«, sagte sie. »Es war schließlich sein Vater. Er muß erst einmal damit fertig werden.«

»Sieh dir doch an, wie gut er damit fertig wird«, sagte ich. »Hat es ihn denn auch nur um eine Spur aus der Bahn geworfen? Er geht seinen Geschäften mit der gleichen Energie nach wie zuvor. Es geht ihm dabei sogar besser, denn Garland ist jetzt nicht mehr ständig um ihn herum, um zu kontrollieren, was er tut!«

»Vielleicht spielt er uns das nur vor.«

»Vorspielen! Wußtest du, daß er nicht einmal die Hälfte dessen ausgeben wollte, was Garlands Begräbnis gekostet hat? Weißt du denn nicht, daß er jetzt noch darüber jammert?«

Sie lächelte wie eine Nonne, die Gewalt und Grausamkeit nicht wahrhaben will. Sie war unfähig, sich etwas Böses in dem Herzen eines Menschen vorzustellen.

»Ich verstehe seine Motive. Er konnte das Begräbnis nicht ertragen; er wollte es in kleinem Rahmen halten, damit es für ihn leichter wäre.«

»Du Närrin«, sagte ich. »Das einzige, was ihm Sorgen machte, waren die Kosten, nicht sein Gefühlsleben. Warum setzt du ihn nicht einmal unter Druck, er solle dir deinen Immobilienbesitz übergeben. Wer weiß, was er damit vorhat. Er wird dich betrügen.«

»Ich wüßte nicht einmal, wo ich beginnen sollte, Olivia. Mit geschäftlichen Dingen hatte ich noch nie etwas im Sinn. Ich bin sicher, er befolgt Garlands Wünsche«, sagte sie.

»Willst du bis in alle Ewigkeit hier leben und verkümmern? Du bist jung und immer noch sehr schön. Hast du dir nie ein anderes Leben ausgemalt?«

»Ich weiß nicht«, sagte sie und blickte im Zimmer umher. »Ich kann mir nicht vorstellen, jetzt Foxworth Hall zu verlassen. Garlands Geist lebt noch in diesen Mauern. Ist es nicht besser, wenn sein Sohn hier aufwächst?«

Ich lehnte mich auf meinem Stuhl zurück, entnervt von so viel Einfalt und blindem Vertrauen.

»Glaubst du denn, du könntest wieder heiraten und deinen neuen Ehemann hierher bringen? Meinst du, Malcolm würde das zulassen?« fragte ich.

»Oh, ich denke nicht an eine neue Heirat.« Sie lächelte, als ob eine solche Idee für sie völlig undenkbar wäre.

»Du begehst einen Fehler«, sagte ich. »Du solltest an deine Zukunft denken und an die Zukunft deines Sohnes. Niemand sonst wird das für dich tun, vor allem nicht Malcolm. Hör endlich auf, in der Vergangenheit zu leben.«

»Die Zeit dafür wird schon noch kommen. Ich glaube, niemand kann das so schnell.«

»Ich könnte das.«

»Nein, auch du nicht.«

»Ich versichere dir«, sagte ich und wurde dabei rot vor Zorn, »ich könnte es. Und eines Tages wirst du noch bereuen, nicht auf mich gehört zu haben.«

Dieser Tag sollte schneller kommen, als ich erwartet hatte.

10. KAPITEL
MALCOLMS TRIUMPH

Alicia vergaß meine Worte keineswegs, obgleich sie so tat, als habe sie sie nicht gehört. Sie wandelte weiterhin durch das Haus wie ein zu groß gewordenes Kind und erhellte mit ihrer Unschuld und ihrem strahlenden Glanz die Schatten, die über Foxworth Hall lagen. Wann immer Malcolm mit ihr sprach oder wann immer sie gezwungen war, mit ihm zu sprechen, zeigte sie die Miene eines jungen Mädchens, das seinen ganzen Mut zusammennimmt, um zum Zahnarzt zu gehen. Sie hörte zu, wenn man mit ihr sprach, und sie sprach, wenn es nötig war; dann aber wandte sie sich ab, und sofort gewann sie ihr Lächeln und ihre fröhliche Stimme wieder.

Dennoch verliefen die Abende unterschiedlich. Nachdem Christopher gegessen und sie anschließend ihren dreijährigen Sohn zu Bett gebracht hatte, vermied sie in der Regel jeden Kontakt mit Malcolm und – nach einiger Zeit – auch mit mir. Wenn sie nicht Besorgungen in der Stadt zu erledigen hatte, zog sie sich gewöhnlich in das Schwanenzimmer zurück, wo sie vermutlich las und sich ausruhte.

Häufig, wenn ich von meinem Zimmer aus lauschte, konnte ich hören, wie sie schluchzend etwas sagte; es war, als liege Garland wieder neben ihr im Bett. Man hätte meinen können, daß eine Liebe, die so leidenschaftlich gewesen war wie die ihre, ihnen die Kraft verliehen hatte, sich über den Abgrund, der das Leben vom Tod trennte, hinwegzusetzen und sich des Nachts für einige kostbare Augenblicke wieder zu vereinigen.

»O Garland, Garland, ich vermisse dich so«, rief sie dann. »Wie schwer ist es, ohne dich zu sein! Garland, mein Geliebter!«

Ich hatte wirklich Mitleid mit ihr, denn ich verstand, warum sie sich so sehr dagegen sträubte abzureisen und warum sie Malcolm nicht unter Druck setzte, damit er ihr ihren Immobilienbesitz übergab. Solange sie hier war, solange sie ihre Nächte im Schwanenzimmer verbrachte, lebte Garland in ihrer Erinnerung weiter. Wenn sie Foxworth Hall erst einmal verlassen hatte, verschwand Garland für immer in seinem Grab.

Eines Nachts mitten im Winter erwachte ich von ihrem Schreien, nur daß es diesmal Angstschreie waren. Verwirrt schlüpfte ich aus dem Bett und lauschte an der Wand. Ihre Schreie wurden immer dumpfer, bis man sie kaum noch hören konnte. Ich streifte mir den Morgenmantel über und eilte zur Tür des Schwanenzimmers, wo ich wieder horchte und dann vorsichtig klopfte.

»Alicia, Alicia, ist alles in Ordnung?«

Es kam keine Antwort. Ich wollte die Tür öffnen, doch sie war abgeschlossen. Ich klopfte noch einmal und wartete. Immer noch war kein Laut zu hören. Vielleicht hatte sie nur einen schlimmen Traum, dachte ich, und ging zurück ins Bett.

Am nächsten Morgen erschien sie mir ganz anders als sonst, mehr in der Art wie nach ihrem schmerzlichen Verlust. Sie kam erst zum Frühstück, nachdem Malcolm gegangen war, und sie aß nur sehr wenig.

»Bist du krank?« fragte ich sie.

»Nein«, antwortete sie ohne eine weitere Erklärung. Sie stocherte eine Weile in ihrem Essen herum, dann legte sie die Gabel beiseite.

»Du siehst aber wirklich krank aus. Und du hast jetzt praktisch nichts gegessen.«

»Ich bin nicht krank«, wiederholte sie. Ihre Augen schwammen in Tränen. Ich hielt den Atem an, weil ich erwartete, daß sie mir nun ein großes Geheimnis verraten werde, aber sie biß sich auf die Lippen und erhob sich vom Stuhl.

»Alicia«, rief ich. Sie drehte sich nicht einmal um, sondern ging zurück auf ihr Zimmer, wo sie fast den ganzen Tag blieb.

Während der folgenden Wochen war sie immer wieder in diesem Zustand. Manchmal erschien sie sehr gesprächig und voller Energie, so daß ich dachte, sie hätte sich wieder gefangen, dann aber konnte sie wieder launisch und verschlossen sein. Sie konnte oder wollte mir nicht erklären, was die Ursache für ihr Verhalten war.

Eine Woche danach weckten mich wieder ihre Schreie. Dieses Mal klangen sie schrill und kurz. Noch bevor ich mich entschlossen hatte, zu ihr zu gehen, verstummten sie. Am nächsten Morgen sah sie trübsinnig aus und müde, und sie bewegte sich wie in Trance. Malcolm und ich hatten unser Frühstück schon beendet, also aß sie alleine. Den ganzen Nachmittag verbrachte sie im Schwanenzimmer. Schließlich ließ mir meine Neugierde keine Ruhe mehr, und ich ging zu ihr.

Sie lag vollständig bekleidet auf dem Bett und starrte zur Decke. Sie schien mich überhaupt nicht zu bemerken.

»Alicia«, sagte ich, »bist du krank? Leidest du an irgend etwas?«

Sie blickte mich an, als sei sie daran gewöhnt, daß plötzlich jemand neben ihr im Zimmer auftaucht.

»Du hast heute wieder kaum etwas gegessen und dich überhaupt nicht um Christopher gekümmert. Seit Stunden bist du hier oben und liegst auf dem Bett herum.«

»Ja«, sagte sie, »ich bin krank.« Sie drehte sich weg, um mich dadurch zum Gehen aufzufordern, aber ich war entschlossen, herauszufinden, was hier vor sich ging.

»Was ist mit dir? Hast du nachts Schmerzen?«

»Ja, ich habe Schmerzen.«

»Wo fühlst du diese Schmerzen?«

»In meinem Herzen«, antwortete sie.

»Oh!« Ich schüttelte den Kopf und blickte zu ihr hinab. »Ich glaube, daran wird sich auch so lange nichts ändern, bis du dieses Haus verlassen hast«, sagte ich. Ihre Lippen begannen zu zukken, und sie schlug die Hände vor das Gesicht. »Weinen wird dir nicht helfen; es gibt nichts, was dir helfen wird, außer du tust das, was ich dir gesagt habe. Wenn du abreisen möchtest, werde ich Malcolm unter Druck setzen, daß er dir deinen Besitz endlich übereignet. Offen gesagt, es wäre das beste für uns alle. Du weißt ja gar nicht, wie deprimierend dein Anblick sein kann und –«

»O Olivia«, sagte sie und drehte sich plötzlich zu mir um; sie nahm ihre Hände vom Gesicht und sah mich mit einem so verwirrten Blick an, wie ich ihn bei ihr noch nie gesehen hatte. »Du bist so intelligent, so stark. Weißt du denn nicht, was hier passiert? Du mußt es doch spüren!«

Ich starrte sie an und war einen Augenblick lang unfähig, zu sprechen. Sie biß sich auf die Unterlippe und schüttelte den Kopf, als wollte sie versuchen, sich selbst davon abzuhalten, noch mehr zu sagen.

»Was?« fragte ich. »Sag es mir!«

»Du weißt es doch schon. Du hast es immer gewußt. Du hast es doch erwartet. Ich habe es in deinem Gesicht gelesen, aber ich hatte Angst, es dir zu sagen.«

»Malcolm«, sagte ich. Ich blickte mich im Schwanenzimmer um, weil ich instinktiv wußte, daß es dieser Raum war, dieses prunkvolle Bett, diese aufreizende Ausstattung, die teilweise verantwortlich waren für das Geschehene. Warum nur war sie in diesem Zimmer geblieben, nachdem Garland gestorben war? »Erzähl mir genau, was passiert ist.«

Sie atmete tief durch und wischte sich die Tränen von den Wangen.

»Er kam nachts zu mir und stürzte sich auf mich«, gestand sie, wobei ihre Stimme kaum lauter war als ein Wispern.

Ich preßte die Finger so fest gegen die Handflächen, daß die Fingernägel ins Fleisch eindrangen. Natürlich! Tief im Inneren hatte ich schon immer gewußt, was sie mir jetzt erzählen würde. Ich war zu ihr aufs Zimmer gegangen und hatte sie gezwungen, es mir zu sagen, teils um mich selbst zu bestrafen und teils um sie zu bestrafen – indem ich sie zwang, es mir zu erzählen. Das, was damals am See fast passiert wäre und was Garland mit seinem Tod verhindert hatte, war nun endlich geschehen. Seit dem Tag, als er sie das erste Mal in Augenschein nahm, als sie zusammen mit Garland aus dem Wagen stieg, wußte ich, daß es unvermeidlich geschehen würde. Es wurde mir klar durch die Art und Weise, wie Malcolm sie damals angeschaut hatte – mit ihrem prächtigen goldenen Haar, das ihr über Nacken und Schultern wogte, mit ihren Augen, die vor Lebenslust und Tatendrang strahlten.

»Warum hast du die Tür nicht abgeschlossen?«

»Ich habe sie abgeschlossen, aber er hatte einen Schlüssel. Er hatte schon immer einen Schlüssel, doch er benutzte ihn erst seit

Garlands Tod. Ich habe es dir nie erzählt, aber schon bevor Garland starb, kam er eines Nachts hier herein. Er wußte, daß ich die Tür für Garland offengelassen hatte. Ich hörte ihn. Natürlich dachte ich zuerst, es sei Garland, aber als ich hochblickte und sah, daß es Malcolm war, tat ich so, als würde ich fest schlafen.

Er stellte sich neben das Bett und blieb dort, wie mir schien, eine Ewigkeit stehen. Ich dachte, wenn ich mich jetzt bewege, und sei es nur ein wenig, dann würde er… dann würde er über mich herfallen, also blieb ich so ruhig, wie ich nur konnte. Ich fühlte, wie er mir sanft über das Haar streichelte, und hörte ihn seufzen. Dann plötzlich drehte er sich um und verließ das Zimmer so lautlos, wie er hereingekommen war.«

»Aber du hast Garland niemals davon erzählt?«

»Nein. Ich hatte Angst vor seiner Reaktion, und wie du siehst, hatte ich recht. Es ist eine Tragödie daraus entstanden. O Olivia, Olivia!«

»Darum hast du deine Tür zugesperrt, und er ist trotzdem hereingekommen. Warum aber hast du es zugelassen…«

»Er drohte mir, Christopher etwas anzutun, er wüßte da schon was. Das sei ganz leicht für ihn, sagte er. Es gäbe niemanden mehr, der ihn jemals von irgend etwas abhalten könnte, sagte er. Und er hat mich auch geschlagen.«

Ich saß neben ihr auf dem Bett, und mein Herz schlug wie wild. Die erste Nacht, als er zu mir gekommen war, kam mir wieder in den Sinn; ich erinnerte mich, wie grob er gewesen war. Sie hatte wirklich allen Grund zu befürchten, daß er Christopher etwas antun würde. Malcolm konnte äußerst gewalttätig werden, wenn es ihm darum ging, etwas durchzusetzen.

»Seit wann ist … seit wann kommt er nachts zu dir?«

»Seit über einem Monat, aber unregelmäßig.«

»Einen Monat?« Ich hätte nicht vermutet, daß es schon so lange dauerte. Wie hatte sie nur so lange darüber schweigen können?

Sie setzte sich auf. »Das erste Mal, als er gekommen ist, dachte ich noch, es sei ein Traum, ein Alptraum. Es war schon spät in der Nacht. Er war so lautlos hereingeschlichen, daß ich es erst bemerkte, als er schon neben mir im Bett lag. Ich drehte mich herum, und da lag er, nackt. Er umklammerte mich mit seinen

Armen, preßte seine Lippen auf die meinen, bevor ich noch ein Wort sagen oder einen Schrei ausstoßen konnte, und hielt mich in dieser Lage so lange fest, daß ich dachte, ich müßte ersticken.«

»Was geschah dann?« fragte ich.

»Ich hatte furchtbare Angst. Er war so rücksichtslos – und dann war es so merkwürdig, was er zu mir sagte...«

»Was sagte er?«

»Er nannte mich nicht ›Alicia‹, als er meinen Körper betastete und meinen Busen küßte.«

Einen Augenblick lang setzte mein Atem aus. Ich preßte die Hände gegen meine Brust und versuchte, wieder Luft zu bekommen. Tief in meinem Herzen wußte ich ja schon, was sie jetzt erzählen würde, aber es versetzte mich dennoch in Schrecken, es aus ihrem Munde hören zu müssen.

»Er nannte mich ›Corinna‹. Ich meinte, er habe einen Traum, er sei schlafgewandelt, also versuchte ich, mit ihm zu reden, ihm zu sagen, daß ich nicht Corinna war, damit er aufwachte und zurück in sein eigenes Bett ginge, aber er hörte mich nicht. Er hielt mich weiterhin an sich gedrückt ohne lockerzulassen. Es hatte keinen Sinn, sich ihm entziehen zu wollen; er war einfach zu stark. Jedesmal, wenn ich schreien wollte, preßte er seinen Mund auf meinen, und zwar so gewaltsam und grob, daß ich um mein Leben fürchtete. Ich mußte meine Schreie unterdrücken und mich ihm fügen. Es war grauenhaft, grauenhaft«, sagte sie und vergrub dabei ihr Gesicht in den Händen.

»Was passierte, nachdem es geschehen war? Nannte er dich dann immer noch ›Corinna‹?« Sie sah hoch und schüttelte den Kopf.

»Nachdem es vorüber war und er sich entladen hatte, wußte er genau, wo er sich befand und wer ich war. Damals warnte er mich davor, jemals etwas darüber zu erzählen, weil er sonst Christopher etwas antun würde. Ich dachte, nein, ich hoffte und betete darum, daß dies alles gewesen war; aber er kam wieder und wieder. Letzte Nacht war er auch hier«, fügte sie noch hinzu und vergrub ihr Gesicht wieder in den Händen.

»Ich war einmal an deiner Tür, als ich deine Schreie hörte. Hast du es nicht bemerkt, wie ich geklopft und nach dir gerufen habe?«

»Doch, aber er hatte mir seine Hände um die Kehle gelegt und so stark zugedrückt, daß ich keine Luft mehr bekam. Dann flüsterte er mir warnend zu, ja keinen Laut von mir zu geben. Ich wußte, er würde mich töten, wenn ich ihm nicht gehorchte.«

»Warum bist du nicht schon eher zu mir gekommen?«

»Das habe ich dir bereits gesagt. Ich hatte Angst um Christopher. Es scheint, daß Malcolm auf die eine oder andere Weise immer das erreicht, was er will. Und falls man ihn daran hindern will, rächt er sich, weißt du das denn nicht? Es tut mir leid, Olivia. Ich weiß, ich hätte es dir früher sagen sollen, aber ich hatte solche Angst. Bitte vergib mir.«

Ich konnte ihr keine Vorwürfe machen. Es gab Zeiten, da ich selbst vor Malcolm Angst gehabt hatte.

Einen Augenblick lang saß ich da, ohne etwas zu sagen. Ich dachte über dieses Zimmer nach und darüber, was Malcolm getan hatte. Es war, als lebte hier immer noch der Geist seiner Mutter, als quälte er ihn immer noch. Ich konnte es nicht fassen, daß Malcolm sich wieder an Alicia herangemacht hatte, noch dazu nach dieser schrecklichen und tragischen Szene mit seinem Vater. Alicia mußte sich vor ihm sicher gefühlt haben, weil es jenseits ihrer Vorstellungskraft lag, daß Malcolm so etwas tun könnte, nachdem er doch Garlands Tod verschuldet hatte.

»Nannte er dich jedesmal am Anfang ›Corinna‹?«

»Ja.«

»Und immer, wenn er fertig war, wußte er wieder, daß du Alicia bist?«

»Nicht immer. Einige Male verschwand er, ohne mich Alicia genannt zu haben. Dann stand er einfach nur auf und ging wie ein Schlafwandler hinaus. Einmal, es war beim dritten Mal, zwang er mich, etwas Schreckliches zu tun. Er ist geistesgestört.«

»Was zwang er dich zu tun?«

»Er nahm aus dem Wandschrank eines dieser alten Nachtgewänder, und ich mußte es anziehen, bevor er ... bevor er sich zu mir ins Bett legte. Ich mußte im Zimmer auf und ab gehen und mich an den Ankleidetisch setzen. Er legte mir Corinnas Bürste in die Hand und setzte sich dann auf das Bett, um mir zuzuschauen, wie ich mir damit durchs Haar strich. Er wollte auch, daß ich ins Badezimmer ging und wieder herauskam, als hätte ich mich eben für das Bett fertig gemacht. Ich fühlte mich völlig elend, als ich das tat, aber ich konnte mich nicht weigern. Jedesmal, wenn ich zögerte, geriet er in Zorn.«

Wie fürchterlich, dachte ich. Wie krankhaft und wie entsetzlich. Ich drehte mich herum und sah mir die Wand an, die das Schwanenzimmer vom Jagdzimmer trennt. Dann wandte ich mich wieder ihr zu.

»Du hättest all diese Kleider auf den Dachboden bringen müssen, bevor du in dieses Zimmer eingezogen bist«, sagte ich. Aber hatte sie denn voraussehen können, wozu Malcolm sie zwingen würde? Und doch, in meinen Augen trug auch sie Schuld; sie war einfach zu vertrauensselig und einfältig gewesen. Ich blickte sie an. Sie hatte all meine Warnungen in den Wind geschlagen. Ich hatte sie regelrecht angefleht, auf mich zu hören, aber sie verhielt sich dumm und verstockt und beharrte darauf, sich weiterhin an eine Liebe zu einem Toten zu klammern.

Vielleicht log sie mich auch an; vielleicht hatte sie in Wirklichkeit genossen, was Malcolm getan hatte. Vielleicht fühlte sie sich deshalb schuldig. »Hast du jemals etwas getan, was ihn in Versuchung führen konnte? Hast du ihn jemals in dieses Zimmer eingeladen?«

»Nein, o nein! So etwas darfst du nicht glauben, Olivia. Ich habe nichts dergleichen getan, nichts«, protestierte sie. »Es war doch so, daß er mich einmal bis zum See hin verfolgte und versuchte, mit mir zu schlafen. Ich lief ihm davon und sagte ihm, daß ich alles Garland erzählen würde, wenn er seine Annäherungsversuche nicht unterließe.«

»Warum hast du Garland nichts davon erzählt, bevor...?«

»Ich wollte nicht, daß das geschah... was schließlich geschehen ist. Meinst du, ich bin verantwortlich für Garlands Tod, meinst du, ich hätte es verhindern können, wenn ich ihm schon früher von Malcolm erzählt hätte?«

»Ich weiß es nicht. Vielleicht, vielleicht auch nicht.« Ich sah sie mißtrauisch an. »Warum hast du mir das alles eigentlich erzählt? Hast du nicht Angst vor dem, was Malcolm Christopher antun könnte?«

»Ja, bis jetzt hatte ich Angst davor.«

»Wieso? Was ist denn jetzt anders?«

»O Olivia –«, sie zögerte, »ich habe solche Probleme.« Dann begann sie wieder zu weinen.

»Ich kann dir nur dann helfen, wenn ich wirklich alles weiß«, sagte ich. »Also los, was sind das für Probleme?«

»Ich...«

Ich konnte fühlen, wie alle Geister von Foxworth Hall um mich herum einen Kreis schlossen, um mich hinabzuziehen in die Tiefe.

»...ich bin von Malcolm schwanger.«

Ich erhob mich und trat ans Fenster. Unten konnte ich Olsen sehen, wie er die Hecken schnitt. Ich dachte daran, wieviel mir hier alles bedeutete – dieses Land, dieses wunderschöne Haus, zwei gutaussehende Jungen und ein Wohlstand, wie man ihn sich kaum vorstellen konnte! Und doch war ich eine der unglücklichsten Frauen der ganzen Welt. Das war nicht gerecht, das konnte nur ein grausamer Scherz sein. Ich wünschte mir, ich könnte aufwachen und feststellen, daß alles dies – meine Heirat mit Malcolm, der Tod von meinem Vater und von Garland, die Vergewaltigung Alicias – daß dies alles nur ein langer schrecklicher Traum gewesen war. Jetzt erschien mir sogar die Vorstellung reizvoll, wieder im Haus meines Vaters zu leben und den Rest meiner Tage als alte Jungfer zu verbringen.

»Bitte hasse mich nicht, Olivia«, bat sie. Und ob ich sie haßte! Ich konnte gar nicht anders, als sie zu hassen. Oh, ich wußte, für alle Zeiten würde ich sie hassen – wie alle Frauen, die so waren wie sie.

Ich schloß die Augen und nahm wieder Haltung an. Ich schwor mir, daß nichts, was Malcolm Neal Foxworth jemals tun würde, mich zu solch einem wimmernden Häufchen Elend machen könnte, wie es Alicia jetzt war. Langsam drehte ich mich zu ihr um. Sie sah die Entschlossenheit in meinem Gesicht und richtete sich im Bett auf.

»Weiß Malcolm schon davon?«

»Ja«, antwortete sie, »ich habe es ihm heute morgen gesagt.«

»Heute morgen? Wann heute morgen? Er war heute morgen mit mir zusammen beim Frühstück und ging, bevor du heruntergekommen bist.«

»Ich wollte es ihm letzte Nacht sagen, bevor er mein Zimmer verließ, aber er machte wieder den Eindruck eines Schlafwandlers und reagierte nicht.« Sie senkte den Blick. »Also ging ich, bevor er aufstand, in sein Zimmer.«

»Du bist in sein Zimmer gegangen?« Nach allem, was passiert war, hätte das eigentlich nicht so wichtig für mich sein sollen, aber während all der Jahre meiner Ehe mit Malcolm war ich kein einziges Mal in seinem Schlafzimmer gewesen, wenn er sich darin befand. »Und er schlief noch, als du kamst?«

»Ja. Ich stellte mich an sein Bett und wartete darauf, daß er mich bemerkte. Als er die Augen aufschlug, schaute er mich an, als wäre ich ein Geist. Er brauchte einige Zeit, bis er begriff, daß ich es war. Zuerst war er wütend, weil ich in sein Zimmer gekommen war, aber ich mußte ihm doch sagen, was er angerichtet hatte, nicht wahr«, sagte sie. »Ich platzte damit heraus, bevor er noch einen Ton sagen konnte.«

»Was hat er dir geantwortet?« fragte ich sie und dachte daran, wie ruhig, wie gefaßt Malcom sich beim Frühstück verhalten hatte. Aber dann begriff ich, daß das sein »Poker-Gesicht« gewesen sein mußte, jenes unterkühlte und beherrschte Verhalten, das ihn in die Lage versetzte, seine Geschäftspartner kaltlächelnd auszustechen.

»Zuerst lächelte er nur«, sagte Alicia, »aber so eiskalt, daß mir Schauer über den Rücken liefen. Dann sagte er viele schreckliche Dinge zu mir und stellte es so hin, als sei alles nur mein Fehler gewesen. Ich wollte schreien, weinen, aber ich hatte Angst, das ganze Haus zu wecken«, sagte sie. »Dann stellte er mir ein Ultimatum. Ich weiß nicht, was ich tun soll«, sagte sie rasch, »ich bin sicher, daß er tun wird, was er angedroht hat, wenn ich nicht einverstanden bin. Ich habe Angst, Angst um mich und um Christopher.«

Nun begriff ich, daß sie sich dazu durchgerungen hatte, mich um Hilfe anzuflehen. Sie hatte den ganzen Tag hier auf ihrem Bett gelegen und nach einer Möglichkeit gesucht, mir ihr Herz auszuschütten. Ich hatte es ihr einfach gemacht, indem ich zu ihr gekommen war.

»Was für ein Ultimatum war das?«

»Er will, daß ich hier bleibe und das Kind heimlich zur Welt bringe. Dann sollten Christopher und ich das Haus verlassen. Wir würden all das Geld bekommen, das Garland uns hinterlassen hat. Er erklärte mir, daß er es in Börsengeschäften investiert hat, aber er werde so viel flüssig machen, wie wir brauchten, damit wir irgendwo ein neues Leben beginnen könnten. Dann werde ich auch vollständige Kontrolle über unser Vermögen haben.«

»Aber warum das Kind heimlich zur Welt bringen? Was für einen Unterschied würde es denn machen, wenn du jetzt das Haus verläßt und das Kind irgendwo bekommst, wo niemand dich kennt?«

Sie sah zu Boden. Es gab noch etwas viel Schrecklicheres, etwas, was sie mir bisher noch nicht gesagt hatte.

»Er will das Baby haben«, sagte sie.

»Was?«

»Das Kind soll als das seine ausgegeben werden, als eures.« Sie sprach in großer Hast. »Er sagte, wenn ich damit nicht einverstanden sei, würde er mich anzeigen als Erbschleicherin. Er sagte, da ich nach Garlands Tod schwanger geworden sei, könnte er dafür sorgen, daß seine Anwälte mich vor Gericht brächten. Sie würden mir nachweisen, daß ich eine Frau sei, die praktisch nichts besäße, aber einen wesentlich älteren Mann geheiratet hätte, um an sein Vermögen zu kommen, und die sich nun, da ihr Mann gestorben sei, an Malcolm herangemacht habe, um noch mehr Geld herauszuschlagen. Er sagte, daß es ihm gleich wäre, welches Licht das auf die Familie Foxworth werfen würde. Die öffentliche Meinung würde ihm nicht weh tun; den Schaden hätte nur ich allein.

Er sagte, er würde mich aus dem Haus werfen lassen, ohne daß ich auch nur einen Pfennig bekäme, und mir ein skandalträchtiges Gerichtsverfahren anhängen. Man würde mit Fingern auf mich zeigen und mich meiden wie die Pest. Die Schlagzeilen der Zeitungen und das Gerede würden meiner todkranken Mutter den Rest geben.

Ich weiß nicht einmal, wie ich mich wehren könnte. Ich habe keine Anwälte. Garland hat sich immer um diese Dinge gekümmert, und nach seinem Tod hat Malcolm die Vertretung meiner rechtlichen Angelegenheiten übernommen. So würde ich dann als Witwe mit einem dreijährigen Kind dastehen, auf Gedeih und Verderb der herzlosen Welt ausgeliefert.«

»Er will das Kind für sich?« fragte ich noch einmal.

»Ja. Er sagt, er weiß, daß es ein Mädchen werden wird. Ich soll in den Nordflügel umziehen und dort eingeschlossen leben bis nach der Geburt. Dann wäre ich frei und könnte mit Christopher und meinem gesamten Geld das Haus verlassen.« Sie rang die Hände und blickte mich mit schmerzerfüllten Augen an! »O Olivia, was soll ich nur tun? Du mußt mir helfen, eine Lösung zu finden. Du mußt!«

Ich starrte sie an, und für eine geraume Zeit fühlte ich mich völlig hilflos. Malcolm Neal Foxworth bekam immer, was er wollte. Er hatte eine Tochter gewollt, und nun bekam er eine. In meinem Herzen hatte ich nicht den geringsten Zweifel, daß Alicias Kind ein Mädchen sein würde.

All dies hatte sich direkt vor meinen Augen zugetragen. Zwar hatte ich es gefühlt, aber ich hatte mich dagegen gesträubt, es wirklich zu glauben, und nun mußte ich der bitteren Wahrheit ins Gesicht sehen. Ich konnte jetzt nicht einfach die Tür hinter mir schließen. Ich hatte ebenso Anteil an dieser Sache wie Alicia, weil ich das Entsetzliche nicht verhindert hatte. Malcolm hatte sie auf die gemeinste Weise benutzt und mißbraucht, und sie hatte es nicht verstanden, sich selbst zu schützen.

Am schlimmsten daran war vielleicht, daß sie nun das Kind in sich trug, das meines hätte werden sollen. Denn wenn die Foxworths die Geburt einer Tochter zu vermelden hatten, dann sollte es meine Tochter sein und nicht die ihre.

Und es war in diesem Augenblick, als ich fühlte, wie alle Sympathie, die ich für sie empfunden hatte, sich in Nichts auflöste.

»Olivia«, sagte sie noch einmal, »was soll ich denn nur tun?«

»Tun?« fragte ich. »Ich denke, du hast schon genug getan.« Ich schaute sie an, und schuldbewußt wandte sie die Augen ab. Sie wußte jetzt sehr gut, daß sie es nicht so weit hätte kommen lassen dürfen; aber sie hoffte auch, daß ich irgendeine Lösung fand, die sie retten würde.

Ich blickte auf mein Bild in dem Spiegel über dem Ankleidetisch und bemerkte einen Ausdruck unerbittlicher Strenge, der mich fortan für den Rest meines Lebens begleiten sollte. Granitgraue Augen blickten mir entgegen, und meine fest zusammengepreßten Lippen bildeten eine dünne, leicht gekrümmte Linie, wie sie ein scharfes Messer in einem Stück Fleisch hinterläßt.

»Olivia?« In ihrer Stimme lag verzweifeltes Flehen.

»Es gibt nichts, was du tun könntest«, sagte ich, »außer Malcolm zu gehorchen. Pack deine persönlichen Sachen zusammen. Wir müssen planen und Vorbereitungen treffen. Erzähle in der nächsten Zeit allen Leuten, daß du vorhast, Foxworth Hall zu verlassen, dann wird es niemandem auffallen, wenn du dich in das Versteck zurückziehst.«

»Aber was wird aus Christopher? Jemand muß sich um Christopher kümmern.«

»Christopher wird nicht bei dir sein«, sagte ich und überlegte, noch während ich sprach.

»Was? Was sagst du da?«

»Du wirst bekanntgeben, daß du auf eine ausgedehnte Reise gehen willst und daß in dieser Zeit Christopher hierbleiben soll. Diese Reise ist angeblich eine Vorbereitung auf dein neues Leben. Niemand braucht die Details zu wissen, vor allem nicht die Dienerschaft. Falls es jemand genauer wissen will, sagen wir, du seist auf der Suche nach einem neuen Ehemann«, fügte ich noch hinzu und war sehr zufrieden über diesen Einfall. Auf ihrem Gesicht waren Schrecken und Bestürzung zu lesen.

»Von meinem Kind getrennt werden? Diese ganzen Monate über? Er ist doch noch ein kleiner Junge, eben drei Jahre alt und schon vaterlos. Er braucht doch seine Mutter. Ich weiß, daß er Mal und Joel sehr gern mag und daß es ihm gefällt, mit ihnen zusammenzusein, aber...«

»Es wird ihnen nicht erlaubt sein, in den Nordflügel zu kommen«, sagte ich, ohne auf ihre Einwände einzugehen. »Du wirst das Zimmer ganz hinten nehmen, das mit dem eigenen Bad. Es ist das Zimmer«, fügte ich hinzu, »das du für so aufregend hieltest, weil von seinem Wandschrank ein Gang nach oben zum Dachboden führt.«

»Aber es ist doch völlig verdreckt und vollgestopft mit Gerümpel. Dort kann ich bestimmt nicht wohnen.«

»Du wirst das Beste daraus machen«, sagte ich. Ich mußte ihr klarmachen, daß sie zu einem guten Teil Schuld und Verantwortung auf sich geladen hatte für das, was mit ihr geschehen war.

»Aber was wird mit dem Unterricht, den Mal und Joel dort hinten in den Räumen bekommen? Was ist mit Mr. Chillingworth?«

»Sie werden damit aufhören müssen«, antwortete ich und war ganz froh, endlich einen Grund gefunden zu haben, dies zu unterbinden. »Malcolm wird keine andere Wahl haben, als dem zuzustimmen. Die Jungen werden in die Schule geschickt. Es ist sowieso besser, wenn sie aus dem Hause sind. Dadurch vermindert sich das Risiko, daß sie etwas entdecken.«

»Die Hausmädchen und die Dienerschaft«, sagte sie. Sie griff nach allem, was dieses Schicksal hätte von ihr abwenden können. Mich amüsierten ihre aberwitzigen Fragen und ihr verzweifelter Versuch, einen Grund zu finden, warum Malcolms Plan nicht ausgeführt werden konnte.

»Diejenigen, die jetzt bei uns arbeiten, werden wir alle entlassen. Sie werden das Haus verlassen und denken, daß auch du das Haus verläßt, mehr noch, sie werden glauben, ich sei schwanger«, sagte ich. Mir gefiel der Gedanke sehr, daß sie mich für schwanger halten würden. Es würde fast so sein, als bekäme ich wirklich ein Kind.

»Auch Mrs. Wilson?«

»Alle. Olsen vielleicht nicht. Olsen hält sich nicht sehr oft im Haus auf, und außerdem ist er geistig etwas beschränkt. Ich glaube, mit Olsen wird es keine Probleme geben, und ich bin auch ziemlich zufrieden damit, wie er den Garten in Ordnung hält.«

»Aber auch ein neues Hausmädchen wird nicht umhin können, zu mir heraufzukommen. Sie wird alles herausfinden.«

»Kein einziges Hausmädchen wird zu dir hinaufkommen; das werde ich selber machen.«

»Du?«

»Ich werde dir alles bringen, was du brauchst«, sagte ich. Sie würde in allem vollständig von mir abhängig werden – was ihr Essen, ihre Kleidung, ihre Toilettensachen, ja sogar ihre Zahnbürste anging.

»Aber der Arzt«, hauchte sie und meinte, einen Fluchtweg gefunden zu haben.

»Wir werden keinen Arzt brauchen. Später dann werden wir

eine Hebamme besorgen. Du bist jung und gesund. Es wird keine Probleme geben.«

»Ich habe Angst«, sagte sie.

»Was hast du denn für eine Alternative?« Mit jedem Satz merkte ich, wie meine Macht über sie wuchs. Mein Gehirn arbeitete fieberhaft, um auf jede einzelne Frage schnell eine Antwort zu finden. Seit ich nach Foxworth Hall gekommen war, fühlte ich zum ersten Mal, daß ich Macht besaß. Ja, nun endlich war ich wirklich die Herrin von Foxworth Hall. »Du hast recht, wenn du befürchtest, daß Malcolm seine Drohungen wahrmachen wird. Und wie würdest du dich fühlen, wenn du für Malcolms Kind zu sorgen hättest, nach allem, was er dir angetan hat? Du könntest gar nicht anders, als deine Enttäuschung und deinen Schmerz an dem armen, hilflosen Kind auszulassen«, sagte ich.

»Ich würde nie...«

»Eine Frau ohne einen Penny in der Tasche, die für zwei Kinder zu sorgen hat?«

»Ich weiß nicht, ob ich es tun kann«, sagte sie verzweifelt. Sie sah auf ihre Hände, die sie im Schoß gefaltet hielt, dann blickte sie mich niedergeschlagen an. »Wenn ich doch nur wüßte, ob du mir auch wirklich helfen willst.«

»Ich sagte schon, was ich für dich tun würde, aber ich werde sicherlich nicht meine ganze Zeit bei dir im Nordflügel verbringen«, antwortete ich. »Du darfst dir darüber keine falschen Illusionen machen.«

Sie nickte; nun hatte sie sich mit ihrem Schicksal abgefunden. Wenn ich in diesem Ton mit ihr sprach, spürte ich meine Macht noch stärker. Ich würde zwar niemals so wohlgewachsen und so schön sein wie sie, aber schließlich hatte sich ja erwiesen, daß ihre Schönheit eine Schwäche war und ein Unglück. Ich würde sie auf einen dornenreichen Weg führen, einen Weg, wie er mir niemals bestimmt sein würde.

Auf seltsam anrührende Weise erschien sie mir wie eine dieser Miniaturpuppen in meinem verglasten Puppenhaus. Ich hatte so oft davon geträumt, sie in die Hand nehmen zu können, und das Verbot meines Vaters hatte mich mit Bitterkeit erfüllt.

Doch Alicia hatte ich nun in der Hand. Es lag an mir, ob sie lächeln oder das Gesicht vor Schmerz verzerren würde. Ich konnte sie zum Lachen oder zum Weinen bringen. Sie war mir so hilflos ausgeliefert wie eine kleine Puppe.

»Ich werde mit Malcolm sprechen«, sagte ich, »und von ihm verlangen, daß er mich in alles einweiht, auch in die Fragen, was das Geld angeht.« Sie blickte mich mit hoffnungsvollen Augen an. Ich genoß das Gefühl meiner Macht über sie. Mit einem einzigen simplen Satz hatte ich dafür gesorgt, daß sie neu auflebte.

»Vielleicht kannst du ihn umstimmen. Vielleicht gelingt es dir, ihm klarzumachen, daß es besser wäre, wenn ich jetzt gleich das Haus verließe.«

»Vielleicht. Aber mache dir keine großen Hoffnungen. Malcolm hat sich noch nie in irgendeiner Frage umstimmen lassen.«

»Aber er hört doch auf dich!«

»Nur, wenn es ihm paßt. Und auch nur dann, wenn es seinen Absichten zugute kommt.«

»Wenn du dich weigerst, mitzumachen, kann sein Plan nicht gelingen. Du könntest ihm alles zunichte machen.«

»Ich könnte schon, aber die Alternative ist für dich keine besonders gute, nicht wahr, meine Liebe?« sagte ich. »Er würde ganz einfach seine Drohungen wahrmachen. Du mußt dies jetzt aus einem anderen Blickwinkel sehen. Ohne mich wirst du das Haus völlig mittellos verlassen.«

Das hoffnungsvolle Lächeln auf ihrem Gesicht verschwand. Ich fühlte mich wie ein Marionettenspieler: Mit einem kurzen Zug an einer Schnur hatte ich sie wieder in einen Zustand der Verzweiflung versetzt. Von heute an würde sie nicht mehr trällernd und hüpfend Foxworth Hall unsicher machen, wenn ich es nicht zuließe.

Sie ließ sich auf das Bett zurückfallen und fing zu weinen an.

»Das würde ich besser bleiben lassen, Alicia. Du mußt darauf achten, daß du stark bleibst und gesund. Wenn du das alles durchmachst und mit dem Baby würde etwas geschehen...«

»Was?« Sie starrte mich mit erschrockenen, weit aufgerissenen Augen an, ihre Lippen hatte sie zusammengepreßt.

»Ich weiß nicht, was Malcolm dann tun würde, aber er würde glauben, du hättest das Baby mit Absicht verletzt oder getötet.«

»Ich würde... ich könnte so etwas nie machen.«

»Natürlich könntest du das nicht, aber Malcolm würde es dennoch glauben. Verstehst du denn nicht? Du wirst ausreichend essen müssen und dafür sorgen, daß du bei Kräften bleibst.«

»Aber Olivia, ich werde mir... wie eine Gefangene vorkommen.«

»Ja«, sagte ich, »ich weiß. Aber wir sind alle Gefangene auf die eine oder auf die andere Weise, Alicia. Deine Schönheit ist schuld daran, Alicia.« Ich wollte nun gehen und drehte mich um.

»Aber eines Tages wird sie mir die Gefängnistür aufschließen«, sagte sie trotzig. Ich drehte mich wieder zu ihr um und lächelte.

»Das hoffe ich, meine liebe Alicia. Aber gegenwärtig solltest du deine Schönheit besser verborgen halten. Wer weiß denn, was Malcolm beim nächsten Mal tun wird, wenn er dich sieht? Wir beide wissen doch, was er im Auge hat, und wir beide wollen doch nicht, daß er mit dir noch einmal das macht, was er so gerne möchte. Wenn du in diesem Zimmer im Nordflügel wohnst, wirst du noch schutzloser sein, als du es jetzt schon bist, nicht wahr?« Ich hatte laut nachgedacht; meine Worte ließen ihr Gesicht vor Schreck erstarren.

»Was soll ich denn tun? Ich kann doch nicht über Nacht fett und häßlich werden!«

»Nein, das kannst du nicht. Aber wenn ich du wäre, würde ich mir mein Haar so bald wie möglich abschneiden.«

»Mein Haar!« Sie hielt schnell beide Hände an den Kopf, so, als ob man ihr das Haar bereits abgeschnitten hätte. »Das könnte ich niemals tun. Garland hat mein Haar geliebt. Er verbrachte ganze Stunden damit, es durch seine Finger gleiten zu lassen.«

»Aber Garland ist tot, Alicia. Außerdem kannst du es eines Tages wieder wachsen lassen. In Ordnung?« Sie antwortete nicht. »In Ordnung?« Ich bestand darauf, eine Antwort zu bekommen.

»Ja«, flüsterte sie fast unhörbar.

»Nachdem wir bekanntgegeben haben, daß du abreist und du in den Nordflügel umgezogen bist, bringe ich die Schere. Ich selbst werde dir dein Haar abschneiden.«

Sie nickte langsam, aber das genügte mir nicht.

»Ich sagte, ich selbst werde es tun.«

Sie sah zu mir hoch.

»Ich danke dir, Olivia.«

Ich lächelte.

»Ich tue, was ich kann«, sagte ich. »Aber du mußt immer daran denken, daß auch ich in einer schwierigen und unbequemen Lage bin.«

»Das weiß ich, und das tut mir leid. Bitte glaube mir das.«

»Ich glaube dir«, sagte ich. »Leg dich jetzt hin. Später werden wir uns über alles Weitere unterhalten.«

Sie legte sich auf dem Bett zurück, und ich verließ das Schwanenzimmer, wobei ich die Tür sanft hinter mir schloß. Dann ging ich zum oberen Ende der Wendeltreppe und blickte auf die Empfangshalle dieses prächtigen Hauses hinunter. Der erste Morgen kam mir wieder in den Sinn, als ich hier gestanden hatte und langsam hinabgestiegen war, mit dem Gefühl, bei jedem Schritt zu wachsen. Ich sollte die Herrin dieses Hauses werden. So vieles war geschehen seit jenem Morgen, was meine Autorität und meine Position ins Wanken gebracht hatte, aber nun, als ich hinabging, fühlte ich, daß ich größer, stärker und weiser geworden war.

Mrs. Steiner, die gerade aus Malcolms Schlafzimmer kam, wo sie aufgeräumt und saubergemacht hatte, stand plötzlich vor mir. Sie bewegte sich so vorsichtig, daß ich fast vermutete, sie habe an der Tür zum Schwanenzimmer gelauscht, während Alicia mir alles beichtete.

»Fühlt Mrs. Foxworth sich nicht wohl?« fragte sie. Den Dienstboten bereitete es immer ein wenig Schwierigkeiten, von Alicia als ›Mrs. Foxworth‹ zu sprechen, wenn sie mit mir redeten. Ich wußte, daß sie lieber ›die junge Mrs. Foxworth‹ gesagt oder sich die Freiheit herausgenommen hätten, sie bei ihrem Vornamen zu nennen. Ich blickte Mrs. Steiner streng an, und sie zuckte zurück. »Ich meine, ich hätte gerne gewußt, wann ich ihr Zimmer aufräumen darf.«

»Heute werden Sie ihr Zimmer nicht aufräumen«, sagte ich.

»Sehr wohl, Ma'am«, sagte sie. Sie ging eine Schrittlänge hinter mir her.

»Sie hat Kopfschmerzen«, fügte ich hinzu, »aber es ist nichts Ernstes.«

Mrs. Steiner nickte. Ich beobachtete sie, wie sie rasch die

Treppe hinabstieg, um schnell aus meiner Nähe zu kommen. Es macht ihr bestimmt nichts aus, wenn sie entlassen wird, dachte ich. Obgleich sie schon lange hier ist und wir sie gut bezahlen.

Malcolm würde dafür sorgen, daß sie und die übrigen Diener eine gute Abfindung bekamen. Und die neuen Hausangestellten würden strikte Anweisung erhalten, den Nordflügel nicht zu betreten.

Es gab viele Dinge, die er nun erledigen mußte. Er würde tun müssen, was ich verlangte. In Gedanken beschäftigte ich mich damit, wie er mir wohl die ganze Sache erklären würde, denn ich würde ihn mit Alicias Geständnis konfrontieren, sobald er nach Hause gekommen war. Sicher war es seine Absicht gewesen, selbst Ort und Zeit zu bestimmen, um mich über die Lage der Dinge aufzuklären. Aber ich würde ihm seine Strategie zunichte machen und alles daransetzen, ihm das Heft aus der Hand zu nehmen.

Alles würde meinem – und nur meinem – Willen unterworfen sein, und auch Malcolm würde sich mir beugen müssen. Ich würde alles restlos unter meiner Kontrolle halten. Das würde meine Rache sein für alle Demütigungen, für die Zerstörung aller meiner Hoffnungen und Träume. Aber ich hatte Alicia nicht angelogen, als ich ihr sagte, daß wir alle auf die eine oder andere Weise Gefangene seien. Denn nachdem Alicia mir erzählt hatte, was sich zwischen ihr und Malcolm ereignet hatte, stand mein Entschluß fest: Ich würde meine Gefangenschaft akzeptieren – und Herrin meines Gefängnisses sein.

11. KAPITEL

Malcolms Niederlage

In seiner üblichen Arroganz zeigte Malcolm weder Reue noch Schuldbewußtsein oder Scham. Als er in jener Nacht nach Hause kam, folgte ich ihm in sein privates Arbeitszimmer, in das er sich allabendlich vor dem Essen zurückzog und das zu betreten jedem im Haus untersagt war, außer Malcolm selbst und dem Dienstmädchen, das hier einmal die Woche saubermachte. Als ich die breite Eichentür ohne anzuklopfen öffnete, blickte mich Malcolm verblüfft und wütend zugleich an. »Was willst du hier, Olivia?« fragte er barsch.

Ich setzte eine steinerne Miene auf und legte einen überheblichen und höhnischen Ton in meine Stimme. »Ich bin hier, um mit dir über dein neues kleines Baby zu sprechen«, sagte ich. Dann hielt ich ihm Alicias Geschichte vor. Voller Zorn schleuderte ich ihm alle Einzelheiten seiner Lüsternheit und Dreistigkeit ins Gesicht. Draußen tobte heulend ein Frühlingssturm; Wolkenfetzen jagten am Fenster hinter Malcolms Schreibtisch vorbei. Man konnte meinen, im nächsten Augenblick würde der Sturm ins Zimmer hereinbrechen und uns vernichten. Aber der Sturm war lange nicht so zornig und so aufgewühlt wie ich, und wenn hier jemand einen anderen zermalmen würde, so war ich das.

»Du spielst das alles viel zu hoch, Olivia«, sagte Malcolm und ordnete dabei auf dem Schreibtisch die Federhalter.

Während ich sprach, warf die Lampe einen Schein auf sein Gesicht, der seine Augen verdunkelte. Der Sturm hatte mittlerweile das Elektrizitätssystem beschädigt, so daß die Lampen ständig flackerten. Da die Fenster fest verschlossen waren, um den heftigen Regen draußen zu halten, der nun wütend gegen die Scheiben schlug, konnte man den Eindruck gewinnen, als säßen wir beide gefangen in seinem Arbeitszimmer. Malcolm starrte weiterhin auf die Papiere auf seinem Schreibtisch. Selbst jetzt schien er ruhig und gelassen zu sein. Er beschäftigte sich mit seinen Papieren und gab vor, daß die ganze Angelegenheit ihn nur wenig interessiere. Geduldig wartete ich, bis er seine Dokumente zu zwei Stößen geordnet hatte.

Ich wußte, warum er mich nicht beachtete. Es war eine erste Kraftprobe.

Ich war entschlossen, weder loszuheulen noch zu schreien. Ein hysterisches Verhalten würde meine Position nur schwächen und bewirken, daß ich meine Macht und meine Würde verlor. Schließlich blickte er zu mir hoch.

»Olivia, ich wollte noch ein Kind, eine Tochter, und jetzt werde ich eine bekommen«, sagte er mit ruhiger Stimme.

»Welches Recht nimmst du dir heraus, daß du annehmen kannst, ich würde in meinem Haus ein Kind, das einer solch abscheulichen Sünde entstammt, akzeptieren? Meinst du denn, du könntest dies ohne mein Zutun bewerkstelligen?« fragte ich ihn mit noch leiser Stimme und hielt dabei meine Arme vor dem Oberkörper verschränkt, ohne die Hände zu verkrampfen. Ich wollte nicht, daß meine Körperhaltung die Spannung verriet, die langsam in mir wuchs. Von Malcolm hatte ich ja gelernt, wie man sich einer Maske bediente.

»Ich meine, das sollte dir doch genehm sein«, sagte er mit einem gemeinen Ausdruck in seinem Gesicht. Locker lehnte er sich in seinen Stuhl zurück.

»Erinnere dich, Olivia, als wir darin übereinkamen zu heiraten, galt als Voraussetzung, daß du zahlreiche Kinder zur Welt bringen würdest, was ich ja unmißverständlich verlangt hatte. Damals wie heute habe ich eine genau umrissene Vorstellung, was eine Frau der Familie Foxworth zu sein hat. Du wußtest, was ich wollte, und doch hast du mich im Stich gelassen.«

»Das ist unfair! Es war keineswegs so, daß ich nicht noch weitere Kinder gewollt hätte«, sagte ich, während ich einen Schritt auf ihn zumachte.

»Dennoch, meine liebe Olivia, Tatsache ist, daß du keine weiteren Kinder mehr bekamst. Ob du es nicht konntest oder nicht wolltest, ist dabei unwichtig«, sagte er.

»Also bist du losgezogen und hast die Frau deines Vaters vergewaltigt?« fragte ich mit sarkastischem Lächeln.

Auch er lächelte, um zu zeigen, daß man ihn nicht einschüchtern konnte. Wie ich dieses kalte, abschätzige Grinsen haßte!

»Wenn dir diese Vorstellung gefällt, so darfst du das gerne weiterhin glauben.«

»Was heißt denn ›diese Vorstellung‹! Alicia hat mir das alles genau geschildert«, sagte ich.

»Was hätte sie denn anderes erzählen sollen? Olivia, manchmal bist du mit Blindheit geschlagen. Was glaubst du denn, was hier so vor sich ging, auch als mein Vater noch lebte? Hast du gemeint, daß ein Mann seines Alters den Appetit eines solchen Mädchens befriedigen kann? Sie machte mir schon sehr bald schöne Augen und fand Gelegenheiten, mich wie zufällig irgendwo im Haus allein zu treffen, um mich mit bestimmten Körperbewegungen, mit einem Stück entblößter Haut da oder dort in Versuchung zu führen. Wie oft hat sie eine Entschuldigung gefunden, um zu mir in die Bibliothek zu kommen und sogar... in mein Zimmer«, sagte er mit hochgezogenen Augenbrauen.

»Du erfindest das jetzt alles, um deine abscheuliche Tat zu rechtfertigen.«

»Tue ich das?« Er lächelte höhnisch.

»Und ob. Ich weiß, daß sie dich abschütteln wollte, daß du ihr nachgestellt hast, sogar als Garland noch lebte.«

Wieder grinste er. Ich würde ihm dieses dümmliche Grinsen schon noch austreiben. Ich durchbohrte ihn mit den Augen. »Ich habe alles genau beobachtet!«

»Ach ja? Was hast du beobachtet?« Ich bemerkte die Verwirrung in seinen Augen und sah, wie sich seine Augenbrauen zusammenzogen und seine Stirn sich runzelte.

»Es war damals am See. Du bist ihr nachgegangen und hast versucht, dich auf sie zu stürzen, aber sie hat dich abgewehrt. Ich war hinter den Büschen und habe alles gesehen und gehört.« Ich schleuderte ihm die Worte wie kalte, harte Steine ins Gesicht, um ihn endlich aus der Fassung zu bringen.

»Du Närrin!« Der Zorn stieg ihm ins Gesicht. »Du hast geglaubt, wenn du mir nachspionierst, könntest du die Wahrheit herausfinden. Du hast nur die halbe Wahrheit gefunden. Sie wollte mich lüstern machen und dann verführen. Warum, meinst du, bin ich an jenem Nachmittag so früh nach Hause gekommen und zum See gegangen? Sie hatte alle nur möglichen Andeutungen hinterlassen, daß sie dort sein und nackt schwimmen würde. Sie wollte, daß ich käme, damit sie mich quälen konnte. Das war ihr ein Genuß.

Später dann«, fuhr er fort, »war sie nicht mehr so sehr darauf bedacht, mich abzuwehren.«

»Lächerlich! An jenem Tag, bevor sie zum See ging, bat sie mich, ich solle sie begleiten.« Ich sah ihm offen ins Gesicht. Jetzt hatte ich ihn bei einer Lüge ertappt.

»Sie wußte doch genau, daß du nicht mitkommen würdest. Das war ihre Methode, um sicherzustellen, daß du nicht in der Nähe bist, wenn ich auftauchen würde. Natürlich hat sie nicht damit gerechnet, daß du herumschnüffelst«, sagte er nachdenklich.

»Du bist ein Lügner!« Um meinen Worten Nachdruck zu verleihen, schlug ich mir mit der Faust auf den Schenkel. Ich hatte ihn ins Wanken gebracht, aber er wich nicht zurück.

»So? Warum glaubst du, daß Garlands Tod so schwer auf ihr lastet? Sie hat daran größere Schuld als du meinst. In jener Nacht wollte sie, daß ich zu ihr aufs Zimmer komme.«

»Sie wollte das von dir? Von dir? Ich hab' doch gesehen, wie zerrissen ihr Nachthemd war, ich hab' gesehen, was du getan hast: Du bist über sie hergefallen!«

Er grinste immer noch kühl und dreist. »Das war so ihre Art. Sie mochte es, wenn man grob wurde. Dadurch wollte sie ihr Gewissen beruhigen, wenn sie nachher mit vollem Herzen bei der Sache war.«

»Du bist verrückt!«

»Nein, Olivia, ich bin sicherlich nicht verrückt. Du bist es, die verrückt ist; du weißt und verstehst doch kaum etwas von dem, was Männer und Frauen miteinander anstellen. Du hast so wenig Ahnung davon, weil du selbst so wenig eine Frau bist, außer natürlich deiner Körpergröße nach.«

O ja, er wußte, wie er mir wehtun konnte, wie er mir die Schuld für seine Untreue in die Schuhe schieben konnte. Aber wenn das wahre Wissen darin lag, sich in der Sünde und der Wollust auszukennen, so blieb ich lieber unwissend. »Ich glaube dir kein einziges Wort«, zischte ich.

»Glaub doch, was du willst. Du willst es nicht glauben, Olivia, weil du nicht der Tatsache ins Auge sehen willst, daß du als Frau auf der ganzen Linie eine Enttäuschung bist. Abgesehen davon, daß du nicht fähig bist, mir weitere Kinder zu schenken, bist du auch unfähig, mir Wärme und liebevolle Zuneigung zu geben. Das liegt nicht in deiner Natur, schon von jeher.

Ich habe das so lange hingenommen, wie ich glaubte, daß du dich um alle anderen Dinge ausreichend kümmerst. Du hältst das Haus vorzüglich in Ordnung; du vermittelst der Gesellschaft einen recht passablen Eindruck von uns, aber ich kann mich nicht erinnern, daß ich, wann immer ich auch an deinem Schlafzimmer vorbeikam, auch nur ein einziges Mal die zwingende Notwendigkeit verspürt hätte, zu dir hineinzugehen«, fügte er noch hinzu.

Ich konnte es keine Sekunde länger aushalten. »Ja, meine Natur sei wie sie will, aber wenn du in mein Schlafzimmer gekommen wärst, hättest du niemals eine Frau vorgefunden, die wie deine Mutter ist.«

»Du jämmerliche Figur«, sagte er.

»Ich bin so, wie ich bin; du bist auch so, wie du bist«, antwortete ich und fand meine Selbstbeherrschung wieder. »Deine Drohungen haben keine Wirkung mehr. Die Würfel sind gefallen. Oben in jenem Zimmer sitzt eine Frau, die mit deinem Kind schwanger ist, einem Kind, das in den Augen der Welt unser Kind sein wird. Und so wird es sein: Ich übernehme das Kommando über alles, ich bestimme, wie jeder einzelne Akt dieses Possenspiels ausgeführt wird«, sagte ich und kostete dabei das Gefühl der Macht aus, die ich über ihn hatte.

»Was bedeutet das?«

»Was das bedeutet? Das bedeutet, daß wir deinem erbärmlichen Plan folgen, aber ich werde es sein, die sagt, wie er durchgeführt wird. Alicia wird sich im Nordflügel verborgen halten, bis das Baby zur Welt kommt. Wir werden die Nachricht verbreiten, daß sie in wichtigen familiären Angelegenheiten abreist. Christopher wird bei mir bleiben, und du wirst ihn behandeln, als sei er einer deiner eigenen Söhne. Wenn wir Alicias Abreise inszenieren, möchte ich, daß du anwesend bist, Malcolm. Anschließend werde ich die gesamte Dienerschaft entlassen, alle außer Olsen. Du wirst jedem von ihnen einen Jahreslohn als Abfindung zahlen.« Ich wußte, daß meine Augen jetzt so kalt und scharf waren wie Stahl und ihn durchbohrten wie Pfeile.

»Ein ganzer Jahreslohn!«

»Nein, besser noch zwei Jahreslöhne! Ich will, daß sie sehr, sehr zufrieden sind, wenn sie gehen. Wenn Alicia zurückgekommen sein wird und sich im Nordflügel heimlich verborgen hat, wirst du ein paar neue Diener einstellen, die die üblichen Arbeiten ausführen. Und du wirst dafür sorgen, daß keiner dieser Diener jemals den Nordflügel betritt.«

Ich sah, wie er vor Wut kochte.

»Des weiteren wirst du niemals deinen Fuß in den Nordflügel setzen, solange sie dort ist. Falls du es dennoch tun solltest, werde ich unverzüglich diesem Schmierentheater ein Ende bereiten, ganz gleich, welche Schmach die Enthüllung uns bereiten wird. Dies ist mein Ernst, Malcolm. Hast du verstanden, und stimmst du mir zu?« Ich blickte ihn gespannt an. Er wußte, daß er mir jetzt nicht ins Gesicht lügen konnte, denn ich würde die Lüge in seinen Augen erkennen.

»Ich habe kein anderes Interesse an ihr, als dafür zu sorgen, daß sie ein gesundes Kind zur Welt bringt.«

»Stimmst du also meinen Vorschlägen zu?« beharrte ich.

»Ja, ja.« Zum ersten Male überhaupt sah ich bei Malcolm Zeichen der Schwäche. Seine Schultern hingen schlaff nach unten, in seinem Gesicht war Verstörtheit zu lesen. Ich weidete mich an meiner neuen Macht und genoß jede Sekunde in vollen Zügen.

»Gut«, sagte ich schließlich. »Ich werde sie vollständig in meine Obhut nehmen. Du wirst mit ihr nichts mehr zu tun haben. Sobald wir die Dienste einer Hebamme benötigen, werde ich dich informieren, und du wirst dich darum kümmern und sie herschaffen.«

»Genau das wollte ich eben vorschlagen«, sagte er.

»Aber du hast es nicht getan, nicht wahr, Malcolm? Ich habe bereits selbst an alles gedacht«, sagte ich und fuhr fort: »Nachdem sie das Baby zur Welt gebracht hat, wird sie unverzüglich das Haus verlassen, aber nicht bevor ihre finanzielle Situation in der Weise geregelt ist, wie Garland das gewollt hatte. Geschäft ist schließlich Geschäft«, sagte ich mit einem Ton in der Stimme, der so kaltschnäuzig war wie der letzte Satz. Da grinste er wieder verächtlich.

»Ein solches Vermögen einem Kind in die Hand zu geben...«

»...einem Kind, das von dir ein Baby bekommen wird«, gab ich ihm zurück. Sein Grinsen erstarb. »Wenn sie schon alt genug ist und in der Lage, dein Kind auszutragen, dann wird sie auch einen Teil deines Vermögens nehmen können.«

»Offen gesagt, Olivia, deine mütterliche Besorgtheit um sie rührt mich tief«, sagte er. Er versuchte verzweifelt, die Kontrolle über die Situation wiederzugewinnen, indem er sich hinter dem Schutzschild des Sarkasmus verbarg. Er wollte mich demütigen, indem er Alicia gegen mich ausspielte. Aber jetzt war ich es, die Gleichmut und Selbstbeherrschung zur Schau stellte.

»Es ist nun meine Angelegenheit, wie sie ist und was du aus ihr gemacht hast«, sagte ich entschieden und baute mich arrogant und dreist vor ihm auf. Er war in seinem Schreibtischstuhl zusammengesunken. Draußen ließ der Sturm allmählich nach. Ich konnte sogar schon einige helle Streifen durch die grauen Wolken blinzeln sehen, Wolken, die so grau waren wie nunmehr Malcolms Gesicht.

»Nun zu etwas anderem«, sagte ich. »Der Unterricht für die Jungens auf dem Dachboden muß aufhören.«

»Wieso denn? Sie sind doch genügend weit weg von hier, und außerdem verbringen sie nur einen Teil des Tages dort oben«, sagte er.

»Wir können nicht das Risiko eingehen, daß Mr. Chillingworth etwas entdeckt, und auch die Jungens dürfen niemals erfahren, daß Alicia dort ist. Kannst du dir vorstellen, was passiert, wenn Christopher entdeckt, daß seine Mutter eingesperrt ist? Mal und Joel sollen einmal glauben, daß das Kind, das zur Welt kommen wird, ihr Bruder beziehungsweise ihre Schwester ist. Sie dürfen niemals herausfinden, daß Alicia auf die Entbindung wartet.«

»Es wird ein Mädchen sein«, sagte er, »und ihre Schwester.«

»Halbschwester«, korrigierte ich ihn. »Aber sie werden glauben, es sei ihre richtige Schwester. Ich könnte es nicht ertragen, wenn meine Söhne erfahren würden, daß ihr Vater zusammen mit der Frau seines Vaters ein Kind gezeugt hat. Es gibt solche Sünden und solche. Aber nicht einmal deine großzügigen Zuwendungen an die Kirche können das Übel, das du angerichtet hast, wiedergutmachen.«

Er schüttelte den Kopf. Ich fühlte, daß es nur mehr wenig bedurfte, ihm den Rest zu geben; dieses Gefühl bestärkte mich noch.

»Was wird aus ihrer Erziehung?«

»Sie werden in die Schule gehen, wie andere normale Kinder auch. Morgen entläßt du Mr. Chillingworth und triffst die Vorbereitungen für ihren Eintritt in eine öffentliche Schule«, sagte ich, wobei ich die Betonung auf das Wort »öffentlich« legte. Er zuckte zusammen und starrte mich mit haßerfüllten Augen an, aber je haßerfüllter sein Blick war, um so zufriedener fühlte ich mich.

»Noch etwas?« fragte er mit bitterer Stimme.

»Du überweist für jeden unserer Söhne eine Million Dollar auf ein Sperrkonto, wo das Geld bleibt, bis sie achtzehn sind.«

Er sprang fast von seinem Stuhl hoch. »Was? Du bist verrückt! Warum sollte ich das tun?«

»Damit sie zumindest teilweise selber über ihr Leben bestimmen können und du sie nicht völlig unter deiner Fuchtel hast«, antwortete ich.

»Das werde ich niemals tun. Eine tollkühne Geldverschwendung wäre das, sonst nichts. Was wissen denn Jungs in diesem Alter schon davon, wie man mit solch einem Vermögen umgeht?«

»Du wirst das sehr wohl tun, und zwar unverzüglich. Setz deine Anwälte in Gang und mach die Dokumente bis Ende der Woche fertig. Du wirst sie mir aushändigen, und ich werde sie sicher aufbewahren«, sagte ich und machte dabei eine wegwerfende Handbewegung, die ich von ihm gelernt hatte und mit der ich andeutete, daß ich keine weitere Diskussion über dieses Thema dulden würde.

»Eine Million Dollar für jeden?« Er mußte der unvermeidlichen Tatsache ins Auge sehen, daß er kaum etwas dagegen einwenden konnte.

»Betrachte es als... eine Geldstrafe«, sagte ich. Wieder starrte er mich an, diesmal aber weniger mit einem haßerfüllten Blick als mit dem Blick eines Mannes, der – vielleicht zum ersten Mal – erkennen mußte, daß er es mit einem ernstzunehmenden Gegner zu tun hatte. Ich glaube sogar, daß er mir auf seine verquere Art in jenem Moment Respekt zollte, auch wenn ihm alles zuwider war, was ich von ihm verlangte.

»Gibt es noch etwas?« fragte er, und in seiner Stimme lag Müdigkeit und Niedergeschlagenheit.

»Im Augenblick nicht. Wir beide haben jetzt genug zu tun. Ich schlage vor, wir packen es an.«

Ich werde niemals vergessen, wie ich mich fühlte, als ich mich umdrehte und die Bibliothek verließ. Zum ersten Male war mir meine körperliche Größe keine Pein, denn ich hatte das Gefühl, meiner Größe angemessen gehandelt zu haben. Mir war es gelungen, etwas in den Griff zu bekommen, was für mich sehr traurig und tragisch hätte ausgehen können, und ich hatte sogar Nutzen daraus gezogen. Malcolm, der bisher immer seinen Willen durchgesetzt hatte und immer als Sieger hervorgegangen war, hatte diese Schlacht verloren.

Ich trat in die Halle hinaus und blickte nach oben, wo Alicia darauf wartete, daß man ihr den Urteilsspruch und ihr künftiges Schicksal verkündete. Es war nicht Malcolm, der nach oben ging und es ihr sagte, nein, ich war es. Ich war es, die die Treppe hinaufschritt; ich war es, die die Nachrichten und die Befehle überbrachte. Ich war es, die bestimmte, welche Dinge geschehen und wie die Leute sich verhalten sollten. Ich war es, die über Licht und Dunkel in Foxworth Hall entschied. Ich allein würde bestimmen, ob Türen verschlossen, Fenster geöffnet, Lichter angezündet oder gelöscht werden sollten. Ich allein würde entscheiden, ob das Sonnenlicht hereinströmen durfte und wann die Vorhänge zugezogen wurden. Ich allein würde nach meinem Gutdünken über Freude und Glück, Trauer und Schmerz gebieten.

Ohne vorher anzuklopfen, öffnete ich die Tür zum Schwanenzimmer. Auch solche Höflichkeitsformen waren fortan eine Sache meines Ermessens. Alicia, die gerade gebadet und ihr schönes Haar gewaschen hatte, band sich hastig ein Handtuch um und griff nach ihrem Kleid.

»Setz dich«, befahl ich ihr. Fügsam wie ein kleines Kind ließ sie sich auf dem Bett nieder. Als sie mich mit weit aufgerissenen Augen anblickte und ich die Angst vor dem, was nun kommen würde, auf ihrem Gesicht las, beschloß ich, mir Zeit zu lassen. Ich trat ans Fenster, um auf den hellgrauen Himmel, der schon im Halbdunkel lag, hinauszuschauen. Es hatte aufgehört zu regnen, und die Wolken trieben rasch Richtung Osten. Der Anblick der so schnell sich verändernden Formationen am Himmel verlieh mir noch mehr innere Kraft.

Ich ging hinüber zum Ankleidetisch und sah mir Alicias Puderdöschen und Parfumfläschchen an. Die Parfums waren von verführerisch weiblichem Duft. Sie erfüllten die Atmosphäre mit dem Versprechen der Liebe und der Leidenschaft. Von diesem Ankleidetisch schien etwas Magisches auszugehen. Gleich, welches häßliche Entlein sich hier hinsetzen mochte – es hätte sich im Handumdrehen in die attraktivste und anziehendste Frau verwandelt, die man sich nur vorstellen konnte, eine Frau, die jedes Männerherz schmelzen lassen würde. Jedesmal, wenn Malcolm diese duftigen Wohlgerüche eingeatmet hatte – dessen war ich mir sicher –, mußten ihm amouröse Gedanken und Träume durch den Kopf gehen. Diese Düfte verweilten noch in der Luft, lange nachdem Alicia durch ein Zimmer gegangen oder die Treppe hinabgestiegen war. Angelockt von diesen verheißenden Düften, würde Malcolm wie ein Hund die Witterung aufnehmen und ihrer Fährte folgen. Aber dem würde ich abrupt ein Ende setzen. Ich drehte mich ruckartig um und sah sie an.

»Wenn du in den Nordflügel umziehst«, begann ich, »wirst du alle diese Dinge hierlassen.« Ich sagte ihr es so, daß sie den Eindruck haben mußte, es sei alles so beschlossen worden, wie Malcolm es gewollt hatte.

»Dann mußt du mich also einsperren lassen, bis das Baby geboren ist? Du konntest ihn nicht umstimmen?« fragte sie, und in ihrer Stimme lag Niedergeschlagenheit und Resignation.

»Nein«, antwortete ich. »Es gibt nur eine Möglichkeit für dich und für Christopher, dies alles hinter euch zu lassen. Du wirst es so machen müssen, wie ich dir es beschrieben habe.«

Sie legte die Hände vors Gesicht, weinte aber nicht.

»Jetzt solltest du dir die Haare trocknen«, sagte ich. »Sonst erkältest du dich noch. Jetzt krank zu werden, und sei es auch nur eine Erkältung, ist das Schlimmste, was dir passieren könnte.«

Sie nickte wie in Trance. Ihre Augen waren leer, ihre Schultern hingen nach unten. Sie betrachtete ihre Hände, die sie wie zum Gebet gefaltet hielt. Eine Aura der Verdammnis hatte sich auf sie gelegt, aber ich sah keinen Grund, warum ich ihr Worte des Trostes oder der Hoffnung hätte sagen sollen.

Ich war eben im Begriff, das Zimmer zu verlassen, da schrie sie: »Olivia! Ich habe solche Angst!«

»Das vergeht nach einer gewissen Zeit«, sagte ich. »Glaub mir, ich weiß das.« Klein und verlassen sah sie aus, als ich ging, ihr Gesicht war leichenblaß und ihre kindliche Schönheit zerfurcht von Sorgen.

Ich wartete schon ungeduldig darauf, meinen Plan durchzuführen. Alicias Gefangenschaft, so hatte ich beschlossen, sollte erst dann beginnen, wenn man ihr die Schwangerschaft ansehen konnte – also in ungefähr drei Monaten. Das ließ mir und Alicia ausreichend Zeit, die Jungs darauf vorzubereiten, was geschehen würde. Eines Morgens im Mai – ich hatte Alicia vorher eingeschärft, was sie sagen sollte – gingen wir gemeinsam ins Kinderzimmer. Das Kinderzimmer war der wärmste und sonnigste Raum im ganzen Haus. Mal saß auf dem Boden und hatte eine Menge Kinderbücher um sich herum verstreut. Joel spielte auf Knien mit seinen Autos und Lastwagen. Christopher saß nur so herum, lutschte an seinem Daumen und sah seinen beiden älteren Spielgefährten zu. »Wir haben euch etwas zu sagen«, begann ich. Alicia blieb zögernd hinter mir stehen, rang die Hände und zitterte wie Espenlaub.

»Was, Mommy, was?« fragte Mal.

»Etwas sehr Trauriges, fürchte ich.«

Die drei rückten näher zusammen und blickten mit großen Augen auf Alicia, die nunmehr den Tränen nahe war.

»Darf ich es ihnen sagen, Olivia?« wisperte sie.

»Nein«, sagte ich, »ich bin es, die hier die Sache in die Hand nimmt.«

Alicia setzte sich auf den Schaukelstuhl, und sofort waren die drei Jungen bei ihr, um sich ihr auf den Schoß zu setzen. Sie legte ihre Arme um sie und drückte sie an die Brust.

»Alicia wird uns bald verlassen.«

Sie starrten mich an, ohne ein Wort zu sagen. Anscheinend hatten sie nicht verstanden.

»Alicia wird uns bald verlassen«, wiederholte ich noch einmal.

»Das glaube ich dir nicht!« schrie Joel.

»Ich auch nicht«, sagte Christopher und blickte mit weit aufgerissenen Augen seine Mutter an, die jetzt schluchzte.

»Warum?« wollte Mal wissen, und in seinem Stimmchen klang Schmerz mit. Er war bereits zu einem intelligenten, sensiblen kleinen Mann herangewachsen, der seinen Altersgenossen, was das Lesen und Schreiben anging, schon um Jahre voraus und auch einen halben Kopf größer war als gleichaltrige Jungen. Er würde bestimmt so groß werden wie Malcolm.

»Warum?« fragte er noch einmal. »Mag sie uns nicht mehr?«

Als Alicia in Weinkrämpfe ausbrach, verbarg Christopher seinen Kopf zwischen ihren Brüsten. Joel hielt sich die Ohren zu und sagte: »Alicia darf nicht gehen, sie muß doch heute mit mir Klavier spielen.« Joel war noch immer ein kleines und zerbrechliches Persönchen und litt weiterhin unter Allergien. Schon eine winzige Menge Staub genügte, um ihn stundenlang zum Husten und Niesen zu bringen, was Malcolm nicht mitansehen konnte.

Mal kletterte von Alicias Schoß herab und kam zu mir herüber, wo er sich aufbaute wie ein Zinnsoldat vor seinem General. »Warum?« schrie er mit seiner schrillsten Stimme.

»Ihr Kinder seid zu jung, um das zu verstehen«, antwortete ich und legte dabei Wärme und Gefühl in meine Augen und meine Stimme. »Wenn ihr erst einmal älter seid, werdet ihr es begreifen. Läge es allein an mir, so könnte Alicia für immer hierbleiben. Aber euer Vater will es nicht.«

Mit einem Mal verkrampfte sich Mals kleines Gesicht, und Tränen liefen ihm die Wangen herunter.

»Ich hasse ihn!« rief er. »Ich hasse ihn! Ich hasse ihn! Er nimmt uns immer alles weg, was wir mögen!«

Joel wurde jetzt völlig hysterisch. Er hustete unaufhörlich, und Alicia streichelte ihm den Rücken in dem verzweifelten Versuch, ihn wieder zu beruhigen, während ihr eigener Sohn noch immer seinen Kopf zwischen ihren Brüsten vergraben hielt.

»Bitte, bitte«, würgte er mit erstickter Stimme hervor, »können wir nicht mit ihr gehen?«

»Nein«, antwortete ich ernst. »Ich bin eure Mutter. Und ihr müßt hierbleiben, bei mir.«

»Aber was ist mit Christopher?« fragte Mal.

»Christopher wird noch so lange hierbleiben, bis Alicia sich in ihrem neuen Heim eingerichtet hat«, erklärte ich. Als er seinen Namen hörte, sah Christopher plötzlich zu mir hoch, blickte fast im gleichen Augenblick wieder zu seiner Mutter. »Mommy«, schrie er, und seine Stimme überschlug sich beinahe vor Schrekken, »Mommy, ich darf nicht mitkommen?«

»Nein, mein kleiner Liebling, nein!« sagte Alicia unter Tränen. »Aber ich werde bald wieder bei dir sein. Und dann bleiben wir für immer zusammen. Es wird nicht lange dauern, Christopher, mein Liebling, mein Junge. Und du hast doch Olivia, die für dich sorgt, und Mal und Joel, die mit dir spielen.« Dann wandte sie sich an meine Söhne. »Bitte, bitte, denkt immer daran, daß ich euch alle liebe, daß ich euch immer lieben werde. Mit meinem Herzen werde ich immer bei euch sein, werde euch zusehen, wenn ihr am Klavier übt, wenn ihr eure wunderschönen kunstvollen Zeichnungen macht. Und wenn ihr abends zu Bett geht, werde ich euch in meinen Träumen küssen.«

Am nächsten Tag unterrichtete ich die Bediensteten über Alicias bevorstehende Abreise. Als ich es ihnen sagte, konnte ich in ihren Mienen lesen, wie unglücklich sie darüber waren. Ich stieg gerade die Treppe hinunter, als ich zufällig hörte, wie sich Mary Stuart und Mrs. Steiner im Speisezimmer miteinander unterhielten, wo sie den Tisch deckten. Ich stellte mich neben die Tür und lauschte.

»Es wird düster werden in diesem Haus«, sagte Mrs. Steiner, »glaub mir das.«

»Es tut mir so leid, daß sie geht«, sagte Mary. »Immer hatte sie ein Lächeln für uns, ganz im Gegensatz zu der Bohnenstange.«

»Wenn du mich fragst, so setzt die Bohnenstange ihren Willen durch. Sie war ja von Anfang an dagegen, daß die junge Mrs. Foxworth hier im Hause ist, und wahrscheinlich hat sie seit dem Tag, als Garland Foxworth starb, darauf hingearbeitet, sie loszuwerden. Das kann ich eigentlich gut verstehen. Ich würde auch nicht wollen, daß eine so gutaussehende junge Frau tagein, tagaus vor meinem Mann herumscharwänzelt. Besonders dann nicht, wenn ich so aussehen würde wie sie«, sagte Mrs. Steiner und hob dabei ihre Stimme.

»Na, und ob«, sagte Mary. Ich war mir sicher, daß sie bei diesen Worten grinste. Ich konnte ihr Grinsen richtiggehend hören.

Euch beiden eine gute Reise, dachte ich bei mir und beschloß, sie schon früher darüber zu unterrichten, daß ihre Dienste nicht länger benötigt werden. Eines Nachmittags rief ich sie in die Empfangshalle: Mary, Mrs. Steiner, Mrs. Wilson und Lucas. Ich hatte mich auf einem jener hochlehnigen Sessel niedergelassen, dabei die Arme rechtwinklig aufgestützt und den Kopf in den Nacken gelegt. Mein Haar hatte ich in einem Knoten oben auf dem Kopf zusammengeflochten, so daß es fast aussah wie eine Krone. Die Bediensteten stellten sich um mich herum auf und blickten mich in einer Mischung aus Furcht und Neugierde an. Ich fühlte mich wie eine Königin, die ihren Untertanen eine Ansprache hält.

»Wie Sie alle wissen«, begann ich, »wird Mrs. Garland Foxworth im nächsten Monat Foxworth Hall verlassen. Sie wird sich für eine Weile anderswo aufhalten; später wird sie noch einmal zurückkehren, um ihren Sohn abzuholen. Dann wird sie für immer das Haus verlassen«, fügte ich noch hinzu. »Nach reiflicher Überlegung habe ich den Entschluß gefaßt, daß wir Ihre Dienste nicht mehr benötigen.«

Mrs. Wilson erblaßte. Mrs. Steiner nickte, ihre Augen waren ganz klein geworden, so, als ob sie etwas Ähnliches bereits erwartet habe. Lucas und Mary Stuart blickten erschrocken drein.

»Unsere Dienste? Sie meinen damit, wir werden alle entlassen?« fragte Mary ungläubig.

»Ja. Doch ich habe beschlossen, daß Sie alle das Gehalt von zwei Jahren als Abfindung erhalten«, sagte ich und machte damit deutlich, daß sie es meiner Großzügigkeit zu verdanken hatten, wenn sie eine solch stattliche Summe erhielten. »Wann müssen wir gehen?« fragte Mrs. Steiner mit eisigem Ton in ihrer Stimme.

»Sie werden am gleichen Tag gehen, an dem Mrs. Garland Foxworth abreist.«

Das letzte, was vorbereitet werden mußte, war Alicias Umzug aus dem Schwanenzimmer. All ihr Tand und ihre Garderobe, die sie während ihrer Gefangenschaft nicht benötigen würde, mußte verstaut werden. Ich überwachte sie beim Packen, gab ihr Anweisungen und entschied über jedes einzelne Teil, über jedes Kleidungsstück, das sie in den Nordflügel mitnehmen wollte.

»Es gibt keinen Grund, warum du die Kleider für die offiziellen Anlässe mitnehmen solltest«, sagte ich, als ich sah, wie sie vor dem Spiegel stand und dabei einen blauen Rüschenrock an ihre Brust drückte. »Du wirst für eine ganze Weile auf keine Gesellschaften mehr gehen, und du wirst auch nicht dafür sorgen können, daß deine Kleidung so regelmäßig gereinigt und gepflegt wird wie jetzt. Bei den Sachen, die du nicht selber im Waschbekken waschen kannst, werde ich sehen, was sich tun läßt. Aber laß uns nur nicht über Überflüssiges debattieren.«

Mit traurigen Augen sah sie ihre Gewänder an. Ich konnte kaum glauben, was für eine Menge an Kleidern sie besaß. Was für eine Leichtfertigkeit, mit der sie Garlands Geld verschwendet hatte! Meinte sie denn, sie sei ein wandelndes Modegeschäft, das jede Saison die gesamte Garderobe auswechseln muß? Es war einfach liederlich, soviel auszugeben, und das, was geschehen war, zeigte ja, wohin eine solche Eitelkeit führte.

»Aber ich fühle mich einfach wohl, wenn ich gut aussehe«, sagte Alicia.

»Im übrigen wirst du in die meisten bald nicht mehr hineinpassen«, fügte ich noch hinzu.

»Aber ich habe doch keine Umstandskleider mehr, Olivia. Ich habe sie nach Christophers Geburt alle der Wohlfahrt überlassen. Was soll ich während der Schwangerschaft anziehen?«

»Ich gebe dir einige von den meinen.«

»Aber die deinen sind so... so groß, Olivia.«

»Was macht es schon, wie du in diesem Zimmer angezogen bist, Alicia? Der einzige Mensch, der dich sieht, bin ich. Mit deinen Kleidern wirst du die Aufmerksamkeit der Männer jedenfalls nicht mehr erregen, meine Liebe. Wichtig ist nur, daß du warm und bequem gekleidet bist.«

Die Vorstellung, wie sie in meinen Umstandsgewändern aussehen würde, amüsierte mich. Nun würde sie endlich merken, was für ein Gefühl das ist, wenn einem aus dem Spiegel keine Schönheit entgegenblickt. Nun würde auch sie linkisch und unansehnlich wirken. Und nichts steht ihr besser an, sagte ich mir, als daß sie meine Umstandskleider trägt. Schließlich bekam sie ja das Kind, das mein eigenes werden sollte.

»Natürlich«, fügte ich hinzu, »werde auch ich Umstandskleider tragen.«

Sie schaute mich an, als hätte ich sie erschreckt. War sie denn nicht von alleine schon auf den Gedanken gekommen? Meinte sie denn, ich würde öffentlich herumlaufen, so wie ich war, und dann plötzlich verkünden, ich hätte ein Kind geboren? Wie einfältig und naiv sie sein konnte! Sie kannte weder Verschlagenheit noch List, selbst dann nicht, wenn es für ihr Überleben notwendig war.

»Oh«, sagte sie, nachdem sie es endlich begriffen hatte. Wehmütig schweifte ihr Blick noch einmal über ihre schönen Kleider, Blusen und Röcke. Am Ende hatte ich alles, was sie in den Nordflügel mitnehmen würde, beschränkt auf das, was in einen Reisekoffer und zwei Handkoffer paßte.

Trauer lag über Foxworth Hall an jenem Tag, als Alicia angeblich abreiste. Es war ein grauer, regnerischer Tag, und der Himmel weinte gemeinsam mit den Kindern. Obwohl gerade heute der Sommer begann, zog eine winterliche Kälte durch Foxworth Hall. Wir mußten das Licht anmachen und die Fenster fest schließen.

Die Bediensteten, die ihre Sachen gepackt hatten, standen unten in der Halle, als Alicia, der ich mit dem Koffer in der Hand folgte, die Treppe hinunterschritt. Noch nie hatte ich sie so schmal und fahl gesehen, sie sah aus wie eine traurige kleine Maus. Ich hatte darauf bestanden, daß die Jungen im Kinderzimmer blieben, um so das Melodram eines übertrieben gefühlsbetonten Abschiedes zu vermeiden. Christopher war tagelang nicht zu trösten gewesen, und auch meinen Söhnen war kaum zu helfen. Ich hatte aber auch darauf bestanden, daß Malcolm bei dieser kleinen schmerzlichen Posse anwesend war. Als wir unten an der Treppe angekommen waren, reichte ich Malcolm den Koffer, und er ergriff ihn ungeschickt und mit sichtlichem Verdruß, war aber zugleich darauf bedacht, seine Rolle gut zu spielen. Bei der Abschiedszeremonie standen Alicia die Tränen in den Augen; jedem einzelnen der Dienstboten sagte sie Lebewohl. Sie ließ ihren Blick noch einmal durch die Eingangshalle schweifen wie jemand, der wußte, daß bis zu seiner Rückkehr eine lange Zeit verstreichen würde. Dabei spielte sie ihre Rolle sehr überzeugend.

Gerade als sie Mrs. Steiner umarmen wollte, packte ich sie beim Arm und sagte ihr, daß jeden Moment der Wagen eintreffen müsse. »Jetzt ist keine Zeit mehr für Gefühlsausbrüche«, erklärte ich.

Mit einem Mal machte sie einen völlig ermatteten Eindruck. »Bitte, bitte, laß mich zu Christopher noch einmal Lebewohl sagen«, bettelte sie.

Malcolm flüsterte mir ins Ohr: »Muß ich denn hierbleiben und mir diesen hysterischen Anfall ansehen?«

»Setz sie ins Taxi«, befahl ich ihm.

Auf dem Weg zum Wagen mußte Alicia halb getragen und halb gezerrt werden. Als der Koffer endlich im Kofferraum verstaut war, gab ich dem Fahrer ein Zeichen, daß er losfahren sollte. Auf dem feuchten Untergrund drehten die Räder kurz durch, dann setzte sich der Wagen in Bewegung. Hinter mir hörte ich, wie die Eingangstür aufflog und die Jungen »Warte, warte!« schrien; sie hatten sich aus den Armen des Kindermädchens, das sie daran hindern wollte, losgerissen und sprangen die Stufen hinab. Mal führte die Meute an. An der einen Hand Joel, an der anderen Christopher schleifte er die beiden hinter sich her. Sie versuchten verzweifelt, den Wagen noch einzuholen, schrien und weinten.

»Hol die Jungs zurück, Malcolm«, befahl ich.

12. KAPITEL

Die Gefangene und die Wächterin

Noch in der gleichen Nacht, nachdem alle Dienstboten gegangen waren, kam Alicia zurück.

Das Auto fuhr in der Dunkelheit herauf. Immer noch hing der Himmel voller Wolken, sie verdeckten den Mond und die Sterne. Es war, als gäbe es auf der ganzen Welt kein Licht mehr.

Malcolm und ich warteten in einem der vorderen Salons, genauso wie damals, als wir auf die Ankunft von Malcolms Vater warteten, der uns Alicia brachte. Die Jungen hatten sich in den Schlaf geweint, in der Einsamkeit nach Alicias Fortgang hatten sich alle drei zusammengekuschelt. Ich wollte sie trösten, wollte eine Mutter für den kleinen Chris sein, wollte ein Trost für meine eigenen Söhne sein. Ich wollte, daß sie mich genauso liebten wie Alicia. Oh, ich wußte, ich könnte nicht so frohgemut und lustig sein, wie sie es war, ich wußte nicht, wie man balgt und springt und dumme Reimspielchen macht. Aber ich liebte sie ehrlich auf meine Art, und ich würde sie zu starken tugendsamen Männern erziehen. Mit dem Alter würden sie die Werte, die ich ihnen vermittelte, zu schätzen wissen.

»Wie spät ist es?« fragte Malcolm.

Ich zeigte durch den Raum, sagte kein Wort. Das Haus war ruhig, man hörte nur das Geräusch der tickenden Standuhr und des Windes. Malcolm griff nach der Zeitung und schlug die Seite mit den Börsennachrichten auf.

So saßen wir zwei Stunden und schwiegen. Wenn einer von uns tief Luft holte, sah der andere überrascht auf. Tatsächlich betraf Malcolms einziger Kommentar während der letzten halben Stunde eine seiner Aktien, die um zehn Punkte angezogen hatte. Ich glaube, er machte diesen Kommentar, um zu betonen, um wieviel besser er mit meinem Geld umgehen konnte als ich.

Dann sah ich, wie die Scheinwerfer des Taxis die Dunkelheit zerrissen und vor dem Haus zum Stehen kamen. Malcolm rührte sich nicht.

»Sie ist wieder da«, sagte ich. Er grunzte. »Du wirst ihr Gepäck hinauftragen.« Er sah überrascht auf. »Ja, wer, dachtest du, sollte das sonst tun? Lucas ist fort, oder hast du vergessen, daß wir heute die Dienstboten entlassen haben, und vor morgen wird kein neuer Fahrer dasein.«

Ich stand auf und ging zur Eingangstür. Alicia stieg langsam und widerwillig aus dem Auto, sie ahnte, was sie in Foxworth Hall erwartete. Ich sah, daß sie angespannt und von der Fahrt erschöpft war. Der Fahrer stellte ihr Gepäck heraus.

»Lassen Sie«, sagte ich schnell zu dem Fahrer. »Mein Mann wird sie hereinholen.«

Malcolm war hinter mir auf der Treppe erschienen. Ich nahm Alicias kleineren Koffer.

»Wie geht es meinem Christopher?« fragte sie sofort, als sie aus dem Auto stieg. »Vermißt er mich sehr?«

»Für Christopher bin jetzt ich verantwortlich«, sagte ich kurz. »Er ist im Bett, wo er hingehört.« Ich nahm ihren Arm und führte sie die Eingangsstufen hinauf. »Geh direkt zum Nordflügel«, sagte ich ihr, »und bewege dich so leise wie möglich. Du darfst die Jungen nicht aufwecken.«

Sie antwortete nicht. Sie ging wie eine verurteilte Verbrecherin und hielt nur inne, als sie in die Nähe von Malcolm kam, der gerade ihr Gepäck nahm.

Mit vorsichtigen Schritten glitten wir beide wie Geister durch die stille, schwachbeleuchtete Halle. Das lauteste Geräusch war das Rascheln von Alicias Kleid, als wir an der Rotunde abbogen und uns eilig an den vielen leeren Räumen vorbei zum Nordflügel bewegten. An der Schwelle zu dem Raum am Ende des Ganges hielt sie inne. Ich blieb ungeduldig hinter ihr. Dachte sie, sie wäre als einzige angespannt und aufgeregt?

»Wenn du jetzt nicht ganz schnell hineingehst«, sagte ich, »wird das Ganze noch viel schwerer für dich.«

Zum ersten Mal sah sie mich haßerfüllt an. Natürlich war es nicht das letzte Mal.

»Ich habe auf dem ganzen Weg nachgedacht«, sagte sie, »und

ich habe das Gefühl, daß du das alles genießt.« Ihre Augen wurden zu Schlitzen.

»Das genießen?« rief ich aus. »Genießen, daß ich so tun muß, als wäre dein Baby mein Baby? Genießen, daß mein Mann mich betrogen hat, nicht nur einmal, sondern so oft? Genießen, daß ich meine treuen und ergebenen Dienstboten entlassen mußte, die ich jahrelang eingearbeitet hatte? Genießen, daß ich meine Jungen und deinen Sohn anlügen muß und mitansehen muß, wie er seine Tränen und seinen Schmerz hinunterschluckt?« Meine Stimme war dünn, fast schon hysterisch.

»Es tut mir leid«, sagte sie, »es ist nur, daß ich...«

»Wir können hier nicht ewig stehenbleiben und reden«, sagte ich. »Ich halte jetzt schon die ganze Zeit deinen Koffer in der Hand.«

»Ja, ja, es tut mir leid«, wiederholte sie und öffnete die Tür.

Ich hatte die Lampe auf dem Tisch zwischen den beiden Betten brennen lassen. Sie ergoß ein weiches gelbliches Licht über die wuchtigen dunklen Möbel. Mein einziges Zugeständnis an Wärme und Schönheit war der rote orientalische Teppich mit den goldenen Fransen. Er würde helfen, die Häßlichkeit dieses Raumes zu vermindern, der zwar groß, aber mit zahlreichen Möbeln vollgestellt war. Ich hatte auf dem Dachboden zwei Gemälde gefunden, die meiner Meinung nach zu den Umständen paßten, und sie an die beige-weiß tapezierten Wände gehängt. Eines zeigte groteske Dämonen, die in unterirdischen Höhlen nackte Menschen jagten, und das andere unheimliche Monster, die in der Hölle bedauernswerte Seelen verschlangen. Beide Gemälde waren in leuchtend roten Farben gehalten.

Alicia ging direkt zu dem Bett auf der rechten Seite und zog ihren Mantel aus. Wir drehten uns beide um, als Malcolm einen Teil des Gepäcks neben die Tür stellte. Er sah erst Alicia an und dann mich. Mein Blick reichte aus, um ihn aufzuscheuchen.

»Ich hole den anderen Koffer«, sagte er. Er war zwar stark, aber die niedrige Arbeit eines Gepäckträgers erschöpfte ihn. Er atmete schwer und schwitzte.

»Beeil dich«, sagte ich und demütigte ihn damit noch mehr. Er murmelte etwas und war fort.

»Wie soll ich hier essen?« fragte Alicia.

»Ich werde dir jeden Tag deine Mahlzeiten heraufbringen, nachdem wir gegessen haben. Auf diese Art werden die Dienstboten keinen Verdacht schöpfen.«

»Aber der Koch...«

»Ich werde der Koch sein.« Sie neigte ihren Kopf und blickte erstaunt. »Schau mich nicht so an«, sagte ich, »ich habe die ganze Zeit für meinen Vater gekocht.«

»Ich wollte damit nicht andeuten, daß du nicht kochen kannst, ich war nur überrascht.« Mir fiel auf, daß sie in der ganzen Zeit, die sie hier verbracht hatte, nie von ihren eigenen Kochkenntnissen gesprochen hatte. Ihre Mutter muß sie verdorben haben, dachte ich, sie hat sie sicher nie angehalten, in die Küche zu gehen und etwas zu lernen. Und dann kam Garland und setzte dem Faß die Krone auf. Sie hatte nie einen Finger rühren müssen, um etwas zu erreichen.

»Ich habe keine Wahl, nicht wahr?« Sie sah von mir weg.

»Natürlich werde ich keine anspruchsvollen Gerichte zubereiten können. Das ist hier keines von den schicken Lokalen, die du immer mit Garland besucht hast«, höhnte ich. Ich ging zu den zwei Vorderfenstern und zog die Vorhänge fester zu.

»Ich erwarte keine besonderen Gerichte«, gab sie zurück. Es fing schon an – sie verlor ihre Weichheit, ihren freundlichen Blick, die warme Ausstrahlung ihrer Unschuld.

»Die Mahlzeiten werden nahrhaft sein und deinen Umständen entsprechen. Das ist schließlich das Wichtigste, nicht wahr?« Sie nickte hastig.

»Oh, Olivia, was soll ich hier tun?« fragte sie und schaute sich um. »Ich werde mich zu Tode langweilen.«

»Ich werde dir Illustrierte heraufbringen. Und ich werde dich bei jeder Gelegenheit besuchen.« Sie sah mich dankbar an.

»Ich hätte noch gern ein Radio oder ein Grammophon.«

»Unmöglich! Das würde man im ganzen Haus hören.«

»Aber wenn ich es auf den Dachboden nehme?« bettelte sie. Ich dachte darüber nach.

»Ja, ich denke, das könnte gehen. Ich besorge dir ein Radio und ein Grammophon. Der Stapel Schallplatten von dir ist noch unten. Es würde sie sowieso niemand anhören.« Weder Malcolm noch ich mochten die neue Jazzmusik, die sie ständig anhörte. Es war unvorsichtig gewesen, sie unten zurückzulassen, als wir ihre Sachen packten. Glücklicherweise hatte es keiner der alten Dienstboten bemerkt.

»Ich danke dir, Olivia«, sagte sie. Sie hatte angefangen zu verstehen, daß es von meinem Wohlwollen abhing, ob sie bestimmte kleine Annehmlichkeiten bekam oder nicht.

Ich half ihr beim Auspacken und hängte die Kleider in den Schrank. Malcolm kam zurück mit dem größeren Koffer. Nachdem er ihn auf den Boden gestellt hatte, blieb er auf der Schwelle stehen und schaute zu uns herein.

»Das wäre alles, Malcolm«, sagte ich und entließ ihn so, wie ich jeden Dienstboten entlassen würde. Sein Gesicht wurde bleich, und er biß sich auf die Unterlippe. Ich sah die Wut in seinen Augen. Er zögerte. »Wolltest du noch irgendwas sagen, bevor du gehst? Vielleicht dich entschuldigen?«

»Nein! Es scheint so, daß du bereits alles sagst, was gesagt werden muß«, meinte er, drehte sich um und verließ den Raum. Ich hörte seine Schritte, wie sie auf dem Korridor verhallten. Als ich mich wieder Alicia zuwandte, sah ich, daß sie mich entsetzt anstarrte. »Ich habe ihm bereits gesagt, daß er hier nichts zu suchen hat während deines … deines Aufenthalts hier«, erklärte ich.

»Gut«, sagte sie mit einem Ausdruck von Erleichterung im Gesicht.

»Ich bin jedoch nicht naiv genug, ihm zu vertrauen. Ich habe Augen im Kopf und sehe, wie er dich anschaut.« Sie sah zu der Schwelle hin, als ob Malcolm immer noch dort stünde.

»Natürlich wird er…«

»Du mußt wissen, meine Liebe, daß du hier ganz ungeschützt und allein bist. Weit und breit ist hier kein bewohntes Zimmer und die Geräusche werden noch durch die dicken Wände gedämpft. Niemand würde dich hören, wenn du um Hilfe rufen würdest. Und wohin würdest du fliehen wollen?« Ich streckte meine Arme aus und zeigte von einer Wand zur anderen. »Auf den Dachboden? Das wäre noch schlimmer.«

»Aber du würdest es doch wissen, wenn…«

»Er könnte in der Nacht, wenn ich eingeschlafen bin, sich barfuß durch diese dunklen Hallen schleichen, und wenn er erst einmal hier drinnen wäre, würdest du sicher nicht schreien und damit die Aufmerksamkeit auf dich lenken. Stell dir vor, Christopher fände heraus, daß du hier oben versteckt bist!« sagte ich.

»Ich verriegele die Tür«, sagte sie schnell.

»Du hast schon einmal die Tür verriegelt, meine Liebe. Wenn man in Foxworth Hall Türen verriegelt, hält man dadurch noch lange nicht Malcolm Neal Foxworth draußen.«

»Was kann ich dann tun?« Sie sah bestürzt aus.

»Wie ich schon gesagt hatte, als wir all dies besprochen haben – du mußt deine äußere Erscheinung ändern und unattraktiver machen – nur dann wirst du ihn nicht mehr an Corinna erinnern«, sagte ich hämisch. Alicia starrte mich an. Ich griff in ihr Haar. »Es tut mir leid, aber es gibt keinen anderen Weg.«

»Bist du sicher? Wirklich?«

»Ich bin sicher.«

Sie begann leise zu weinen.

»Setz dich an den Tisch«, befahl ich. Sie starrte auf den Stuhl, als sollte sie zum Galgen schreiten, ging dann darauf zu und setzte sich, mit den Händen im Schoß. Ihre Augen schwammen in Tränen.

Ich holte eine große Schere aus der Tasche meiner Jacke und stellte mich hinter sie. Zuerst öffnete ich die Spangen, lockerte die Strähnen und strich sie weich nach unten. Sie fühlten sich so seidig und angenehm an. Ich konnte mir vorstellen, wie Garland stundenlang ihre Haare streichelte, wenn er träumend neben ihr lag. Mein Haar fühlte sich nie so gut an, ganz egal, wie ich es behandelte, und niemals während unserer sexuellen Kontakte – man konnte es kaum Liebeskontakte nennen – hat Malcolm mein Haar berührt. Ich hielt das Haarbüschel in meiner linken Faust straff nach oben. Sie fuhr zusammen, weil ich so heftig gezerrt hatte. Dann fing ich an, alles abzuschneiden, so nahe an der Kopfhaut wie möglich und ziemlich unregelmäßig, damit ihr Haar ganz unschön nachwachsen würde. Während ich schnitt, liefen ihr ständig Tränen die Wangen herab, aber sie gab keinen Ton von sich. Ich legte die abgeschnittenen Strähnen in einen Seidenschal, wickelte sie ein und verknotete sie darin.

Als ich fertig war, preßte sie ihre Handflächen an den Kopf und stieß einen Schrei aus.

»Du weißt ja, es wird wieder nachwachsen«, sagte ich und versuchte meiner Stimme einen mitfühlenden Klang zu geben. Sie sah mich wieder voller Haß an, doch ich antwortete mit einem Lächeln. Der Haarschnitt hatte ihr Aussehen drastisch verändert. Sie sah jetzt eher wie ein Junge aus. Die Krone ihrer Schönheit war ihr genommen worden, es war, als hätte ich das Feuer in ihren Augen ausgeblasen. »Wenn Malcolm dich jetzt anschaut, wird er nicht mehr das Gleiche sehen, nicht wahr?«

Sie antwortete nicht, sondern blickte starr in den Spiegel. Dann sprach sie, wobei sie sich mehr an ihr Spiegelbild als an mich zu wenden schien.

»Das ist alles wie in einem schlechten Traum«, sagte sie. »Am Morgen werde ich aufwachen, und Garland wird bei mir sein. Das ist alles ein Traum.« Sie wirbelte herum, auf ihrem Gesicht war ein wildes ungesundes Lachen. »Nicht wahr, das ist doch alles ein Traum, Olivia?«

»Ich fürchte, es ist kein Traum, meine Liebe. Fang lieber gar nicht erst an, dir das einzubilden. Morgen früh wirst du in diesem Raum aufwachen und dich an die Realität von dem, was ist, und von dem, was sein wird, gewöhnen müssen. Die meisten von uns müssen das an jedem Tag ihres Lebens.«

Sie nickte widerwillig, mit einem Ausdruck völliger Niedergeschlagenheit im Gesicht. Ich konnte fast schon ihre Gedanken lesen. »Ich weiß, Garland wäre verzweifelt, wenn er das wüßte. Christopher und ich waren die Sonne seines Lebens. Und daran zu denken, daß mein Sohn im gleichen Haus schläft und nicht wissen darf, daß ich nur wenige Meter von ihm entfernt bin! Es ist zu grausam, zu grausam!«

Sie fing wieder an zu weinen.

»Trotzdem, es bleibt uns nichts anderes übrig. Ich gehe jetzt«, sagte ich. »Ich werde morgen früher als gewöhnlich heraufkommen, weil die neuen Dienstboten nicht vor dem späten Vormittag ankommen.« Ich nahm das Bündel mit dem abgeschnittenen Haar und wandte mich zum Gehen.

»Olivia«, rief sie.

»Ja, meine Liebe?« Ich drehte mich wieder zu ihr um.

»Bitte, kann ich eine Locke behalten, nur eine kleine Locke von meinem Haar?«

Großzügig übergab ich ihr eine ihrer wundervollen Locken.

»Du haßt mich doch nicht«, fragte sie, »oder?« Ich sah die Angst in ihren Augen.

»Natürlich hasse ich dich nicht, Alicia. Ich hasse nur, was aus dir geworden ist – wie du wahrscheinlich auch.« Ich öffnete die Tür und ging hinaus. Ich schloß sie leise hinter mir und drehte den Schlüssel im Schloß herum. Das Geräusch ihres Schluchzens erstarb allmählich in der Dunkelheit der Korridore. Ich löschte die Lichter. Die bis dahin gebändigten Schatten drängten herein und errichteten eine Wand von Dunkelheit zwischen Alicia und ihrem schlafenden Kind, das in der Welt des Lichtes und des Lebens vergeblich auf sie warten würde.

Ich bewegte mich eilig durch die Halle, bis ich zu der Rotunde kam. An den Geräuschen unter mir hörte ich, daß Malcolm immer noch unten war, vielleicht in der Bibliothek an seinem Schreibtisch. Ich stellte mir vor, wie er dort saß und voller Haß auf den Eingang starrte, in der Erwartung, daß ich eintreten würde.

Aber ich hatte kein Interesse an noch einem Gespräch. Alles, was ich hatte tun müssen, war getan. Jetzt war ich todmüde. Ich machte mich auf den Weg zu meinem Schlafzimmer, blieb aber an der Schwelle zum Jagdzimmer stehen. Mir fiel etwas ein, was mein Bedürfnis nach Rache wunderbar befriedigen würde. Ich öffnete die Tür, schaltete die Lichter an und ging zu dem Schreibtisch, hinter dem Malcolm häufig saß, wenn er hier heraufkam, um allein zu sein. Ich legte den Schal mit Alicias abgeschnittenen Haaren mitten auf den Schreibtisch und öffnete den Knoten, so daß der Haufen des herrlichen Haares offen dalag.

Dann drehte ich mich um, ging wieder zur Tür, genoß noch einmal den Anblick ihres abgeschnittenen Haares auf seinem Schreibtisch, lächelte in mich hinein und löschte das Licht. Ich blieb einen Augenblick stehen und lauschte. Heute abend wirkte jedes Knarren lauter als sonst. Der Wind brauste um das große Herrenhaus, er wirbelte wie wild und legte es in einen Gürtel aus Eis. Es würde tagelang dauern, bis warmes Sommersonnenlicht diese Eiswände wieder zum Schmelzen bringen würde, dachte ich. Und diesen Sommer über würde Alicia in dem dunklen, stikkigen Raum unter dem großen Dachboden sitzen und auf die

Geburt jenes Kindes warten, das sie sich nicht gewünscht hatte und dem sie nie eine Mutter sein würde. Sie war tatsächlich eine Gefangene, und ich war ihre Wächterin.

Ich schätzte diese Rolle keineswegs, aber Malcolm hatte mich in sie hineingedrängt, und ich wußte, der einzige Weg ihn zu schlagen, war, die Rolle besser auszufüllen, als er es erwartete. Er würde diese Nacht bedauern, dachte ich, bedauern, was er mir angetan hatte und was er mich ihr antun ließ.

Ich eilte zu meinem Schlafzimmer und gab mich dem Schlaf hin, der einzigen Möglichkeit, den dunklen Schatten von Foxworth Hall zu entkommen.

Die Wochen vergingen für Alicia so, wie ich es ihr vorausgesagt hatte – schmerzhaft langsam. Jeden Tag, sobald ich auch nur das Zimmer betrat, bat sich mich, ihr Christopher zu bringen.

»Wenn nicht hier«, bettelte sie, »so laß ihn wenigstens draußen vor meinem Fenster stehen, so daß ich ihn wenigstens sehen kann. Ich halte das nicht länger aus!«

»Christopher hat sich endlich mit deinem Weggang abgefunden. Warum willst du ihn aufregen? Wenn du ihn wirklich liebtest, Alicia, würdest du die Dinge so lassen wie sie sind.«

»So lassen? Ich bin seine Mutter! Es bricht mir das Herz! Die Tage werden immer länger. Eine Woche hier drinnen ist wie ein Jahr!«

Des Morgens jammerte sie darüber, daß ihr schlecht sei. Nachmittags weinte sie und verlangte nach Christopher. Sie war ständig müde, und immer öfter fand ich sie vor, wie sie im Bett lag und an die Decke starrte. Ihre einstmals rosigen Wangen wurden immer blasser, und obwohl ich darauf bestand, daß sie alles aufaß, was ich ihr brachte, sah ihr Gesicht hager aus. Nach zwei Monaten bildeten sich dunkle Ringe unter ihren Augen.

Sie bedeckte ihren Kopf stets mit einem Schal. Als ich schon viele Male hereingekommen war und sie jedesmal damit vorgefunden hatte, fragte ich sie, warum.

»Weil ich den Anblick von mir selbst mit den kurzen Haaren nicht ertragen kann, wenn ich zufällig in den Spiegel schaue«, sagte sie.

»Warum verhüllst du nicht einfach den Spiegel«, schlug ich vor. Ich wußte, jede Frau war eitel, aber ich wußte auch, daß für jede Frau der Kopf viel, viel wichtiger war. Ich konnte mir vorstellen, wie sie, trotz der Tatsache, daß sie keine Schminksachen hatte und ihre Haare gestutzt worden waren, immer noch vor dem Spiegel saß und sich vorstellte, sie wäre wieder in ihren wunderschönen Schlafgemächern und machte sich zurecht für das Ausgehen mit Garland. Oder aber, sie dachte daran, was sie mit sich selbst anfangen würde, wenn ihr Haar nachgewachsen und sie wieder frei wäre.

Schließlich nahm sie meinen Vorschlag doch an und hängte ein Tuch über den Spiegel. Das Verschwinden ihrer Schönheit war ein Teil der harten Realität, die sie lieber zu vermeiden suchte. Als ich jedoch mit ihrem Essen hereinkam und das Tuch dort sah, ging ich mit keinem Wort darauf ein.

Sie schaute mich von ihrem Bett aus an, ihre Augen waren voller Tränen der Langeweile und der Wut. Sie trug ihren Schal nicht mehr; es gab keinen Grund dazu, seit der Spiegel bedeckt war.

»Ich dachte, du hast mein Abendessen vergessen«, warf sie mir vor. Das war eine neue Schärfe in ihrer Stimme. Sie sprach die Konsonanten etwas betonter aus, und ihre Stimme fiel im Tonfall ab, so daß sie schon fast männlich klang.

»Abendessen? Dies ist dein Mittagessen, Alicia«, sagte ich. Sie blickte mich voller Überraschung und Entsetzen an.

»Erst Mittagessen?« Sie sah auf die kleine Uhr, die auf der Anrichte stand. »Erst Mittagessen?« wiederholte sie. Sie setzte sich langsam auf und sah mich mit verängstigten, kalten blauen Augen an. Ich wußte, sie war soweit, daß sie mich als ihre Gefängniswächterin ansah. Bei allem und jedem mußte sie mich erst um Erlaubnis fragen. Ihr Leben gehörte nicht länger ihr selbst.

»Wie geht es meinem Christopher? Vermißt er mich? Fragt er nach mir?« bohrte sie, gierig auf meine Antwort.

»Manchmal«, sagte ich. »Die Jungs versuchen ihn abzulenken.«

Sie nickte, indem sie versuchte, sein Bild heraufzubeschwören. Ich selbst dachte auch an ihn, an den schönen Christopher mit den goldenen Haaren, dessen Gesicht allmählich die Lebensfreude zurückgewonnen hatte nach den ersten paar Monaten der Trauer über die Trennung von seiner Mutter. Seine Augen glänzten wieder, wenn ich ihm seine Lieblingsgeschichte jede Nacht vor dem Einschlafen vorlas. Ich fing an, ihn als einen meiner eigenen Söhne anzusehen. Er und meine zwei Jungen spielten so schön zusammen im Kinderzimmer. Mal und Joel himmelten ihn an. Es schien, als verbreite er Sonnenschein, so wie seine Mutter in ihren glücklicheren Tagen. Aber seine sonnige Freude war überhaupt nicht verführerisch und lüstern, sie war hell und offen, leidenschaftlich und unschuldig. Er war liebevoller als jedes meiner Kinder. Manchmal fürchtete ich, daß es daran lag, daß Mal und Joel von Malcolms Blut waren. Jeden Morgen lief er auf mich zu und rief: »Ich will hundert Küsse! Ich will hundertmal gestreichelt werden!« Erst gestern, als ich ihn zu seinem Mittagsschlaf hinlegte, hatte er mich mit seinen schönen blauen Augen angeschaut und gefragt: »Darf ich dich manchmal Mommy nennen?« Natürlich habe ich das Alicia nicht erzählt. Ich achtete darauf, daß sich das Gespräch immer um sie drehte.

»Du siehst heute unsauber aus, Alicia. Du solltest dich besser pflegen«, sagte ich zurechtweisend.

»Ich sehe deshalb so aus, weil ich hier in dieser... dieser Abstellkammer lebe.«

»Das Zimmer ist größer als eine Abstellkammer.«

»Und dann habe ich so wenig Sonnenschein. Ich fühle mich wie eine Blume, die nach der Sonne lechzt, eine Blume, die in einer Abstellkammer dahindarbt. Bald schon werde ich vertrocknet und tot sein, und du kannst mich zwischen die Seiten eines Buches pressen«, sagte sie mit einer Mischung aus Wut und Selbstmitleid.

»Du wirst nicht mehr gar so lange hier drinnen sein«, sagte ich. »Es tut dir nicht gut, hier herumzusitzen und dich tagaus tagein deinem Selbstmitleid hinzugeben«, fügte ich in einem sachlichen Tonfall hinzu. Das regte sie nur noch mehr auf.

»Vielleicht sollte ich herausgehen und heimlich ein bißchen spazierengehen. Du kannst ja die Jungs vom Haus fernhalten...«

»Aber, Alicia, die Dienstboten! Wie sollte ich es ihnen erklären, wenn sie dich sähen! Was sollte ich sagen, wenn sie fragen, woher du kommst und wer du bist? Und wenn die Jungen etwas davon mitbekämen... siehst du es nicht ein? Was du möchtest ist unmöglich, einfach unmöglich.« Sie nickte. »Es tut mir wirklich leid für dich«, sagte ich. »Ich hoffe, du verstehst das. Das tust du doch, nicht wahr?« Sie sah mich mit einem prüfenden Blick an und nickte dann. »Niemandem gefällt dies alles hier, mir am allerwenigsten. Denk an deine Zukunft, und du wirst die Gegenwart überleben«, riet ich ihr. Plötzlich hatte sie eine neue Idee.

»Schicke alle Dienstboten einfach weg«, sagte sie, und ihr Gesicht füllte sich mit Aufregung über diese neue und, wie sie meinte, kluge Idee. »Gib ihnen frei, nur für ein Wochenende. Das ist alles, was ich brauche, ein oder zwei Tage frische Luft. Bitte!«

»Was du sagst, ist lächerlich. Ich möchte dir raten, dich ein bißchen zusammenzureißen«, antwortete ich, um meine eigene Fassung ringend. »Wenn du so weitermachst, machst du dich selbst krank und verlierst vielleicht das Baby. Nun iß für dich selbst und für dein Kind«, fügte ich hinzu und verließ den Raum, bevor sie noch etwas sagen konnte.

Als ich an jenem Abend wieder zu ihr kam, um ihr das Abendessen zu bringen, schien sie verändert. Sie hatte gebadet und ein hübsches blaues Hemdblusenkleid angezogen. Allerdings saß sie auf ihrem Bett, als ob es der Rücksitz eines Autos wäre.

»Oh«, sagte sie, als ich hereinkam, »da sind wir schon an dem Lokal. Was wollen wir heute essen?« Sie tat so, als wäre sie mit Christopher in dem Auto. Ich war erstaunt, aber ich sagte nichts.

Sie sah mich erwartungsvoll an, in der Hoffnung, daß ich an ihrem Phantasiespiel teilnehmen würde. Ich stellte das Tablett auf den Tisch und beobachtete Alicia, wie sie die imaginäre Situation weiter ausspann. Sie stand auf und näherte sich dem Tisch, als wäre es der Tisch in einem Restaurant. Tatsächlich sah sie in diesem Moment viel glücklicher aus.

Alicia winkte mich heran, wie sie eine Kellnerin in einem Restaurant heranwinken würde. Plötzlich bemerkte ich, daß über all dem etwas Fremdes schwebte. Sie machte das Spiel nicht nur zum Spaß; sie erlebte diese Fahrt tatsächlich. Sie schwätzte vor sich hin, als ob ich nicht da wäre oder wirklich eine Fremde wäre. Ich fühlte mich unwohl, aber ich wußte nicht, wie ich reagieren sollte.

Sie entließ mich, indem sie sagte: »Sie können das jetzt mitnehmen«, und wies dabei auf das schmutzige Geschirr.

Sie fing an, den Christopher ihrer Vorstellung zu füttern und erzählte ihm, daß sie nach dem Essen zu einem Park fahren wollten, wo sie Tiere anschauen und mit dem Karussell fahren würden. Ich erkannte, daß der Dachboden als Park dienen sollte. Von den Kleidern, die ich ihr erlaubt hatte mitzunehmen, trug sie das hübscheste. Ihr Bauch war noch nicht sehr angeschwollen, so daß es nicht auffiel, und sie hatte aus einem beigen Unterrock ein Band herausgezogen und damit eine Schleife in ihre kurzen Haarbüschel gebunden.

»Geht es dir gut?« fragte ich sie. Sie unterbrach sich.

»Entschuldige bitte, Christopher«, sagte sie zu dem leeren Stuhl an ihrer Seite. »Die Kellnerin möchte etwas wissen. Was gibt es denn, Fräulein?« fragte sie in singendem Ton.

Ich richtete mich auf. Sie lächelte verwirrt. Dachte sie, sie kam mit diesem Theater durch? Ich wiederholte meine Frage nicht. Statt dessen drehte ich mich herum und trug das Tablett mit dem Geschirr hinaus.

»Sie sagte, sie haben keine Eiscreme mehr«, sagte Alicia zu ihrem eingebildeten Sohn. »Aber rege dich nicht auf. Vielleicht gibt es einen Eisverkäufer in dem Park, und wir werden sowieso nicht wieder in dieses Restaurant kommen, nicht wahr?«

Als ich die Tür hinter mir schloß, hörte ich, wie sie lachte. Verrückt, dachte ich, und zum ersten Male, seit sie nach Foxworth Hall gebracht worden war, konnte ich es nicht abwarten, sie allein zu lassen.

Sie machte damit weiter, sich selbst etwas vorzuspielen. Das Zimmer am Ende des Nordflügels wurde zu Alicias Phantasiewelt. Wenn ich eintrat, waren sie und ihr eingebildeter Sohn manchmal in einem Auto und manchmal auf einer Fähre. Einige wenige Male war sie auf dem Dachboden, ließ ihr Grammophon spielen und schaute mit dem imaginären Christopher ein imaginäres Puppenspiel an. Aus ihren Strümpfen hatte sie zwei Handpuppen gemacht.

Jedesmal, wenn ich hereinkam, bezeichnete sie mich als jemand anderen. Entweder war ich die Kellnerin oder die Verkäuferin der Eintrittskarten vom Puppentheater, ein Matrose auf der Fähre... alles Mögliche, aber niemals war ich Olivia. Wenn ich hereinkam, sah ich keine Angst mehr auf ihrem Gesicht. Sie sah mich mit einem zuvorkommenden Lächeln an und wartete ab, wie ich auf ihre neuen Einfälle reagieren würde.

So gingen die Tage dahin, bis ich einmal hereinkam und sah, daß sie das Tuch vom Spiegel genommen hatte. Es störte sie nicht mehr, sich selbst und das, was aus ihr geworden war, anzuschauen, denn sie sah das Abbild nicht. Sie sah das, was sie sich vorstellte. Mit einer Bürste in der Hand stand sie vor dem Spiegel und strich sich durch ihre imaginären langen Haare.

Die Ironie an der Sache war, daß ihr Aussehen zu ihrer früheren Milch-und-Honig-Schönheit zurückkehrte. Ich wußte, daß manche Frauen in der Schwangerschaft aufblühten. Ich hatte nicht zu diesen Frauen gehört, aber Alicia war sehr schön geblieben während ihrer ersten Schwangerschaft. Nun war es genau dasselbe, und ihre Wahnvorstellungen taten ein übriges.

»Was tust du da?« fragte ich sie, und sie drehte sich ruckartig um. Sie hatte mich nicht eintreten hören.

»Oh, Olivia! Garland sagte, Venus selbst hätte kein schöneres Haar haben können als ich. Kannst du dir das vorstellen? Männer können mit ihren Schmeicheleien so übertreiben! Sie wissen gar nicht, was sie damit bei einer Frau anrichten. Ich habe ihn gewähren lassen. Wen stört das schon? Sicher nicht Venus.« Sie lachte, und ihr Lachen war so reich und voll, wie in der Zeit, als Garland noch lebte.

Sie ist dabei, durchzudrehen, dachte ich. Das Eingesperrtsein und die Schwangerschaft machen sie verrückt. Aber es war nicht meine Schuld. Malcolm war dafür verantwortlich; und vielleicht hatte er ja sogar mit ihrer Geistesverwirrung gerechnet. Sie würde seinem Kind das Leben schenken, und er würde es ihr nehmen. Aber sie wäre dann so labil, daß er ihr das große Vermögen nicht übereignen könnte. So, wie es aussah, müßte sie vielleicht sogar in eine Anstalt eingewiesen werden. Er hätte dann alles: das Kind, das Geld und eine elegante Möglichkeit, Alicia loszuwerden.

Diese Vorstellung trieb mich zur Weißglut. Wieder einmal würde Malcolm Neal Foxworth seinen Willen durchsetzen und die anderen demütigen, sogar mich. Ich durfte das nicht zulassen.

»Alicia, Garland ist tot. Er kann nichts mehr zu dir sagen. Du mußt damit aufhören, aufhören, dir dieses ganze lächerliche

Zeug einzubilden, bevor es dich verrückt macht. Hörst du mich? Verstehst du, was ich sage?« Sie stand da und lächelte verklärt. Anscheinend hörte sie nur das, was sie hören wollte.

»Es gibt nichts, was er mir nicht kaufen würde, nichts, was er nicht für mich tun würde«, sagte sie. »Es ist schrecklich, ich weiß, aber ich brauche nur etwas, was ich mir wünsche, zu erwähnen, und schon am nächsten Tag habe ich es. Er verwöhnt mich zu sehr, aber ich kann es nicht ändern.«

»Jedenfalls«, fügte sie hinzu, indem sie sich wieder dem Spiegel zuwandte und ihre Haare bürstete, »sagt Garland, es gefällt ihm, mich zu verwöhnen, und ich hätte nicht das Recht, ihm dieses Vergnügen zu nehmen. Ist das nicht wundervoll?«

»Ich habe dir die Umstandskleider gebracht, Alicia«, sagte ich. Ich dachte, daß sie, wenn ich sie damit konfrontierte, schnell in die Realität zurückfinden könnte. Ich legte den Stapel Kleider auf das Bett. »Schau sie dir an und nimm, was dir gefällt.«

Sie drehte sich nicht um.

»Alicia!«

»Gestern abend sagte Garland, er sagte... Alicia, verlange von mir nicht den Mond, sonst werde ich alles daran legen, ihn zu bekommen.« Sie lachte. »Soll ich ihn um den Mond bitten, Olivia?«

»Die Umstandskleider, Alicia«, wiederholte ich. Sie ignorierte mich weiterhin. Schließlich verließ ich das Zimmer und hoffte, sie werde sich selbst mit den Kleidern beschäftigen und zu Vernunft kommen.

In jener Nacht lag ich in meinem Bett und dachte über ihre seelische Verwirrung nach. In der Art, in der sie über Garland sprach, lag für mich etwas Unheimliches. Da war mehr als nur Alicias Verrücktheit; es wirkte auf mich so, als ob er sie tatsächlich des Nachts besuchte.

Plötzlich durchzuckte mich ein entsetzlicher Gedanke. War es möglich, daß Malcolm sich nicht an meine Anordnungen gehalten und sie besucht hatte? Daß sie ihn dann für Garland gehalten hatte und er aus ihrem Wahnsinn seinen Vorteil zog und mitten in der Nacht, wenn ich schlief, zu ihr ging? Sie würde nicht erkennen, daß der Mann, den sie umarmte, nicht Garland, sondern Malcolm war. Dieser Gedanke ließ mich nicht mehr los.

Irgendwann in der Nacht glaubte ich Fußtritte auf dem Gang

zu hören. Ich stieg aus dem Bett, zog meinen Hausmantel und meine Hausschuhe an und verließ mein Zimmer ganz leise. Ich wollte zuerst zum Nordflügel gehen und vorsichtig ihre Türe öffnen, aber dann hatte ich eine bessere Idee. Wenn er dort drin war, wollte ich ihm nicht die Möglichkeit geben, noch schnell aus ihrem Bett zu schlüpfen. Er konnte mich hören, wenn ich den Korridor entlang kam und sich noch schnell verstecken, bevor ich den Schlüssel im Schloß herumgedreht hatte.

Ich ging statt dessen herunter zu dem Vordereingang des Dachbodens. Ich schaltete das kleine Licht an, das den Treppenaufgang erhellte, schloß die Tür leise hinter mir, um sicherzugehen, daß weder Malcolm noch die Dienstboten mich hörten, und stieg hinauf. Meine Absicht war, den Dachboden zu überqueren und die kleine Treppe, die zu Alicias Zimmer führte, wieder hinabzusteigen. Ich würde sie auf frischer Tat ertappen.

Aber als ich auf dem Dachboden war, der nur schwach von dem Licht vom Treppenaufgang erhellt wurde, ging plötzlich das Licht aus und ich stand im Finstern. Ich zögerte, ich wußte nicht, ob ich weitergehen oder mich zurückziehen sollte. Schließlich entschied ich mich aber doch, meinen Plan auszuführen, und tastete mich vorsichtig vorwärts.

Ich hatte gedacht, daß ich den Weg mit Leichtigkeit auch in der Dunkelheit finden würde. Plötzlich hörte ich ein lautes Rumoren auf meiner rechten Seite. Ich spürte, wie die Angst in mir hochkroch. Es waren bestimmt Ratten, Ratten, die zu meinen Füßen herumhuschten. Sie würden mich zu Fall bringen und dann über meinen Körper und mein Gesicht laufen. Ich fühlte mich einer Ohnmacht nahe. Ich mußte hier heraus!

Als ich mich umdrehte, rannte ich gegen jemanden, der hinter mir im Schatten stand. Ich konnte einen Schrei kaum unterdrükken. Dann sah ich, daß es nur ein altes Kleid war; doch ich war so plötzlich zurückgesprungen, daß ich über eine Kleiderkiste gestolpert war und gegen einen Ständer mit Kleidern gefallen war, den ich polternd zu Boden geworfen hatte. Ich stützte die Hände auf dem Boden auf, um mich wieder aufzurichten. Da berührte ich etwas Pelziges – eine Ratte! Meine Angst wuchs, ich rutschte auf Händen und Knien weiter und stieß dabei einen Stapel Bücher um. Es war so heiß, daß ich kaum atmen konnte.

Ich kam wieder auf meine Füße, aber ich hatte die Orientierung verloren. Überall, wo ich mich hinwandte, stieß ich gegen Gegenstände, die mir den Weg versperrten. Die Dunkelheit hielt mich fest in ihrem Griff. Die Panik ließ mich versteinern. Meine Füße fühlten sich wie Blei an. Ich wollte mich bewegen, aber ich konnte keinen Schritt tun. Ich fing leise an zu schluchzen.

Die Ratten wurden wild, sie sprangen über Möbel und sausten durch Truhen und Schränke. Der ganze Dachboden war von diesen entsetzlichen Biestern bevölkert. Mich peinigte die Vorstellung, die Geister von Malcolms Vorfahren könnten durch mein Wimmern geweckt werden und durch die Wände treten, um mich heimzusuchen. Dieses Haus duldete keine Schwäche oder Furcht. Wer solche Gefühle zeigte, wurde unbarmherzig zermalmt.

Ich wandte mich zu der nächsten Wand und fing an, mich entlangzutasten, um zur Eingangstreppe zurückzufinden. Dabei stieß ich andauernd gegen alte Möbelstücke und Vogelkäfige und stolperte über Truhen. Ich weiß nicht, wie lange ich brauchte, bis ich den Treppenaufgang erreichte. Immer wieder mußte ich innehalten und mich beruhigen, bevor ich mich weitertastete. Dann endlich sah ich die Stufen des Treppenhauses und stieg abwärts.

Als ich die Tür öffnete und wieder den Gang betrat, war ich so glücklich, daß ich hätte weinen können. Ich eilte zu meinem Schlafzimmer. Als ich in den Spiegel blickte, hatte ich das Gefühl, eine Wahnsinnige starre mich an. Mein Haar war zerzaust, mein Gewand verschmutzt. Auch auf meinem Gesicht waren Flecken, und meine Hände waren schwarz von Staub und Schmutz. Ich wußte, daß ich niemals wieder auf diesen Dachboden gehen würde. Allein der Gedanke, noch einmal die Tür zu öffnen und die Treppen hinaufzusteigen, trieb mir den Angstschweiß auf die Stirn.

Nachdem ich mich gesäubert hatte, ging ich wieder zu Bett. Ich lag einfach da und war dankbar für die Wärme und Gemütlichkeit meines Zimmers. Dann fiel mir meine eigentliche Absicht wieder ein. Nicht lange darauf war ich sicher, daß ich wieder Schritte im Korridor hörte. Ich stürzte hoch und eilte zur Tür. Es erschien mir so, als ob Malcom gerade sein Schlafzimmer betreten hatte. Ich wartete auf das Geräusch seiner Tür, aber ich hörte nichts.

Ich hatte ihn also nicht erwischt, sondern war selbst in eine Falle gegangen – oben in jenem alten, angsterregenden Dachboden voller verzerrter Schatten aus der Vergangenheit der Foxworths. Sie werden mich für immer verhöhnen, dachte ich.

Dieses Haus hatte eine besondere Art, seine angestammten Bewohner zu schützen. Es hüllte Malcolm in Schweigen, wenn er sich durch die Halle stahl. Ich war mir dessen ganz sicher. Die Wände kannten die Wahrheit, doch sie würden sie für sich behalten.

Ich zögerte einen Augenblick, dann schloß ich die Tür und ging wieder in mein Bett. Lange Zeit konnte ich nicht einschlafen. Morgens weckten mich dann Malcolms laute, arrogante Schritte. Beim Frühstück durchforschte ich sein Gesicht nach einem Zeichen, ob er Alicia in der Nacht besucht hatte oder nicht. Die ganze Zeit über hatte er sein Wort gehalten und mich nicht nach ihr gefragt; er tat so, als sei sie nicht mehr hier.

Er las in seiner Zeitung und würdigte mich keines Blickes. Nachdem das Mädchen mir Kaffee eingeschenkt hatte, sprach ich ihn an.

»Hast du in der letzten Nacht irgend etwas Ungewöhnliches gehört?« fragte ich ihn.

Mit einem spöttischen Ausdruck legte er seine Zeitung nieder.

»Ungewöhnlich? Was meinst du mit ›ungewöhnlich‹?« fragte er, als ob das ein Fremdwort wäre.

»Zum Beispiel ein Geräusch, als ob jemand durch den Nordflügel geht«, sagte ich. Er schaute mich einen Augenblick lang mit unergründlichem Blick an, dann beugte er sich vor und sagte mit gedämpfter Stimme.

»Die Tür ist doch verschlossen, oder? Sie kann doch nicht draußen herumlaufen, nicht wahr?«

»Natürlich nicht! Aber das heißt nicht, daß nicht jemand zu ihr hereinkommen kann!« Ich antwortete genau so leise wie er, aber mein Ton war schärfer.

»Was willst du damit andeuten?« fragte er und lehnte sich dabei abrupt zurück.

»Hast du unsere Abmachung gebrochen?« forschte ich.

»Ich pflege meine Zeit nicht damit zu verbringen, hier im Haus umherzuschleichen. Und du solltest dich eigentlich um andere Dinge kümmern, als darum, ob ich eine... Abmachung einhalte, wie du das nennst.«

»Es gibt im Augenblick nur einen Platz im Haus, um den ich mich kümmern muß«, sagte ich und fühlte dabei, wie mein Gesicht starr wurde. Er wich meinem zornigen Blick aus und schüttelte den Kopf.

»Hat sie dir irgend etwas erzählt? Eine Frau, die so allein in ein Zimmer eingesperrt ist, muß sich ja geradezu in Tagträume flüchten«, sagte er und verzog das Gesicht.

»Woher weißt du, daß es Tagträume sind«, fragte ich rasch.

»Bitte, Olivia, deine kindischen Versuche, den Detektiv zu spielen, sind lächerlich. Meine Fingerabdrücke wirst du nicht in ihrem Zimmer finden.« Er nahm seine Zeitung und blätterte eine Seite um, dabei achtete er darauf, daß ich sein verächtliches Lächeln sah, bevor er sich hinter den Seiten versteckte.

»Das will ich auch hoffen!« Wenn er beunruhigt war, so ließ er es sich jedenfalls nicht anmerken. Er frühstückte zu Ende, ohne die Zeitung wegzulegen, und ging dann in sein Arbeitszimmer. Ich blieb mit meinen Fragen und Sorgen zurück – als Hüterin des Wahnsinns, den sein Wahnsinn geschaffen hatte.

13. KAPITEL
Ein Weihnachtsgeschenk

Als die grünen Blätter des Sommers vertrockneten und verwelkt zur Erde fielen, begann meine vorgetäuschte Schwangerschaft. Den ganzen Sommer über hatte ich Kissen aller Größen und Formen zusammengesucht, und es war gar nicht so einfach gewesen. Foxworth Hall war ein derart strenges und ungemütliches Haus, daß ich, als ich im siebten Monat schwanger war, in das Schwanenzimmer gehen mußte, um ein Kissen zu finden, das füllig genug war, um meinen vorgetäuschten Zustand glaubhaft zu machen. Ich hatte mich darauf eingelassen, meine Rolle in diesem Stück zu spielen, und mußte jetzt danach handeln. Welche Ironie, daß das Baby am Weihnachtstag kommen sollte!

Sobald mein »Zustand« sichtbar war, wußte ich, daß es an der Zeit war, den Kindern von der herannahenden Geburt zu erzählen. Mal und Joel gingen seit September in Charleston in die Grundschule, während Christopher bei mir zu Hause blieb. Ich vermißte die Jungen, und Christopher vermißte seine Mutter – und so wurden wir beide die besten Freunde, beinahe wie Mutter und Sohn. Ich tat alles, um ihn zu verwöhnen. Er war in jenen unheimlichen und anstrengenden Monaten meine einzige Freude. Während das Baby heranwuchs, fühlte ich mehr und mehr, daß dieses Kind ein Geschenk Gottes sein würde, so wie Christopher ein Geschenk Gottes war. Ich beschloß, daß das Essen am Thanksgiving Day ein guter Zeitpunkt wäre, die Jungs aufzuklären – denn Malcolm würde dann wohl oder übel ihre Freude über die gute Nachricht teilen müssen...

Da wir jetzt nur noch zwei Dienstboten hatten, war ich den ganzen Vormittag damit beschäftigt, ein besonders gutes Festessen zu bereiten. Am Mittag, als es Zeit war, sich zu Tisch zu setzen, war ich völlig erschöpft; ich fühlte die »Last meiner

Schwangerschaft«. Als Malcolm den perfekt gebräunten Truthahn zerlegte, klopfte ich gegen das Sektglas und begann: »Meine lieben Kinder, ich habe euch an diesem schönen Tag eine ganz besondere Ankündigung zu machen. Ihr habt vielleicht schon festgestellt, daß sich meine Figur in der letzten Zeit verändert hat. Nun, ich verrate euch das Geheimnis: In unserem Hause wird noch ein Kind geboren werden, ein ganz besonderes Kind, denn es soll direkt in der Weihnachtszeit kommen. Der wahrhaftige Gott beschert uns in diesem Jahr mit einem ganz besonderen Weihnachtsgeschenk.«

Malcolm warf das Tranchiermesser hin, sein Gesicht rötete sich, und er sah mich wütend an: »Olivia, ich hatte diese Nachricht verkünden wollen! Wie kannst du es wagen, das an dich zu reißen!«

Ich sah ihn mit zusammengekniffenen Augen an, und meine Stimme war so kalt wie der Novemberwind, der draußen die trockenen Blätter fortwehte. »Du erinnerst dich vielleicht, was wir abgemacht haben, Malcolm: daß ich für alles, was die Geburt unseres neuen Kindes betrifft, verantwortlich bin.«

»Mutter, wird es ein Mädchen oder ein Junge?« unterbrach uns Joel.

»Sei nicht so dumm«, tadelte Mal, »das weiß man doch nie vor der Geburt.« Mal wurde immer mehr so wie Malcolm. Er genoß es, der Klügere zu sein, und pflegte Joel herumzukommandieren. Christopher brach unvermittelt in Tränen aus. »Bitte laß nicht noch jemanden hierherkommen, Olivia. Ich will nicht, daß so ein Baby dich mir wegnimmt. Ich will nicht noch eine Mommy verlieren.«

Ich tröstete ihn. »Das kleine Mädchen oder der kleine Junge werden mich dir nicht wegnehmen, Christopher.«

»Es wird ein Mädchen«, donnerte Malcolm. Er sah mich durchdringend an und machte sich wieder daran, den Truthahn zu zerlegen.

Malcolms Wut legte einen Mantel von Schweigen über unser Thanksgiving-Essen. Die Jungen wirkten eingeschüchtert, Christopher sah mich unverwandt an, schweigend baten seine Augen um ein Zeichen meiner Zuneigung. Malcolm kritisierte ständig die Eßmanieren unserer Jungen. Oh, daß er sie nie in Ruhe lassen konnte! Er beschuldigte Joel, daß seine Art, das Fleisch zu schneiden, feminin sei, und als Mal zurückschoß: »Ich dachte, du willst ein Mädchen«, ließ er nur ein verächtliches Schnauben hören und beschäftigte sich schweigend mit seinem Essen.

Als das Mahl beendet war, half ich dem Mädchen, den Tisch abzuräumen. Ich sah, daß sie verstohlene Blicke auf mich warf und sich wunderte, warum meine Neuigkeiten nicht mehr festliche Freude hervorgerufen hatten. Aber ich hielt meine Gesichtszüge unter Kontrolle; das Mädchen sollte nicht sehen, wie bedrückt ich war. Während die Jungs sich zum Schlafengehen fertigmachten und Malcolm außer Haus ging, um, wie üblich, ›Geschäfte in der Stadt‹ zu erledigen, bereitete ich einen Picknickkorb mit den Thanksgiving-Speisen für Alicia. Normalerweise brachte ich ihr die Mahlzeiten, bevor wir aßen. Jetzt war es schon acht Uhr. Ich wußte, sie würde hungrig sein.

Als ich die Treppen zum, wie mir schien, hundertsten Male hinaufstieg, stützte ich den Korb auf meine ausgepolsterte Hüfte.

Als mich Alicia das erste Mal mit dem künstlichen Bauch gesehen hatte, mußte sie lachen. Ich war irritiert, denn ich fand, wenn hier jemand komisch aussah, war sie es in meinen Umstandskleidern.

Sie hatte einige unbeholfene Versuche gemacht, den Saum aufzustecken, aber der größte Teil des Rockes schleppte über den Boden. Das Mieder hing an ihrem viel kleineren Busen herunter, und ihre Arme verschwanden in den langen Ärmeln. Wieder hatte die Schwangerschaft sie kaum verändert. Ich fand, sie sah aus wie ein Kind in den Kleidern einer erwachsenen Frau. Ihr Haar war nachgewachsen, aber ich schnitt es immer wieder ab, so daß es stets gerade bis zum Nacken reichte.

Nun öffnete ich die Tür und setzte ein fröhliches Lachen auf. »Dein Festessen zu Thanksgiving, Alicia.« Alicia stürzte sich heißhungrig auf den Korb, sie begrüßte mich nicht einmal, als sie ihn mir aus der Hand riß. Sie griff hinein, kaute begierig und seufzte dabei.

»Findest du nicht auch, daß dein Appetit jetzt enorm zugenommen hat?« fragte sie. Sie klang aufgeregt, wie ein Schulmädchen, das die Noten vergleicht.

»Wie bitte?« Ich verstand ihre Frage einfach nicht. Zwischen den einzelnen Bissen lächelte sie. Ich hatte noch nie gesehen, daß sie das Essen auf eine derart lustvolle Art verschlang.

»Dein Appetit«, wiederholte sie, »ist der nicht auch bei dir riesig? Ich denke manchmal, ich könnte Tag und Nacht essen, und ich bin oft nahe dran, an das Fenster zu gehen und dich zu rufen, damit du mir noch mehr zu essen bringst. Ich könnte alles essen, in jeder Zusammenstellung und in jeder Menge, sogar rohe Sachen. In der letzten Nacht träumte ich von Steak und Eis und Keksen. Hast du nicht auch manchmal diese Zustände?« wollte sie wissen; dabei hielt sie den Kopf schräg und legte den rechten Zeigefinger an die Wange. Sie hatte sich in der letzten Zeit normaler verhalten, und ich fragte mich, ob ihr Wahnsinn zurückkehrte.

»Kaum. Warum sollte ich?« fragte ich und wußte nicht, ob ich lächeln oder wütend sein sollte.

Sie antwortete nicht. Sie lachte und kehrte zu ihrem Essen zurück. Wollte sie sich über mich lustig machen? War das ihre verrückte Art, an mir Rache zu nehmen?

»Ich esse genausoviel wie sonst«, schnauzte ich und ließ sie allein. Sie lachte immer noch, als ich die Tür hinter mir zumachte und verschloß.

Von jetzt an brachte sie es fertig, jedesmal, wenn ich zu ihr kam und etwas brachte, einen Kommentar über meine und ihre Schwangerschaft abzugeben. Sie ignorierte es regelmäßig, wenn ich ihr diesen Unsinn verwies, und behandelte mich so, als sei ich diejenige, die verrückt wäre.

»Du weißt doch, warum ich das tue, nicht wahr?« sagte ich zu ihr und tätschelte meinen falschen Bauch. Sie saß am Fenster und strickte unermüdlich rosa Strümpfchen. Sie hatte schon einen Stapel, der ausreichte, um sechs Kinder einzukleiden, aber sie strickte immer weiter. Erstaunlicherweise war auch sie sicher, daß das Kind ein Mädchen werden würde – so als ob Malcolm sie nicht nur mit seinem Samen, sondern auch mit seiner Besessenheit erfüllt hätte.

Sie sah zu mir herauf, ihre Augen tanzten vor Vergnügen.

»Du tust das deshalb«, sagte sie, »weil Malcolm Foxworth eine große Familie haben möchte, und besonders eine Tochter.«

»Aber du bist diejenige, die das Kind bekommt, Alicia. Du bist schwanger, nicht ich.«

Das Lächeln erlosch auf ihrem Gesicht. »Wünschst du dir denn nicht, mit einem Kind schwanger zu sein?« fragte sie mit scharfem, beißendem Tonfall.

»Darum geht es doch längst nicht mehr«, sagte ich wütend, um sie einzuschüchtern. Ich fühlte mich durch ihre verrückten Fragen in die Enge getrieben. Schließlich war ich die Heilige, und sie war die Sünderin. Ich war diejenige, die ihr Kind von der Sünde reinwaschen würde und es sauber und unschuldig machen würde.

»Doch, das ist es, Olivia. Darum geht es. Du wirst dieses Kind bekommen, du solltest es fühlen. Lege deine Hände auf den Bauch und fühle, wie es sich in dir bewegt. Fühle, wie es von deiner Kraft zehrt. Iß für es, schlafe für es und bete für es, so wie du es für jedes Kind in deinem Leib tun würdest«, sagte sie mit einer Entschlossenheit und Kraft, die ich ihr nicht zugetraut hätte. Dabei blickte sie mir fest in die Augen.

Ich schreckte zurück. Ich hatte das Gefühl, als würde mir das Atmen immer schwerer. »Warum machst du nicht einmal ein Fenster auf?« fragte ich.

Sie stand auf und kam auf mich zu. »Es ist lebendig. Fühl es!« Sie nahm meine beiden Hände und legte sie mit den Handflächen auf ihren Bauch. Einen Augenblick lang standen wir einander gegenüber und schauten uns in die Augen. Sie hatte ihre Augen fest auf die meinen gerichtet, so daß ich nicht wegschauen konnte, und dann ... plötzlich spürte ich die Bewegung in ihrem Bauch, und ich hatte das Gefühl, ich spürte sie in meinem. Ich wollte meine Hand wegziehen, aber sie hielt sie fest. »Nein, fühle es, lerne es kennen, freue dich darauf. Es ist deines«, sagte sie. »Deines.«

»Du bist verrückt«, sagte ich endlich und konnte mich endlich befreien. »Ich tue das alles nur, um ... um deine und Malcolms Sünde fortzuwaschen und um die Leute davon zu überzeugen, daß es mein Kind ist.« O ja, es würde meines sein ... Ich bewegte mich zur Tür hin, faßte nach dem Griff hinter meinem Rücken und huschte schnell hinaus, verfolgt von dem irren Blick in ihren Augen.

Als ich in dieser Nacht mein Schlafzimmer betrat und die Tür hinter mir schloß, band ich mir nicht wie sonst die Kissen vom Bauch ab. Ich lag auf meinem Bett und hielt mir die Hände auf den Bauch, und ich dachte an den Moment, als Alicia meine Hände auf ihren Bauch gehalten hatte. Es hatte dort eine Spannung gegeben, die immer noch auf meinen Handflächen prikkelte. Und, als ob die Erinnerung in meinen Händen fortlebte, spürte ich die Bewegung, die ich in Alicias Körper gefühlt hatte, nur spürte ich sie in meinem falschen Bauch. Hatte ich einen Geist berührt, der in mir war? Hatte Gott mich tatsächlich für diese Rolle auserwählt und mich mit seinem Geist erfüllt? Plötzlich machte mir diese Vorstellung Angst, und ich sprang aus dem Bett und band das Bündel von mir los.

In der Nacht wachte ich auf. Wieder hatte ich dieses seltsame Gefühl verspürt, als ob sich etwas in mir bewegte. Das habe ich nur geträumt, sagte ich mir, ich brauchte lange, bis ich wieder einschlafen konnte. Irgendwann einmal glaubte ich sogar, ein Baby schreien zu hören.

Während des folgenden Monats wartete ich mit steigender Ungeduld auf die Geburt meines Kindes, Christopher dagegen wurde immer ängstlicher. Er war launisch und quengelig, was sonst gar nicht seine Art war. »Jetzt bist du eine böse Fee, Olivia. Und ich werde dein Baby einfach aufessen.«

An dem Tag, an dem wir den Weihnachtsbaum schmückten, setzten bei Alicia die Wehen ein. Ich befestigte gerade eine Weihnachtskugel an einem der oberen Zweige, als ich einen Schrei hörte. Ich ließ alles fallen und rannte in den Nordflügel, Christopher blieb in der Obhut des Mädchens.

»Alicia!« rief ich, als ich in das Zimmer stürmte. »Ich habe dich in der Rotunde schreien hören. Was, um Gottes Willen, tust du da?«

»Olivia«, stöhnte sie, »bitte hilf mir, das Baby kommt!«

Plötzlich erschien Malcolm hinter mir. »Olivia, jetzt werde ich die Sache in die Hand nehmen. Geh sofort in dein Zimmer. Du wirst jetzt ein Kind bekommen«, befahl er mir. Seine Stimme war fest und sicher, und zum ersten Male seit Monaten gehorchte ich ihm auf der Stelle.

Zwölf Stunden lang blieb ich in meinem Zimmer und gab Schmerzensschreie von mir, die für die Ohren von Christopher und den beiden Dienstboten bestimmt waren. Unterdessen litt Alicia im Nordflügel, ihre Schreie wurden gedämpft von Malcolm und der Hebamme, die er gerufen hatte. In der Dämmerung des neuen Tages erschien er bei mir mit einem schreienden rosa Bündel auf dem Arm. Er kam zu meinem Bett und legte das Baby neben mich. »Es ist ein Mädchen«, verkündete er voller Stolz.

Er wickelte das Bündel aus, und ich erblickte das schönste Neugeborene, das ich je gesehen hatte. Wahrhaftig, es schien, als wäre dieses Kind ohne Sünde empfangen und ohne Qual geboren worden. Dieses Baby war so wunderschön und süß, daß ich es sogleich liebgewann. Oh, es würde mein Baby sein, meine Tochter.

»Sie ist das schönste Baby von der Welt, nicht wahr? Grübchen an Händen und Füßen, goldenes welliges Haar, die blauesten aller blauen Augen ... so muß meine Mutter ausgesehen haben, als sie ein Baby war«, gurrte er mit einer Zärtlichkeit, die ich niemals zuvor in seiner Stimme gehört hatte. »Corinna, meine wunderschöne Tochter Corinna!«

»Corinna!« Ich war schockiert. »Du willst doch nicht... wie kannst du diesem unschuldigen Baby den Namen der Mutter geben, die du angeblich haßt?«

»Das verstehst du nicht.« Er schüttelte den Kopf und wedelte mit der Hand vor seinem Gesicht herum, als würde er Spinnweben fortwischen. »Das ist meine Art, mir die hinterlistige, bösartige Verhaltensweise von schönen Frauen ständig vor Augen zu halten. Denn sonst könnte ich Gefahr laufen, ihr zu sehr zu vertrauen. So sehr ich sie auch liebe – jedesmal, wenn ich den Namen ›Corinna‹ über die Lippen bringe, werde ich an meine betrügerische Mutter erinnert, die mir versprochen hatte, bei mir zu bleiben und mich zu lieben, bis ich ein Mann wäre. Nichts wird mich jemals wieder so verletzen.«

Seine seltsamen Gedanken ließen mich erschauern. Wie konnte er so von diesem süßen engelhaften kleinen Baby sprechen? Was war los mit ihm? Würde er sich niemals ändern? In diesem Augenblick haßte ich Malcolm aus ganzer Seele, und ich schwor mir, daß ich alles tun würde, um dieses Kind vor diesem verdorbenen Menschen zu schützen. Oh, ich würde dieses Mädchen hegen und pflegen wie mein eigenes Kind. Und ich würde sie davor bewahren, so zu werden wie Alicia oder Malcolms Mutter.

»Geh aus meinem Zimmer, Malcolm«, befahl ich ihm. »Du bist krank, und ich möchte nicht, daß du noch einmal solche Dinge über unsere Tochter sagst.«

Malcolm ging, und ich betrachtete voller Entzücken mein wundervolles Baby. Ich entdeckte zehn zierliche Zehen, zehn lange schlanke Finger. Ja, sie würde alle Vorzüge in sich vereinen, würde ein Leben führen können, das mir versagt geblieben war. Denn sie würde von allen geliebt werden. Ich wiegte das Kind in den Schlaf und schlummerte dann neben ihm ein. Es war ein langer, schwerer Tag gewesen.

Die Wintersonne hatte schon ihren höchsten Punkt erreicht, als ich am nächsten Tag meine Vorhänge aufzog. Die kleine Corinna war ein Engel und hatte, ganz anders als die meisten Neugeborenen, von denen ich gehört hatte, ganze sechs Stunden durchgeschlafen. Die Schwester kam, um ihr die Flasche zu geben. »Lassen Sie mich das machen«, verlangte ich. Die Schwester würde nicht lange bei uns bleiben, denn ich wollte dieses Kind allein aufziehen. Dann erinnerte ich mich an Christopher; ich mußte aufstehen und mich um ihn kümmern. Er war sicherlich ganz verstört. Ich hatte ihn ja am Weihnachtsbaum ohne ein Wort der Erklärung einfach stehenlassen. Widerwillig überließ ich Corinna der Schwester und lief los, um Christopher zu suchen.

Ich fand ihn weder in seinem Schlafzimmer noch im Kinderzimmer. Eine furchtbare Ahnung befiel mich, und ich lief zum Nordflügel. Ich riß die Tür auf. Das Zimmer war leer. Alicia war verschwunden, und nichts erinnerte daran, daß sie jemals hier gewesen war. »Christopher!« rief ich, während ich die Treppe hinunterstürzte. »Christopher! Wo bist du? Christopher, bitte, komm zu deiner Olivia!« Meine Stimme hallte in den stillen leeren Gängen. Ich setzte mich auf das Sofa im Salon und weinte, wie ich noch nie in meinem Leben geweint hatte. Christopher war fort; er hatte mir nicht einmal Lebewohl gesagt. Alicia hatte ihren Sohn zurückgefordert, und Malcolm hatte sie fortgebracht, ohne daß ich meinen geliebten Christopher noch einmal hatte umarmen können. Ich schluchzte vor mich hin und schwor mir, niemals zuzulassen, daß mit Corinna das gleiche geschah.

Das Weihnachtsfest, zu dem Mal und Joel nach Hause kamen, war ganz anders, als sie es jemals erlebt oder sich vorgestellt hatten. Malcolm veranstaltete die großartigste und verschwenderischste Weihnachtsparty, die je auf Foxworth Hall gegeben wurde. Er stach sogar Garland aus, dem er so oft seine Verschwendungssucht vorgeworfen hatte. Ich erkannte bald, daß Malcolm seine gewohnte Sparsamkeit vergaß, sobald es um Corinna ging.

Zunächst einmal war die Gästeliste um einiges länger als bei unseren früheren Weihnachtsparties. Es wurden nahezu fünfhundert Leute eingeladen, und darunter waren viele, die Malcolm nur oberflächlich kannte. »Corinna Foxworth lädt Sie herzlich zu ihrer ersten Weihnachtsparty auf Foxworth Hall ein« stand in Großbuchstaben auf den Einladungskarten.

Er baute in der Eingangshalle eine Bar auf und bestellte Kisten vom teuersten Champagner. Das perlende Getränk wurde in vier riesige Kristallfontänen gefüllt, die es in große silberne Auffangkelche sprühten. Sechs Kellner füllten die schimmernde Flüssigkeit in langstielige Sektgläser und reichten sie den Gästen zum Empfang. Überall waren Kellner in schwarz-weißer Livree, die auf silbernen Tabletts köstliche Kleinigkeiten anboten: kleine Brotecken, die mit Kaviar bestrichen waren, feine Lachsscheiben auf Crackern und die größten Shrimps, die ich je gesehen habe, aufgespießt auf goldene Zahnstocher.

Unser Weihnachtsbaum war gegen einen anderen ausgetauscht worden, der sechs Meter hoch war und den Tausende von glitzernden Kugeln und Lichtern schmückten. Der Stern an seiner Spitze war aus echtem Silber. Unter diesem Baum baute Malcolm Dutzende von Geschenken für Corinna auf, die in schimmerndes Geschenkpapier eingepackt waren. Ich mußte ihn daran erinnern, auch die Geschenke für Mal und Joel dazuzulegen.

Das kalte Buffet war auf einem zehn Meter langen Tisch aufgebaut. Gerösteten Truthahn, Roastbeef, Lachsscheiben, Gänseleberpastete, Kaviar und Hummer gab es in Hülle und Fülle.

Malcolm hatte außerdem eine zehnköpfige Kapelle engagiert und für sie auf der linken Seite der Halle eine Bühne errichten lassen. Es war sogar eine Sängerin dabei, die die gängigsten Schlager sang, etwas, was Malcolm nur selten ertragen konnte. Er hatte diese Party wie ein großes geschäftliches Unternehmen geplant und mich mit keinem Wort darauf vorbereitet.

Malcolm hatte außerdem Hunderte von roten Kerzen besorgt, die fröhlich in silbernen Haltern flackerten. Alle fünf Arme der drei riesigen kristallenen Kronleuchter waren angezündet. Die Lichter verbreiteten einen überirdischen Glanz, der der ganzen Szene etwas Unwirkliches verlieh. Man erwartete geradezu die Ankunft von Aschenputtel und ihrem Prinzen.

Die Gäste trugen ihre festlichste Garderobe und ihren kostbarsten Schmuck. Die Luft vibrierte bei ihrer angeregten Unterhaltung und ihrem Gelächter.

Vor dem Fest hatte Malcolm einen Fotografen engagiert, der sie aufnahm, wie sie in ihrer Wiege lag oder von Malcolm im Arm gehalten wurde. Die Bilder waren stark vergrößert worden und in goldenen Rahmen direkt am Eingang aufgestellt worden, so daß die Gäste, die zur Party kamen, sogleich Malcolms Foxworths schöne Tochter sehen konnten. Der Fotograf hatte das Blau ihrer Augen und den goldenen Schimmer ihres Haares naturgetreu eingefangen. Niemand konnte ohne einen Ausruf der Bewunderung an ihrem Bild vorbeigehen.

Tatsächlich war Corinnas Schönheit in aller Munde. Einige der Frauen, wie Beneatha Thomas und Colleen Demerest, konnten ihre Eifersucht nicht verbergen. Als ich mich einmal zu ihnen gesellte, stellte ich fest, daß sie Corinnas Aussehen genauestens analysiert hatten.

»Ich sehe so viel Ähnlichkeit mit Malcolm«, sagte Beneatha, »aber kaum eine Ähnlichkeit mit Ihnen, meine Liebe.« Ich sah, wie die anderen Frauen sich anlächelten, und mußte an meine erste Party in der Gesellschaft Virginias denken, und wie sie es damals geschafft hatten, daß ich mir dumm und unbeholfen vorkam.

»Ich bin sicher, sie wird außergewöhnlich schön und groß«, sagte Colleen, wobei sie die Betonung auf ›groß‹ legte. Einige der Frauen wandten sich ab, um ihr Lächeln zu verbergen, doch ich nahm unwillkürlich eine noch aufrechtere, selbstbewußte Haltung ein. Sie hatten keine Tochter wie Corinna. Aus ihnen sprach nur der Neid.

Herablassend sagte ich: »Ja, ich kann jetzt schon sagen, daß sie meine Veranlagung hat. Sie jammert nicht und weint nicht, sie wird also nicht so schwach und unselbständig wie die meisten Frauen von heute sein. Und ich denke, sie wird von mir auch die Intelligenz geerbt haben, so daß sie sich, wenn sie so alt ist wie wir, mit ernsthafteren Gesprächsthemen befassen wird.« Ich ließ sie sprachlos dort stehen.

Viele Gäste hoben die blauen Augen und die goldenen Haare hervor und betonten, daß sie eine Foxworth sei. Als ich einmal in der Nähe von Dorothea Cambden stand, äußerte sie gerade, daß Corinna der Beweis dafür wäre, daß Kinder oft mehr ihren Großeltern nachschlagen als ihren Eltern.

»Für dieses Kind ist es ein Segen«, sagte sie, »wenigstens von Seiten der Mutter her.«

Jeder in der Gruppe hielt den Atem an, als ich hinzutrat und mich an Dorothea wandte.

»In welchem Sinne ist es ein Segen, Dorothea?« fragte ich. Sie war eine kleine Frau mittleren Alters, die gegen die Jahre ankämpfte, indem sie sich die Haare färbte und gewagte Kleider trug, die für viel jüngere Frauen bestimmt waren. Ich baute mich in meiner ganzen Größe vor ihr auf, so daß sie verschreckt zurückwich.

»Nun... ich... ich meine, sie sieht Malcolms Mutter so sehr ähnlich.«

»Ach, bist du so alt, Dorothea, daß du dich an seine Mutter erinnerst.«

»Nun, ja, doch«, sagte sie, und ihre Augen irrten hilfesuchend von einem zum anderen. Oh, wie ich diese peinliche Situation genoß!

»Babys verändern sich natürlich, wenn sie älter werden, nicht wahr? Würde irgend jemand euch nach euren Babyfotos erkennen?« fragte ich. »Oh«, fügte ich mit geheucheltem Erschrecken hinzu, als ob ich einen fürchterlichen Versprecher getan hätte, »oh, es tut mir leid, Dorothea. Es gab wohl noch gar keine Kameras, als du ein Kind warst.«

»Wie? Was... natürlich, ich...«

»Entschuldigt mich«, sagte ich, »ich sehe, daß die Murphys gerade angekommen sind«, fügte ich hinzu, drehte mich schnell um und ließ sie stehen.

»Wie grob!« sagte jemand in ihrer Gruppe, und sie scharten sich um sie wie Küken um eine verletzte Henne.

Ich ging herum und hielt Ausschau nach weiteren Opfern. Immer wieder mischte ich mich unverhofft in Gespräche ein und beschämte die Spötterinnen. Oh, wie ich es genoß, diese geistlosen Frauen zu quälen! Haßerfüllte Blicke trafen mich, aber ich kümmerte mich nicht mehr darum, was diese aufgeputzten Gänse von mir dachten. Denn ich hatte jetzt Corinna, und ich würde bekannt werden als die Mutter des schönsten Kindes von ganz Virginia.

Irgend jemand mußte Malcolm auf mein Treiben aufmerksam gemacht haben, denn er kam zu mir, nahm meinen Arm und zog mich in die Bibliothek. Abermals mußte ich an meine erste Party denken, denn genau so war er damals mit diesem ›Backfisch‹ in die Bibliothek gegangen. Ich durchlebte in diesem Augenblick noch einmal alle Gefühle von damals; Wut und Schmerz stiegen in mir hoch. Ich war keineswegs in der Stimmung, einen seiner Anfälle über mich ergehen zu lassen.

»Was ist denn los?« fragte ich.

»Was tust du dort draußen?« erwiderte er und stierte mich mit weit geöffneten und leicht blutunterlaufenen Augen an. Der Champagner war ihm in den Kopf gestiegen.

»Was meinst du?« Ich wußte genau, was er meinte, tat aber völlig unschuldig.

»Ich meine damit, daß du alle Frauen beleidigst – sogar die Ehefrauen von einigen meiner wichtigsten Geschäftspartner«, hielt er mir vor.

»Ich denke«, setzte ich an, »daß diese sogenannten High-Society-Frauen –«

»Es interessiert mich nicht, was du denkst«, schnauzte er. »Es geht nicht um dich, es geht um Corinna. Es ist ihre Party, die du kaputtmachst.«

»Corinna? Bist du verrückt? Sie ist doch noch ein Baby! Ich möchte nicht, daß sie zu einem frivolen verwöhnten Wesen erzogen wird – wie es deine Mutter war. Außerdem versteht sie ja gar nicht, was um sie herum geschieht«, sagte ich. »Und diese Ausgaben für ein Baby... ganz egal, wie wunderbar und kostbar sie ist... es ist eine Sünde.«

»Das ist keine Sünde«, antwortete er und schlug dabei seine rechte Faust in die linke Handfläche. Er war furchtbar aufgeregt. »Es ist das, was sie verdient.«

»Verdient?« Ich fing an zu lachen.

»Du bist eifersüchtig«, sagte er. »Du bist eifersüchtig auf das Baby – und eifersüchtig auf Alicia, die so ein schönes Baby bekommen hat, neidisch auf ihre blauen Augen und ihr goldenes Haar. Ich dulde das nicht, das sage ich dir, ich dulde das nicht!« Inzwischen hatte er beide Hände zu Fäusten geballt. Er wirkte so wütend und betrunken, daß ich befürchtete, er würde mich schlagen. Doch ich beschloß, mich nicht einschüchtern zu lassen.

»Nein, Malcolm, du bist derjenige, der eifersüchtig ist. Eifersüchtig auf mich und meine Tochter.«

»Was?« Diese Vorstellung schien ihn zu verwirren. Er lehnte sich zurück, als ob ich jetzt ihn geschlagen hätte. »Sie ist meine Tochter, nicht deine. Sie ist nicht von deinem Blut und hat nichts mit dir gemein. Und darüber bin ich froh!« Sein Blick war voller Haß, aber ich ließ mich nicht von seinem verletzenden Hohn beeindrucken.

»Oh, nein, Malcolm, da irrst du dich. Du wolltest, daß ich die Mutter dieses Kindes bin. Und jetzt bin ich seine Mutter, und zwar seit dem Zeitpunkt, wo ich mich auf dein kleines Spiel eingelassen habe. Aber jetzt, Malcolm, ist es nicht mehr nur ein Spiel, jetzt ist es unser Leben und unsere Familie, und ich bin inzwischen ebenso eine Foxworth wie du.« Ich ging an ihm vorbei und öffnete die Tür.

»Ich gehe zurück zu den Gästen«, sagte ich. »Du kannst hierbleiben und mit dir selbst weiterstreiten.«

Er raffte sich auf und ging mit mir hinaus. Von Zeit zu Zeit schaute er mich drohend an, doch ich ignorierte ihn einfach. Um zwölf Uhr befahl er der Schwester, Corinna herunterzubringen. Die Jungs hatten heute aufbleiben dürfen, und so konnten wir uns alle fünf vor den Weihnachtsbaum stellen und Familienfotos machen lassen.

Malcolm hatte Corinna im Arm, und ich hielt die Hände der beiden Jungs, die rechts und links von mir standen. Die Gäste applaudierten. Malcolm strahlte vor Stolz, als er auf seine Tochter heruntersah.

»Sie weiß, daß es ihre Party ist!« verkündete er und sah mich durchdringend an. Die Menge lachte über seine Ausgelassenheit.

»Ein Trinkspruch«, rief Matthew Allen, einer von Malcolms Geschäftspartnern. Er erhob sein Champagnerglas, und die Kellner eilten umher und boten den Gästen Gläser an. »Auf die Foxworths«, sagte er, »und besonders auf ihre schöne Tochter Corinna! Ein frohes, frohes Weihnachten und ein glückliches neues Jahr!«

»Auf die Foxworths«, sagte das Publikum im Chor, und die Gläser wurden geleert. Die Musik setzte ein, und Malcolm bewegte sich durch die Menge und zeigte seine schöne Tochter herum.

Ich holte meine Jungen zu mir heran.

»Vater liebt sie viel mehr als uns«, sagte Mal.

»Ihr müßt beide lernen, damit zu leben, Mal«, sagte ich und drückte beide Jungs an meine Brust. Ich liebte sie sehr, und in meinem Herzen war Platz genug für drei Kinder. Ich würde keinem von ihnen meine Zuneigung entziehen.

Ich küßte sie beide auf den Kopf und drückte sie wieder an mich, während wir Malcolm beobachteten, wie er seine Tochter hoch in die Luft hielt, so daß sie beinahe wie ein Engel aussah, der vom Weihnachtsbaum heruntergeflogen war. Er strahlte vor Verzückung.

14. KAPITEL
Corinna

Auch in der Zeit nach jener Weihnachtsparty kannte Malcolm kein Maß, wenn es um Corinna ging. Seine Liebe zu ihr war grenzenlos. Die Jungs fühlten sich völlig vernachlässigt und waren zutiefst unglücklich. Ich tat mein möglichstes, um ihnen zu versichern, daß den Eltern all ihre Kinder kostbar waren, daß ich und auch Malcolm ihnen immer zugetan sein würden, auch wenn es ihm schwerfiele, seine Zuneigung für seine Söhne zu zeigen. Ich glaubte, die Jungs waren tatsächlich froh, als sie im neuen Jahr zur Schule zurückkehren konnten, so überflüssig kamen sie sich in Foxworth Hall vor. Malcolm war jetzt fast jeden Abend zu Hause, um mit Corinna herumzuturteln und herumzuschmusen. Er redete mit ihr wie mit einer Erwachsenen, und manchmal schien es mir, als glaube er, seine Mutter vor sich zu haben – so als sei sie ein zweites Mal auf die Welt gekommen. In solchen Momenten lief stets ein Schauer über meinen Rücken. Als sie fort waren, war ich in der Lage, mich ihr selbst mehr zuzuwenden.

Aber Malcolm bestand darauf, daß die Schwester, die er zu Anfang eingestellt hatte, im Hause blieb. Jedesmal, wenn ich zu Corinna ging, um sie zu füttern oder in den Arm zu nehmen, war diese Frau in meiner Nähe, beobachtete mich argwöhnisch und schnaubte mißbilligend über die Art, wie ich meine Tochter behandelte.

Eines Morgens, als Mrs. Stratton Corinna die Flasche gab, riß mir der Geduldsfaden. »Ich habe Ihnen doch hundertmal gesagt, daß ich Corinna füttere. Warum halten Sie sich nicht an meine Anordnungen?«

»Gnädige Frau«, entgegnete sie kalt, »es hat mir niemand gesagt, daß ich Ihren Anordnungen folgen soll. Im Gegenteil, Mr.

Foxworth hat mir in allen Einzelheiten erklärt, wie der Tagesablauf des Kindes aussehen soll.«

»Wie bitte?« Ich war verblüfft. »Ich möchte, daß Sie bis zum Nachmittag das Haus verlassen. Ihre Dienste werden hier nicht mehr benötigt.«

»Ich fürchte, es gibt hier ein Mißverständnis, Mrs. Foxworth«, beharrte Mrs. Stratton. »Als Mr. Foxworth mich einstellte, trafen wir ein Abkommen, daß das Kind auf unbegrenzte Zeit unter meiner Obhut bleibt.«

Ich war rasend vor Wut, aber ich wollte nicht, daß mein süßes unschuldiges Kind darunter leiden mußte, und so drehte ich mich rasch um und stürmte aus dem Zimmer. Den ganzen Morgen wanderte ich die Gänge von Foxworth Hall entlang und bereitete mich innerlich auf eine neue Kraftprobe mit Malcolm vor.

Am Nachmittag fühlte ich mich ein zweites Mal überrumpelt: Einrichtungsleute tauchten auf und fingen an, den Raum neben Malcolms Schlafzimmer als Kinderzimmer herzurichten. Malcolm hatte beschlossen, daß sie nicht im Kinderzimmer der beiden Jungs wohnen sollte. Abermals war keine Ausgabe zu groß, und abermals hatte er mich vor vollendete Tatsachen gestellt. Die Arbeiter nahmen meine Anwesenheit kaum wahr.

Ich konnte mich den ganzen Tag nicht beruhigen. Ich versuchte, Malcolm in seinem Büro zu erreichen, aber Malcolm ließ sich immer verleugnen. Es hatte keinen Sinn, wenn ich ihm ausrichten ließ, er sollte mich zurückrufen, und wenn ich ihn dann abends darauf ansprach, erklärte er mir, daß er zu beschäftigt gewesen sei. Als er an diesem Abend nach Hause kam, wartete ich schon auf ihn an der Schwelle zur Bibliothek. Er wäre schon eher heimgekommen, aber er war noch in ein Spezialgeschäft für Kinderkleidung gegangen und hatte fünf neue Schlafanzüge für Corinna gekauft. Mit dem Päckchen im Arm und mit einem vor Aufregung leuchtenden Gesicht betrat er das Haus und schickte sich an, direkt zu dem Kind hinaufzueilen.

»Malcolm!« rief ich, als er auf seinem Weg zur Treppe an mir vorbeikam. Er lief diese Treppe oft wie ein sechzehnjähriger Junge hinauf, um noch schneller bei Corinna zu sein.

»Was willst du?« fragte er voller Ungeduld. Während der letzten Monate hatte er mich völlig ignoriert.

»Ich möchte jetzt gleich mit dir reden«, sagte ich.

»Kann das nicht warten?« fragte er und zog eine Grimasse. Er hatte nicht einmal den Schnee von Schultern und Rücken geschüttelt. Die weißen Flocken schmolzen auf seinem Haar, und die goldenen Strähnen schimmerten im Licht. Aber er nahm es gar nicht wahr, oder es kümmerte ihn nicht.

»Bitte komm herein«, sagte ich und drehte mich um. Er stöhnte, doch dann folgte er mir. Die Päckchen legte er auf seinen Schreibtisch.

»Nun? Wo brennt es?«

»Ich möchte Mrs. Stratton entlassen. Jetzt gleich, Malcolm.«

»Mrs. Stratton ist eine ausgebildete Säuglingsschwester. Corinna soll nur das Beste haben.«

»Und was ist mit mir? Ich bin ihre Muttr. Ich bin schließlich auch die Mutter deiner Söhne!«

»Bei den Jungs ist das etwas anderes«, sagte er.

»Und warum?« fragte ich.

»Darum!« Er konnte es nicht ertragen, wenn man ihm widersprach. Er war es gewohnt, daß ihm alle bedingungslos gehorchten. Es mußte bitter für ihn sein, daß ausgerechnet seine eigene Frau es wagte, ihm die Stirn zu bieten.

»Es ist Luxus und Verschwendung«, sagte ich und schüttelte den Kopf. »Die Frau wird sich hier fürchterlich langweilen, wenn sie so gut ausgebildet ist, wie du sagst. Die meiste Zeit werde ich –«

»Du wirst gar nichts tun«, schnauzte er. »Du wirst ihr Corinna voll und ganz überlassen. Dafür wird sie bezahlt. Sie hat meine Anweisungen; misch dich da nicht ein.«

»Welche Fehler habe ich bei deinen Söhnen gemacht?« Ich wollte ihn nicht so leicht davonkommen lassen. Er reagierte nicht. »Malcolm, welche Fehler?« hakte ich nach.

»Schau dir die Jungs doch an.« Er grinste hämisch.

»Was stimmt denn nicht mit ihnen?«

»Du solltest besser fragen, was mit ihnen stimmt. Sie sind schwächlich, sie sind faul, sie haben kein Interesse an meinen Geschäften, die ihnen dieses Leben hier erst ermöglichen«, sagte er mit großer Geste. »Du hast sie verdorben und sie dahin gebracht, daß sie meine Gegenwart nicht ertragen –«

»Daran bist du selbst schuld«, unterbrach ich ihn. »Du quälst sie in einem fort.«

»Ich stelle eben Ansprüche«, erklärte er ungerührt. »Ich möchte, daß sie Männer werden und keine Muttersöhnchen. Mal streicht immer noch um das Klavier herum, wenn ich nicht da bin. Und Joel... Joel ist immer noch so zart und schwach wie ein kleines Mädchen.«

»Aber das liegt doch nicht an –«

»Schluß jetzt!« Er schlug auf seinen Schreibtisch. »Mrs. Stratton wird bleiben, bis ich sie entlasse. Das ist mein Wille, und ich bezahle sie mit meinem Geld. Misch du dich da nicht ein.«

»Corinna ist auch *mein* Kind!«

Ein höhnisches Lächeln spielte um seine Lippen. »Wirklich, Olivia? Nein, sie ist nicht dein Kind. Sie ist meine Tochter. Sie ist ganz und gar eine Foxworth«, fügte er hinzu. In seinen verqueren Vorstellungen war Corinna einzig und allein seine Schöpfung. »Sie verdient nur das Beste, und von nun an wird sie genau das bekommen. Du kannst das nicht verstehen«, fuhr er fort, schüttelte den Kopf und schaute mich mitleidig an. »Dein Vater hat dich eben mehr wie einen Jungen behandelt als wie ein Mädchen. Egal, es geht dich nichts an. Kümmere dich um deine Angelegenheiten, und laß Mrs. Stratton ihre Arbeit tun. Sorge für die Jungs«, fügte er hinzu. »Es reicht schon, was du bei ihnen anrichtest.« Er nahm seine Pakete wieder auf.

Ich wußte nicht, was ich tun sollte, damit sich bei dieser Auseinandersetzung das Blatt zu meinen Gunsten wendete.

Er ging auf die Tür der Bibliothek zu.

»Warte«, rief ich, »was soll das mit dem neuen Kinderzimmer, das du für sie einrichten läßt?«

»Was das soll?«

»Ich bestehe darauf«, sagte ich, »daß du mich darüber informierst, bevor du solche Entscheidungen triffst. Ich möchte nicht noch einmal derartig überrascht werden.«

Er drehte sich um und betrachtete mich, als wäre ich ein lästiges Insekt, das man einfach nicht los wurde. Dann zog er verächtlich seinen rechten Mundwinkel herunter und schüttelte den Kopf.

»Als ich deinem Plan mit diesem Kind zustimmte, geschah das

unter der Bedingung, daß ich von nun an für alles im Haushalt verantwortlich wäre und die Dinge nach meinen Vorstellungen ablaufen würden. Du hast auch zugestimmt, daß es mein Kind wäre. Gott allein kann sie mir wieder nehmen, nicht du.« Ich hielt inne, um Atem zu schöpfen, und blickte ihn durchbohrend an. »Du kannst das neue Kinderzimmer haben, Malcolm, aber nur unter einer Bedingung. Mal und Joel bekommen auch ein Zimmer, jeder ein eigenes, wo sie sich aufhalten können, wenn sie von der Schule nach Hause kommen. Und in jedem Zimmer wird ein Klavier stehen.«

»Sehr gut«, sagte er mit einem Ausdruck von Abscheu im Gesicht. »Ich kümmere mich nicht mehr darum, wie du deine Söhne erziehst. Sie sind bereits völlig verzogen; mach weiter so.« Er schritt aus dem Zimmer, und ich hörte wie er die Treppe hinaufeilte, um endlich zu seiner Tochter zu kommen.

Auch ich konnte es morgens nie abwarten, in Corinnas Zimmer zu kommen. Mit jedem Tag wurde sie schöner. Als ihr seidiges goldenes Haar lang war, band ich hübsche rosa Bänder hinein, so daß sie aussah wie eine Prinzessin aus dem Märchenland. Oh, jetzt verstand ich diese Art von Liebe, die anscheinend jeder für dieses süße, engelhafte Mädchen empfand.

Als Corinna fast drei Jahre alt war, ersetzte Malcolm Mrs. Stratton durch eine englische Gouvernante. Sie hieß Mrs. Worthington, war ein vierundfünfzigjähriges Fräulein und hatte zuvor die Kinder des Herzogs und der Herzogin von Devon erzogen. Ich mochte die Frau von Anfang an nicht leiden, und sie mochte mich auch nicht. Malcolm hatte ihr offensichtlich deutlich gemacht, daß sie sich nicht um mich zu kümmern bräuchte. Sie fragte mich nie, ehe sie etwas mit ihr unternahm. Sie stellte für das Kind einen Plan auf und führte ihn bedingungslos durch.

Bereits in der ersten Woche begehrte Corinna auf und bat mich, Mrs. Worthington fortzuschicken. »Ich möchte mit dir zusammenbleiben, Mommy«, weinte sie. »Ich mag die andere Dame nicht.«

»Corinna, mein Liebling, du weißt, ich wäre auch lieber mit dir allein. Aber dein Vater besteht darauf, er meint, daß du unbedingt eine Gouvernante haben mußt. Das Beste, was du tun kannst, ist Mrs. Worthington zu gehorchen.«

Obwohl ich Mrs. Worthington nicht mochte, begann ich doch bald, ihre Fähigkeiten zu bewundern. Oh, ich wünschte so sehr, daß Corinna all den Charme und die Grazie haben würde, die mir versagt geblieben waren.

Sie war eine selbstsichere, fast schon arrogante Frau und beinahe einen Meter achtzig groß. Ihre Kleidung war von viktorianischer Strenge, und sie verzichtete auf jedes Make-up. Ich sah sie nie ohne sorgsam aufgestecktes Haar. Sie stand morgens sehr früh auf und machte sich jeden Tag zurecht, als ob sie zu einer Audienz bei der Königin ginge.

Ihre Freizeit verbrachte sie lesend in ihrem Zimmer, oder sie unternahm lange einsame Spaziergänge auf dem Gelände von Foxworth Hall. Sie achtete sehr darauf, was sie aß, und war für ihr Alter ziemlich schlank.

Malcolm hatte entschieden, daß Corinna frühzeitig mit uns am Tisch essen sollte. Den Jungs hatte er das erst gestattet, als sie fünf Jahre alt waren.

Als Corinna das erste Mal von Mrs. Worthington zum Tisch geführt wurde, sahen die Jungs und ich überrascht auf. Wieder einmal wurde ich von Malcolm vor vollendete Tatsachen gestellt. Er stand auf, verbeugte sich und klopfte auf den Stuhl an seiner Seite. Corinna wollte darauf zulaufen, aber Mrs. Worthington hielt sie sofort auf.

»Corinna«, sagte sie zurechtweisend, und das Kind zögerte. Ich war über diesen Gehorsam erstaunt, da ich bereits festgestellt hatte, daß Corinna sehr launisch und eigensinnig sein konnte. Stets flatterte sie von einer Sache zur nächsten. Ihre leuchtenden blauen Augen waren voller Mutwillen. Es war etwas Schelmisches in ihrer Schönheit und der Art, wie sie Malcolm um den kleinen Finger wickelte. Er konnte ihr keinen Wunsch abschlagen. Wenn er sie auf Ausflüge mitnahm, war sie beim Heimkommen bepackt mit neuen Spielsachen oder Puppen. Manchmal war sie vollkommen neu eingekleidet oder hatte neue Schuhe. Malcolm bestand darauf, daß ihr goldenes Haar jeden Tag mit hundert Strichen gebürstet wurde; daher glänzte es stets so strahlend, daß sie wie ein Engel aussah.

Und doch gehorchte sie Mrs. Worthington aufs Wort, da sie wußte, daß dies den Beifall ihres Vaters fand. So blieb sie auf Mrs.

Worthingtons Ermahnung hin sofort stehen und wandte sich um. Mrs. Worthington war an der Tür stehengeblieben und wartete mit verschränkten Armen darauf, daß Corinna zu ihr zurückkam.

»Wir schreiten zum Tisch«, sagte sie, »wie es sich bei Damen geziemt. Und denke daran, wie man seinen Platz einnimmt«, fügte sie hinzu. Corinna richtete sich auf und schritt auf den Tisch zu. In ihrer Haltung lag jetzt die typische Arroganz der Foxworths. Die Jungen und ich schauten fasziniert zu. Malcolm stand auf und zog den Stuhl für sie zurück, etwas, das er niemals für mich getan hatte, nicht einmal in der ersten Woche unserer Ehe. Corinna wandte sich fragend an Mrs. Worthington; als diese nickte, sagte sie »Danke, Daddy« und setzte sich. Malcolm schaute Mrs. Worthington mit einer Mischung aus Dankbarkeit und Respekt an.

Später, als die Kinder alle zu Bett gebracht worden waren und Mrs. Worthington sich zurückgezogen hatte, ging ich in die Bibliothek hinunter, um mit Malcolm zu sprechen.

Draußen herrschte gerade ein schreckliches Gewitter. Die Regentropfen schlugen gegen die Fenster, und der Donner ließ die Scheiben klirren. Der Wind rüttelte an den Läden und fuhr durch die Ritzen der Fensterrahmen. Malcolm saß an seinem Schreibtisch und blätterte ungerührt in seinen Papieren. Verärgert hob er den Kopf, als er mich erblickte. Mein Erscheinen brachte ihn mehr aus der Ruhe als dieses schreckliche Gewitter.

»Was gibt es denn jetzt schon wieder?« fragte er und runzelte die Stirn. Ohne mich einschüchtern zu lassen, ging ich quer durch die Bibliothek auf seinen Schreibtisch zu.

»Ich verstehe, daß Mrs. Worthington Corinna gute Manieren beibringen will, aber wie kannst du das erlauben, wo die Jungen doch erst mit uns essen durften, nachdem sie fünf Jahre alt waren? Meinst du, sie bemerken diese… diese unnatürliche Bevorzugung nicht?«

»Unnatürliche Bevorzugung? Wovon redest du?« fragte er. Er lehnte sich in seinem Stuhl zurück, um mir das Gefühl zu geben, ich wäre diejenige, die falsch liegt. »Wie oft soll ich es dir noch sagen? Mädchen müssen eben anders aufgezogen werden. Sie haben ihre besonderen gesellschaftlichen Verpflichtungen. – Und habe ich nicht für die Jungs einen Privatlehrer angestellt?« fragte er schnell, ehe ich etwas erwidern konnte. »Ich wollte nur ihr Bestes, aber du hast mich dazu gezwungen, ihn zu entlassen!«

»Ich habe dich gezwungen?« Ich war so wütend, daß ich kaum ein Wort herausbrachte. »Nach dem, was du angerichtet hattest, konnte er nicht bleiben. Außerdem mochte ich den Mann sowieso nie leiden.«

»Genau das meine ich«, sagte er. »Du hast gegen ihn intrigiert, bis du eine Möglichkeit gefunden hast, ihn loszuwerden. Du hast den Jungen ihre Chance genommen, nicht ich«, beharrte er. »Ich habe es dir schon früher gesagt, und ich sage es dir jetzt noch einmal, wenn es um Corinna geht, treffe ich die Entscheidungen. Nun mische dich nicht mehr ein.«

Diese Diskussionen wiederholten sich immer wieder, doch Malcolm beharrte auf seinem Standpunkt. Jeden Streit beendete er dadurch, daß er mich der Eifersucht beschuldigte.

Bis zu einem gewissen Grad hatte er recht. Wenn ich zusah, wie Corinna zu einem schönen jungen Mädchen heranwuchs mit all den Vorteilen und Möglichkeiten, die Malcolms riesiges Vermögen bot, mußte ich an meine eigene Kindheit denken. Und natürlich beunruhigte es mich, daß sie immer mehr Alicia zu ähneln begann. Wenn Malcolm sie anschaute, mußte er zwangsläufig an die Frau seines Vaters denken, von deren Schönheit er so besessen gewesen war.

Als Corinna zehn war, kam sie auf eine Privatschule. Malcolm war untröstlich, und auch mich bedrückte die Leere, die ihr Weggang in dem großen, düsteren Haus hinterlassen hatte. Es war, als hätten die Schatten von Foxworth Hall die Sonne für immer vertrieben. Ich war einsamer, als ich es jemals zuvor gewesen war. Malcolm war jede Nacht »geschäftlich« unterwegs. Oh, ich wußte, welcher Art diese Geschäfte waren, ich hörte, was sich die bösen Zungen in der Stadt erzählten, und ich schämte mich für Malcolm. Vielleicht war das der Grund, weshalb ich so viel Trost in Gott fand. Durch meinen Cousin John Amos wurde ich zum Glauben zurückgeführt. Seine Mutter war gestorben, und so war er ebenso verwaist wie ich. Er besuchte mich in Foxworth Hall und ermutigte mich, mit ihm zu beten, und als wir in ruhiger Meditation zusammensaßen, fühlte ich, wie der Heilige Geist mich erfüllte, so wie John Amos es mir vorausgesagt hatte. Er bestand darauf, daß ich mit ihm zur Kirche ging, und als er wieder in den Norden fuhr, ließ er mir eine umfangreiche Anleitung zur Bibellektüre zurück. Ich hatte mich so lange gegen Malcolms Versuche, mich zu demütigen, gewehrt, so daß ich mich nun voller Erleichterung der Demut gegenüber Gott ergab.

Malcolm beobachtete meine neue Frömmigkeit mit Argwohn. Er vermißte Corinna genausosehr wie ich, doch sein einziger Trost waren seine Besuche in ihrer Schule. Die Jungs dagegen besuchte er nie in ihren Internaten. Ich fuhr zu ihnen, wann immer es möglich war, und sie schrieben mir lange Briefe. Malcolm wußte nicht, daß sie beide ihre musikalische Ausbildung fortsetzten.

Die Jungen schwärmten ebenfalls für Corinna. Sie waren genauso fasziniert von ihrer Schönheit und ihrem Charme wie Malcolm. Auch sie verwöhnten sie, lasen ihr die Wünsche von den Augen ab. Sie nahmen sie mit zum Segeln und zum Reiten, und als Mal das Alter erreichte, in dem er selbst Auto fahren konnte, fuhr er sie, wohin sie wollte.

Als sie einmal alle zu Thanksgiving nach Hause gekommen waren, ging ich mit den Jungs in einen der vorderen Salons, um etwas zu besprechen. Malcolm machte mit Corinna einen Einkaufsbummel in Charlottesville, weil sie ihm gesagt hatte, ihre gesamte Garderobe sei unmodern. Das war eine Tragödie für sie, obwohl sie erst elf Jahre alt war.

Ich ließ Mal und Joel auf einem Sofa Platz nehmen. Draußen herrschte ein frühes winterliches Schneetreiben. Daher waren alle bereits in Ferienstimmung und erwarteten voller Ungeduld, daß es Weihnachten würde. Die Jungs und Corinna hatten schon angefangen, unseren großen Weihnachtsbaum zu schmücken, nur saß Corinna dabei die meiste Zeit auf einem unserer hochlehnigen provençalischen Stühle und gab den Jungs Anweisungen.

»Mal,« setzte ich an, »an deinem nächsten Geburtstag wirst du achtzehn, und wie ich euch Jungs schon vor Jahren gesagt habe, hat jeder von euch mit achtzehn Zugang zu einem Vermögen, das es euch ermöglicht, unabhängig zu sein. Doch Unabhängigkeit erfordert Verantwortungsgefühl«, sagte ich und machte eine Pause.

Mal sah wie gewöhnlich gespannt zu mir auf. Mit seinen langen Beinen saß er sicher nicht sehr bequem auf dem leichten Sofa mit den hellblauen Polstern, doch er hielt still. Joel dagegen rutschte unruhig herum und strich sich nervös durch sein dünnes goldenes Haar.

»Ich weiß, Mutter«, sagte Mal, »Vater hat gestern mit mir darüber geredet.«

»Gestern? Was hat er gesagt?« fragte ich.

»Er möchte, daß ich ihm das Geld übereigne, so daß er es weiterhin gut anlegen kann.«

»Was hast du geantwortet?« fragte ich rasch. Die Jungs bemerkten meine Erregung und blickten mich erschrocken an.

»Ich habe ihm gesagt, daß ich mit dir darüber sprechen will«, sagte Mal.

»Das hast du gut gemacht, Mal. Du solltest das Geld niemals deinem Vater überlassen. Er würde alles für Corinna ausgeben«, erklärte ich. Joel fing an zu lachen, aber mein Blick ließ ihn verstummen. »Ich mache hier keine Scherze, meine Lieben. Ich habe euch hier zusammengerufen, weil ich der Meinung bin, daß ihr eure Schwester nicht mehr so verhätscheln sollt. Euer Vater hat sie schon genug verzogen, aber in seiner Verblendung merkt er nicht, was er damit anrichtet. Noch ist es nicht zu spät, um ihr zu helfen, aber ihr könnt euch sicher vorstellen, was für eine Frau sie wird, wenn das so weitergeht. Sie hat keine Vorstellung vom Wert des Geldes, sie denkt, jeder ist nur dazu da, um sie zu bedienen – besonders ihr beide. Ich mag die Art nicht, wie sie euch ausnutzt.«

Die Jungs blickten mich schweigend und nachdenklich an.

»Ich liebe eure Schwester. Versteht mich nicht falsch«, sagte ich. »Aber ich habe das mit eurer Erbschaft ernst gemeint. Euer Vater ist dazu fähig und überschreibt ihr alles, und ihr dürft nicht glauben, daß ihr das gleichgültig wäre. Ich weiß, sie wirkt kindlich und unschuldig, aber hinter dieser Fassade denkt Corinna wie eine Foxworth.« Ich hielt inne und schaute die beiden an. Mal nickte, und Joel lehnte sich zurück, die Arme vor seiner schmalen Brust verschränkt.

»Was sollen wir tun?« fragte Joel mit seiner hohen Stimme, die sehr weiblich wirkte. Ich dachte oft, daß Joel ein hübsches Mädchen abgeben würde, wenn auch vielleicht nicht ganz so hübsch wie Corinna.

»Schaut euch an, was sie von euch verlangt. Lehrt sie ein bißchen Verzicht und Geduld und helft ihr so, ein besserer Mensch zu werden«, wies ich sie an. »Was euren Vater und sein Interesse an eurem Vermögen betrifft, so sagt ihm, daß ihr euch an meinen Rat haltet. Er soll zu mir kommen.«

»Warum hat er uns dieses Vermögen gegeben, wenn er es wiederhaben will?« fragte Mal.

»Das ist etwas, was er und ich vor langer Zeit abgemacht haben, und es gibt Entscheidungen, die man nicht rückgängig machen kann. Die Gründe dafür sind im Augenblick unwichtig. Ihr müßt verstehen, daß ihr nicht so machtlos seid, wie ihr euch oft fühlt, jedenfalls nicht, solange ich die Herrin von Foxworth Hall bin«, fügte ich hinzu. Mal nickte nachdenklich, und Joel sah sehr bedrückt aus.

»Mit der Zeit wird alles besser werden«, schloß ich und lächelte. Ich wußte natürlich, daß es niemals besser werden würde.

Die Ferien waren für uns immer wieder Festtage. Malcolm lebte stets auf, wenn die Ankunft seiner Prinzessin bevorstand. Obwohl ich sah, welche Beziehung Malcolm zu Corinna hatte und wie schlecht er seine Söhne behandelte, konnte auch ich ihre Ankunft nicht abwarten. Sie brachte Licht und Leben nach Foxworth Hall. Als sie dreizehn war, war sie schon eine kleine Dame und sehr beliebt bei den Gleichaltrigen. Alle ihre Freundinnen wetteiferten um ihre Aufmerksamkeit und Gunst.

Unsere Weihnachtsparties waren auch weiterhin verschwenderisch, nur inszenierte Malcolm die Feste, da Corinna jetzt eine kleine Dame war, wie Debütantinnenbälle. Auf jeder Weihnachtsparty präsentierte er sie der Gesellschaft von Virginia.

Je älter sie wurde, desto mehr wuchs Malcolms Bewunderung für seine schöne Tochter. Er hatte sie nicht nur regelmäßig fotografieren lassen, er hatte auch ihr Porträt malen lassen, etwas, was ihm bei mir nie in den Sinn gekommen wäre. Das Bild von Corinna wurde im Jagdzimmer aufgehängt, wo sich Malcolm ungestört daran weiden konnte.

Eines Abends aßen Malcolm und Corinna allein zusammen. Die Jungs waren noch nicht aus ihren Internaten zurückgekommen. Corinna war schon da, weil Malcolm sie extra abgeholt hatte. Sie saß da wie eine Dame, ein würdiger Zögling von Mrs. Worthington, und beschrieb ihre Schulerlebnisse. Malcolm war hingerissen, er hielt den Ellenbogen aufgestützt, sein Kinn auf der Hand und lächelte ununterbrochen. Er war gebannt von ihren leuchtenden blauen Augen und ihrem wohlklingenden Lachen. Ich beobachtete sie durch einen Türspalt. Sie schienen weit weg zu sein, so als lebten sie in ihrer eigenen Welt, in der ich nichts zu suchen hatte.

Als sie ihre Geschichte beendet hatte, beugte sie sich vor und küßte ihn auf die Stirn. Er griff nach ihrer Hand.

»Du hast deinen Daddy lieb, nicht wahr?« Er blickte sie gedankenverloren an, als ob er sich nicht sicher wäre.

»Aber ja doch, Daddy!« sagte sie und lächelte ihn an.

»Dann versprich mir, daß du immer bei mir bleiben wirst, und ich verspreche dir, daß das alles dir gehören wird.« Er machte eine ausladende Geste mit dem Arm, und Corinna sah zu der hohen Decke hinauf. Sie kicherte. »Ich meine es ernst«, sagte er. »Alles, was ich besitze, wird meiner Prinzessin gehören. Wirst du für immer bei mir bleiben?«

»Natürlich werde ich das, Daddy«, sagte sie, und er küßte sie auf die Wange. »Aber tust du mir dann jetzt einen Gefallen?«

»Jeden, meine Prinzessin, alles, was dein kleines Herz begehrt.«

»Ich möchte gerne in dem komischen Zimmer wohnen, das immer abgeschlossen ist. Kann ich es haben? Oh, sag bitte jetzt gleich ja, und ich werde meinen ganzen Umzug allein machen«, sagte sie und klatschte in die Hände. Ihr Gesicht leuchtete rot vor Aufregung.

»Welches Zimmer«, fragte Malcolm. Er lächelte sanft, da er nicht ahnte, welches Zimmer sie meinte.

»Das Zimmer mit dem Schwanenbett. Oh, wie ist es wunderschön!«

Malcolm wurde dunkelrot, doch seine Lippen wurden weiß.

»Nein«, sagte er mit zusammengebissenen Zähnen. »Ich verbiete dir, in dieses Zimmer zu gehen.«

»Aber warum denn?« Ihr Gesicht verzog sich vor Enttäuschung. Sie war es nicht gewohnt, daß man ihr etwas abschlug.

»Es ist ein schlechtes Zimmer, ein verfluchtes Zimmer«, sagte Malcolm, ohne zu bedenken, daß er dadurch das Zimmer für sie noch aufregender machte.

»Warum?« fragte Corinna.

»Weil der Geist von der zweiten Frau meines Vaters dort lebt«, sagte Malcolm in der Hoffnung, daß diese Aussage sie abschrecken würde. Ihre Augen wurden groß, und sie legte die Hände aneinander, als ob sie beten wollte. »Und sie war keine nette Frau.«

»Warum war sie keine nette Frau?« fragte sie, beinahe flüsternd.

»Das ist nicht wichtig. Für manche Dinge bist du noch zu jung«, sagte er.

»Aber Daddy, ich bin doch schon so groß. Wir wissen doch beide, daß es keine Geister gibt. Ich glaube nicht, daß dieses Zimmer von einem Geist beherrscht wird. Laß mich dort einziehen; und wenn du Angst hast, daß es dort einen Geist gibt, du dummer Daddy, dann werde ich ihn für dich verscheuchen.«

»Ich will, daß wir dieses Thema jetzt beenden, Corinna. Schluß damit!« brüllte er.

»Aber ich möchte dieses Zimmer haben«, beharrte sie. »Es ist das schönste Zimmer im ganzen Haus.« Sie lief von Malcolm fort und weinte bitterlich.

Von dem Tag an ließ ich Corinna immer in das Schwanenzimmer hinein, wenn Malcolm zur Arbeit gegangen war. Ihr Interesse an dem Zimmer faszinierte mich. Sie liebte es, an dem langen Schminktisch zu sitzen und die große Dame zu spielen, die Herrin von Foxworth Hall, die sich für einen außergewöhnlichen Ball zurechtmacht.

Ich wußte, was sie dort drinnen tat, denn ich konnte sie ja durch das Loch hinter dem Bild in Malcolms Jagdzimmer beobachten. Natürlich wußte Corinna nicht, daß ich ihr nachspionierte. Sie saß am Schminktisch und kämmte sich die Haare mit der Bürste, die Alicia gehört hatte. Einmal zog sie eines der Nachthemden ihrer Großmutter an. Sie zog die Schnürbänder an dem Leibchen besonders fest, so daß das Gewand nicht rutschen konnte. Ich sah, wie sehr sie sich darin wohl fühlte, wie sie mit den Innenflächen der Hände über ihren Busen und ihren kleinen

Bauch strich. Sie schloß ihre Augen und bekam einen Ausdruck von Ekstase, wie ich ihn bei einem Mädchen ihres Alters nicht für möglich gehalten hätte. Sie schritt auf und ab wie die Prinzessin, zu der Malcolm sie gemacht hatte, und kroch dann in das Schwanenbett. Sie schlief dort tatsächlich ein, angetan mit einem Nachthemd aus silberner Seide.

Ich sah, wie sich ihr kleiner Brustkorb hob und senkte, und dachte daran, wie Alicia Garland in diesem Bett geliebt hatte. Vielleicht hatte Malcolm recht, vielleicht gab es wirklich Geister dort drinnen, vielleicht zog etwas Böses die kleine Corinna in seinen Bann.

Ich hielt sie nicht davon ab, dort umherzuschleichen, ich verbot ihr nicht, die Sachen von Alicia und von Malcolms Mutter zu benutzen. Tief in meiner Brust fürchtete ich, daß es nicht der Geist von Alicia oder Corinna war, der in jenem Zimmer herrschte, sondern der Teufel selbst, der jedes unschuldige junge Mädchen verdarb, das dort lebte.

15. KAPITEL
DER SCHWÄRZESTE TAG

»Mommy, ich bin jetzt eine Frau!«

Ich war draußen im Garten und schnitt gerade die letzten Sommerchrysanthemen. Mein Garten blühte in jenem Jahr; es lag vermutlich daran, daß alle Kinder im Sommer daheim gewesen waren und wir oft zusammen im Garten gearbeitet hatten. In der Pracht meines Gartens spiegelte sich das Glück, das meine Kinder in die Düsterkeit von Foxworth Hall gebracht hatten. Zu schnell war es September geworden, und in einer Woche würden sie wieder fort sein. Joel und Corinna würden in ihre Internate zurückkehren und Mal nach Yale, wo er allmählich den ganzen Ehrgeiz entwickelte, in den Malcolm ihn seit dem Tag seiner Geburt getrieben hatte. Ich legte die Gartenschere zur Seite, als ich die aufgeregte Corinna auf mich zulaufen sah. Ihr goldenes Haar wehte hinter ihr her wie ein Schal, der aus Sonnenlicht gewebt war.

»Mommy, ich bin jetzt eine Frau!«

»Liebling, was redest du da?«

»Mommy, ich bin...«

Mein Herz blieb stehen und ich taumelte, erschreckt und zitternd.

»Mommy, ich habe meine...«

Ihr Gesicht war gerötet, ihre blauen Augen voller Staunen und Aufregung, und sie kicherte schüchtern. »Mommy, ich habe meine Periode bekommen. Ich bin jetzt eine richtige Frau.«

Ich beugte mich herunter und nahm ihre Hände in meine. Ich war verblüfft. Corinna war erst vierzehn Jahre alt, sie kannte noch nicht den Unterschied zwischen Frau-Sein und Fraulichkeit. Und doch war sie nun aufgeregt und stolz darauf, eine Frau zu sein. Wie anders war es doch für mich gewesen! Ich hatte meine Periode erst bekommen, als ich schon sechzehn Jahre alt war, und zu der Zeit war meine Mutter bereits tot, und ich hatte niemanden, mit dem ich das Geheimnis meiner Veränderung besprechen konnte.

»Mommy, binde mir einen Kranz für meine Haare zum Feiern. In früheren Zeiten hat man das doch immer gemacht, um große Ereignisse zu feiern?«

Corinna sammelte die Blumen, die ich geschnitten hatte, auf und band sie zu einem festlichen Gebinde zusammen. Ich beobachtete sie mit einer bitter-süßen Mischung aus Neid und Liebe. Denn als ich ein Mädchen war, war der einzige Kranz, den mein Frausein mir brachte, eine trockene Dornenkrone. Ich hatte mich sogar dafür geschämt, daß ich meine Menstruation bekommen hatte, ich wollte es vor meinem Vater und den Dienstboten verstecken; ich war so voll Angst und Scham, daß jemand es herausfinden könnte, daß ich an jenem Abend zu Gott gebetet habe, er möge mich doch ein kleines Mädchen bleiben lassen. Oh, ich wollte keine Frau werden, und das mit gutem Grund, denn selbst wenn ich es jetzt betrachtete, was hatte es mir gebracht außer der Liebe meiner Kinder, die alle bald ihr eigenes Leben als Erwachsene beginnen würden? Und dann war hier Corinna, die jetzt schon der Typ von Frau war, der ich nie gewesen war und der ich nie sein würde.

Corinna ging hinüber und setzte sich auf den großen Findling, der unseren Garten zierte. »Wirst du mir jetzt alles über die Liebe erzählen, Mommy? Ich bin jetzt doch soweit, oder? Oh, ich habe so viel Verlangen in mir, ich habe das Gefühl, ich könnte platzen.«

»Über die Liebe, Corinna? Du bist doch noch ein Kind.«

»Aber Mommy, ich habe so viele Fragen. Ich bin so...« Sie neigte ihren Kopf und band große Vergißmeinnicht in ihre goldenen Locken. »Ich bin so neugierig, ich möchte alles wissen.«

»Corinna –«

»Wenn ein Mann dich küßt, Mommy, stirbst du dann vor Liebe?«

»Liebling –«

»Wenn er dich in seine Arme nimmt –«, sie umarmte sich

selbst, sprang auf und tanzte durch die Blumen, »– hast du dann das Gefühl, die Erde schwankt? Mommy, ich muß es wissen! Wenn ich den Rest meines Lebens in Foxworth Hall verbringen muß, dann sterbe ich. Ich will heiraten. Ich will lieben. Ich möchte jede Nacht zum Tanzen ausgehen. Ich möchte mitgenommen werden auf Kreuzfahrten in exotische Länder, wo die Frauen keine Blusen tragen und die Männer die Trommeln schlagen. Oh, ich weiß, Daddy würde es nicht gutheißen, für ihn soll ich immer das kleine Mädchen bleiben, aber du weißt, daß das nicht sein kann. Du mußt dir auch einmal alle diese Dinge gewünscht haben, Mommy. Du mußt dir einen Mann gewünscht haben, der dich erobert, der dir verspricht, dich immer und ewig zu lieben, der die Welt erbeben läßt, wenn er nur deine Hand berührt. Hast du das bei Daddy gefühlt?«

»Dein Vater –«

»Er ist so stattlich, ich wette, ich wette wirklich –« Corinna faßte mich um die Taille. »– Ich wette, du warst geradezu verrückt nach ihm.«

Damit fing sie an, mit mir durch den Garten zu tanzen.

Schließlich blieb ich atemlos stehen und setzte mich auf den Findling, um Luft zu holen. Konnte Corinna den Schmerz in meinen Augen sehen? Verrückt nach ihm? Ja, ich war verrückt gewesen, verrückt wegen meiner verzweifelten Hoffnung auf Liebe. Aber was bekam ich statt dessen? Die Vollziehung unserer Ehe, die warm und wunderschön hatte sein sollen, war eine sprichwörtliche Vergewaltigung. Er war über mich hergefallen mit dem Namen seiner Mutter auf den Lippen. Das war meine Einweisung in die Liebe gewesen.

Corinna starrte mich erwartungsvoll, beinahe schon ängstlich mit einem seltsamen Ausdruck in ihren himmelblauen Augen an.

»Mommy«, sagte sie, »versprich mir, daß mich jemand lieben wird, daß irgendein wundervoller junger Mann mein Herz gewinnen wird. Versprich es!«

Plötzlich zogen dunkle Schatten über ihre Augen, und sie beugte sich nach vorn, von einem Krampf geschüttelt.

»Das Frausein bringt zusätzlich zu den Freuden auch Schmerzen, und jeden Monat wirst du daran erinnert werden. Weißt du, Corinna, die Beziehungen zwischen einem Mann und einer Frau sind oft viel komplizierter, als du es dir vorstellen kannst. Sie bestehen nicht nur aus Sonnenschein und Regenbogen, obwohl wir uns das von ganzem Herzen wünschten. Wie die Dichter uns gesagt haben, ähnelt die Liebe eher einer Rose mit harten, stechenden Dornen unter der herrlichen schönen Blüte. Einige von uns nehmen die Dornen kaum wahr, so süß ist der Duft der Rose, aber für andere ist die Blüte klein und verschrumpelt, fast schon bevor sie geblüht hat, und uns bleibt ein Busch voller Dornen, die wie kleine Nadeln in unser Herz stechen –«

»Aber Mommy, der Schmerz ist schon fast vorbei. Ich weiß, du weißt alles über das Leben, Mommy, und du willst mich beschützen. Aber tief in meinem Innern habe ich eine Gewißheit, und ich weiß einfach, daß es stimmt. Ich weiß, ich werde eines von diesen besonders glücklichen Mädchen – ich meine Frauen – sein, die eine ganz besondere Liebe erleben, eine reine, leuchtende, lebenslang andauernde Liebe. Und ich weiß, wenn es soweit ist, bin ich bereit, und ich werde alles, alles, alles dafür tun, daß ich sie erleben kann. Oh, Mommy, ich weiß schon, daß die Dinge nicht immer zum Besten stehen zwischen dir und Daddy. Aber das heißt ja nicht, daß es für mich auch so sein wird, nicht wahr?«

Ich wußte, daß es für sie anders sein würde, so wie es für Alicia und davor für Corinna anders gewesen war. Wie beneidete ich sie doch!

»Wird es das, Mommy? Wird es für mich anders sein?«

Ich schaute in ihr Gesicht, in der Frage war ihr voller Kirschenmund leicht geöffnet. »Mit Sicherheit, Corinna, bestimmt wird alles anders für dich sein. Weil du die Gaben hast, die sich alle Frauen wünschen: Schönheit, Sanftmut, Unschuld, ein Herz voller Liebe –«

Ich zog sie an meine Brust, damit sie die Tränen nicht sah, die mir in die Augen schossen. Oh, wie sehr wünschte ich, daß sie mein Kind wäre! Aber sie war ja mein Kind. Meine Liebe hatte sie zu meinem Kind gemacht. Endlich hatte meine Liebe etwas Wundervolles geschaffen und war mit der schönsten Blume in ganz Virginia belohnt worden.

»Komm, Liebes, laß uns hineingehen. Hast du dich mit allem versorgt, was du brauchst?«

»Oh, Mommy, natürlich. Mrs. Tethering gab mir, was ich brauchte, und du weißt natürlich, Mommy, daß die Mädchen in der Schule von nichts anderem reden. Oh, ich bin so glücklich, daß es noch rechtzeitig passierte, ehe ich zur Schule zurückkehren muß. Ich habe sie als Mädchen verlassen, aber ich komme als Frau zurück.«

Corinna überschlug sich fast auf dem Weg zurück ins Haus, und gerade, als wir die Eingangstreppe hinaufgingen, donnerte Mal die Auffahrt auf einem glänzenden schwarzen Motorrad herauf. Wir blieben beide stehen und staunten, unsere Münder weit offen. Malcolm hatte es Mal wiederholt verboten, Motorrad zu fahren. Das war die Ursache für bittere Streitgespräche zwischen den beiden gewesen; Malcolm versuchte, Mal zu zwingen, sich nur auf seine Geschäfte zu konzentrieren; Mal dagegen bestand darauf, »sich auszutoben«. Ich versuchte, mich herauszuhalten, denn im Grunde machten mir diese Maschinen Angst, und es schien so gefährlich zu sein, aber Mal hatte es sich so sehr gewünscht! Nun war er endlich in den Genuß von dem Vermögen gekommen, das Malcolm auf meinen Druck hin für die beiden Jungs hatte beiseitelegen müssen. Und Mal war losgegangen und hatte sich ein Motorrad gekauft. Innerlich mußte ich lächeln, ich war irgendwie froh zu sehen, daß es Malcolm nicht gelungen war, den Willen meines Sohnes zu brechen. Oh, ich war stolz auf meinen Sohn Mal, er war so gutaussehend und klug, und außerdem liebte er das Leben. Wie er so die Auffahrt hinauffuhr, sah er glänzend aus, und Corinna jauchzte vor Vergnügen, als sie ihn sah.

»Hey, Corinna, willst du mitfahren?« Er ließ den Motor aufheulen. Sein männlicher junger Körper schmiegte sich an die riesige Maschine. Er trug Lederstiefel mit Metallkappen und einen wundervoll fließenden weißen Seidenschal wie ein Pilot aus dem Weltkrieg.

»Oh, Mommy, darf ich?«

»Corinna, es ist so gefährlich! Ich verbiete dir –«

»Mutter«, sagte Mal, »ich fahre mit ihr nur eine Schleife auf der Auffahrt. Sei nicht so altmodisch!«

»Darf ich? Oh, bitte, Mommy!«

»Glaubst du wirklich, daß sich so eine Dame benimmt?«

»Der Bruder von Lucy McCarthy hat auch ein Motorrad, und er fährt sie manchmal zur Schule, und die McCarthys sind wirklich reich und angesehen! Das sagt auch Daddy!«

Mal ließ den Motor wieder aufheulen. Ein dumpfes Dröhnen erfüllte die Auffahrt. Ich wollte nicht, daß Malcolm herauskam, um nachzuschauen, woher der Lärm kam.

»Mutter«, sagte Mal und wirbelte mit seinen Lederstiefeln ein wenig Staub hoch, »wir fahren nur die Auffahrt entlang. Ich setze sie oben am Tor ab. Außerdem, wenn du sie nicht mit mir fahren läßt, dann mußt du aufsteigen.«

Meine beiden Kinder lachten, schließlich sagte ich: »Aber nur die Auffahrt entlang.«

»Oh, ich danke dir, ich danke dir, Mommy«, jauchzte Corinna.

Sie kletterte auf das riesige Motorrad und klammerte sich fest an Mals Taille.

Ich mußte zugeben, daß sie ein prachtvolles Paar bildeten: Corinna mit ihren blonden Haaren, die zarten Arme um den Bruder gelegt, und Mal, mit seiner Lederjacke, den Stiefeln und dem weißen Schal.

»Fahr vorsichtig!« rief ich, aber die laute Maschine war schon davongezogen, sie zog eine Spur von aufgespritztem Kies und Sand hinter sich her.

Als ich zusah, wie sie über die Hügelkuppe verschwanden, fühlte ich einen kalten Hauch in meinem Nacken. »Was war das?« verlangte die kalte böse Stimme von Malcolm zu wissen. Ich drehte mich rasch um. Malcolms Wut hatte bereits eine gefährliche Kraft entwickelt, aber er riß sich noch zusammen, verräterisch waren nur sein blutrotes Aussehen, seine hervorquellenden wütenden Augen und seine zusammengeballten Fäuste, die er fest gegen seine Hüften drückte. Er sah aus wie ein überheizter Ofen kurz vor der Explosion. »Träume ich, oder habe ich recht gesehen?« wollte er wissen.

»Malcolm, ich habe es schon vor langem aufgegeben, herauszufinden, was du siehst«, gab ich zurück. Er war so wütend, daß er wie eine Karikatur von sich selbst aussah. Ich konnte nicht anders, ich mußte ihn einfach noch ein bißchen reizen.

»Was glaubst du denn, was du gesehen hast?« fragte ich.

»Ich sah«, donnerte er, »wie eine schwachsinnige mittelalterliche Frau ihre kostbare junge Tochter zu ihrem idiotischen ersten Sohn auf das Motorrad steigen ließ. Das Motorrad habe ich ihm immer wieder verboten. Und ohne einen Gedanken an das Wohlergehen ihrer Kinder ließ sie sie auf diese gefährliche Maschine steigen und wie Halbstarke die Einfahrt entlangbrausen, und dann sah ich noch, wie die schwachsinnige mittelalterliche Frau dazu lächelte.«

»Ich lächelte deshalb«, antwortete ich und richtete mich zu meiner vollen Größe auf, »weil ich mir vorgestellt habe, wie es wäre, wenn ich selbst darauf fahren würde.«

»Du bist eine noch größere Närrin als ich dachte, Olivia. Du warst Närrin genug, als du mich erpreßt hast, den Jungs ein Vermögen zu übereignen, in dessen Genuß sie in dem lächerlich jungen Alter von achtzehn Jahren kommen. Siehst du jetzt, wieviel wirtschaftliches Verantwortungsgefühl und Wissen sie haben? Diesem jungen Mann soll ich die Leitung eines Konzerns mit einem Wert von achtzehn Millionen Dollar übergeben? Ich habe dich gewarnt. Laß mich das Geld betreuen, laß mich die Ausgaben kontrollieren, aber nein, du mußtest... du mußtest mich dazu erpressen, ihnen ein kleines Vermögen zum Verschleudern zu überlassen.

Und das ist genau das, was er jetzt angefangen hat... es zu verschleudern. Ich bestehe darauf, nein, ich verlange von dir, daß du ihm befiehlst, daß er dieses... dieses Ding sofort verkauft und versucht, den größten Teil der Ausgaben hereinzubekommen.«

»Ich wüßte nicht, wie ich das machen sollte«, sagte ich mit ruhiger Stimme. Ich wußte, je ruhiger und leiser ich sprach, desto wütender wurde er.

»Was! Warum nicht?«

»Das Geld gehört ihm, und er kann damit machen, was er will. Er kann nicht jedes Mal bei mir nachfragen, wenn er etwas davon ausgeben will. Das würde ihm seine Unabhängigkeit rauben, und die Unabhängigkeit ist eine wichtige Sache in diesem Lebensabschnitt«, sagte ich. »Du hattest sie auch in seinem Alter.«

»In seinem Alter hatte ich auch mehr Vernunft!« Er starrte mich an. »Du genießt das, nicht wahr? Du denkst, auf diese üble Art und Weise kannst du dich an mir rächen, nicht wahr?«

»Natürlich nicht«, sagte ich, obwohl er in gewissem Sinne recht hatte.

»Das wird schwer auf deinem Gewissen lasten«, warnte er, indem er seinen rechten Zeigefinger drohend auf mich richtete. »Am Ende wirst du es bedauern, nicht auf mich gehört zu haben«, fügte er in der Arroganz der Foxworths hinzu, die ich so sehr zu hassen gelernt hatte. Er schaute zur Seite und stand einen Augenblick lang ruhig da. Ich sagte nichts. Dann wandte er sich wieder zu mir. Ich konnte spüren, daß er sich einigermaßen beruhigt hatte und fortfahren konnte.

»Und nun erwartest du von mir, daß ich meinen ältesten Sohn auf einem verdammten Motorrad nach Yale zurückfahren lasse? Olivia, du weißt, welche Pläne ich mit Mal habe. Ich kann ihn nicht herumfahren lassen wie einen aus dem Pöbel auf so einer neumodischen Maschine. Und Joel – sieh dir an, was du aus ihm gemacht hast – einen verträumten Musiker. Und ich habe dich gewarnt, er ist lebensuntüchtig, lebensuntüchtig, sage ich.«

»Alicia war davon überzeugt, daß Joel ein Wunderkind ist«, erinnerte ich ihn bissig. »Sie nannte ihn ein musikalisches Genie, und er ist es auch, Malcolm. Wenn du nur so einsichtig wärest und erkennen könntest, daß es Genies in vielen Bereichen gibt, nicht nur beim Geldverdienen.«

Seine Lippen zitterten vor Wut. Seine Augen glühten wie Stücke heißer Kohle, die das Feuer aufleuchten läßt. Die Vene an seinen Schläfen trat hervor, während er die Zähne zusammenbiß. Er schluckte und ging vorwärts, seine Schultern hoben sich, seine Brust war aufgebläht.

»Du benutzt meine Söhne, um mich zu schlagen. Das kannst du nicht leugnen. Du schlägst mit ihnen auf mich, so wie du mit einer Peitsche auf meinen nackten Rücken schlagen würdest, und bei jedem Schlag empfindest du eine schreckliche Befriedigung. Aber hüte dich«, warnte er mich, »deine Rache wird auf dich zurückfallen.«

»Versuche nicht, mir die ganze Schuld zuzuschieben«, antwortete ich schnell. Die Tage, an denen er mich einschüchtern konnte, waren schon lange vorbei. »Ich habe die Jungs nie darin unterstützt, daß sie dir nicht gehorchen. Daß sie so sind, wie sie sind, liegt an dir, weil du nie genügend Zeit mit ihnen verbracht hast, um ihnen ein Beispiel zu geben. Wie oft habe ich dich gebeten, daß du dich mehr um sie kümmern sollst. Aber nein, du hattest deine eigenen verhärteten Ansichten darüber, wie eine Vater-Sohn-Beziehung aussehen sollte; du bestraftest sie wegen deiner Gefühle für deinen Vater.

Und nun kannst du ernten, was du gesät hast. Du hast die Saat gesetzt, nicht ich. Und wenn die Ernte dir nicht gefällt, gib dir die Schuld, nicht mir.«

»Es mag sein, daß meine Söhne für mich verloren sind«, donnerte er. »Aber ich habe immer noch meine Tochter. Und sie gehört mir, Olivia, mir! Verstehst du das! Und ich erlaube es nicht, daß sie auf einem Motorrad herumfährt. Ich lasse es nicht zu, daß du sie gegen mich einnimmst. Ich lasse es nicht zu, daß sie ihr junges Leben aufs Spiel setzt, indem sie auf diesem Ding herumfährt!«

»Da kommt sie ja, Malcolm. Verdirb ihr nicht diesen Tag mit deiner dummen Wut.«

Corinna lief die Auffahrt hinauf, sie winkte Malcolm und mir zu. Sie war noch so weit von uns fort, daß ich dachte, ihre wilden Gesten rührten von ihrer Aufregung her. Eine schwarze Wolke schob sich vor die Sonne, und so sah ich nur ihre flatternden weißen Hände, wie kleine Tauben, die mir zuwinkten, und diese leuchtenden blauen Augen, die wie glühende Saphire in ihrem bleichen Gesicht wirkten. Oh, ich hatte keine Ahnung, was diese schönen blauen Augen gerade gesehen hatten!

»Daddy! Mommy!«

Ich rannte zu ihr hin. Ich wußte sofort, daß etwas Schreckliches passiert war. »Malcolm«, schrie ich, »komm sofort her!«

Corinna erstarrte plötzlich und brach schluchzend zusammen.

»Corinna!« schrie Malcolm. »Mein Liebling, was ist passiert? Bist du verletzt? Oh, mein Gott!«

»Oh, Daddy, Daddy, es ist Mal. Es ist Mal, er... o Gott... oh, Gott...« schluchzte sie.

»Du bist in Ordnung, mein Schatz«, stöhnte Malcolm, während er sie in den Armen hielt.

»Was ist mit Mal passiert? Was ist mit meinem Sohn passiert?« wimmerte ich.

»Er... wir... oh, Herr im Himmel, Mommy, er hat gesagt, ich soll absteigen, und dann... und dann ist er... er ist so schnell gefahren... oh, Mommy!«

»Wo ist mein Sohn?«

»Das Motorrad heulte auf. Es passierte alles so schnell, Mommy. Mal raste die Straße hinunter und dann...«

»Ja?« Ich erkannte meine Stimme nicht wieder.

»Und dann sah es so aus, als ob das Motorrad abhob, als ob er fliegen würde, und das nächste, was ich sah, war, wie er über die Klippe stürzte und... oh, Gott, oh, Gott... es gab eine entsetzliche Explosion, und eine riesige Menge Rauch stieg auf, und ich rannte nach Hause.«

Ich fing an zu laufen, die Auffahrt entlang, zur Straße hinunter. »Mal, o mein Sohn, mein Mal!«

Ich sah den Rauch, der in einer langen schwarzen Wolke aufstieg. Ein Feuer tobte am Fuß der Klippe wie eine brennende Sonne. Ich versuchte, dorthin zu laufen, aber Malcolms kraftvolle Arme hielten mich zurück.

»Halt, Olivia, du kannst ihm nicht mehr helfen.« Malcolms Stimme war kalt und beherrscht. Ich tobte in seinen Armen wie eine Furie. Ich mußte zu Mal gelangen.

»Er ist mein Sohn!« schrie ich. »Ich muß ihn retten.« Malcolm schüttelte mich, schüttelte mich, während er auf den schwarzen Rauch starrte, der aus dem Abgrund aufstieg. Dann blickte er hoch zum Himmel, einem Himmel, der plötzlich kalt und fern war. Er ließ mich zu Boden sinken und langte nach Corinna, die leise schluchzte und zusah, wie der Rauch den Himmel schwarz färbte – so schwarz, wie alle meine Tage von nun an sein sollten. Mal! Mein erster Sohn! Meine erste Liebe! Malcolm und Corinna sahen mich an, als ob mein Schmerz zu schwer für sie wäre. »Ich muß zu ihm gehen«, sagte ich und stand auf, aber Corinna legte ihre Arme um meine Taille. Malcolm schaute mich an und seine kalten blauen Augen brannten Eis in meine Seele. »Es ist zu spät, Olivia. Du hast deinen Sohn gehen lassen. Mal ist tot!«

An dem Tag, an dem wir Mal begruben, schien die ganze Welt mit uns zu trauern. Der Himmel war dunkel und böse, in der Ferne rollten Donner, als ob Gott sein Urteil bekräftigen wolle, um uns daran zu erinnern, daß Sein Odem allmächtig war und Er uns ameisengleiche Sterbliche mit einem Atemzug zermalmen konnte. Auf dem Begräbnis waren Hunderte von Trauergästen – Freunde von Mal, Joel und Corinna und viele von Malcolms Geschäftspartnern. An meiner Seite gab es nur einen Trauergast, John Amos, meinen letzten lebenden Verwandten, der, sobald er mein Telegramm bekommen hatte, mit dem Zug von Connecticut hierher gekommen war. Wir hatten über die Jahre hinweg brieflichen Kontakt gehalten, und ich hatte miterlebt, wie der junge John Amos sich ganz zu einem Mann Gottes entwickelt hatte, einem selbsternannten Priester, einem Ministranten ohne Amt. An diesem Tage hielt er die Begräbnisandacht für meinen geliebten Mal ab.

Der stille Schrei, der in meinem Kopf seit drei Tagen hallte, wurde auch durch John Amos Worte nicht zum Verstummen gebracht.

»Unser geliebter Mal ist aufgebrochen zu einer besseren Welt. Sein himmlischer Vater hat ihn in der Blüte seiner Jugend in Seinen Schoß genommen, und dort wird seine unschuldige Seele in himmlischem Frieden ruhen. Sein wahrer Vater hat ihn zu sich gerufen.« Malcolm schaute zu mir herüber, seine kalten blauen Augen versuchten, meinen schwarzen Schleier zu durchbohren. Wir standen am Rande des Grabes, Corinna und Joel waren zwischen uns. Joel hielt meine Hand, Corinna die ihres Vaters. In den zwei langen Tagen seit dem entsetzlichen Unfall hatte Malcolm kein Wort mit mir gesprochen, aber ich konnte an seinem Blick erkennen, daß er mir die Schuld an Mals Tod gab. Oh, es war so ungerecht, daß mir Mal genommen wurde! Ich flehte zu Gott, mich zu nehmen und Mal dem Leben zurückzugeben. War Malcolm so allmächtig, daß er Gottes Hilfe in Anspruch nehmen konnte, um jene zu bestrafen, die ihn herausforderten? Ich hatte in diesen zwei Tagen mein Zimmer nicht verlassen; nur Corinna und Joel waren dann und wann gekommen und hatten versucht, mich zu trösten, aber auch sie litten furchtbar. Wie konnte ich sie denn trösten? Mal war tot. Mal war tot? Mein Lieblingssohn war tot? In meiner Vorstellung sah ich ihn vor mir, wie er im Kinderzimmer stand und mit diesen fragenden Augen zu mir heraufschaute, mit ernstem Gesicht und aufrechter Haltung.

Als die Regentropfen zu fallen begannen und der Donner immer näher kam und schließlich über uns grollte, wurde mein Liebling Mal in sein Grab hinabgelassen, und einer nach dem anderen, Malcolm, ich, Joel und Corinna, nahmen wir eine Handvoll Erde und ließen sie auf seinen Sarg fallen. Mein Schleier verbarg meine Tränen, aber ich war so schwach, daß ich kaum gehen konnte. Wie sehr wünschte ich mir, ihm in das Grab nachzuspringen und mich mit Erde bedecken zu lassen, um mich vor der Welt zu verschließen! Aber ich mußte weiterleben, mußte stark bleiben, um Corinnas willen, um Joels willen.

Joel hatte es am meisten das Herz gebrochen. Er sagte fast gar nichts, aber er blieb ständig an meiner Seite. Sie waren einander so nahe gewesen trotz der Unterschiede in Alter und Temperament. Ich wußte, daß Joel an Mal gehangen und zu ihm aufgeschaut hatte. Mal war der Puffer zwischen ihm und seinem Vater gewesen, einem Vater, der ihn immer noch in Angst versetzte.

Corinna war außer sich vor Schmerz, sie gab sich die Schuld, so wie ich mir die Schuld gab, und wünschte, sie könnte die Uhr zurückdrehen und Mal zurückbringen. Es war John Amos, nicht Malcolm, der versuchte, sie zu trösten und ihren Schmerz zu stillen. Von allen Foxworths blieb nur Malcolm groß, würdig und einsam in seiner Trauer.

Am nächsten Tag ging Malcolm wieder an seine Geschäfte. John Amos blieb noch da, las mit uns in der Bibel, hielt Corinnas Hand, wenn sie weinte, streichelte sie und verhielt sich so wie ein liebevoller Vater. John Amos war ein großer dürrer Mann geworden mit dunklen braunen Haaren, die so dünn waren, daß er schon allmählich eine Glatze bekam. Dies verlieh ihm Würde und Ernsthaftigkeit. Er hatte das ernste blasse Gesicht eines Ministranten mit braunen Augen und einem harten Mund. Er schien viel älter zu sein als einunddreißig Jahre und viel weiser.

Aus meinen Briefen wußte er, wie wichtig meine Jungs für mich waren, und er hatte eine Vorstellung von meiner Beziehung zu Malcolm. Er kannte alle seine Geheimnisse.

Es schien, daß er mich mit der Stimme des Blutes verstand, er verstand, daß ich mir die Schuld gab, und er wollte mich diese Bürde nicht allein tragen lassen. »Olivia« sagte er mit seiner warmen, ruhigen Stimme, einem Balsam für meine Seele, »es ist der

Herr, der uns ruft, der Herr, der die himmlische Gerechtigkeit ausübt. Er hat den Sohn genommen, den Malcolm nicht anerkennen wollte, vielleicht war dies eine Botschaft für Malcolm, daß er lernen solle, zu lieben, was ihm gegeben wird. Gib dir nicht die Schuld, Olivia. Gottes Wege sind oft rätselhaft, aber sie sind immer gerecht.«

Malcolm konnte John Amos nicht leiden, aber das hatte für mich keine Bedeutung. Tatsächlich überzeugte mich die Tatsache, daß Malcolm ihn nicht mochte, erst recht von seinem Wert und seiner Bedeutung für mich. Das war der Grund, weshalb ich nach der Beerdigung, als John Amos sich so zuverlässig um die Dinge kümmerte, beschloß, ihn auf Foxworth Hall zu behalten. Corinna sollte schon bald zur Schule zurückkehren. Ich war sicher, sie war froh, dieses dunkle düstere Haus der Trauer verlassen zu können. Sie liebte Mal genauso, wie jedes junge Mädchen ihren Bruder liebt, aber für jemanden, der so voll Leben und Liebe und Hoffnung war, würde der Schatten der Trauer nicht so lange fortleben wie für uns, die wir kaum noch Hoffnungen und Träume hatten. An dem Tag, an dem wir Corinna verabschiedeten, schlug ich John Amos vor, daß er bleiben solle. Er war von dem Gedanken aufrichtig geschmeichelt, denn seine bisherige Arbeit befriedigte ihn nicht. Ich rief ihn in den Salon.

»Ich hätte es gerne, daß du auf Foxworth Hall bleibst«, begann ich, »und so eine Art Assistent von mir wirst. Offiziell wirst du als unser Butler angesehen, aber du und ich, wir werden immer wissen, daß du mehr für mich bist«, sagte ich. Es war mir, als ob mein Körper eine Rüstung wäre, hinter der ich ein Herz und einen Willen versteckte, die träge und kraftlos geworden waren. In Wahrheit konnte ich es nicht ertragen, länger mit Malcolm allein zu leben. Ich konnte es nicht ertragen, mit ihm und seinen größenwahnsinnigen Plänen Tag für Tag zu kämpfen. Ich brauchte einen Verbündeten, jemanden, der mir Kraft gab, mir half, an meiner Seite stand. Ich brauchte John Amos. Und er war ein Mann Gottes, der die bösen Absichten von Malcolm abwenden und vereiteln würde. Ich wollte ihn nicht auch den anderen meiner Söhne in den Tod treiben lassen und ihn nicht unumschränkt über Corinnas Leben bestimmen lassen, wie er es vorhatte.

»Bitte, John Amos, willst du nicht bleiben? Du bist solch ein

Trost für mich! Ich habe das Gefühl, daß du wirklich meine Familie bist – der einzige, der mir geblieben ist, und ich brauche deine starke christliche Hand als meine Führung.«

John nickte nachdenklich. »Ich habe dich immer bewundert, Olivia«, sagte er, »bewundert für die Kraft deines Willens, deine Zielgerichtetheit, aber am allermeisten für deinen Glauben an Gott und Seine Wege. Selbst jetzt in deiner Trauer haderst du nicht mit Gott. Du bist außergewöhnlich. Mehr Frauen sollten danach streben, wie du zu sein«, sagte er und nickte, als wäre er zu einer bedeutsamen Schlußfolgerung gelangt.

Ich konnte verstehen, warum Malcolm ihn nicht mochte. Er hatte Malcolms Art, mit großer Selbstsicherheit Aussagen zu machen, aber während Malcolm zu seinen Schlußfolgerungen durch einen arroganten Glauben an sich selbst kam, schöpfte John Amos seine Kraft aus dem tiefen Glauben an Gott und Seinen Willen.

»Ich danke dir, John. Aber im Gegensatz zu dem, was du denkst, bin ich eine Frau, die auch Schwächen hat. Ich brauche jemanden in meiner Nähe, der mir bei den Kindern hilft und der mir beisteht, dieses Haus in gerechter Art und Weise zu führen«, fügte ich hinzu.

»Ich verstehe, und ich kann mir keine größere Aufgabe vorstellen. Vor langer Zeit schon habe ich verstanden, daß meine Berufung in Bereichen liegt, vor denen andere Angst haben und zurückschrecken. Die Wünsche des Herren gehen eigene Wege«, sagte er mit einem Lächeln.

»Ich denke«, sagte ich und schaute ihn gespannt an, »du hast heute etwas von dem mitbekommen, was ich in meinen Briefen beschrieben habe. Du solltest jetzt verstehen, warum ich mich hier manchmal einsam fühle«, fügte ich hinzu.

»Ja. Und du hast mehr als nur mein Verständnis. Du hast meine Sympathie und meine Zuneigung. Ich verspreche dir, Olivia, solange ich hier an deiner Seite bin, sollst du dich niemals einsam fühlen.«

Ich lächelte leicht und hob meine Hand. Er nahm sie, und mit diesem Händedruck traf er ein Abkommen mit mir und mit dem Allmächtigen Gott. Das war das ermutigendste Erlebnis, das ich seit Jahren hatte.

Als ich die Nachricht Malcolm erzählte, reagierte er auf seine übliche Art. Er hatte sich in die Bibliothek zurückgezogen. Ein Mantel des Schweigens hatte sich über Foxworth Hall gelegt wie die schwüle Luft direkt vor einem Sommergewitter. Die Lichter waren schwach, der Himmel draußen ohne Sterne und bewölkt. Gnadenloser Wind schlug gegen die Fenster. Für mich war es wie das Fletschen der Zähne einer bösartigen haßerfüllten Bestie.

Malcolm stand mit dem Rücken zur Tür, er hatte die Hände hinter seinem Rücken verschränkt und schaute hinauf zu einer Reihe Bücher in einem hohen Regal. Er drehte sich nicht um, als ich den Raum betrat, obwohl er, wie ich wußte, meine Schritte gehört hatte. Ich wartete einen Augenblick.

»Ich habe eine Entscheidung getroffen«, sagte ich schließlich. »Ich habe meinen Cousin John Amos als Butler engagiert.«

Malcolm drehte sich ruckartig um. Der Ausdruck auf seinem Gesicht war fast schon abscheulich, eine Mischung aus Schmerz und Wut, die seine Züge verzerrte. Niemals hatten seine Augen so kalt ausgesehen.

»Wieso Butler? Wir haben doch einen Diener.« Er ließ die Worte wie einen Fluch klingen.

»Außerdem haben wir noch einen Fahrer. Das ist nicht angemessen und eine sinnlose Ausgabe, unwürdig für eine Familie und ein Haus, die so bedeutend sind wie wir«, antwortete ich fest.

»In dieser Zeit denkst du an Dienstboten?« Er schien gleichzeitig erstaunt und wütend zu sein.

»Bist du heute nicht zur Arbeit gegangen und hast deine Geschäftsgespräche geführt? Hast du heute deinen Untergebenen keine Anordnungen gegeben, die sie ausführen müssen? Hast du die ganze Zeit nur an Mal gedacht?« fragte ich in anklagendem Ton. Er schüttelte seinen Kopf, aber nicht um meine Frage zu verneinen, sondern nur, um seine Verachtung auszudrücken.

»Ich mag diesen Mann nicht. Er ist zu... zu verschlagen für meinen Geschmack.«

»Nichtsdestotrotz, ich habe ihn eingestellt. Die Führung des Hauses war immer in meiner Verantwortung gewesen und wird es immer sein. Es ist wichtig für uns, daß wir einen Diener haben, der nur die Pflichten eines Butlers erfüllt, und John Amos hat Fähigkeiten für diese Aufgabe. Er ist ein bescheidener und gläubiger Mann, der die Bedürfnisse der Menschen unserer Klasse versteht. Er ist damit einverstanden, die Stellung zu übernehmen, und er kann sofort anfangen.«

»Das ist dann dein Butler, nicht meiner«, sagte Malcolm herausfordernd.

»Wie du willst. Ich bin sicher, mit der Zeit wirst du den Mann schätzen lernen«, fügte ich ruhig hinzu.

Er drehte mir den Rücken zu und blickte wieder zu den Büchern hinauf.

»Joel fährt morgen früh ab«, sagte ich. Er wandte sich nicht um.

»Das ist gut. Er ist besser dran, wenn er zur Schule zurückfährt und sich mit seinem Lernstoff beschäftigt, als wenn er hier Trübsal bläst. Er trägt sonst nur zur Niedergeschlagenheit bei«, sagte er und machte eine Handbewegung, als ob er mich entlassen wollte. Ich richtete mich auf.

»Er fährt nicht zur Schule zurück«, sagte ich. Das brachte Malcolm dazu, sich umzudrehen.

»Was? Nicht zur Schule zurück? Was meinst du damit? Wo geht er denn dann hin?«

»Vor Mals Tod hat er bei einem Orchester vorgespielt, und sie waren von seinem Talent beeindruckt. Sie haben ihm einen Platz gegeben für ihre jetzige Europatournee. Er fährt direkt in die Schweiz.«

Malcolm kochte vor Wut.

»Tournee! Orchester! Schweiz!« sagte er und wedelte bei jedem Wort mit den Armen. »Ein Foxworth, ein Berufsmusiker, verdient einen Hungerlohn und zieht mit einer Bande von schlaffen... verweichlichten... Künstlertypen herum... Ich will das nicht hören! Ich will nichts mehr davon hören, verstehst du mich?«

»Jedenfalls ist es das, was er tun möchte«, sagte ich und fachte wieder seine Wut an, indem ich so ruhig sprach. »Ich werde nicht noch einen meiner Söhne zu Extremen zwingen.«

Malcolms Augen verengten sich, und er war einen Augenblick lang still. »Gib ihm zu verstehen«, sagte er und sprach jedes Wort mit einem haßerfüllten, bösartigen Tonfall aus, »daß er, wenn er dieses Haus verläßt, um diesen Weg einzuschlagen, niemals wieder zurückkehren darf.«

»Ich verstehe, Vater.«

Wir flogen beide herum und sahen Joel an der Schwelle zur Bibliothek. Er hatte in jeder Hand einen Koffer. Ich hatte nicht gewußt, daß er schon in dieser Nacht aufbrechen wollte.

»Ich bin heruntergekommen, um es dir selbst zu sagen«, sagte er.

»Und ich meine genau das, was ich gesagt habe«, sagte Malcolm. »Wenn du deine gute Ausbildung wegwerfen willst, um in Europa das Horn zu blasen, dann streiche ich dich aus meinem Testament.«

Eine lange Zeit betrachteten Joel und Malcolm sich gegenseitig. Es war, als ob Vater und Sohn sich das erste Mal sähen und wirklich erkannten, wer der andere war. Joels weiches Gesicht und seine sanften blauen Augen verrieten keine Furcht. Er sah eher wie ein Märtyrer aus, der dem gewalttätigen und hassenswerten Tyrannen, der ihn zum Tode verurteilt hat, vergibt. Ich sah, daß ein Lächeln um seine Lippen spielte.

»Du hast mich nie verstanden, Vater, und du hast auch Mal nie verstanden«, sagte er ohne Zorn in der Stimme. »Wir wurden beide nicht getrieben von deiner Jagd nach dem allmächtigen Dollar.«

»Das kommt, weil ihr schon immer so viele davon hattet«, entgegnete Malcolm, »wenn ihr arm gewesen wärt, wärt ihr nicht so trotzig und unverschämt.«

»Vielleicht nicht«, sagte Joel, »aber ich war nicht arm, und ich bin, was ich bin.« Er sah mich an. »Auf Wiedersehen, Mutter. Ich werde dich sehr vermissen. Bitte komm mit mir zur Tür. Draußen wartet ein Auto auf mich.«

»Du willst ihm das erlauben?« fragte Malcolm.

Als ich Joel anschaute, sah ich so viel von mir selbst in seinem Gesicht. Es war, als ob ich fortgehen würde, als ob ich den kalten Schatten entfliehen würde, die für immer auf Foxworth Hall zu herrschen schienen.

»Es ist das, was er tun möchte«, sagte ich sanft und schaute ihn an. »Er ist alt genug, um seine eigenen Entscheidungen treffen zu können. Er hat ein Recht auf eine eigene Meinung.«

»Das alles ist verrückt und dein Werk«, sagte Malcolm und zeigte anklagend mit dem Finger auf mich. »Das vergrößert nur noch die Last deiner Schuld.«

»Was?« Ich ging ein paar Schritte auf ihn zu und fühlte, wie mein Gesicht vor Wut brannte. »Du stehst da und versuchst, mir die Schuld zuzuschieben? Du, der du die Sünde in dieses Haus getragen hast, der sie eingeladen hat, als ob sie ein willkommener Gast wäre? Du hast an ihrer Seite gegessen, bist neben ihr gegangen, hast mit ihr geschlafen«, fuhr ich fort. »Du hast die Strafe Gottes über das Haus der Foxworths gebracht, nicht ich. Wenn irgend jemand dafür verantwortlich ist, dann bist du es«, antwortete ich.

Er sah Joel an und drehte sich dann um.

Ich ging zu Joel, und wir beide schritten Arm in Arm zur Haupteingangstür. John Amos, der schon seinen Pflichten nachging, hatte Joels Reisetasche in das Auto geladen. Er nahm die Koffer und trug auch sie hinaus.

»Es tut mir leid, daß ich dich in dieser schmerzvollen Zeit verlassen muß«, sagte Joel zu mir, »aber ich fürchte, wenn ich jetzt nicht gehe, werde ich niemals fortkommen. Mal hätte auch gewollt, daß ich gehe. Ich sehe ihn fast vor mir, wie er lächelnd an dem Klavier steht und mich ermutigt«, fuhr Joel fort und lächelte bei der Vorstellung.

»Ja, ich denke, er hätte es gewollt«, sagte ich. Auch ich stellte mir Mal vor, und dabei krampfte sich mein Herz vor Schmerz zusammen. Das war die Geburtsstunde eines kleinen grauen Vogels mit dem Namen »Angst«, der wild in meinem Brustkorb herumflatterte, aber ich versteckte dieses Gefühl vor Joel. »Ich werde dich so vermissen, Joel«, sagte ich und griff nach seinen Händen, zog sie an meine Lippen und küßte sie. »Du bist mein einziger Sohn, mein geliebter Joel, jetzt bist nur noch du da. So gehe mit Gott und werde glücklich!«

»Ich danke dir, Mutter!« Er beugte sich vor und küßte mich auf die Wange. Ich hielt ihn lange im Arm, dann eilte er zum Auto. Er winkte noch einmal und stieg dann ein.

John Amos und ich blieben stehen und schauten zu, wie die Rücklichter des Autos in der kalten Herbstnacht erloschen wie zwei große rote Sterne am Firmament.

DRITTER TEIL

16. KAPITEL

Licht und Schatten

Ich trauerte, trauerte über den Verlust meines Mal; ich trauerte dem strahlenden glücklichen Sommer nach, in dem alle meine Kinder um mich herum gewesen waren, vergnügt und gesund – eine Zeit, die nie wiederkommen sollte. Die einzige Freude in diesem langen, düsteren Winter waren kurze Briefe von Corinna, die kaum fähig schien, über Mals Tod hinwegzukommen, und ab und zu ein Brief von Joel. Joel, früher ein schwacher und verängstigter Junge, ein Junge, der sich dann aber gegen seinen Vater aufgelehnt hatte, befand sich in Europa. *Signore Joel Foxworth* stand in der italienischen Zeitung, die er mir schickte. *Der brillante junge Pianist, Monsieur Foxworth,* schrieben die französischen Zeitungen, *ein Talent, von dem man noch sehr viel hören wird.* Stolz erfüllte mich wieder, ein Stolz, vor dem mich John Amos immer wieder warnte: »Hochmut kommt vor dem Fall, Olivia, denk an die Worte Gottes, laß dich von ihnen leiten.« Ich war aber nicht auf mich stolz, sondern auf den einzigen Sohn, den Gott mir gelassen hatte.

Ich liebte es, die überschwenglichen Kritiken über Joels musikalische Darbietungen Malcolm vor die Nase zu halten. »Du dachtest, dein Sohn wäre ein Versager, Malcolm«, höhnte ich. »Sieh doch nur, wie ihn die Welt anbetet!«

Dann, eines Tages, am ersten Frühlingstag, gerade als sich neues Leben in der Natur und auch in mir zu regen begann, erreichte mich ein Telegramm. Ich wußte, daß dies nichts Gutes bedeuten konnte, daher starrte ich zitternd auf den gelben Umschlag und fürchtete mich, ihn zu öffnen. »Joel«, flüsterte ich unwillkürlich, denn irgendwie wußte ich es, noch bevor ich den Umschlag geöffnet hatte:

HERRN MALCOLM FOXWORTH STOP

MIT TIEFSTEM BEDAUERN MUSS ICH IHNEN MITTEILEN DASS IHR SOHN JOEL VON EINER LAWINE VERSCHUETTET WURDE STOP WIR KONNTEN BIS JETZT SEINE LEICHE SOWIE DIE SEINER FUENF KAMERADEN NOCH NICHT FINDEN STOP

MEIN HERLICHES BEILEID STOP

Ich zerknüllte das Telegramm in meiner Hand und starrte aus dem Fenster. Ich weinte nicht; für diesen Sohn, meinen zweiten Sohn, hatte ich keine Tränen mehr. Sie waren alle für meinen Mal geflossen, und so war mein Herz jetzt hart und leer geworden. Ich trauerte, wie eine Wüste trauert, eine Wüste, in der nichts wächst, eine Wüste, in der die einzige Bewegung aufwirbelnder Sand ist, der alles Lebendige verhüllt. Wieder einmal hatte mein Leben eine bittere Wendung genommen, war unwiderruflich grau geworden. Auch Malcolm reagierte seltsam. Zuerst weigerte er sich, zu glauben, daß Joel wirklich tot sei. Ich zeigte ihm das zerknüllte Telegramm, als er von einer Geschäftsreise zurückkehrte. Schweigend reichte ich es ihm, als er durch die Vordertür hereinkam.

»Was soll das heißen?« fragte er. »Von einer Lawine verschüttet?« Er gab mir das Telegramm zurück, als ob es ein geschäftlicher Vorschlag wäre, den er hiermit zurückwies, und verschwand, um sich mit seinen Papieren in der Bibliothek zu beschäftigen.

Als die offizielle Nachricht in Form eines Polizeiberichts kam, konnten weder er noch ich es vor uns verleugnen. Jetzt schrie ich, jetzt brach mein Herz; jetzt fand ich die versteckte Quelle meiner Tränen in meiner gequälten Seele. Die Erinnerungen überfluteten mich; ich sah Joel und Mal vor mir, wie sie zusammen dasaßen, zusammen spazierengingen, zusammen spielten und zusammen aßen. Manchmal fiel ein Schatten über den Raum, und ich glaubte, ihre Gesichter im Dunkeln zu erkennen. Oft ging ich heimlich in das Kinderzimmer und konnte sie alle drei vor mir sehen, Christopher, Mal und Joel. Ich hob ihre alten Spielsachen auf, preßte sie gegen meine Brust und weinte hemmungslos.

Malcolm zog sich die meiste Zeit über in die Bibliothek zurück. Ich war nicht fähig, Joels Gedenkstätte selbst herzurichten, und wäre nicht John Amos gewesen, hätte mein geliebter zweiter Sohn, mein sensibler Joel, vielleicht nicht den Gottesdienst bekommen, der ihn würdig in das Reich Gottes führen würde. John Amos war mir eine große Hilfe, er reiste sogar zu Corinna in das Internat, um ihr die traurige Nachricht zu überbringen und sie nach Foxworth Hall zurückzubegleiten. Am Morgen des Gedenkgottesdienstes zogen Corinna und ich die gleichen schwarzen Kleider an, die wir schon zu Mals Beerdigung getragen hatten und schritten die Wendeltreppe wie zwei Geister in die Rotunde hinab. Eine schwarz verhängte Kutsche erwartete uns vor dem Haupteingang. John wartete mit unbewegtem Gesicht an der Kutschentür.

»Es tut mir leid, aber Malcolm wird am Gottesdienst nicht teilnehmen«, erklärte er. »Er bat mich, euch statt seiner dorthin zu begleiten.« Ich hob meinen Schleier und blickte mich um. Die Dienstboten, alle in Trauerkleidung, warteten schon, bereit, dem Gottesdienst beizuwohnen und jenen hübschen kleinen Jungen zu betrauern, der unter ihren Augen zu einem Mann herangewachsen war. Aber der Vater des Jungen fehlte. Ich stürmte in Malcolms Bibliothek. Er saß an seinem Schreibtisch, kehrte ihm jedoch den Rücken zu und starrte durch das Fenster.

Der Himmel war grau, und es wehte ein eisiger Wind. Es war ein Tag, der nicht den geringsten Sonnenstrahl versprach – ein Spiegel meines Lebens.

»Wie kannst du es wagen, nicht am Gottesdienst für deinen Sohn teilzunehmen«, rief ich. Er rührte sich nicht und schien mich nicht wahrzunehmen. Ich bekam plötzlich Angst um ihn. War das Mitleid? Mitleid mit einem Mann, der stets versucht hatte, die Lebenskraft seiner Söhne einzudämmen? Mitleid mit Malcolm Foxworth? Er sah so klein und verloren aus inmitten seiner Besitztümer, seiner Jagdtrophäen, seiner Geschäftsbücher, seiner wertvollen Kunstobjekte und der Schatten all jener Frauen, die er in seinem Studierzimmer verführt hatte. Ich beugte mich zu ihm hinab und berührte sanft seinen Rücken. »Malcolm«, sagte ich ruhig, »dies ist ein Gottesdienst für unseren Sohn, für deinen Sohn.« Er hob langsam seine Hand und ließ sie dann wieder auf die Stuhllehne zurückfallen. »Wieso willst du nicht daran teilnehmen?«

»Das ist nicht richtig«, sagte er endlich. Seine Stimme kam mir seltsam vor, wie ein weit entferntes hohles Echo. »Eine Beerdigung ohne Leiche. Was begraben wir denn?« stammelte er.

»Es ist ein Gottesdienst zu Ehren seines Andenkens, seiner Seele, Malcolm«, sagte ich, wobei ich näher kam, bis ich ihm fast gegenüberstand. Noch immer drehte er sich nicht zu mir um. Er schüttelte den Kopf.

»Was ist, wenn man ihn lebend auffindet – nach solch einer Zeremonie? Ich möchte den Spott nicht erleben. Ich will nicht dabei sein«, sagte er mühsam mit unbewegter Miene.

»Aber du hast doch den Polizeibericht gelesen. Es ist ein offizielles Dokument«, sagte ich. Was hatte es für einen Sinn, sich jetzt noch vor der Wirklichkeit zu verstecken?

Wahrscheinlich meinte er, wenn er den Gedenkgottesdienst besuchen würde, gäbe es keine Möglichkeit mehr, der Wahrheit und den nagenden Gewissensbissen aus dem Weg zu gehen.

»Geh«, sagte er. »Laß mich zufrieden.«

»Malcolm«, begann ich von neuem, »wenn du –«

Er wirbelte auf seinem Stuhl herum. Seine Augen waren blutunterlaufen, sein Gesicht so von Wut und Schmerz verzerrt, daß ich ihn kaum erkannte. Ich trat unwillkürlich einen Schritt zurück. Es war, als wäre er vom Teufel selbst besessen.

»Geh!« befahl er mir. »Laß mich zufrieden.« Dann drehte er sich um.

Ich stand da und blickte lange zu ihm hin. Dann ging ich und ließ ihn allein im Schatten des Zimmers zurück.

Die meisten Trauergäste, die Mals Beerdigung besucht hatten, kamen auch zu Joels Gottesdienst. Niemand fragte mich, wo Malcolm sei, aber ich hörte, wie sie um mich herum flüsterten, und sah, daß sie John Amos ausfragten. Corinna stand neben mir, aber sie sah ohne Malcolm, an den sie sich hätte klammern können, völlig verloren aus.

Malcolm schloß sich tagelang in der Bibliothek ein, und merkwürdigerweise erlaubte er nur John Amos, ihm etwas zu essen und zu trinken zu bringen. Wann immer ich eintrat, um mit ihm zu sprechen, fand ich ihn im Schatten sitzend vor: Er starrte aus dem Fenster und sprach kaum ein Wort. Erst später erzählte mir John Amos, daß Malcolm eine religiöse Wandlung erlebt hatte.

Eines Nachts gegen Ende der Woche saß ich allein mit John am Eßtisch. Corinna war nicht hungrig gewesen; sie war zu Malcolm gegangen mit der Absicht, ihn aufzumuntern und die düsteren Wolken, die über uns allen in Foxworth Hall schwebten, zu vertreiben.

Plötzlich stürmte sie aus Malcolms Studierzimmer. »Es ist hoffnungslos«, rief sie. »Daddy läßt sich einfach nicht trösten! Hier wird nur noch getrauert! Ich habe Joel und Mal auch geliebt, aber ich möchte leben, ich möchte wieder lachen!«

John las gerade einen Absatz aus den Psalmen. Wir lasen oft gemeinsam in der Bibel und sprachen dann über einzelne Stellen, und John wußte immer einen Bezug zu unserem Leben herzustellen.

»Mom«, begann Corinna abermals, »ist es denn wirklich so falsch, wenn ich wieder leben und glücklich sein will? Ist es Sünde, wenn ich wieder auf Parties gehen und mich wieder mit meinen Freunden treffen möchte?«

John Amos blickte kurz von der Bibel auf; dann fuhr er fort zu lesen. Corinna wartete ungeduldig, bis er zum Ende des Absatzes gekommen war und innehielt.

»Daddy will nicht mit mir sprechen«, sagte sie und sah zuerst mich und dann John Amos an, der die Bibel in seinen Schoß legte und sich zurücklehnte. Manchmal, wenn er sie so ansah wie jetzt, erinnerte er mich an jemanden, der ein kostbares Juwel musterte und es immer wieder in seinen Fingern hin und her drehte, um den Lichtstrahl, den es reflektierte, einzufangen.

»Dein Vater befindet sich in einer tiefen Meditation«, sagte er. »Du solltest ihn wirklich nicht stören.«

»Aber wie lange wird diese Meditation noch dauern? Er ißt nicht mit uns, er schläft nicht in seinem Zimmer, und jetzt will er nicht einmal mit mir reden«, protestierte sie.

»Du solltest mit ihm Mitleid haben«, sagte ich zu ihr, »und seine Trauer respektieren.«

»Das tue ich ja. Deshalb will ich, daß er aus seinem Zimmer kommt, aber er kommt einfach nicht an die Tür, wenn ich klopfe und ihn rufe. Ich halte das nicht mehr aus... diese schreckliche Traurigkeit.«

»In dieser traurigen Zeit«, begann John Amos, »sollten wir

nicht an unser eigenes Unbehagen denken. Das ist sehr selbstsüchtig. Du solltest besser an deinen Bruder denken, der von uns gegangen ist«, fügte er sanft, aber fest hinzu.

»Ich habe immer wieder an ihn gedacht. Aber er ist tot, und es gibt nichts, was ich tun kann, um ihn wieder ins Leben zurückzubringen!« wandte Corinna ein.

»Du kannst für ihn beten«, sagte John sanft. Ich sah, daß sein ruhiger, frommer Ton ihre Enttäuschung vergrößerte.

»Das habe ich ja getan. Wieviel soll ich noch beten?« Sie wandte sich zu mir.

»Du mußt solange beten, bis du gelernt hast, nicht nur an dich zu denken. Dein Vater hat dich verwöhnt und dich egoistisch werden lassen«, sagte ich zu ihr. Sie zog ein Gesicht und bockte.

»Schließe dich unserem Gebet an«, sagte John und deutete auf einen leeren Stuhl.

»Ich gehe wieder zu Daddy und versuche, mit ihm zu sprechen«, sagte sie und wandte sich schnell ab.

»Corinna!« rief ich ihr nach.

»Es ist schon in Ordnung«, sagte John. »Laß sie jetzt gehen. Ich werde später mit ihr sprechen.« Wir wandten uns wieder der Bibel zu. Lange Zeit saßen wir so, lasen und beteten.

Die Beleuchtung war gedämpft, überall brannten Kerzen zum Gedenken an Joel. Düsterkeit hing in den Wänden von Foxworth Hall und ließ auch alles andere grau und bedrückend wirken; die ganze Welt schien mit Spinnweben der Trauer umspannt. Tagelang regnete es; die Tropfen prasselten gegen die Fensterscheiben und hämmerten auf unser Elend ein.

John Amos war während dieser Tage ein großer Trost. Schwarz gekleidet, mit bleichem, beherrschtem Gesicht, bewegte er sich durch die Räume mit der Würde und der Ruhe eines Mönches. Nur mit Blicken und Gesten erteilte er den Bediensteten Anweisungen. Niemand erhob die Stimme in seiner Gegenwart; alle empfanden tiefen Respekt vor seiner ehrfurchtgebietenden Erscheinung. Sogar die Dienstmädchen, die das Geschirr und die Gläser hinaustrugen, bemühten sich, in allergrößter Stille zu arbeiten, und beobachteten ihn ängstlich aus den Augenwinkeln, um sicherzugehen, daß seine Miene kein Zeichen von Mißbilligung zeigte.

An einem Abend sprachen John und ich wieder über Malcolm.

»Wie lange beabsichtigt er, dort drinnen zu bleiben?« fragte ich. Ich spürte allmählich die gleiche Ungeduld wie Corinna.

»Er ist zu Hiob geworden«, antwortete John Amos mit erhobener Stimme. Er wirkte wie ein Prophet des Alten Testaments, der Malcolms Schicksal vorhersah. Er blickte dabei in die Ferne, als ob er zu einer Gemeinschaft ergebener Anhänger sprechen würde, und fuhr fort: »Nur, daß er weiß, warum der Herr ihn straft. Der Herr hat ihm seine beiden Söhne genommen und so seinen männlichen Samen, das Geschlecht der Foxworths ausgelöscht, das ihm so viel bedeutete wie sein eigenes Leben. Nun geht er in sich.«

»Hat er dir das selbst gesagt?« fragte ich ihn interessiert. Ich hatte immer geglaubt, es sei unmöglich, ihn so in den Grundfesten seiner Seele zu erschüttern.

»Wir haben vor einer Stunde nebeneinander auf dem Boden der Bibliothek gekniet«, sagte John. »Ich sagte ihm, Gott sei voller Zorn und alles, worauf wir hoffen könnten, sei ein Aufschub Seiner Strafe. Ich erzählte ihm von König David, wie er Bathesba nahm und sich von Gott abwandte und wie Gott Seine Strafe auf sein Haus gelegt hat. Malcolm verstand. Nun gibt er nicht mehr dir oder den Jungs die Schuld an dem, was ihnen zugestoßen ist; er beschuldigt sich selbst und versucht, sich das Ausmaß seiner Schuld einzugestehen. Er weiß, daß er das nur dann kann, wenn er sich Jesus Christus, unserem Retter, anvertraut«, sagte John und hob die Augen zum Himmel. »Lasset uns füreinander beten«, fügte er hinzu. Wir beide neigten die Köpfe in Demut vor dem Herrn.

»O Gott, gib, daß wir Deine Wege verstehen und hilf uns, daß wir einander helfen können. Vergib uns unsere Schwächen und gib, daß wir durch unsere Qual stärker werden mögen.«

»Amen«, sagte ich.

Die Stimmung im Haus änderte sich, als Malcolm schließlich wieder aus seinem selbsterwählten Exil auftauchte. Er hatte sich tatsächlich verändert; er wirkte sehr gealtert und erinnerte mich an Garland, wie er während seines letzten Lebensjahres gewesen war. Er hielt sich nicht mehr so aufrecht, und sein Gang hatte nicht mehr das gewohnte Selbstbewußtsein. Wenn er mit mir oder den Dienstboten sprach, war seine Stimme leiser, und er sah oft zur Seite, als ob er seine Schuld zugeben würde, wenn er jemanden direkt anblickte.

Sein Gesicht hatte die gesunde, kräftige Farbe verloren; seine blauen Augen waren so trübe wie schwache Glühbirnen. Er bewegte sich in Foxworth Hall nur noch wie ein Schatten und verbrachte die meiste Zeit damit, die Bibel zu lesen und mit John Amos zu sprechen. Manchmal saßen wir drei beieinander und lasen in der Heiligen Schrift.

Ich spürte, daß John Amos durch Gott zu uns gesandt worden war, daß Johns Briefe an mich und sein Besuch zu Mals Beerdigung Teil Seines Plans für Malcolm und mich gewesen waren.

John betrachtete Corinna als seine größte Herausforderung. Ihr fehlte die Demut vor Gott. Sie meinte oft: »Wenn Gott ein freundlicher Gott wäre, dann würde Er uns nicht auffordern, alle Freuden der Welt aufzugeben.«

»Wer sagt denn, daß Gott freundlich ist?« entgegnete John.

Aber Corinna kicherte dann nur und zuckte mit den Achseln. »Ich glaube, daß Gott uns erschaffen hat, damit wir auf Erden unser Glück finden«, antwortete sie und warf den Kopf zurück. Manchmal faßte sie sogar John Amos unters Kinn und forderte ihn auf, heiter zu sein. »Gott sagte, es werde Licht!«

Ich bemerkte, daß sie nie ein Zimmer betreten konnte, ohne daß er sie beobachtete und sie ansprach. Er schien genauso in sie vernarrt zu sein, wie es Malcolm war.

Doch bald darauf kehrte sie in die Schule zurück, und wir waren wieder kinderlos.

In diesem Sommer wurde Corinna zu einer blühenden jungen Frau. Sie ähnelte Alicia jeden Tag mehr. Ihr Haar wurde immer goldener, je länger der Sommer dauerte, ihre Augen strahlten in dem tiefen Blau eines hochsommerlichen Himmels, und ihr Gesicht war so zart wie eine Sommerwolke. Corinna wußte, wie schön sie war. Ich konnte sehen, wie ihre Selbstsicherheit wuchs. Sie kannte auch die Macht, die eine derartige Schönheit ausübte. Ich sah, wie sie die Männer anblickte, mit ihren Augen und ihrem Lachen flirtete und ihre Koketterien sogar bei John Amos anwandte. Sie genoß es, daß sich alle Blicke auf sie richteten, wenn sie einen Raum betrat.

Mit ihrer sommerlichen Schönheit in unserem Haus fühlte ich wieder einen Hauch von Optimismus und Hoffnung. Seit wir in unserem Gottvertrauen bestärkt worden waren, entwickelte sich zwischen Malcolm und mir eine neue Beziehung, deren Grundlage unser neubelebter Glaube an die Weisheit des Allmächtigen war.

Und so hielt ich es auch für einen Teil von Gottes neuem Plan für uns, als eines Tages ein Brief von Alicia kam. Ich erkannte die Handschrift sofort. Der Brief war an Malcolm adressiert, und als ich auf den Absender sah, begann mein Herz zu klopfen.

Jetzt, wo Corinna ihrer Mutter so ähnelte und ich bei ihrem Anblick sehr oft an Alicia denken mußte, kam ein Brief von Alicia. An dem mir fremden Nachnamen konnte ich erkennen, daß sie wieder geheiratet hatte.

Ich hielt den Brief lange in meiner Hand und überlegte, wie Malcolm wohl reagieren würde, wenn er entdeckte, daß ich ihn geöffnet und gelesen hatte. Aber dann dachte ich, daß nach all dem, was passiert war, alles, was Alicia betraf, mich genauso anging wie ihn. Er hatte kein Recht auf Geheimnisse, wenn es um sie ging. Ich öffnete den Umschlag und nahm das parfümierte rosarote Blatt heraus.

Lieber Malcolm,

wenn Du diesen Brief erhältst, werde ich dem Ende meiner Tage bereits um einiges näher sein. Aber sei versichert, daß ich nicht versuchen werde, Mitleid für mich zu erwecken. Darüber bin ich schon hinweg, und ich habe gelernt, die Unvermeidlichkeit meines eigenen bevorstehenden Todes zu akzeptieren. Da ich Deine Liebe für Details kenne, möchte ich Dir mitteilen, daß die Diagnose auf Brustkrebs lautet. Die Krankheit ist schon zu weit fortgeschritten, als daß noch eine Heilung möglich wäre. Kein junger attraktiver und brillanter Arzt wird in mein Krankenhauszimmer stürmen und Wunder vollbringen. Der Tod hat seine Hand fest um meinen Hals gelegt. Doch jetzt zu anderen Dingen.

Kurz nachdem ich Foxworth Hall verlassen hatte, heiratete ich einen Arzt, aber er war nur ein praktischer Arzt in einer Kleinstadt, und seine Patienten bezahlten ihn oft nur in Naturalien.

Trotz meines vielen Geldes lebten wir ein ziemlich einfaches Leben in seinem bescheidenen Heim. Er wollte auch gar nichts von meinem Geld wissen. Es war immer eine Quelle des Stolzes für meinen Ehemann, daß er der Ernährer der Familie war.

Also folgte ich Deinem Rat und legte mein Vermögen in Aktien an, aber da ich ja leider von diesen Dingen nicht sehr viel verstehe, habe ich sie vor dem Schwarzen Freitag nicht rechtzeitig verkauft. Kurz gesagt, ich habe mein ganzes Vermögen in der Wirtschaftskrise verloren. Meinen Mann kümmerte dieser Verlust nicht sonderlich, da er bescheiden und anspruchslos war.

Bald darauf starb er an einer chronischen Krankheit, die sich plötzlich verschlimmert hatte. Wie ernst diese Krankheit war, verschwieg er mir so lange, bis es nicht mehr zu verheimlichen war. So habe ich abermals einen tragischen Verlust erlitten.

Christopher hat sich zu einem liebenswürdigen jungen Mann entwickelt. Er ist sehr klug und der Beste seiner Abschlußklasse in der High School. Alle seine Lehrer ermutigen ihn, seinen Traum wahrzumachen und Arzt zu werden. Jetzt, da sich mein Leben einem tragischen Ende zuneigt, mein Vermögen verloren ist und ich zum zweiten Mal Witwe geworden bin, habe ich nur Dich, an den ich mich wenden könnte. Ich bitte Dich, um Garlands willen: Nimm ihn auf und schicke ihn auf die Medical School. Er wird immer eine Quelle des Stolzes für Dich sein.

Natürlich weiß er nichts von Corinna oder den Vorkommnissen, die seit meinem Weggang von Foxworth Hall vorgefallen sind. Er weiß, daß er der Sohn von Garland Foxworth ist und einen Stiefbruder hat, aber sonst kennt er die Familiengeschichte nur sehr wenig. Ich überlasse es Dir, ihm zu erzählen, was Du willst.

Ich weiß, daß Olivia ihn liebgewinnen wird, und er wird sie liebgewinnen. Ich erinnere mich noch daran, wie gut sie zu ihm war, als ich im Nordflügel lebte. Er ist ein höflicher, respektvoller junger Mann, der euch nur Freude und Glück bringen wird.

Malcolm, ich flehe Dich von meinem Sterbebett aus an: Erfülle mir diesen einen Wunsch und hilf dem Sohn Deines Vaters!

Ich weiß, daß Gott Dich dafür segnen wird.

In Hoffnung, Deine Alicia.

Ich legte den Brief nieder und seufzte. Erinnerungen an die Zeit mit dem kleinen Christopher überfluteten mich. Sicher war die Rückkehr des goldhaarigen Jungen ein Zeichen, daß Gott mir vergab. Er hatte uns Mal und Joel genommen und gab uns dafür jetzt Christopher.

Sogar Alicias tragisches Ende war ein Teil von Gottes Plan. Aus dem, was sie schrieb, entnahm ich, daß Malcolm aus Rache ihr Vermögen in schlechten Aktien angelegt hatte. Er war dazu verpflichtet, all sein Unrecht wieder gutzumachen. Ich war fest entschlossen, ihn davon zu überzeugen, und ich sprach mit John Amos darüber, der mich in meinem Vorhaben bestärkte.

In einem der vorderen Salons wartete ich auf Malcolm, um alles mit ihm zu besprechen. Er kam etwas früher als gewöhnlich von der Arbeit nach Hause und sah müde aus.

»Malcolm, ich muß mit dir sprechen«, sagte ich. Ohne etwas zu erwidern, folgte er mir in den Salon und ließ sich auf einer blauen Samtbank nieder.

»Heute ist ein Brief von Alicia gekommen«, begann ich, und zum ersten Mal seit Wochen leuchteten seine Augen auf.

»Von Alicia? Was will sie?« fragte er. Für einen Moment war die alte Energie in ihn zurückgekehrt. Seine offensichtliche Erregung verwirrte mich.

Ich ging langsam zu einem Stuhl, setzte mich ihm gegenüber und blickte ihn an. Er beugte sich ungeduldig vor. »Hat sie an dich geschrieben?« fragte er.

»Nein, der Brief ist an dich adressiert. Aber sobald ich sah, von wem er war, habe ich ihn geöffnet. Ich habe das Recht dazu«, fügte ich schnell hinzu.

»Was will sie?«

»Sie liegt im Sterben. Sie leidet an Krebs und hat ihr Vermögen verloren. Du kannst das nachher selbst nachlesen. Doch es geht ihr nicht um sich selbst, sondern um Christopher.«

»Christopher? Warum?«

»Er ist jetzt siebzehn, hat die High School abgeschlossen und möchte Arzt werden. Anscheinend ist er begabt dafür, aber sie hat kein Geld mehr, um seine Ausbildung zu bezahlen. Sie möchte, daß wir ihn bei uns aufnehmen und ihn auf die Medical

School schicken«, sagte ich und warf ihm den Brief zu. Er fing ihn begierig auf und las seinen Inhalt hastig durch, wobei sich sein Gesichtsausdruck immer wieder veränderte, bis er wieder den für ihn typischen ernsten Ausdruck angenommen hatte.

»Sie tut mir leid, aber der Junge muß allein zurechtkommen«, sagte er.

»John Amos und ich denken anders darüber. Wir glauben, daß es Gottes Wille ist«, fügte ich schnell hinzu.

»Gottes Wille? Wie kann dies Gottes Wille sein? Sollen wir jeden X-beliebigen aufnehmen?« fragte er und deutete zur Tür, als ob draußen zehntausend Waisenkinder warten würden.

»Er ist doch kein X-beliebiger, Malcolm, er ist dein Stiefbruder«, sagte ich und preßte die Lippen zusammen.

»Nur weil sie ein Vermögen verschleudert hat, ein –«

»Ein Vermögen, das du für sie angelegt hast und über das du sie nie richtig beraten hast«, sagte ich schnell. »Malcolm, was auch immer damals deine Motive gewesen sind, sie zählen nicht mehr. Wir haben die Möglichkeit erhalten, unsere Fehler aus der Vergangenheit wiedergutzumachen. Wir sind es, die etwas verschleudern werden, wenn wir diese Chance nicht nutzen und das tun, was gut und richtig ist. Deine Seele muß endlich Frieden finden, und wenn du deines Vaters Sohn aus dieser schrecklichen Lage hilfst, hast du schon einen großen Schritt getan. Alicia liegt im Sterben. Wir können uns nicht von ihr abwenden«, sagte ich.

Er starrte mich lange Zeit an und blickte dann wieder auf den Brief.

»Was für eine Ehe ist sie da bloß eingegangen, nachdem sie uns verlassen hat – mit einem Mann, der nichts für Christopher hinterlassen konnte?« rief er, während er den Brief anstarrte, als könnte er durch ihn Alicia sehen und sie befragen.

»Das ist jetzt nicht wichtig. Im übrigen war Christopher ja nicht der Sohn ihres neuen Ehemanns. Er ist von *deinem* Blut, Malcolm. Das ist Grund genug, für ihn zu sorgen«, antwortete ich. »Es ist Gottes Wille.«

Nach einer Weile nickte er nachdenklich.

»Nun gut«, sagte er und lehnte sich zurück. »Schick ihr eine Nachricht, daß ich einverstanden bin.«

Als ich hinausging, hielt er immer noch den Brief fest in der

Hand und starrte in die Ferne. Ich wollte ihn nicht fragen, welche Bilder der Vergangenheit vor seinen Augen vorbeizogen. Statt dessen berichtete ich John von der Entscheidung. Er verfaßte einen Antwortbrief und traf die Vorbereitungen für Christophers Ankunft.

Malcolms einzige Bedingung war, daß ich Corinna die Situation erklären sollte. Er selbst hätte nicht den Mut dazu aufgebracht. Ich ließ sie also in mein Schlafzimmer kommen, was ich sonst selten tat, und fing an zu erzählen. Sie hörte gespannt zu, und ihre Augen leuchteten vor Interesse.

»Wie du weißt, hat dein Großvater ein zweites Mal geheiratet – und zwar eine Frau, die beträchtlich jünger war als er.«

»Ja, Alicia«, sagte sie schnell, »und sie schlief im Schwanenzimmer.«

»Alicia und Garland, dein Großvater, hatten ein Kind, einen Sohn namens Christopher. Ich weiß, daß Mal und Joel oft von ihm gesprochen haben.« Sie nickte fast unmerklich. »Dein Vater hat diese zweite Ehe seines Vaters nie gebilligt und Alicia von Anfang an abgelehnt. Als dein Großvater starb, bestand dein Vater darauf, daß sie mit ihrem Sohn Foxworth Hall verließ. Sie kehrte wieder in ihre Heimat nach Richmond zurück, wo sie später einen Mann heiratete, der leider vor einiger Zeit an einer schweren Krankheit litt und starb.«

»Wie schrecklich«, sagte Corinna.

»Ja. Noch viel schrecklicher ist vielleicht, daß sie ihr ganzes Vermögen bei dem fürchterlichen Börsenkrach verloren hat. Jetzt haben wir erfahren, daß Alicia an Krebs sterben wird. Ihr Sohn ist siebzehn und sehr intelligent. Sie hat uns gebeten, Christopher aufzunehmen und ihm eine College-Ausbildung zu ermöglichen, damit er Arzt werden kann. Dein Vater und ich haben zugestimmt, und Christopher wird bald in Foxworth ankommen. Er wird in Yale studieren, aber hier wird sein Heim sein, bis er das Studium abschließt und eine Praxis eröffnet.«

»Wundervoll«, sagte Corinna. »Und wie großzügig von euch!«

»Es ist der Wille Gottes«, antwortete ich. Corinna nickte hastig. »Ich erwarte von dir, daß du dich angemessen verhältst, wenn er ankommt. Er soll sich hier zu Hause fühlen. Bitte sei dir immer der Tatsache bewußt, daß er, obwohl er nur drei Jahre älter ist als du, dein Stiefonkel ist.«

»Es wird schön sein, jemanden im Haus zu haben, mit dem man reden kann«, sagte sie. »Ich meine jemanden, der noch nicht erwachsen ist«, fügte sie schnell hinzu.

Ich wußte, was sie wirklich meinte: jemanden, der von etwas anderem sprach als von Gott und Düsterkeit. »Nichtsdestoweniger ist er schon fast erwachsen. Lenk ihn nicht von seinem Ziel ab.« Dann lächelte ich. »Christopher war so ein wunderbarer Junge! Sicherlich ist er ein herrlicher junger Mann. Ich glaube, ihr beide werdet gut miteinander auskommen.« Ich küßte sie auf die Stirn. Es war kein Wunder, daß sie sich nach Abwechslung sehnte. Foxworth Hall war so öde geworden, seit Mal und Joel tot waren. Christophers Ankunft würde uns neu beleben – nicht nur sie, sondern auch mich. Ich konnte nicht anders, ich mußte immer daran denken, was für ein süßes Kind er gewesen war, so aufmerksam und liebevoll! Daher erwartete ich ihn ebenso sehnsüchtig wie Corinna.

Christopher kam an einem strahlenden Sommertag an, und es war, als wäre mit ihm die Sonne in dieses Haus gekommen. Alicia war einen Monat zuvor gestorben. John Amos hatte sich um die Beerdigung gekümmert und brachte nun nach einer angemessenen Trauerzeit Christopher mit.

In dem Moment, in dem er Foxworth Hall betrat, sah ich sofort, daß er alle guten Eigenschaften von Garland und Alicia besaß. Ich erkannte auch einiges von Mal und Joel in ihm, und diese Merkmale machten ihn mir teuer.

Er war ein großer, gutaussehender Mann geworden. Als ich ihn so im Sonnenlicht dastehen sah, wirkte sein blondes Haar wie eine goldene Aureole. Ich spürte, daß er sanftmütig und gutherzig war. Er strahlte einen inneren Frieden aus, der mein Herz erwärmte.

Mit großen Augen stand er da und konnte sich offensichtlich nicht mehr gut an Foxworth Hall erinnern. Von dem, was John Amos mir erzählt hatte, wußte ich, daß er aus einem Häuschen mit vier Zimmern in dieses große, prächtige Haus kam. Er blickte Malcolm und mich mit so großer Dankbarkeit an, daß ich mich beschämt fühlte. Er wußte nicht, daß die Hälfte des gesamten Anwesens, ja auch die Hälfte von Malcolms Unternehmen von Rechts wegen ihm gehörte.

Er tat mir leid, wie er so dastand, seine zwei Koffer hielt und sich umblickte. Er trug schäbige Schuhe und abgetragene Kleidung. Ich wollte gerade John bitten, seine Sachen hinaufzutragen, als Corinna auf der Treppe erschien und auf halber Höhe stehenblieb. Christopher blickte zu ihr hinauf. Sie trug ihr schönes hellblaues Baumwollkleid, und ihr goldenes Haar war eine einzige Lockenpracht.

Ich sah, daß Christophers Augen voller Überraschung und Interesse aufblitzten. Mein Herzschlag setzte für einen Moment aus. Würden sie spüren, wie sie zueinander standen? War etwas in ihrem Blut, das ihnen ihre Verwandtschaft deutlich machen würde? Beide hatten sie dieses dicke flachsblonde Haar, diese himmelblauen Augen und diese pfirsichfarbene Haut. Ich sah schnell zu Malcolm hinüber, um seine Reaktion auf seinen Stiefbruder festzustellen. Ich sah, daß er sich freute, als er seine eigenen und Alicias Gesichtszüge bei Christopher wiederfand. Offensichtlich war er von dem jungen Mann sehr angetan.

Ich zögerte keinen Moment länger.

»Christopher, sei uns willkommen«, sagte ich und machte einen Schritt auf ihn zu. »Es ist ein tragischer Anlaß, der dich zu uns führt, aber ich hoffe, daß du hier bei uns in Foxworth Hall glücklich sein wirst.« Ich wollte ihn eigentlich umarmen, wie ich ihn als Kind umarmt hatte, aber dann hielt ich mich doch zurück. Schließlich war er ein erwachsener Mann und eigentlich ein Fremder für mich.

»Ich danke...« Ich konnte sehen, daß er überlegte, wie er mich anreden sollte. Ich war schließlich, wie er wußte, seine Schwägerin. »Olivia«, sagte er schließlich und sah dann wieder zu Corinna hinauf.

»Das ist Corinna, unsere Tochter, Corinna, komm herunter und begrüße deinen Onkel so, wie es sich gehört«, sagte ich, wobei ich das Wort »Onkel« betonte. Sie strich eine Locke ihres goldenen Haares zurück, stützte eine Hand auf ihre Hüfte und glitt die Treppe mit einem strahlenden Lächeln hinab.

»Ich freue mich, dich kennenzulernen«, sagte Christopher und reichte ihr die Hand. Corinna nahm sie und sah mich dann schnell an. Ich nickte, als sie ihn begrüßte und seine Hand schnell wieder losließ. Dann blickten wir alle auf Malcolm.

»Christopher«, begann er, »John Amos wird die Sachen in dein Zimmer bringen und dir zeigen, wo du wohnen wirst. Wenn du mit dem Auspacken fertig bist, möchte ich gern, daß du zu mir in die Bibliothek kommst, wo wir beide über deinen Aufenthalt hier und über deine College-Ausbildung sprechen wollen«, sagte Malcolm in seinem formellsten und kühlsten Ton.

Das schien Christopher nicht zu entmutigen. Er lächelte Malcolm sanft und vertrauensvoll an und dankte ihm. Dann ließ er sich von John Amos den Weg zu seinem Zimmer im Nordflügel zeigen.

In der Mitte der Treppe blieb er noch einmal stehen, als ob ihm etwas Wichtiges eingefallen wäre, und wandte sich zu Corinna um, die dastand und zu ihm aufsah. Er lächelte ihr zu und ging dann weiter. Malcolm war schon in die Bibliothek gegangen.

Ich wartete einen Moment und wandte mich dann an Corinna.

»Erinnere dich bitte an unser Gespräch«, sagte ich, wobei ich meine eigene Nervosität hinter einem verschlossenen Gesichtsausdruck verbarg. »Er ist dein Onkel, vergiß das nicht.«

Sie sah mich mit einem äußerst seltsamen Gesichtsausdruck an.

»Natürlich werde ich das nicht vergessen. Sieh doch nur, wie ähnlich wir uns sind«, fügte sie mit glücklicher Stimme hinzu und eilte ebenfalls die Treppe hinauf.

17. KAPITEL

Christopher Garland Foxworth

Christopher brachte wieder Licht in unser Leben. Corinna, John Amos, Malcolm und ich wurden magisch von ihm angezogen. Wir waren wie verzaubert von dem Glanz seines goldenen Haares, von seinem strahlenden, leuchtenden Lächeln.

»Guten Morgen, Olivia«, sagte er gewöhnlich, wenn wir uns beim Frühstück trafen, »du siehst wirklich schön aus an diesem Morgen.«

»Du sollst einer alten Frau nicht schmeicheln«, erwiderte ich dann.

»Schmeicheln?« sagte er, und seine Augen erstrahlten in einer so reinen Bläue, wie man sie nur in den unberührtesten Bergseen finden konnte. »Ich habe es ganz und gar aufrichtig gemeint.« Dann bestrich er mit einem jungenhaften Grinsen und einem gesunden Appetit seine Heidelbeer-Pfannkuchen mit Butter und sagte: »Als ich noch ein kleiner Junge war, Olivia, warst du die beste Köchin, an die ich mich erinnern kann. Du hast immer Kekse gebacken, die mit den Rosinen. Und du warst immer nett zu mir.«

In solchen Augenblicken empfand ich ein Gefühl reiner Freude, wie ich es lange nicht mehr gekannt hatte.

Mit Malcolm konnte Christopher über die kompliziertesten Geschäftsvorhaben diskutieren.

»Ich bin nicht sicher, daß es wirklich gewinnbringend sein wird, in Zukunft in die staatliche Eisenbahn zu investieren«, sagte Christopher einmal. »Ich nehme an, daß das Transportmittel der Zukunft das Flugzeug sein wird.«

»Du willst mir erzählen, daß der einfache Mann überall in unserem großen Land herumfliegen wird? Das kann ich kaum glauben, junger Mann.«

»Aber es passiert schon, Sir. Sehen Sie sich nur die vielen Firmen an, die an die Börse gehen.« Und Christopher schlug das *Wall Street Journal* auf, und ich konnte sehen, wie sich ihre Köpfe über die Zeitung beugten, um die Börsenberichte zu lesen.

»Nun, mein Sohn, ich glaube, du hast vielleicht recht«, stimmte Malcolm ihm schließlich zu. »Du hast den richtigen Geschäftssinn. Willst du wirklich Medizin studieren?«

»Sir«, meinte Christopher dann, »ich möchte den Menschen so helfen, wie mein Stiefvater es getan hat.«

John Amos war von dem Interesse des Jungen für die Bibel beeindruckt. Oft unterhielten sie sich bis spät in die Nacht über biblische Fragen. Christopher sah den Herrn immer als vergebenden Gott, während John darauf bestand, daß Er ebenso der strafende Richter sei.

Doch es war Corinna, die sich am meisten zu diesem jungen Mann hingezogen fühlte. Sie suchte jede Gelegenheit, um mit ihm zusammensein zu können. Nur dann, wenn ich hereinkam und die beiden ertappte, wie sie auf einem Sofa saßen und miteinander lachten und tuschelten, erinnerte sich Corinna an meine Mahnung, Abstand zu halten und ließ Christophers Hand fallen. Aber es erfreute mich, diese beiden strahlenden Kinder zu sehen, die so viel Freude in das düstere Foxworth Hall gebracht hatten. Ich machte ihnen dann immer eine Kanne Tee und buk Kekse, ohne die Rosinen zu vergessen. Ich fand, daß Christopher unendlich viel Geduld aufbrachte, wenn Corinna ihn mit ständigen Fragen zu seiner Vergangenheit in den Ohren lag und sich auch nach Dingen erkundigte, die in ihm schmerzliche Erinnerungen wecken mußten. Doch er war voller Nachsicht und Verständnis, Wärme und Zuneigung.

Wieder einmal hatten wir uns zum Abendessen versammelt. Es war einer der wärmsten Abende dieses Sommers, aber Malcolm und Christopher trugen immer noch Jackett und Krawatte. Obwohl sich Christopher unbehaglich fühlte, sagte er kein Wort. Draußen regte sich nicht der geringste Lufthauch, und so kam auch keine erfrischende Brise durch die weitgeöffneten Fenster. Die einzige Luftbewegung kam von den Ventilatoren an der Decke.

Corinna fing an, Malcolm wegen seiner enganliegenden Krawatte zu necken. »Warum lockert ihr beiden nicht eure Krawatten und zieht eure Jacketts aus«, sagte sie. »Ich glaube, das wäre sehr romantisch.« Sie verdrehte die Augen und seufzte. Ich hatte Malcolm erzählt, daß sie zu viel Zeit damit verbrachte, Modemagazine zu lesen. Sie verhielt sich immer mehr so, als wäre Foxworth Hall eine Hollywood-Bühne.

»Wir sind hier nicht in einem Film«, wies Malcolm sie zurecht.

Ich nickte zustimmend. »Ich schlage vor, daß du dich mit anderen Angelegenheiten beschäftigst, als damit, wie sich die Männer in diesem Haus anziehen.«

»Daddy kann so langweilig sein«, sagte sie und lächelte Christopher unerschrocken an. Er erwiderte ihr Lächeln nicht, da er genau wußte, wie Malcolm reagieren würde.

»War es bei euren Abendessen auch so langweilig, Chris?« fragte sie.

Ich hob meine Augenbrauen. Chris? Sie bemerkte meinen tadelnden Blick. Ich hatte ihr befohlen, solche familiären Abkürzungen ihrem Onkel gegenüber zu unterlassen.

»Mein Vater fand auch, daß wir uns zum Abendessen ordentlich anziehen sollten«, antwortete er. »Ich würde ihn nicht als langweilig bezeichnen, und ich würde deinen Vater auch nicht so nennen.« Christopher war wunderbar diplomatisch. Malcolm zeigte keinerlei Reaktion, aber ich wußte, daß er erfreut war.

»Wie war deine Mutter? Ich weiß so wenig von ihr! Sie ging doch mit dir weg, kurz nachdem ich geboren wurde?« fragte Corinna. Jedesmal, wenn die Rede auf Alicia kam, zuckten Malcolm und ich zusammen. Oh, ich machte mir solche Sorgen, daß die Wahrheit irgendwie ans Licht käme, daß ich für immer die Liebe und Zuneigung dieser beiden jungen Menschen verlieren würde, die uns niemals die Lüge verzeihen würden, die wir Corinna aufgezwungen hatten. Aber es war nur zu ihrem Besten gewesen, tröstete ich mich, und es gab keinerlei Anlaß, daß sie die Wahrheit herausfinden würden, denn wer konnte schon einen derartigen Betrug erraten?

»Ich glaube nicht, daß wir über Christophers Mutter während des Abendessens sprechen sollten«, sagte ich rasch. »Es ist für ihn bestimmt nicht sehr angenehm.«

Corinna errötete. »Oh, es tut mir leid, ich wollte nicht –«

»Es ist schon in Ordnung. Aber Olivia hat recht«, sagte Christopher. Er stellte Malcolm eine Frage über eines seiner Stahlwerke, und das Thema wurde fallengelassen, doch die Spannung zwischen Corinna und mir blieb während des ganzen Abendessens bestehen. Sie haßte mich dafür, daß ich sie vor Christopher bloßgestellt hatte, doch mir war es darum gegangen, so rasch wie nur möglich von diesem Thema wegzukommen. Später hörte ich zufällig, wie Christopher ihr versicherte, daß sie ihn nicht verletzt hatte. Sie spazierten durch einen Innenhof des Hauses und merkten nicht, daß ich ihr Gespräch mitanhörte.

»Meine Mutter kann manchmal unausstehlich sein«, erzählte sie ihm. »Wirklich zum Verzweifeln.«

»Du darfst deine Mutter nicht so streng beurteilen, Corinna«, erwiderte er. »Sie hat das doch nur gesagt, weil sie sich Sorgen machte, daß ich verletzt sein könnte«, fügte er in einem Ton hinzu, der ein Lehrer-Schüler-Verhältnis vermuten ließ. Ich fand es sehr gut, wie er Corinna auf ihren Platz verwies, und war stolz auf ihn.

Am nächsten Morgen, als ich mich gerade ebenfalls in diesem Innenhof aufhielt, kam Christopher auf mich zu. Ich genoß gerade den feuchten, bedeckten Tag, denn es wehte eine angenehme Brise. Als er auf mich zuging, sah ich, wie ein ernster Blick eine Furche zwischen seinen Brauen zog, obwohl er mich anlächelte und wie immer herzlich begrüßte. »Guten Morgen, Olivia, darf ich mich setzen?« Ich legte meine Petit-point-Stickerei nieder, als er sich neben mich setzte. Ich wußte, daß ihn irgend etwas beschäftigte, und einen Moment lang erschauerte ich vor Furcht, er würde mir endlose Fragen über Alicia stellen und wissen wollen, warum sie von hier fortgegangen war. Ich wollte Christopher nicht anlügen, doch was würde er von mir, Malcolm, Alicia, ja sogar von sich selbst halten, wenn er die Wahrheit erfahren würde?

»Du siehst aus, als hättest du etwas auf dem Herzen, Christopher«, sagte ich behutsam. »Was ist los?«

»Olivia«, begann Christopher, »ich möchte, daß du weißt, wie dankbar ich dir und Malcolm bin für das, was ihr für mich tut. Es ist so wundervoll hier. Es kommt mir vor, als hätte ich ein zweites Zuhause gefunden. Und ich danke euch, daß ihr versteht, daß es mir schwerfällt, von meiner Mutter zu sprechen. Letzten Abend, beim Abendessen, spürte ich, daß ihr mich so gut versteht, und dann, als ich später darüber nachdachte, erkannte ich auch, warum. Weil auch ihr einen Verlust erlitten habt, vielleicht einen noch größeren als ich. Ich weiß, es ist normal für Kinder, daß ihre Eltern sterben, aber ich kann mir nicht vorstellen, wie furchtbar es ist, beide Söhne zu verlieren.« Er streckte seine Hand aus und ergriff die meine.

»Ich habe immer gezögert, über Mal und Joel zu sprechen, weil ich weiß, wie schmerzvoll es für euch ist. Aber ich spüre, daß wir diesen Schmerz gemeinsam tragen können. Ja, ich erinnere mich an Mal; er war so ernsthaft und so erwachsen. Ich erinnere mich noch daran, wie deine Söhne mich wie einen Bruder behandelten. Und wirklich, als meine Mutter all die Monate weg war, warst du für mich wie eine Mutter, und ich habe dich sehr geliebt. Das habe ich nie vergessen. Und jetzt habe ich meine Mutter verloren und du deine Söhne. Aber wir haben jetzt uns, nicht wahr? Ist es nicht so, als hätte ich eine Mutter gefunden und du wieder einen Sohn? Wollen wir es nicht so ansehen, Olivia? Ich wollte immer schon Geschwister haben und habe mich immer bei Mom beklagt, weil ich keine hatte. Aber jedesmal, wenn ich sie danach fragte, machte sie so ein bestürztes Gesicht. Ich weiß nicht, warum sie dies tat, sie hat es mir nie erklärt. Aber ich fühle, hier habe ich wirklich eine zweite Familie gefunden. Und ich bete Corinna an, sie wird sicherlich einmal eine schöne Frau! Ihr habt sie so gut erzogen – sie ist so süß und bezaubernd, und es macht wirklich Spaß, mit ihr zusammenzusein. Sieh, es macht mir wirklich nichts aus, wenn sie mich ausfragt. Es ist sehr schmeichelnd. Und nichts würde mich mehr ehren, als ein wirklicher Bruder für Corinna zu sein – und, wenn du es mir erlaubst, dir ein Sohn zu sein.«

»Ich danke dir, Christopher«, sagte ich. Ich spürte die Wärme und den Respekt in seinen Augen. Ja, dieser junge Mann rührte mich mehr, als ich ihm je sagen konnte. Wie merkwürdig es war, daß ich meine eigenen beiden Kinder verloren hatte und Alicias Kind bekommen hatte. Und ich gelobte, mich um beide zu kümmern und sie zu beschützen. Auch wenn sie fast erwachsen waren, waren wir wirklich eine Familie, die Art von Familie, von der ich immer schon geträumt hatte – mit schönen, liebenswürdigen Kindern, denen die Welt zu Füßen lag. »Es gibt nichts, was ich mir mehr wünsche, Christopher, als dich als meinen Sohn anzusehen. Ich fühle mich wirklich geehrt.«

Christopher lächelte, sein hübsches Gesicht zeigte Liebe und Anteilnahme.

»Ich wünschte, meine Mutter hätte Foxworth Hall nie verlassen. Ich wünschte, ich hätte noch Tausende von Erinnerungen an Mal und Joel. Aber ich weiß, dies alles ist Vergangenheit, und es gibt keine Möglichkeit, sie wieder zum Leben zu erwecken. Meine Mutter hat mir so wenig von unserem Leben hier erzählt. Aber wir können jetzt neue Erinnerungen sammeln, nicht wahr, Olivia?«

Christopher senkte seinen Blick und sah dann wieder auf zu mir mit diesen blauen Augen der Foxworths, die bei ihm soviel wärmer, tiefer, voller waren als bei Malcolm. »Du wirst sehen, du kannst wirklich stolz auf mich sein, Olivia.«

Seine Sanftheit, seine Liebe waren so bewegend, daß Tränen in meine Augen traten. Ich hatte in meinem Leben nur wenig Liebe gekannt, aber ich glaubte, Christopher liebte mich wirklich, liebte mich so, als wäre ich seine Mutter. Ich spürte einen dicken Kloß in meinem Hals, und ich wußte, daß Christopher spürte, wie bewegt ich war. Ich lächelte und streichelte seine weiche Hand.

»Christopher«, begann ich, »wenn du das erreichst, was du erreichen willst, dann wirst du mir den Stolz und das Glück geben, was nur eine Mutter für ihren Sohn empfinden kann.« Ich sah schnell weg, denn mein Herz schlug schnell, und ich spürte, daß mir die Tränen kamen.

Ich mußte unwillkürlich an Mal und Joel denken und die Mutter-Sohn-Gespräche, die wir früher immer geführt hatten. All das war mir genommen worden, und jetzt, ganz plötzlich, war etwas davon zurückgekehrt. So, als wollte sie mich trösten, berührte eine warme Brise sanft mein Gesicht, und die große dicke Wolke, die die Sonne verdeckt hatte, zog weiter. Überall um mich herum war Wärme, aber am wichtigsten war die Wärme in meinem Herzen.

»Ich werde mein Bestes tun«, versprach Christopher. Er beugte sich nach vorne, um meine Wange zu küssen. Die Wärme seiner Lippen blieb auf meiner Wange zurück. Ich verdrängte mein Bedürfnis zu weinen und blickte ihm nach, wie er zum Haus ging. An einem Fenster im zweiten Stock sah ich John Amos stehen und zu uns herabblicken. Er hatte die Hände hinter seinem Rücken verschränkt, und sein Körper wirkte wie ein dunkler, schwerer Schatten.

Ich bemerkte allmählich, daß John Amos Christopher ständig beobachtete. Er erschien aus dem Nichts, stand plötzlich im Türrahmen, trat aus einem Schatten hervor. Er schien irgend etwas über Christopher herausfinden zu wollen. Mit seinen Augen, die an Skalpelle erinnerten, schien er nach einem Hinweis, einem Zeichen, einem Indiz zu suchen. Jedesmal, wenn Malcolm und Christopher ein Gespräch führten, war John Amos in der Nähe; er beobachtete Christopher stets forschend, wie ein Spion, der voller Argwohn war. Lange Zeit äußerte er sich nicht darüber, aber eines Tages, ungefähr eine Woche nach meinem Gespräch mit Christopher, kam er an die Tür des vorderen Salons, wo ich es mir bequem gemacht hatte und las.

»Ich muß mit dir über Christopher sprechen«, sagte er. Ich nickte und deutete an, er solle hereinkommen. Er setzte sich nicht nieder – ein Zeichen, daß er äußerst beunruhigt war. Lange Zeit stand er da, die Hände hinter dem Rücken verschränkt. »Es gibt eine Gefahr im Paradies«, begann er schließlich.

»Was beunruhigt dich, John?« fragte ich ungeduldig. Ich war nicht sehr begeistert darüber, daß er zu mir kam, um Christopher zu kritisieren. »Was hat er getan?« wollte ich wissen.

»Er hat nichts Besonderes getan, aber ich bin ein vorsichtiger Mann, und ich möchte, daß auch du vorsichtig bist. Es macht mir Sorgen, daß sich jeder so schnell von ihm angezogen fühlt. Sogar Malcolm scheint jede Vorsicht ihm gegenüber verloren zu haben. Nur du, Olivia, wirst meine Befürchtungen verstehen«, sagte er, während sich seine Augen verengten. Er nickte langsam mit dem Kopf, als wolle er seine eigenen Behauptungen bekräftigen.

Ich dachte über das, was er gesagt hatte, nach.

»Aber da ist nichts, was du beobachtet...«

»Ich habe ihn mit Corinna gesehen. Sie verbringen sehr viel

Zeit miteinander, sie spazieren durch die Gärten, sie albern herum, sie lachen«, sagte er, als wäre dies Sünde.

»Aber sie sind unschuldig. Sie folgt ihm wie ein gehorsamer junger Hund. Du hast doch keine Taktlosigkeit beobachtet, oder?« fragte ich schnell.

»Nein, und doch... wie ich sagte, ich mache mir Sorgen. Corinna verwendet viel mehr Aufmerksamkeit auf ihr Aussehen als früher. Sie sitzt vor ihrem Toilettentisch und bürstet ihr Haar hundertmal, bevor sie aus ihrem Zimmer tritt«, erwiderte er. Ich lehnte mich zurück.

»Du beobachtest sie, wenn sie ihr Haar bürstet? Ich verstehe nicht recht«, sagte ich. Er sah plötzlich sehr nervös aus. Er errötete, öffnete und schloß seinen Mund, ohne ein Wort zu sagen. »Warum beobachtest du sie so genau?« fragte ich. »Und woher weißt du, was sie an ihrem Toilettentisch macht?«

»Manchmal läßt sie ihre Tür ein wenig offenstehen, und ich... ich tue was ich kann, um... um uns immer vor Augen zu halten, welche Probleme entstehen könnten, Olivia«, sagte er schnell. »Du weißt, das ist alles, was ich will.«

»Gibt es noch etwas, was du gesehen hast und mir erzählen möchtest?« fragte ich und erkannte, daß John viel mehr herumspionierte, als ich mir vorstellen konnte.

»Ja. Ich muß gestehen, daß ich ihnen gestern den ganzen Tag gefolgt bin, weil ich etwas spürte.«

»Was?« wollte ich wissen. Ich wurde immer ärgerlicher über Johns Argwohn diesen hübschen, unschuldigen jungen Leuten gegenüber. Wollte er denn den Frieden und das Glück, die jetzt endlich auf Foxworth Hall herrschten, zerstören? »Was hast du gespürt, John Amos?«

»Ich folgte ihnen an den See. Sie kicherten und spritzten sich im Wasser an. Ich stand da und beobachtete sie, wie sie spielten, und war ziemlich schockiert, als sie aus dem Wasser kamen. Sie waren in ihrer Unterwäsche geschwommen! Olivia, es war obszön! Man konnte alles sehen! Es war ganz unzüchtig!«

Ich muß zugeben, ich war ebenfalls ziemlich schockiert, als ich dies hörte. Ich hatte Corinna zu einer sittsamen jungen Frau erzogen, und ich empfand ihr Betragen in dieser Situation als sehr unschicklich. Aber, so entschuldigte ich sie, sie waren schließlich jung, und es war ein sehr heißer Sommertag gewesen. Da konnte so etwas schon einmal passieren.

»John Amos«, sagte ich ernst. »Ich mag deine argwöhnischen Verdächtigungen nicht. Schließlich sind sie Mitglieder der gleichen Familie, und in solchen Situationen stellen viele die gebotene Schamhaftigkeit hintan. Ich habe oft gehört, daß es Familienangehörige und Cousins sehr genießen, wenn sie so offen und unerschrocken miteinander umgehen können. Machen wir doch aus einer Mücke keinen Elefanten.«

Der erste Sommer mit Christopher neigte sich seinem Ende zu. Christopher ging nach Yale. Corinna, die jetzt in der zehnten Klasse war, wurde an der besten Mädchenschule von Neuengland angemeldet. Ich wollte, daß sie die alten Traditionen der Ostküste kennenlernte und etwas anderes erlebte als die Bälle im Süden und das Kentucky Derby. Ich wollte, daß sie Latein lernte und Altgriechisch, um mehr zu sein, als diese hübschen, hohlköpfigen Damen, die ich hier aus der Umgebung kannte. Und, was für ein glücklicher Zufall, ihre Schule war in Massachusetts, ungefähr eine Stunde von New Haven entfernt.

Ich war traurig, als die beiden von uns fortgingen. Sie verließen Foxworth Hall am selben Tag, sie nahmen auch denselben Zug, und Christopher hatte sich erboten, dafür zu sorgen, daß Corinna in ihrer neuen Schule gut untergebracht war, bevor er nach Yale ging. Es war so schön mitanzusehen, wie schnell sie füreinander Bruder und Schwester geworden waren – wie sie es ja auch wirklich waren. Nur wußten sie das nicht.

Das große Haus wirkte ohne sie leer, und der Alltag wurde wieder zur Routine; Malcolm arbeitete wie besessen, John Amos beaufsichtigte die Dienstboten und las mit mir in der Bibel. Aber meine Kinder trösteten mich über die Langeweile hinweg. Wirklich, ich dachte an sie, als wären sie meine Kinder.

So, wie er es versprochen hatte, schrieb mir Christopher jede Woche. Er schrieb lange, interessante Briefe, in denen er alles, was er tat, schilderte. Er vermißte Foxworth Hall und die glücklichen Tage, die er während der zweiten Hälfte des Sommers hier verbracht hatte. Corinna schrieb kurze nette Briefe, in denen sie von ihrer Schule und ihren neuen Freundinnen berichtete. Sie beklagte sich, daß es keine Jungen gab, und ich sorgte mich, sie könnte irgendwelchen Jungen hinterherlaufen und sich Ärger einhandeln, aber ich tröstete mich damit, daß ich sie gut und richtig erzogen hatte. Ich mußte einfach der Kraft meiner Erziehung vertrauen. Ich glaubte, meine Vormundschaft würde alle Neigungen beseitigen, die sie von ihrer Mutter geerbt hatte.

Wir freuten uns alle auf die Ferien, in denen Christopher und Corinna wiederkommen würden. Thanksgiving war zu kurz, um bis nach Virginia zu reisen, aber einer von Christophers Professoren lud Corinna und Christopher zum Essen zu sich nach Hause ein. Es war für mich ein Trost, daß die beiden wenigstens zusammen waren. Wir warteten alle ungeduldig auf Weihnachten. Und die beiden kamen zusammen an, erregt und glücklich, strahlend und erwartungsvoll, wie zwei kleine Kinder, die auf das Christkind warten. Unser Weihnachtsfest in diesem Jahr war sehr schön.

Unser Weihnachtsbaum war 14 Meter hoch und reichte bis an die Decke der Rotunde. Christopher und Corinna schmückten ihn, wofür sie fast zwei ganze Tage brauchten. Christopher stand auf der Leiter, und Corinna reichte ihm den glänzenden, bunten Weihnachtsschmuck. Sie verwendeten sogar Popcorn und Preiselbeeren und meterlange Girlanden. Am Abend des Weihnachtsfestes war Corinna außer sich vor Aufregung. Malcolm hatte ihr ein extravagantes rotes Samtkleid gekauft, und ich hatte ihr die Erlaubnis gegeben, ein leichtes Make-up aufzulegen. Sie sah atemberaubend aus – wie eine Prinzessin oder ein Filmstar.

Malcolm, Christopher, John Amos und ich staunten nur, als sie die Treppe hinabglitt. Malcolm platzte fast vor Stolz, und ich hörte, wie Christopher aufseufzte, als Corinna bei uns angekommen war, mit einem »Fröhlichen Weihnachten, Daddy« ihre Arme um Malcolm schlang und dabei dem Jungen verstohlen zublinzelte. Nur John Amos machte ein verkniffenes Gesicht. Und plötzlich wußte ich, was der Grund für seine Vorbehalte war: John Amos war auf Christopher eifersüchtig!

Ich ging zu ihm, nahm ihn beim Arm und führte ihn in den großen Ballsaal: »Komm, John Amos, sehen wir nach, ob alles vorbereitet ist. Unsere Gäste werden jeden Moment eintreffen.«

Unsere Party war ein voller Erfolg. Corinna, ganz die feine junge Dame und gut geschult in Etikette, spielte viel mehr die

Gastgeberin als ich. Ich sah, wie stolz Malcolm auf sie war, wie sie sich in der großen Halle bewegte und die Gäste begrüßte, mit dem einen oder anderen lachte, immer den richtigen Ton traf und sowohl die Älteren als auch die Jüngeren bezauberte. Ich sah das Lächeln in ihren Gesichtern und das Entzücken in ihren Augen, wenn sie sie begrüßte. Und es machte mir in diesem Moment nicht mehr viel aus, daß ich nie die gleiche Aufmerksamkeit erregt hätte.

Christopher hing an ihrem Arm, und sie stellte ihn als ihren lange verschollenen Onkel vor, der auf dem Weg war, ein bekannter Arzt zu werden.

Er wirkte wie immer hinreißend, machte den Frauen Komplimente und hatte für jeden ein freundliches Wort – wobei er in beiden Fällen völlig aufrichtig wirkte. Er suchte und fand in jeder Person, die er traf, die besten Eigenschaften und brachte diese zum Vorschein. Wohin ich mich auch wandte, sprachen die Gäste von ihm und Corinna.

Ich hörte, wie Mrs. Bromley einer Gruppe von Frauen erzählte, daß sie sich kaum vorstellen könnte, daß jemand, der so voller Energie und so bezaubernd wie Corinna war, meine Tochter sein konnte.

Aber dieses Mal sah ich keinen Grund einzuschreiten und ihr Bescheid zu geben, wie ich das bei früheren Zusammenkünften getan hatte. Ich wußte, daß sie aus Eifersucht so sprach, und das machte mich stolz. Ich war in meiner Rolle als Malcolms Frau eben doch nicht so erfolglos.

Wir hatten unsere Katastrophen und Tragödien überstanden und standen jetzt an der Spitze der Gesellschaft. Man bewunderte und beneidete uns, und das tat mir wohl.

Als die Band zu spielen begann, führte Christopher Corinna auf das Tanzparkett. Es war ein Walzer, und ihr Tanz war atemberaubend. Christopher wirbelte Corinna über den Boden, als wären sie das geborene Tanzpaar. Jeder sah ihnen zu, kein anderer wollte tanzen, es war eine Lust, diesem prächtigen Paar zuzuschauen, wie es über den Tanzboden flog. Dann schritt Malcolm groß und würdevoll auf die beiden zu. Corinna lächelte Christopher an, während er unter dem Applaus der Gäste seinen Platz im Kreis der Zuschauer einnahm und Malcolm mit Corinna weitertanzte. Aber irgendwie hatte er den Zauber gebrochen, beide erschienen steif und wirkten ein wenig unbehaglich. Es war, als würde Malcolm versuchen, mit Christopher zu konkurrieren und zu beweisen, daß er ein ebenso begnadeter Tänzer war – was aber nicht stimmte. In diesem Moment erkannte ich, wie alt Malcolm geworden war. Seine jugendliche Kraft war verschwunden. Als er jetzt mit Corinna tanzte, wirkte er wie ein närrischer alter Mann.

Christopher kam lächelnd auf mich zu. »Darf ich ihn ablösen, Olivia? Es sieht so aus, als würde Malcolm müde werden.«

Ich lächelte und tätschelte seine Hand. »Geh schon, Christopher«, ermutigte ich ihn.

Christopher ging auf den Tanzboden, und als er auf Malcolms Schulter tippte und Corinna in seine Arme sank, applaudierten die Gäste ein zweites Mal. In diesem Moment wurde mir bewußt, daß mich John Amos anblickte; er sah mich an wie ein wütender Gott, der mich wegen meiner erst vor kurzem gefundenen Glückseligkeit strafen wollte. Er sah wieder zu Christopher und Corinna hinüber und runzelte beunruhigt und argwöhnisch die Stirn. »Niemand ist so blind wie die, die nicht sehen wollen«, psalmodierte er. Warum haßte er Christopher so? War er der Meinung, daß auch er als Familienmitglied wie Christopher das Anrecht auf eine andere Stellung im Haus hatte?

Ich schob diese Gedanken schnell beiseite. Dies war die schönste Weihnachtsparty, die wir je gegeben hatten, und ich war stolz auf meine Kinder. Ich würde nicht zulassen, daß John Amos' Argwohn mein Gefühl der Glückseligkeit zerstörte.

Während seines zweiten Jahres in Yale war Christopher bereits mehr als nur ein vielversprechender Student. Seine Professoren fanden seine Leistungen bemerkenswert. Obwohl er erst im zweiten Jahr war, leistete er bereits die Arbeit eines Studenten im höheren Semester, und bald erhielten Malcolm und ich einen aufgeregten Brief, in dem er uns mitteilte, daß er bereits in drei statt in vier Jahren seinen Abschluß machen konnte. Die Medical School war nur noch einen Katzensprung entfernt.

Es freute mich, zu erfahren, daß er und Corinna noch in Kontakt zueinander standen. Christopher war sogar schon mehrere

Male zu ihrer Schule gefahren, um sie zu besuchen. Corinna mußte sehr stolz gewesen sein, ihren attraktiven Stiefonkel ihren Freundinnen zeigen zu können. Ich stellte sie mir vor, wie sie, umgeben von den anderen Mädchen, auf dem Bett in ihrem Schlafsaal saß und von Christopher, den Weihnachtsparties und Foxworth Hall erzählte.

John Amos' Argwohn und Eifersucht gegenüber Christopher blieben jedoch unverändert bestehen. »Es ist unnatürlich, Olivia; ich habe noch nie so enge Beziehungen zwischen Familienangehörigen erlebt.«

»Also wirklich, John«, antwortete Malcolm dann für mich, »kannst du Corinna nicht zufriedenlassen?« Er hatte sie immer noch sehr gern.

Als sie siebzehn wurde, war aus Corinna eine außergewöhnlich schöne Frau geworden. Ihre Augen waren noch strahlender geworden und leuchteten in einem tieferen Blau, dem Himmelblau von Christophers Augen. Sie hatte Alicias schlanke, sehr weibliche Figur, einen anmutigen Hals, schmale runde Schultern, einen vollen Busen, schmale Hüften und eine schlanke Taille. Ihre Beine waren sehr lang, und sie bewegte sich mit einer selbstsicheren Anmut, die Engel hätte vor Neid erblassen lassen.

Christopher war jetzt mit seinen einundzwanzig Jahren voll ausgewachsen. Seine Schultern wurden breiter und muskulöser durch die sportlichen Aktivitäten in Yale. Er war der beste Ruderer seiner Mannschaft. Sein Lachen und sein selbstbewußter Gang erinnerten mich an Garland.

Es war herzerwärmend zu sehen, wie die beiden in dem großen Haus herumtollten, von einem Vergnügen zum nächsten eilten. Einmal gingen sie nachmittags zum Segeln auf dem kleinen See, an einem anderen Nachmittag pflückten sie einen Strauß wilder Blumen oder hielten Ausschau nach Bienen, damit Olsen ihnen den Honig stehlen konnte. Beim Abendessen sprachen sie dann unaufhörlich von ihrem Schulleben.

Malcolm sah von einem zum anderen und war natürlich ganz vernarrt in Corinna. Die Versteinerung in seinem Gesicht löste sich, sein Ausdruck wurde allmählich weicher. Gelegentlich brach dann sogar er in Gelächter aus bei Tisch, wenn Corinna etwas Dummes beschrieb, das sie getan oder gesagt hatte.

Auch Christopher konnte viele Geschichten über sie erzählen, er liebte es, Dinge zu wiederholen, die sie gesagt oder getan hatte, als er sie in ihrer Schule besuchte. Sie waren einander so nahe gekommen, daß es mich schließlich doch beunruhigte. Eines Nachmittags, als die beiden vom Segeln zurückkamen, erkannte ich, was mich an ihrer Beziehung störte.

Corinna hatte sich bei Christopher eingehängt, während die beiden den Rasen zum Innenhof überquerten, wo ich saß und zu den Blue Ridge Mountains hinübersah.

Sie sahen jetzt so sehr nach Bruder und Schwester aus, daß ich fast sicher war, sie würden es spüren. Einen Augenblick lang tauchte ich wieder in die Erinnerung an meine eigenen Söhne ein, und ich stellte mir vor, wie es wäre, wenn Mal oder Joel mit Corinna spazierengingen. Sicher würden sie genauso beglückt aussehen. Die Macht dieser Schönheit war so groß, daß jeder Mann, der in ihre Reichweite kam, davon bezaubert sein mußte.

Ich hörte zuerst ihr Gelächter. Ihre Stimmen, die noch zu weit entfernt waren, konnte ich nicht unterscheiden. Als sie nahe genug waren, um mich zu sehen, blieben sie stehen, und sahen sich so an, als wären sie bei etwas Verbotenem ertappt worden. Ich spürte, wie ich mich versteifte. Im nächsten Augenblick kamen sie auf mich zu, jetzt schneller und nicht so eng beieinander gehend.

»Ist es nicht ein großartiger Tag, Olivia?« sagte Christopher. »Es war gerade windig genug, daß unser kleines Segelboot sich bewegte«, fügte er hinzu. »Ich wünschte, du würdest mir erlauben, dich an einem Tag wie diesem auf eine Bootsfahrt mitzunehmen.«

Corinna sah mich schalkhaft an; sie konnte sich mich nicht in einem Segelboot vorstellen.

»Ich war schon oft auf einem Segelboot«, sagte ich. »Als wir in New London wohnten, war Segeln genauso alltäglich wie Spazierengehen.«

»Wirklich?« sagte Christopher. »Ich war auch schon einmal in New London. Es gibt dort einen ganz schönen Hafen.«

»Ja«, sagte Corinna. »Das stimmt.«

»Du warst auch in New London?« fragte ich sie schnell. Sie sah Christopher verstohlen an und nickte dann.

»Ich holte sie an einem Samstag von der Schule ab und nahm sie auf einen Ausflug mit«, berichtete er. »Wir wußten, daß es dein Geburtsort ist, und wir wollten ihn unbedingt sehen.«

»Es ist so ein schöner Ort«, sagte Corinna.

Dann blickten Christopher und Corinna sich in die Augen und zwar so, als würden sie alles, was um sie herum vorging, vergessen. Und ich spürte, wie kalter Schrecken mein Inneres erfaßte. Es war, als würden die beiden hinter einem Schleier leben, einem Schleier, der nichts und niemanden in ihre geheime Welt blicken ließ.

Das nächste Jahr verging wie im Fluge, und schon bald war wieder Sommer. Dieses Jahr reisten Malcolm und ich nach Neuengland – um Corinnas Abschluß von der High School zu erleben und Christophers Abschluß von Yale beizuwohnen. Christopher war der Abschiedsredner seiner Klasse. Er sprach gewandt davon, daß man, wenn man einen herben Verlust erlebt habe, sich an seine Träume halten und sie Wirklichkeit werden lassen solle. In meinem Herzen wußte ich, daß er von unserer Familie sprach, von ihren bitteren Tragödien, dem Verlust von Alicia und seinem wiedergefundenen Zuhause in Foxworth Hall. Als er vom Podium stieg, war sogar Malcolm bewegt, und wir eilten mit ausgestreckten Armen auf ihn zu. Corinna umarmte ihn so lange, daß Malcolm und ich ein wenig ungeduldig wurden. Aber als er uns schließlich in seine Arme nahm, uns beide in seine Umarmung einschloß, rannen mir Tränen des Glücks über das Gesicht. Dann berührten wir alle seine Mütze und warfen sie in die Luft. Der Himmel war fast schwarz von den vielen Abschlußmützen, die höher und höher geworfen wurden. Der freudige Ruf Tausender junger Männer erfüllte die Luft.

Wir fuhren in dem Auto, das Malcolm Corinna zum Abschluß geschenkt hatte, nach Hause. Es war ein cremefarbiges Cadillac-Kabriolett. Für Kinder, die gerade ihren Abschluß gemacht hatten, waren die beiden während der ganzen Fahrt nach Virginia, die zwei Tage dauerte, in einer merkwürdig gedämpften Stimmung. Die Nacht über blieben wir in Atlantic City, New Jersey, und Malcolm wollte uns alle zu einem netten Abend in der Stadt einladen.

»Es gibt hier einige Plätze, die ich euch zeigen möchte, Kinder«, erklärte Malcolm. »Es gibt hier einen Ballsaal, dessen Kacheln mit Gold verziert sind. Er läßt sogar Foxworth Hall schäbig aussehen!«

»O Daddy, das ist ja so lieb von dir«, seufzte Corinna. »Aber ich bin so erschöpft. Wegen der ganzen Aufregung um meinen und Chris' Abschluß fühle ich mich, als ob ich jetzt ein Jahr schlafen könnte.«

»Mir geht es genauso«, meinte Christopher zustimmend. »Die Rede gestern hat mich wirklich völlig geschafft.«

»Nun, wenn ihr Jungen nicht ausgehen und feiern wollt, dann werden wir einfach einen netten friedlichen Abend im Hotel verbringen.«

»Nein, nein, Daddy«, beteuerte Corinna. »Du solltest Mom ausführen. Warum tut ihr nicht so, als wärt ihr die Schulabgänger und wir bleiben zu Hause und warten auf euch, um sicherzugehen, daß ihr zu einer vernünftigen Zeit heimkommt. Und das sag' ich euch, ihr werdet mächtig Ärger bekommen, wenn ihr zu spät kommt«, meinte Corinna scherzhaft.

Ich verstand ihre Erschöpfung und bestand darauf, daß mich Malcolm ausführen sollte. Hatte ich schließlich keine Feier verdient für die großartige Erziehung dieser Kinder? Wir ließen Christopher und Corinna in ihren Zimmern zurück, zogen unsere besten Kleider an und gingen in ein Restaurant, von dem man eine wunderschöne Aussicht auf den Ozean hatte. Hier waren an diesem Abend viele Jungvermählte und junge Menschen, die vor ihrem letzten Studienjahr standen. Wir fühlten uns ziemlich unbehaglich und fehl am Platz, deshalb rührten wir kaum den teuren Champagner an, auf dem Malcolm bestanden hatte.

»Laß uns einen Toast aussprechen, Olivia«, sagte er und versuchte, etwas Hochstimmung in unser eher stilles Mahl zu bringen. »Auf unsere wunderbare Tochter, die nach Hause zurückkehrt, um für immer bei uns zu bleiben.«

Ich warf ihm einen ernsten Blick zu. Glaubte er wirklich, daß Corinna ihn nie verlassen würde? Er mußte ihr die Freiheit lassen, ihr eigenes Leben zu führen. Sie würde einen netten jungen Mann treffen, heiraten und eine eigene Familie gründen. Das war es, was sich jedes junge Mädchen wünschte, und ich wollte nicht, daß Malcolm Corinna dazu brachte, ein schlechtes Gewissen wegen ihrer ganz normalen Träume und Wünsche zu haben.

»Laß uns einen Toast auf Corinna aussprechen, auf daß sie alles, was sie sich vom Leben und der Liebe erhofft, finden möge«, verbesserte ich ihn.

Wir kehrten spät am nächsten Tag nach Foxworth Hall zurück. Ich ließ die Kinder so lange schlafen, wie sie wollten; schließlich sollten beide im Herbst allmählich die Pflichten von Erwachsenen wahrnehmen. Christopher wartete noch auf die Nachricht, ob er von der Medical School aufgenommen würde oder nicht. Er stand auf der Warteliste einiger angesehener Hochschulen und war bereits von der Universität seines Stiefvaters in Georgia angenommen worden. Ich hatte darauf bestanden, daß Corinna sich im Vassar College und im Connecticut College für Frauen in meiner Heimatstadt New London anmeldete. Beide Schulen hatten sie angenommen, aber sie hatte sich noch nicht entschieden, welche sie besuchen wollte.

Am Morgen, nachdem ich alles mit John Amos und der Köchin besprochen hatte, ging ich in mein Zimmer, setzte mich an meinen Schreibtisch und sortierte die Post. Es war ein großer Umschlag aus Manilapapier für Christopher Foxworth dabei, und der Absender war Harvard Medical School! Ich wurde sehr aufgeregt, ich wußte, daß ich ihn nicht öffnen sollte, aber ich mußte es unbedingt wissen. Ich sagte mir, daß ich Christopher dann besser helfen konnte, mit der Nachricht, mochte sie nun gut oder schlecht sein, fertigzuwerden, aber in meinem Herzen wußte ich, daß es eine gute Nachricht sein würde. Wie konnte irgendein vernünftiges College meinen Christopher ablehnen? Meine Finger zitterten, als ich den Umschlag aufriß.

Sehr geehrter Mr. Foxworth,

Mit großer Freude kann ich Ihnen mitteilen, daß Sie von der Harvard Medical School aufgenommen werden. In meiner Funktion als Dekan bin ich glücklich –

Ich konnte nicht weiterlesen. Tränen des Glücks traten in meine Augen, und die Schrift verschwamm vor mir. Ich preßte den Brief an meine Brust, ich rannte die Treppen wie eine junge Frau hinauf und klopfte an Christophers Tür. Er war nicht da. Ich versuchte es an Corinnas Tür, weil ich dachte, sie wüßte vielleicht, wo er sei. Aber auch sie war nicht in ihrem Zimmer. Plötzlich hörte ich einen erstickten Laut. Ich konnte mir nicht vorstellen, wo er herkam. Ich ging in die Richtung, aus der der Laut gekommen war. Einen Augenblick lang schlug mein Herz so laut, daß ich nichts anderes hören konnte. Dann wurde das Geräusch lauter. Es klang wie ein Lachen, aber ein sehr merkwürdiges Lachen, wie ein Lachen, das von einem Kissen erstickt wird. Ein Licht schimmerte am anderen Ende des Ganges, und ich begann, langsam darauf zuzugehen.

»Corinna«, hörte ich, wie eine Stimme flüsterte, »was hätte ich nur getan, wenn ich dich nicht gefunden hätte? Was für ein Leben hätte ich geführt? Du bist mein Leben. Du bist der einzige Grund, warum ich existiere. Du bist –«

»Schscht«, sagte Corinna, »es könnte uns jemand hören.«

»Es ist mir egal, ob sie uns hören. Ich liebe dich. Ich möchte, daß es die ganze Welt weiß.«

Licht strömte unter den Doppeltüren des Schwanenzimmers hervor. Während ich Christophers Aufnahmebrief von Harvard fest an mich preßte, öffnete ich vorsichtig die Tür um ein, zwei Zentimeter. Halb entkleidet, in leidenschaftlicher Umarmung lagen Corinna und Christopher auf dem Schwanenbett. Sie hatte ihren Kopf zurückgeworfen, ihre Lippen waren blutrot und halbgeöffnet. Christopher küßte ihre entblößte Brust!

Ohne nachzudenken, schlug ich die Tür zu. Meine Gedanken überstürzten sich vor Wut und Schrecken. Das Herz in meiner Brust schlug so wild wie das eines Vogels, der von einem Fuchs gestellt wird. Christopher und Corinna – sie waren ein Liebespaar! Ein Liebespaar! Mein Gott, sie waren doch Geschwister! O Gott, was hatte ich getan? Was hatten wir alle getan? Ich sank zu Boden, in meinem Kopf drehte sich alles, und ich fühlte mich, als würde alles Leben in mir vergiftet. Wie wahnsinnig suchte ich nach einer Lösung. Sollte ich ihnen die Wahrheit sagen? Würde Gott sie bestrafen für das, was sie getan hatten?

Plötzlich fiel ein dunkler Schatten über mich. Ich blickte auf, und da stand John Amos, der auf mich mit kaltem Entsetzen herabsah.

»Olivia, was machst du auf dem Boden in der Haltung eines Bettlers? Was geht hier vor?« Und dann wandten sich seine runden, glänzenden Augen zum Schwanenzimmer. Ich konnte drinnen ein Rascheln hören. Mit einem schnellen Griff öffnete John Amos die Tür, und da lagen, in all ihrer nackten Natürlichkeit, Christopher und Corinna auf dem Schwanenbett. Er lag auf ihr. Sie waren miteinander verschmolzen wie ein Ehepaar.

John Amos schien allen Zorn Gottes zu verkörpern, und als er so dastand und sie anstarrte, schien er immer größer und finsterer zu werden, wie ein Racheengel, den der Himmel gesandt hatte. *»Sünder! Verderbte!«* donnerte er. *»Wie könnt ihr es wagen, dieses Haus zu entehren? Ihr werdet den Zorn Gottes über euch bringen! Ihr betreibt Inzest, lustvollen, unheiligen Inzest! Möge Gott eure Seelen verdammen!«*

Ich versuchte aufzustehen, John Amos wegzuziehen und die Tür vor ihrer Schande zu verschließen, aber er stieß mich rücksichtslos zur Seite. »Du törichtes Weib«, höhnte er, »ich habe es dir ja gesagt, habe dir gesagt, was direkt vor deinen Augen passiert, aber du wolltest ja nicht auf mich hören!«

»Du hast dem Teufel bei dir Unterschlupf gewährt, Weib, hörst du mich? Du hast ihn in dein Haus geladen, ihn genährt und gehätschelt, und jetzt ist er gekommen, um dein Leben zu fordern.«

18. KAPITEL

SCHULD UND SÜHNE

Ich wurde in einen wirbelnden Strom aus Verwirrung und Schrecken hinabgezogen. Ich fühlte mich betrogen und wütend, verletzt und elend. Und doch war so viel Liebe um mich – aber es war eine sündige, gotteslästerliche Liebe. Wer hatte sie ausgelöst? War es mein Fehler? Oder war es Malcolms verhängnisvolle Lüsternheit, die auf seine Tochter übergegangen war und nun furchtbare Folgen zeitigte?

Ich wußte, daß ich es Malcolm sagen mußte und nahm meine ganze Kraft zusammen, um mich zu erheben und den tobenden John Amos fortzuschicken. Dann, mich am Türrahmen festhaltend, betrat ich langsam das Schwanenzimmer und sagte zu Christopher und Corinna mit einer Stimme, die so seltsam und schwach klang, daß ich sie kaum als meine eigene erkannte, sie sollten in fünfzehn Minuten in Malcolms Bibliothek sein. Corinna versteckte ihre Nacktheit hinter Christopher, der sich mit einem Laken bedeckt hatte. Ihre Augen waren rot vom Weinen. Dann schloß ich leise die Tür hinter mir und suchte Malcolm.

»Ich möchte, daß du dich festhältst«, sagte ich, während ich die Tür zu seiner Bibliothek öffnete, »etwas ... etwas Schreckliches ist passiert.«

»Die Kinder? O Gott, nicht schon wieder!« sagte Malcolm und richtete sich kerzengerade auf.

»Der Sohn deines Vaters hat unsere Tochter verführt!« teilte ich ihm mit.

Worte können nicht beschreiben, welche Qualen Malcolms Gesicht verzerrten. Während ich ihn beobachtete, war es mir, als würde ich einen Spiegel meiner eigenen Gefühle sehen, und doch, als Zorn, Verbitterung, Haß und Liebe für seine Tochter um die Vorherrschaft kämpften, war ein Gefühl stärker als die anderen und vertrieb sie. Es war ein Zorn, wie ich ihn noch nie zuvor gesehen hatte.

»Malcolm«, warnte ich ihn, wobei mir seine völlige Fassungslosigkeit half, meine Selbstbeherrschung wiederzuerlangen, »wir müssen jetzt die Ruhe bewahren und uns genau überlegen, was hier zu tun ist. Es steht zu viel dabei auf dem Spiel, wie du und ich wissen. Sie werden jeden Moment in die Bibliothek kommen. Malcolm, bitte finde die Kraft in dir, diesen Schändlichkeiten ein Ende zu bereiten.«

Gerade in diesem Augenblick hörten wir, wie sich die Tür öffnete und Christopher, die Arme beschützend um Corinna gelegt, die Bibliothek betrat. Es waren ihnen nur ein paar Minuten geblieben, um sich die Kleider überzuwerfen. Christopher hatte nur Socken an, keine Schuhe. Hinter ihnen sah ich John Amos, der oben auf der Treppe sichtbar wurde und zu uns mit einem düsteren Gesicht herabblickte. Er schien mit jedem Augenblick, der lautlos verstrich, größer zu werden, da er es gewußt hatte, es immer gewußt hatte. Und ich hatte mich geweigert, ihm zu glauben! In meinem Gedächtnis hallten seine prophetischen Worte wider:

»Niemand ist so blind wie die, die nicht sehen wollen.«

Und ich wußte, daß sich Gottes Zorn schwer auf das Haus Foxworth gelegt hatte. Jeder Schatten, der Geist jedes Nachkommen, wehklagte nun in den Seitenflügeln des Hauses. Alles, was noch zu tun blieb, war die Erklärung der beiden anzuhören. Malcolm trat vor und knallte die Tür hinter ihnen zu.

»Daddy«, begann Corinna und ergriff Christophers Hand, während sie auf Malcolm zugingen. »Wir lieben uns. Wir lieben uns schon seit langem. Wir werden heiraten.« Sie sah Christopher an, um sich Mut zu machen. Er lächelte sein süßes, leidenschaftliches Lächeln, das jeden in den vergangenen drei Jahren in Foxworth Hall verzaubert hatte. »Christopher und ich haben dies seit langem geplant; wir wollten nur bis zu meinem achtzehnten Lebensjahr warten. Wir dachten daran, durchzubrennen; wir wußten ja nicht, ob ihr unsere Verbindung billigen würdet. Aber wir hätten gerne eine kirchliche Hochzeit, um die Heiligkeit unserer Liebe zu segnen.«

Jedes Wort, das Corinna aussprach, streute noch mehr Salz in meine Wunden. Malcolm starrte Corinna auf seltsame Weise an. Es war, als würde er nicht sie, sondern Alicia oder sogar seine eigene Mutter sehen. Dann verzerrte sich sein Gesicht so, wie ich es noch nie zuvor gesehen hatte. Sein Zorn ließ sein Gesicht anschwellen, rötete seine Wangen und hob seine Schultern, so daß er riesengroß aussah.

Ich trat schnell neben ihn.

»Wir hatten gehofft, ihr würdet euch für uns freuen«, sagte Corinna und ihre Stimme fing an zu zittern, »und uns euren Segen geben. Natürlich wären wir begeistert, wenn ihr eine große Hochzeit für uns ausrichten und anschließend eine große Party hier in Foxworth Hall geben würdet. Wir wollen, daß ihr genauso glücklich seid wie wir«, fügte sie hinzu.

»Glücklich?« fragte Malcolm, wobei er das Wort so aussprach, als wäre es das seltsamste Wort, das er je gehört hatte. »Glücklich«, wiederholte er und ließ ein hohles, satanisches Lachen folgen. Plötzlich trat er vor und streckte seinen rechten Arm mit einem anklagend ausgestreckten Zeigefinger steif aus. »Glücklich? Ihr beiden habt eine schändliche Sünde begangen. Wie kann irgend jemand glücklich sein? Du weißt, er ist dein Onkel, und er weiß, du bist seine Nichte. Was ihr beide getan habt, ist Inzest. Ich werde euch nie meinen Segen geben, auch Gott nicht. Ihr spottet der Vorstellung der Ehe«, donnerte er und fuchtelte mit seinem Finger in der Luft herum.

»Es ist kein Inzest«, sagte Corinna sanft, »und unsere Liebe ist zu rein und gut, um Sünde zu sein. Es sind nicht Gottes Gebote, sondern die Gebote der Menschen, die du nennst. In vielen Gesellschaften wird die Heirat von Geschwisterkindern und nahen Verwandten sogar erwartet. Warum ...«

»Inzest!« schrie Malcolm, immer noch mit ausgestrecktem Arm. Sein ganzer Körper bebte vor Anstrengung, und das Blut schoß ihm ins Gesicht. *»Sündhaft! Gotteslästerlich! Unheilig!«* rief er, wobei er nach jeder Anklage seinen Arm durch die Luft schwenkte. *»Ihr habt mich betrogen, mich betrogen!«*

»Bitte, hör zu, Malcolm«, begann Christopher, »Corinna und ich haben so füreinander gefühlt, seit ich zum ersten Mal Foxworth Hall betreten habe. Das ist ein Fingerzeig Gottes!«

»Judas!« brüllte Malcolm, wobei er sich ihm zuwandte. »Ich habe dir ein Heim gegeben, mein Geld für dich aus dem Fenster geworfen, mein Vertrauen und meinen Glauben in dich gesetzt. Ich habe dir mein Heim geöffnet, und du hast meine Tochter verführt.«

»Er hat mich nicht verführt«, sagte Corinna und zog Christopher an sich. »Was zwischen uns vorgefallen ist, wollte ich genauso wie er«, sagte sie. »Ich war es, die ihn verfolgte. Ich war es, die ihm überall nachging und die ihn bat, mich so anzusehen, wie er jede andere Frau ansehen würde. Ich füllte jeden seiner freien Augenblicke mit meiner Gegenwart, mit meinem Geplauder, mit meinem Lachen und meiner Liebe. Er blieb immer der Gentleman, sprach immer von dem, was du und meine Mutter wollten. Ich fürchtete, du würdest uns nicht verstehen, und so wartete ich, bis ich achtzehn wurde. Ich habe dich nicht betrogen. Ich liebe dich immer noch, und ich möchte hier mit Christopher leben. Hier werden wir unsere Kinder bekommen und...«

»Kinder?« wiederholte Malcolm wie von einer gräßlichen Vorstellung gepeinigt. Ein kalter Schauer jagte über meinen Rücken.

»Hör doch bitte zu«, sagte Corinna.

»Es gibt nichts zuzuhören!« schrie Malcolm. »Du sprichst davon, Kinder zu haben. Eure Kinder werden mit Hörnern geboren werden, mit einem Buckel, gespaltenen Schwänzen, Bocksbeinen; sie werden deformierte Kreaturen sein«, stieß er hervor. Seine Augen waren haßerfüllt. Beide, Christopher und Corinna, wichen erschreckt zurück. Corinnas Blick war angsterfüllt, sie umklammerte Christophers Arm.

»Nein«, sagte Corinna und schüttelte ihren Kopf. »Das ist nicht wahr. Das wird nicht passieren.«

»Verführerin«, schrie Malcolm, »Delilah, täuschende, lüsterne Kreatur«, fuhr er fort. »Ich verstoße euch aus meinem Haus, aus meinem Leben und aus meinem Gedächtnis«, stieß er hervor. »Verschwindet aus diesem Haus«, wiederholte er und deutete zur Tür, »und setzt nie wieder einen Fuß in dieses Haus von diesem Tage an. Ihr seid für mich gestorben, so tot wie...« Malcolm sah mich an, und mein Blick hielt ihn davon ab, seinen Satz zu vollenden.

»Das ist doch nicht dein Ernst?« rief Corinna. Tränen liefen ihr über die Wangen, und ihr Kinn bebte. Christopher sah mich hilfesuchend an, aber ich schaute weg. Ich fühlte mich fast genauso betrogen wie Malcolm. Ich hatte ihn wie einen eigenen Sohn geliebt, und nun hatte er mich so betrogen. Während all dieser glücklichen Jahre hatte seine Ergebenheit und Liebe nicht mir, sondern Corinna gegolten. Er fiel genauso auf Schönheit herein wie Malcolm. Ja, es stimmte, alle Männer waren gleich. Ich erwiderte seinen Blick so kalt, daß ich hoffte, sein Herz würde zu Eis erstarren. Am liebsten hätte ich ihnen die vernichtende Wahrheit ins Gesicht geschleudert, aber eine neue kalte Klarheit in mir hielt mich zurück. Ich wußte, daß mich dies selbst vernichten würde.

»Ich meine es genauso, wie ich es sage«, antwortete Malcolm schließlich, wobei seine Stimme so trocken, kalt und so zerbrechlich und hart wie Eis war. »Verschwindet aus diesem Haus! Und ihr sollt wissen, daß ihr enterbt seid! Weder du noch dieser Judas sollen je einen Pfennig von mir bekommen. Ich verfluche euch; ich verfluche euch beide und verdamme euch zu einem Leben in Sünde und Schrecken.«

»Wir werden nicht verflucht sein«, Christopher stand aufrecht, als er Malcolm so die Stirn bot. »Wir werden dieses Haus verlassen, aber den Fluch werden wir nicht mit uns nehmen. Wir werden deine Flüche an der Türschwelle hinter uns lassen.«

»Dies sind nicht Malcolms Flüche«, erhob ich schließlich das Wort. »Es sind die Flüche, die Gott selbst über euch bringen wird für das, was ihr getan habt. Es ist Inzest, und ihr werdet nur den Schrecken gebären«, prophezeite ich. Christopher sah mich mit einem Blick voller Pein an. Er wußte nun, daß ich auf Malcolms Seite stand.

»Dann werden wir gehen«, sagte Christopher. Er zog Corinna von uns fort, und die beiden gingen zur Vordertür. Er blickte sich noch einmal trotzig um, und Corinna, die immer noch weinte, sah verloren und verängstigt aus.

Im nächsten Augenblick waren sie verschwunden.

Malcolms Zorn brach hervor. Er hob seine Arme zur Decke und stieß ein Heulen aus, das aus dem tiefsten Inneren seines Herzens kam. Es war das Heulen eines wilden Tieres im Todeskampf, ein Heulen, das Foxworth Hall erschütterte, dessen Echo in den Gängen zu hören war und das immer lauter anschwoll. Vielleicht heulten in diesem Augenblick alle Geister seiner Vorfahren mit ihm.

Dann verstummte Malcolm plötzlich und wandte sich mir zu. Seine Augen traten hervor, und er rang vergeblich nach Luft. Schließlich griff er an seine Brust, und seine Beine gaben nach. Als er auf den Boden fiel, hörte ich John Amos hinter mir.

»Gottes Zorn ist heute über dieses Haus gekommen«, murmelte er. Dann trat er zu mir an Malcolms Seite.

Malcolm lag auf dem Bauch, sein rechter Arm war vor dem Gesicht. John drehte ihn um, und wir sahen seinen verzerrten Mund. Die rechte Seite seines Gesichts war eingefallen. Seine Mundwinkel waren geöffnet und entblößten seine zusammengebissenen Zähne. Seine Augen waren so verdreht, als wolle er in seinen eigenen Kopf blicken. Er versuchte zu sprechen, brachte aber keinen Laut hervor.

»Hol einen Arzt!« rief ich.

Der Arzt bestand darauf, Malcolm in ein Krankenhaus zu bringen. Ich sah den Widerstand in seinen Augen; er schüttelte mit dem Kopf und bat mich still, den Anordnungen des Arztes nicht zu folgen.

»Natürlich, Herr Doktor«, sagte ich. »Ich möchte nur das Beste für meinen Mann. Rufen Sie den Krankenwagen.« Später sollte ich erfahren, daß der Arzt den Leuten erzählt hatte, ich sei eine der tapfersten Frauen, die er jemals in einer so schrecklichen Krise angetroffen habe.

Der Krankenwagen kam und brachte Malcolm schleunigst in das Krankenhaus, wo er fast einen Monat in einem Privatzimmer verbrachte und rund um die Uhr betreut wurde. Jedesmal, wenn John Amos und ich ihn besuchten, bat er uns, ihn mit nach Hause zu nehmen. Zuerst konnte er uns nur mit den Augen bitten, da er sowohl einen Schlaganfall als auch einen Herzanfall erlitten hatte und die gesamte rechte Seite seines Körpers gelähmt war.

Als wir ihn dann mit nach Hause nahmen, hatte er wieder etwas Kontrolle über seine Muskeln gewonnen, und er konnte verzerrte Töne hervorbringen, die Worten ähnlich waren. Manchmal hatte ich das Gefühl, daß er nach Corinna riefe.

Die Tage zogen monoton dahin. Es war, als wäre die Zeit selbst geschwächt und könnte sich kaum von Stunde zu Stunde weiterschleppen. Malcolm war weiterhin an den Rollstuhl gefesselt und konnte nicht in sein Büro gehen. Man brachte mir seine ganze Arbeit, und ich war dankbar dafür, weil ich auf diese Weise beschäftigt war, anstatt daß ich ruhelos durch Foxworth Hall wanderte und mich mit Erinnerungen quälte und mich fragte, was ich hätte tun können, um den Dingen eine andere Wendung zu geben.

Das Haus wirkte wie eine riesige Gruft. Unsere Schritte hallten schauerlich durch die Stille.

Die Dienstboten steckten oft die Köpfe zusammen und tuschelten. Keiner von ihnen würde direkt nach Corinna und Christopher fragen, aber ich wußte, daß John Amos ihnen gerade genug Informationen gab, um ihre Neugierde nicht versiegen zu lassen.

Bei unseren Mahlzeiten wurde kein Wort gewechselt. Malcolm aß mechanisch und blickte starr geradeaus. Er schien mich gar nicht wahrzunehmen; er lebte ganz in seinen Erinnerungen und Vorstellungen. Tagelang wurde Corinnas Name nicht mehr erwähnt. Jeden Satz, den er sagte, leitete er mit den Worten: »Wenn dies vorüber ist...« ein. Ich konnte mir vorstellen, welche Bilder ihn peinigten. Corinnas quälend schönes Gesicht hatte Besitz von ihm ergriffen und zog ihn in endlose Träume von Verlust und Niederlagen. Oft schien er in die Welt seiner Visionen dahinzuschwinden, als wäre er selbst nur noch ein Geist.

John Amos und ich nahmen dann die aufgeschlagene Bibel zur Hand und legten sie auf Malcolms Brust. Mit John Amos' Hilfe hatte ich mich, wie Malcolm, einer Wandlung unterzogen. Ich wußte jetzt, daß ich mich völlig auf seine Verbindung zu Gott verlassen konnte, denn obwohl er das Geheimnis um Corinna nicht kannte, hatte er instinktiv die Wahrheit erkannt und versucht, sie mir zu offenbaren, bevor es zu spät war. Aber ich war zu verblendet gewesen, um zu sehen, was sich vor meinen Augen abspielte. »Olivia«, tröstete mich John Amos immer, »die Wege Gottes sind unergründlich, aber immer gerecht. Ich weiß, Er wird dir eine Gelegenheit geben, die gotteslästerliche Sünde deiner Tochter und ihres Onkels zu büßen.«

Seine Worte ließen mich schaudern.

»Die Wahrheit liegt immer in unserem Herrn«, fuhr er fort. »Knie nieder, Weib, und rette deine Seele.«

»Ich kann nicht niederknien, denn ich war Gott gegenüber nicht ehrlich. Du kennst nicht die ganze Wahrheit.«

»Olivia, beichte mir alles.«

Ich kniete mich neben ihn. »Oh, John, es ist viel schlimmer, als du es dir vorgestellt hast.« Ich spürte, wie mir der Teufel an die Kehle faßte, doch ich preßte die Worte hervor: »Christopher ist in Wirklichkeit nicht der Halbonkel Corinnas. Er ist ihr Halbbruder.«

»Was! Um Gottes willen, Weib, wie konnte das geschehen!«

»Malcolm war in Alicia verliebt; er schwängerte sie nach Garlands Tod und zwang sie, uns Corinna zu überlassen. Dann ging sie fort. Niemand hat jemals erfahren, daß ich nicht Corinnas Mutter bin.« Ich senkte meinen Blick, mein Gesicht voller Scham, zu viel Scham, um John Amos anzublicken.

»Erhebe dich, Weib«, befahl er mir. »Denn du kennst das Ausmaß deiner Sünde. Doch du hast nicht so viel gesündigt, wie gegen dich gesündigt wurde, und Gott hat schon sein Schwert herniedergesandt, um deinen Ehemann zu fällen. Und er wird das gleiche mit seinen Kindern tun. Wir müssen jetzt ein Auge auf Malcolm haben, Olivia, wir müssen uns um seine Geschäfte kümmern, sein Haus verwalten und ihn wieder zu Gott führen. Laß uns beten, Olivia. Vater unser, der du bist im Himmel...«

Dank meiner Beichte schienen sich die Dinge wieder ein wenig zum Besseren zu wenden: Malcolms Sprechvermögen machte Fortschritte. Der Arzt erklärte mir jedoch, daß er nie wieder richtig sprechen würde. Durch die Art und Weise, wie seine Gesichtsmuskeln gelähmt waren, sah es aus, als würde er ständig glücklich lächeln. Auf eine seltsame, fast unheimliche, Art ließ dieses verzerrte Lächeln jenen Charme erkennen, den er einst als junger Mann besessen hatte. Es schien, als wäre eine Maske seines ehemaligen Selbst auf sein Gesicht gepreßt worden.

Wenn ich großzügig war, rollte ich ihn an seinen Schreibtisch, damit er die Geschäftsabschlüsse, die ich getätigt hatte, studieren konnte. Ich hatte mich bei meinen geschäftlichen Aktivitäten zunächst ganz an Malcolms Vorgehensweise gehalten, aber bald schon, als ich mich selbstsicher genug fühlte, traf ich meine eigenen Entscheidungen. Ich spekulierte auf dem Börsenmarkt, änderte die Organisation in einigen Stahlwerken, kaufte und verkaufte einige Immobilien.

Zuerst war er von meinen unabhängigen Entscheidungen schockiert. Er verlangte, daß ich die Dinge wieder wie zuvor laufen ließe, aber ich achtete nicht darauf.

Ich hatte außerdem John Amos mit einem hohen Jahresgehalt versehen. Trotz seiner Krankheit brauchte Malcolm nur wenige Augenblicke, dies zu erkennen. Er hielt mir den Kontoauszug entgegen.

»Malcolm, du mußt verstehen, daß die Dinge nicht mehr so sind, wie sie waren. Du solltest für das, was dir geblieben ist, dankbar sein, besonders wenn man überlegt, was du dir selbst angetan hast. Und du solltest dankbar sein, daß du mich und John Amos hast, die dir zur Seite stehen. Könntest du dir vorstellen, daß eine Frau wie Alicia oder deine Tochter es schaffen würden, sich um deine Geschäfte zu kümmern? Würden die Dinge dann wohl so reibungslos laufen? Würde sie dich überhaupt ansehen in deinem entstellten Zustand?« fragte ich verbittert. »Sie würde mit deinem ganzen Geld davonlaufen. Das würde sie tun«, fügte ich zornig hinzu. Ich ging hinüber zu seinem Schreibtisch und nahm schnell den Auszug aus seiner Hand.

Eines Tages, fast zwei Jahre nach dem Schlaganfall, saß Malcolm in seinem Rollstuhl, während ich hinter seinem Schreibtisch arbeitete. Ich rollte ihn gelegentlich in die Bibliothek, und informierte ihn über die Entscheidungen, die ich getroffen hatte. Ich wußte, er wollte nicht dort sein und vor allem nichts von meinen Transaktionen hören, doch mir machte es Freude. An diesem Tag, einem frühen Frühlingstag, an dem die Sonne durch das Fenster hinter mir schien und mir den Rücken wärmte, sah ich bei Malcolm einen neuen Gesichtsausdruck. Seine Züge wirkten weicher als sonst, seine Augen waren mild, das Blau in ihnen erschien wärmer. Ich wußte, daß er an etwas dachte, was in ihm angenehme Erinnerungen wachrief. Ich hielt in meiner Arbeit inne und sah erwartungsvoll auf.

»Olivia«, sagte er. »Ich muß etwas wissen, ich muß es erfahren. Bitte«, bat er mich. »Ich weiß, du hast nicht die wärmsten Gefühle für mich, aber sei gnädig genug, mir diese eine Bitte zu gewähren.« Er erinnerte mich an den Malcolm, der zuerst nach New London gekommen war, der mein Herz mit solcher Hoffnung und solchen Versprechen erfüllte, der mit mir allein am Fluß spazierenging und mir das Gefühl vermittelte, geschätzt und geliebt zu werden wie jede andere Frau.

»Um was willst du mich bitten?« fragte ich und lehnte mich in meinem Stuhl zurück. Er beugte sich hoffnungsvoll nach vorne.

»Bitte beauftrage Detektive, um herauszufinden, was mit Christopher und Corinna geschehen ist, wo sie hingegangen sind, was sie tun. Und... und...«

»Und was ist, wenn sie irgendwelche deformierten Kinder haben?« fragte ich kalt.

»Bitte«, bettelte er und lehnte sich so weit in seinem Rollstuhl vor, wie er konnte.

Ich hatte oft nächtelang an Christopher und Corinna gedacht und versucht, mein Herz ihnen gegenüber zu verschließen, aber in einer kleinen Ecke, die vielleicht nicht einmal Gott sehen konnte, liebte ich sie immer noch. »Du hast Corinna an jenem Tag gesagt, sie wäre für dich tot. Laß sie, wo sie ist; sie hat genug Unglück über uns gebracht.«

»Ich weiß, aber ich werde mit der Tatsache nicht fertig, daß ich sterben werde, ohne das ganze Ausmaß davon zu erfahren... von dem, was mit meiner Schuld begonnen hat. Bitte gewähre mir diese Bitte. Ich flehe dich an. Ich verspreche, dich nie wieder um etwas zu bitten, nie wieder Forderungen zu stellen, alles, was du willst, zu unterschreiben«, sagte er. Die Tränen rannen ihm über das Gesicht. Er weinte oft bei der geringsten Gelegenheit, aber der Arzt sagte mir, daß er es wohl oft selbst nicht bemerken würde.

Plötzlich überkam mich ein Gefühl der totalen Niederlage, als ich den gebrochenen, zerstörten Mann im Rollstuhl sah. Zum ersten Mal erkannte ich, daß damit auch etwas von mir zerstört worden war. Früher hatte ich einen starken, mächtigen Ehemann, einen Mann, der in der Gemeinde und im Geschäftsleben respektiert und gefürchtet war. Was immer auch unsere Beziehung gewesen war, ich war immer noch Olivia Foxworth, die

Frau von Malcolm Foxworth, einer Führernatur. Jetzt hatte ich einen weinerlichen Krüppel zum Ehemann, der nur noch ein Schatten seiner selbst war.

Corinna und Christopher hatten uns das angetan. Wo waren sie jetzt? Welches Schicksal hatten sie erlitten? Verfolgte auch sie der Zorn des Herrn, der solche Verheerung und Vergeltung über Foxworth Hall gebracht hatte?

»Nun gut«, sagte ich. »Ich werde es sofort veranlassen.«

»Ich danke dir, Olivia. Gott segne dich.«

»Es ist an der Zeit, daß du wieder in dein Zimmer zurückkehrst und dich ausruhst«, meinte ich.

»Ja, ja. Was immer du sagst, Olivia.« Er drehte sich um, und unternahm den verzweifelten Versuch, sich selbst wegzurollen. Ich rief nach der Krankenschwester, und sie schob ihn in sein Zimmer. Währenddessen murmelte er die ganze Zeit: »Ich danke dir, Olivia. Danke.«

Ich schickte sofort nach John Amos.

»Ich möchte, daß du nach Charlottesville fährst«, sagte ich, als er die Bibliothek betrat, »und die besten Detektive, die du finden kannst, damit beauftragst, nach Christopher und Corinna zu suchen. Ich will wissen, wie es ihnen ergangen ist.«

John blickte finster drein.

»Aus welchem Grund?« fragte er. Dann sah er den Zorn in meinem Gesicht aufsteigen. »Natürlich, wenn es das ist, was du willst.«

»Ich will es«, sagte ich deutlich.

Er nickte hastig. »Ich fahre sofort.«

Gut einen Monat später erhielten wir den ersten ausführlichen Bericht. John Amos führte den Detektiv in die Bibliothek. Malcolm war noch auf seinem Zimmer. Ich wollte ihm nichts sagen, bevor ich nicht zuerst selbst alles erfahren hatte.

Der Detektiv war ein unscheinbarer Mann, der eher nach einem Bankkassierer aussah. Später sollte ich erfahren, daß dies ein Vorteil für ihn war. Niemand nahm Notiz von ihm. Er hieß Cruthers und trug eine schlecht sitzende Brille mit dicken Gläsern, die ständig auf seine Nasenspitze rutschte, wenn er sprach.

»Sie leben unter dem Namen Dollanganger«, begann er. »Deshalb brauchte ich eine Weile, um sie aufzuspüren.«

»Mich interessieren die Einzelheiten Ihrer Anstrengungen nicht, Mr. Cruthers. Teilen Sie mir nur die Tatsachen mit, die Sie in Erfahrung bringen konnten«, verlangte ich streng.

»Ja, Mrs. Foxworth. Christopher Dollanganger arbeitet als Leiter einer Werbeabteilung in einer großen Firma mit Sitz in Gladstone, Pennsylvania. Soweit ich erfahren konnte, ist er ziemlich beliebt«, fügte er hinzu.

»Werbeabteilung?« fragte ich.

»Natürlich konnte er an der Medical School nicht weiter studieren, nachdem du und Malcolm ihm die finanzielle Unterstützung entzogen habt«, sagte John Amos und lächelte. Cruthers starrte ihn an.

»Fahren Sie fort mit Ihrem Bericht, Mr. Cruthers«, befahl ich.

»Mrs. Dollanganger gilt allgemein als attraktive Frau und gute Mutter.«

»Mutter?« sagte ich schnell.

»Zur Zeit haben sie einen Sohn, einen Jungen, der fast zwei Jahre alt ist. Der Junge heißt Christopher.«

»Was haben Sie über ihn erfahren?« fragte ich sanft. Mein Herz schlug vor Erwartung schnell.

»Ein hübsches Kind«, sagte er. »Ich habe ihn gesehen. Goldenes Haar, blaue Augen. Anscheinend ein helles Kerlchen.«

»Das kann nicht sein«, sagte ich und lehnte mich zurück. »Das sind nicht die Menschen, um die es geht. Vielleicht sind es nur die gleichen Namen«, sagte ich. »Sie haben das falsche Paar aufgespürt.«

»Entschuldigen Sie, Mrs. Foxworth, nein. Es besteht keinerlei Zweifel an ihrer Identität. Ich hatte ja Bilder von ihnen, vergessen Sie das nicht. Ich habe sie beide aus der Nähe gesehen. Es sind Ihr Christopher und Ihre Corinna.«

»Das kann nicht sein«, beharrte ich. Er blickte John Amos an und stand einen Moment lang schweigend da. »Was noch haben Sie über sie in Erfahrung gebracht?« fragte ich.

»Zur Zeit ist Mrs. Dollanganger wieder schwanger«, sagte er vorsichtig.

»Schwanger?« Ich blickte John Amos an. Auf seinem Gesicht erschien ein verzerrtes Lächeln. Dann nickte er mir zu. »Dieses Mal wird das Kind anders sein«, flüsterte ich.

»Was soll das heißen, Mrs. Foxworth?« fragte Cruthers.

»Nichts. Ich möchte, daß Sie mir erst wieder Bericht erstatten, sobald Mrs. Dollanganger ihr Kind bekommen hat. Ich möchte alles über das neue Kind wissen. Verstehen Sie?«

»Ja, ich verstehe, Mrs. Foxworth. Ich bleibe dran. Es ist bald fällig.«

»Gut«, sagte ich. »Sie werden morgen mit der Post einen Scheck erhalten.« Ich winkte John Amos, der den Detektiv hinausgeleitete.

Eine Weile saß ich einfach nur da und versuchte mich mit dem, was ich gehört hatte, zurechtzufinden. Dann erhob ich mich und ging zu Malcolms Tür. Ich hielt inne, bevor ich sie öffnete.

Nein, dachte ich. Noch nicht. Nicht, ehe wir über das zweite Kind Bescheid wissen.

19. KAPITEL

DER WILLE DES HERRN

Tage, Monate, Jahre vergingen, sie rannen wie Sandkörner durch ein endloses Stundenglas. Erleichterung fand ich nur im Gebet und in der Arbeit. Cruthers war noch zweimal in Foxworth Hall erschienen, einmal, um die Geburt eines gesunden Mädchens namens Cathy zu verkünden, dann, acht Jahre später, um eine noch erstaunlichere Nachricht zu überbringen – nämlich die Geburt von Zwillingen, einem Jungen und einem Mädchen, beide vollkommen gesund. Es schien, als wären alle in Christophers und Corinnas Familie klug und schön. Und tatsächlich waren sie, wie Mr. Cruthers berichtete, in ihrer Heimatstadt als die Dresdener Puppen bekannt, und zwar aufgrund ihres schönen blonden Haares, ihrer blauen Augen und ihres makellosen Teints.

Ich erzählte Malcolm nie von Mr. Cruthers Besuchen. Sein Schlaganfall ließ ihn schnell altern, auch wenn er einen Punkt erreicht zu haben schien, von dem aus es nicht weiter abwärtsgehen konnte.

Natürlich änderte sich auch sein Temperament. Anfangs, unmittelbar nachdem er den Schlaganfall und dann den Herzanfall erlitten hatte, war noch Kampfgeist in ihm; er hatte seinen Zustand damals noch nicht als dauerhaft akzeptiert. Aber wenn er jetzt so in seinem Rollstuhl saß, war da nicht mehr diese Ungeduld, diese steife, fordernde Haltung, die die Kämpfe, die in seinem Inneren tobten, enthüllte. Der Widerstand, der früher in dem Blick seiner blauen Augen lag, schwand allmählich. Seine Augen wirkten trübe wie Kerzen, ihr ehemals helles Feuer wurde kleiner und kleiner, je mehr die Energie schwand, die ihn früher angetrieben hatte.

Immer stärker legten sich die Schatten auf ihn. Oft fand ich ihn, wie er ruhig in der dunkelsten Ecke seines Zimmers saß.

Dieser Mann, der sich einmal mit solch einer Energie und Kraft bewegt hatte, daß es schien, als würde er sein eigenes Licht verbreiten, saß nun in Dunkelheit gehüllt da. Langsam ergriffen die Schatten von Foxworth Hall Besitz von ihm.

Obwohl sich sein Sprechvermögen soweit gebessert hatte, daß er von jedem leicht verstanden werden konnte, schwieg er zumeist. Seine Krankenschwestern lernten, seine Zeichen zu verstehen und wußten, was er wollte, wenn er die Hand bewegte oder plötzlich mit dem Kopf nickte. Er erhob seine Stimme nur dann, wenn er mit John Amos und mir betete.

Ich wußte, daß seine Anstrengungen, zu überleben und die Schmerzen und Würdelosigkeit des Alters und der Krankheit zu ertragen, seinem Gottvertrauen entsprangen. Wir baten Gott, Ihm dienen zu dürfen, wir baten um Seine Vergebung.

Ich wechselte von der religiösen Welt in die Geschäftswelt und umgekehrt, wobei ich mich jeweils völlig in meine jeweilige Beschäftigung versenkte, denn solange ich beschäftigt war, fühlte ich mich behaglich und sicher. Ich fing an, die ruhigen Augenblicke zu fürchten, wenn ich mir etwas Entspannung gönnen mußte. Dann kamen die Erinnerungen immer wieder, sie summten in meinem Kopf herum, wie ein Schwarm wilder Insekten, die in die Festung meines Friedens eindringen wollten. Vertraute Stimmen hallten wider; Schatten und Geister glitten die Gänge entlang, waren wieder zum Leben erwacht durch den Anblick eines alten Spielzeugs von Mal oder Joel oder des Klaviers, das jetzt für immer still im Salon stand, Corinnas früherem Zimmer.

Ich blieb dem Nordflügel fern und hielt die Tür zum Schwanenzimmer und zu Malcolms Jagdzimmer verschlossen. Ich ließ Möbelstücke, Koffer, Bilder und Kleidungsstücke auf den Dachboden bringen. Ich tat alles, was ich konnte, um die Vergangenheit zu verdrängen, sie hinter eine schützende Mauer zu bannen, doch es gelang mir nie ganz.

Die Erinnerungen und die Zeit hinterließen auch bei mir Spuren. Wieder einmal war mein Leben eintönig, so wie es gewesen war, bevor ich nach Foxworth Hall kam, so wie ich gefürchtet hatte, daß es immer sein würde. Aber ich fürchtete diese Eintönigkeit nicht mehr, ich war eins mit ihr geworden. Grau war die

Farbe meiner Kleider, grau meine Haare, meine Augen, meine Hoffnungen und mein Leben. Die Gebete und die Arbeit hatten mich hart werden lassen, bis ich nur noch eine Statue meiner Selbst war. Aber ich war davon überzeugt, daß dies Gottes Wille war – Sein Plan.

Ein Brief, ein rosaroter, parfümierter Brief, änderte alles. Ich fand ihn eines Nachmittags unter den nüchternen, formellen Geschäftsbriefen, die ich jeden Tag bekam. Er war an Mr. und Mrs. Malcolm Neal Foxworth gerichtet. Ich erkannte die Handschrift sofort. Sie hatte immer noch diese mädchenhaften Kringel, aber jetzt waren die Buchstaben seltsam zittrig. Ich saß einen Moment lang da und starrte auf den ungeöffneten Umschlag. Was konnte Corinna von uns wollen? Hatte sie nicht schon genug angerichtet? Und doch hüpfte mein Herz vor Freude, als ich diese mädchenhafte Handschrift erkannte. Wie ich das Leben und die Liebe, die sie in Foxworth Hall verbreitet hatte, vermißte! Die einzige Freude in meinem Leben war mit Corinna und Christopher davongegangen. Vermißte sie uns genauso, wie wir sie vermißten? Ich mußte es wissen. Mit zitternden Fingern öffnete ich den Umschlag.

In meinen Händen fühlte sich der Brief so weich und warm an, als wäre er aus ihrem Fleisch gemacht. Mein eigener pochender Puls hämmerte durch meine Adern, bis ich ihn in den Fingerspitzen fühlte. Als ich zu lesen anfing, hörte ich ihre Stimme und sah ihre flehenden blauen Augen.

Lieber Vater und liebe Mutter,

Ich weiß, wie seltsam es Euch vorkommen muß, nach all diesen Jahren einen Brief von mir zu erhalten. Leider enthält dieser erste Brief, den ich Euch schreibe, nur traurige Nachrichten. Mein Christopher, unser Christopher, der schöne, sanfte Christopher, den Ihr ja trotz allem geliebt habt, ist tot.

Ja, tot! Er wurde von einem Betrunkenen überfahren. Es war der Tag seines fünfunddreißigsten Geburtstages.

Aber es gibt auch gute Nachrichten. Wir wurden mit vier hübschen Kindern gesegnet; alle haben goldenes Haar, blaue Augen und wunderschöne ebenmäßige Gesichtszüge, sie sind klug und liebenswert, Enkelkinder, auf die Ihr stolz sein könnt. Wir haben einen vierzehnjährigen Sohn, Christopher, eine zwölfjährige Tochter, Cathy, und vierjährige Zwillinge, die Cory und Carrie heißen. Wie hat Christopher sie geliebt, und wie haben sie ihn geliebt!

Christopher ging es beruflich nicht sehr gut. Er konnte ja nicht weiterstudieren und Arzt werden. Es war ein schreckliches Opfer für ihn, aber er brachte es im Namen der Liebe. Es war schmerzhaft zu sehen, wie er seine medizinischen Studien aufgab und einen anderen Beruf ergriff, damit wir einen Lebensunterhalt hatten und eine Familie gründen konnten. Aber ich klage niemanden an, niemanden – so wie auch er niemals jemanden anklagte. Er hörte nie auf, Euch zu lieben und von dem zu sprechen, was Ihr für ihn getan habt. Ihr müßt mir glauben, daß dies die Wahrheit ist.

Ich schreibe Euch jetzt, weil Christophers Tod uns an den Rand des Ruins gebracht hat. Ich verkaufe sämtliche Dinge, die irgendeinen Wert besitzen, um uns am Leben zu erhalten, um uns Nahrung und Kleidung zu besorgen. Ich weiß, daß es mein eigener Fehler war, daß ich niemals etwas gelernt habe, womit ich jetzt Geld verdienen könnte. Ich übernehme die volle Verantwortung dafür. Mutter hätte mir sicherlich ein Beispiel sein können, aber ich habe nie ihre Stärke und Kraft entwickeln können.

Ich bitte Euch, über meine Bitte nachzudenken und uns zu vergeben. Ich bin dazu bereit, alles zu tun, um Eure Liebe wiederzugewinnen. Laßt mich mit meinen Kindern nach Foxworth Hall zurückkehren, damit sie das Leben von seinen guten und glücklichen Seiten kennenlernen können.

Ich warte mit Ungeduld auf Eure Antwort. Ich bin eine gebrochene Frau und lebe in schrecklichen Ängsten.

In Liebe, Corinna

Tatsächlich waren Tränen auf dem unteren Rand des Blattes. Ich wußte nicht, ob es ihre oder meine waren. Christopher war tot! Das hatte ich nicht gewollt. Gott war ein strenger Richter. Ich versuchte mich zu erheben, aber der Raum schien sich um mich herum im Kreis zu drehen. Was hatte ich getan? Hatte Gott meine Gebete mißverstanden? Ich konnte diesen Gedanken nicht ertragen. Es mußte eine andere Erklärung geben. Ich wandte mich ratsuchend an John Amos.

»Gott hat uns eine Botschaft gesandt«, psalmodierte er, wobei er den rosa Brief in seiner knochigen Hand zerknüllte.

»Eine Botschaft, John Amos? Was ist das für ein Gott, der Christopher das angetan hat?«

»Ein Gott, der die Sünde verabscheut. Und du warst es, Olivia, die gebeichtet hat, wie abstoßend diese Sünde tatsächlich war. Gott stellt die Ordnung in Seinem Universum wieder her. Und Er hat dir nun eine Gelegenheit gegeben, Ihm zu helfen. Diese Kinder sind die Brut des Bösen, die Frucht einer sündhaften Verbindung, die den Augen Gottes widerwärtig war.«

»Was meinst du, John? Was erwartet Gott jetzt von mir?«

Er blickte gen Himmel, als hätte er Gottes Stimme vernommen. Dann streckte er seine Arme aus. »Laß Corinna und ihre Kinder kommen«, verkündete er. »Aber verstecke diese Kinder für immer vor der Welt, damit der Pesthauch der Sünde, der sie umgibt, nicht die reinen Seelen anderer vergifte.«

Ich verließ John Amos und verbrachte den Rest des Tages allein in meinem Zimmer, wo ich Gott um Seinen Rat anflehte. Denn obwohl ich John Amos' Deutung Seines Willens verstand, konnte ich sie nicht hinnehmen. Denn ich liebte Corinna immer noch. Doch sie selbst hatte mich gezwungen, ein rächendes Werkzeug des Herrn zu werden. Sie hatte mich zu der grauen, kalten Frau gemacht, die ich nun war. Ich hatte mir so gewünscht, Großmutter zu werden und die Kinder meiner Corinna zu lieben und zu verwöhnen. Doch sie würde nun die Brut des Teufels zu mir bringen. Jedesmal, wenn mich ihre Kinder anblickten, würde ich den Teufel erblicken, jedesmal, wenn ihre Hände mich berührten, würde mich der Teufel berühren. Ich stellte mir ihre süßen Gesichter vor, ihr seidiges blondes Haar, ihre strahlenden blauen Augen. Denn der Teufel stattete immer diejenigen, die er uns zu unserem Verderben schickte, mit Charme und verführerischem Wesen aus. Ich würde mich mit einem grauen Panzer aus Stein davor schützen müssen, daß ihr Charme nicht in mein Herz drang und auch ich den Verführungen des Teufels erlag.

In dieser Nacht vertrockneten die letzten Tropfen der Liebe in meinem Herzen, und ich wurde ganz zu dem Werkzeug des Herrn. Ich träumte in dieser Nacht von einem Puppenhaus, einem Puppenhaus, das so voller Sünde war, daß es seine eigenen Höllenfeuer ausstrahlte. Gottes Stimme sprach zu mir. Olivia, dröhnte sie, Ich habe dich zur Erde gesandt, um dieses Feuer zu löschen. Ich versuchte zuerst, das Feuer auszublasen, dann schüttete ich Wasser in die Flammen, doch sie erloschen nicht. Schließlich errichtete ich einen Glaskasten um das Feuer, und ganz langsam erstickte es, bis es nur noch glühende Asche war.

Am nächsten Morgen entschloß ich mich, John Amos' Vorschlag auszuführen. Ich wußte, daß ich sofort mit Malcolm sprechen mußte. Er saß in seinem Rollstuhl und starrte aus dem Salonfenster auf die schönen Sommerblumen, die dem ewigen Winter, der in Foxworth Hall eingezogen war, spotteten.

»Corinna kommt nach Hause«, verkündete ich.

»Corinna?« flüsterte er. »Corinna?«

»Ja, Malcolm, gestern erhielt ich einen Brief von ihr. Christopher starb bei einem Autounfall, und Corinna bittet uns, sie wieder bei uns aufzunehmen.« Ich hatte einige Stunden hin und her überlegt, was ich Malcolm sagen sollte, und schließlich hatte ich beschlossen, daß er nie etwas von der Existenz von Corinnas Kindern erfahren sollte. Malcolm liebte Corinna so, wie er ihre Mutter geliebt hatte, wie er Alicia geliebt hatte. Ich wußte, wie empfänglich sein Herz für Kinder und besonders für Mädchen war. Nein, dieses Mal mußte ich die Angelegenheit selbst in die Hand nehmen. John Amos war der einzige, dem ich trauen konnte. Es würde ein Leichtes sein, die Kinder vor Malcolm zu verstecken. Ich würde sie im Nordflügel verbergen, dort, wo ich Alicia versteckt hatte, ihre wirkliche Großmutter. Malcolm war so schwach, und er würde von Corinnas Rückkehr so sehr in Anspruch genommen sein, daß er sich um nichts anderes kümmern und keinen Verdacht schöpfen würde.

»Ich werde jetzt Corinna schreiben, daß sie auf Foxworth Hall willkommen ist.« Malcolm sah immer noch aus dem Fenster. Ich ging zu ihm hinüber und legte eine Hand auf seine magere, herabhängende Schulter. Ich spürte, wie er zitterte und sah ihn verstohlen an. Tränen liefen ihm über die Wangen.

Geliebte Corinna,

Du bist herzlich willkommen auf Foxworth Hall. Ich habe Deinem Vater Deinen Brief jedoch nicht gezeigt, denn wenn er wüßte, daß Ihr Kinder habt, würde ihn nichts auf der Welt dazu bringen, Dich wieder bei uns aufzunehmen. Mit John Amos' Unterstützung hat er in Gott eine Zuflucht vor seinen Schmerzen gefunden, und er könnte nie Kinder akzeptieren, die einer gotteslästerlichen, inzestuösen Verbindung entstammen.

Du weißt nicht, daß Dein Vater an dem Tag, an dem Du fortgingst, einen ernsten Herzanfall erlitten hat. Deine Taten ließen diesen starken und kraftvollen Mann zu einem Schatten seiner Selbst werden.

Ich habe mir jedoch Deine Bitte überlegt und Gottes Rat erfleht. Folgendes ist mein Entschluß: Du darfst Deine Kinder nach Foxworth Hall bringen, aber Dein Vater darf nie etwas von ihrer Existenz erfahren. Die Ärzte haben mir gesagt, daß Malcolm nicht mehr lange zu leben hat. Bis der Herr ihn zu sich ruft, werden Deine Kinder im Nordflügel verborgen bleiben. Ich werde dafür sorgen, daß sie Kleidung und Nahrung erhalten.

Ich erwarte von Dir, daß Du Deine Fehler wiedergutmachst und den Schmerz zu lindern versuchst, den Du mir und Deinem Vater zugefügt hast.

An Dir wird es nun sein, die Kinder darauf vorzubereiten, und sicherzustellen, daß sie in ihrem Versteck bleiben. Wenn sie ungehorsam sind, wirst Du Foxworth Hall genauso verlassen, wie Du gekommen bist.

Bitte teile mir Deine Entscheidung sofort mit.

Auf Gott vertrauend
Deine Mutter

20. KAPITEL

Corinnas Rückkehr

Sie kamen in einer Nacht, die so finster war, daß ich an meine eigene Ankunft in Foxworth Hall denken mußte. Ich hatte Corinna angewiesen, den Spätzug zu nehmen, damit sie im Schutz der Dunkelheit ankämen. Es würde drei Uhr morgens sein, wenn der Zug in das leere Bahnhofsgebäude einfuhr.

Ich schickte ihnen kein Auto. Auch wenn es ein weiter Weg vom Bahnhof war, konnte ich nicht das Risiko auf mich nehmen, daß irgend jemand etwas von der Existenz von Corinnas Kindern erfuhr. Sie würden furchtsam die dunkle, einsame Straße dahinstolpern. Jeder Baum, jeder Schatten, jedes Geräusch würde sie erschrecken und ihre Herzen vor Furcht schneller schlagen. Dann plötzlich würde Foxworth Hall vor ihnen auftauchen wie das Schloß einer Zauberin in den Märchen, die ihnen ihre Mutter sicherlich vorgelesen hatte. Seine dunklen Fenster würden wie tote Augen aussehen und sein riesiges Dach wie ein Tintenflecken auf dem Nachthimmel. Seine Erscheinung würde nichts Einladendes an sich haben. Sie alle würden es anstarren, schweigend vor Furcht und mit klopfenden Herzen.

Ich wollte allein sein, wenn Corinna und ihre Kinder ankamen. Sie sollten niemanden außer mir sehen. Dies war mein Augenblick, und ich bestand darauf, daß auch John Amos sich in sein Zimmer zurückzog, obwohl er heftig protestierte.

Ich hatte Malcolm gegen zehn Uhr zu Bett gebracht.

»Bitte, Olivia«, bettelte er. »Ich weiß, daß Corinna heute nacht ankommt, und ich möchte noch wach sein, um sie zu begrüßen.«

Seine Augen waren voller Liebe, und ich konnte sehen, daß in all diesen Jahren seine Vernarrtheit in Corinna nicht abgenommen hatte. O ja, ich tat recht daran, ihm nichts von der Existenz der Kinder zu erzählen. Er würde ihrem Bann verfallen, so wie er immer dem Bann von Schönheit verfallen war.

»Malcolm, Corinna wird sicherlich erschöpft sein, wenn sie ankommt. Morgen früh bist du ausgeruht und kannst sie in alter Frische begrüßen.«

Ich konnte nun nur noch eins tun, nämlich warten. Das Zimmer im Nordflügel war für ihre Ankunft hergerichtet. Ich hatte keinen der Dienstboten hineingelassen, hatte selbst aufgeräumt und abgestaubt und die beiden Doppelbetten hergerichtet. Dabei fand ich zufällig Alicias Haarbürste, in der immer noch Haarsträhnen von ihr verflochten waren. Während der vergangenen Jahre hatten sich die feinen goldenen Strähnen in ein staubiges, muffiges Gespinst verwandelt. Ich legte die Bürste auf den Schreibtisch, ohne auch nur ein einziges Haar zu entfernen. Jetzt würden Alicias Enkelkinder hier wohnen, genauso wie einst sie. Und ich wußte, daß ihre Enkelinnen genau diese Bürste benutzen würden. O ja, sie waren bestimmt die Art von Mädchen, die ihre Haare hundertmal bürsteten.

Ich wartete Stunde um Stunde auf ihre Ankunft und schlenderte durch die langen, dunklen Gänge von Foxworth Hall. Von Zeit zu Zeit ging ich zu dem Fenster neben dem Dienstboteneingang und starrte in die Nacht hinaus. Ein leichter Schneefall hatte eingesetzt. Als ich so auf und ab ging, hörte ich plötzlich einen Ast knacksen und lief zum Fenster. Da waren sie, wie Diebe in der Nacht. Ich öffnete die Tür und ließ sie herein. Ohne ein Wort zu sagen, geleitete ich sie über die steile und enge Hintertreppe nach oben. Corinna wußte, daß sie nicht sprechen durfte. Sie wußte, daß ein geflüstertes Wort, das Geräusch einer ungeschickten Bewegung durch die langen, leeren Hallen ihres Elternhauses hallen und die Dienstboten aufwecken würde.

Ich führte sie zum letzten Zimmer des Nordflügels, öffnete die Tür mit einem Ruck und stieß sie in das Zimmer wie ein Gefängniswärter, der einen Verurteilten in seine Zelle bringt. Als sie alle im Zimmer waren, schloß ich leise die Tür.

Dann schaltete ich das Licht ein. Vor mir standen vier hübsche Kinder. Der Junge, fast schon ein Mann, war das exakte Ebenbild von Christopher, er hatte das gleiche blonde Haar, die gleichen blauen Augen, den gleichen sanften, intelligenten Ausdruck in seinem Gesicht. Oh, wie ich mich danach sehnte, ihn zu umarmen.

Das Mädchen war der Mutter wie aus dem Gesicht geschnitten; sie erinnerte mich an Corinna, als sie in ihrem Alter gewesen war, und eine Flut von Erinnerungen drohte mich zu überschwemmen und meinen harten Entschluß zu ertränken. Schnell sah ich von ihr weg und betrachtete die Zwillinge. Zwei Engelchen starrten mich mit großen, verängstigten Augen an. Als ich zu ihnen hinunterblickte, rückten sie dichter zueinander, als versuchten sie, zu einem Wesen zu verschmelzen.

»Genau wie du gesagt hast, Corinna, deine Kinder sind sehr hübsch. Aber«, fügte ich hinzu, »bist du sicher, daß sie klug sind? Haben sie nicht irgendwelche unsichtbaren Behinderungen, die man nicht mit dem Auge erkennt?«

»Keine«, rief Corinna aus. »Meine Kinder sind vollkommen gesund, körperlich wie geistig!«

Sie blickte mich an und begann dann, das Zwillingsmädchen auszukleiden. Hilfsbereit begann das ältere Mädchen, den Zwillingsjungen auszuziehen, während Christophers Doppelgänger einen der großen Koffer auf das Bett hob. Er öffnete ihn und entnahm ihm zwei kleine gelbe Schlafanzüge. Corinna legte die Zwillinge in eines der Betten und küßte sie auf ihre erhitzten Wangen, wobei ihre Hand zitterte, als sie die Locken zurückstrich, die ihnen in die Stirn fielen. Dann zog sie ihnen die Decke bis unters Kinn. »Gute Nacht, meine Lieblinge«, flüsterte sie.

Ich konnte es nicht fassen, daß ihre Mutter den zwei Teenagern beiderlei Geschlechts erlauben würde, zusammen in einem Bett zu liegen. Wie schnell wurde all das, was John Amos vorhergesagt hatte, enthüllt. Ich sagte scharf zu Corinna: »Deine beiden älteren Kinder können nicht zusammen in einem Bett schlafen.«

Sie sah mich überrascht an. »Es sind doch noch Kinder«, meinte sie aufbrausend. »Mutter, du hast dich nicht ein bißchen geändert. Du hast immer noch eine schmutzige Phantasie! Christopher und Cathy sind unschuldige Kinder.«

»Unschuldig?« gab ich bissig zurück. »Das hatten dein Vater und ich auch von dir und deinem Halbonkel angenommen!«

Corinna erbleichte. »Wenn du so denkst, gib ihnen getrennte Zimmer und getrennte Betten. Dieses Haus ist schließlich groß genug!«

»Das ist unmöglich«, sagte ich so kalt wie möglich. »Dies ist das einzige Schlafzimmer mit einem Badezimmer. Wenn sie getrennte Zimmer hätten und im ganzen oberen Stockwerk verteilt wären, würden dein Vater oder die Dienstboten ihre Stimmen hören. Ich habe über diese Anordnung lange nachgedacht. Dies ist das einzige sichere Zimmer. Steck die beiden Mädchen in ein Bett und die beiden Jungs in das andere«, befahl ich ihr.

Corinna weigerte sich, mich anzusehen, ging aber dann doch zu dem Bett hinüber und trug den Zwillingsjungen in das leere Bett. Die beiden älteren Kinder starrten mich an, als ich fortfuhr, sie zu belehren, was sie in diesem Zimmer zu beachten hatten.

Als ich fertig war, zog Corinna die beiden älteren Kinder an sich. Ihre Hände strichen ihnen über das Haar und über den Rücken. »Es ist alles in Ordnung«, hörte ich sie flüstern. »Vertraut mir.« Dann wandte sie sich einen Moment lang mir zu, und ihr Gesicht wurde verzerrt durch den wütendsten Blick, den ich jemals bei ihr gesehen hatte. »Mutter, habe doch ein bißchen Mitleid und Sympathie für meine Kinder. Sie sind auch von deinem Fleisch und Blut. Denke daran.« Sie fuhr fort, ihre Tugenden und Vorzüge zu schildern, doch ich verschloß meine Ohren. Denn sie waren genausowenig von meinem Fleisch und Blut wie sie. Ich hatte sie so geliebt, aber um meiner ewigen Seligkeit willen konnte ich mir dies nicht mehr erlauben. Ihre Bitten führten mich in Versuchung, doch ich verschloß mich den Einflüsterungen des Teufels.

Als Corinna erkannte, daß ihre Worte meine Festigkeit nicht erschütterten, wandte sie sich wieder ihren Kindern zu und wünschte ihnen eine gute Nacht.

Ich wartete an der Tür, bis Corinna sich allmählich von ihren Kindern löste. Schließlich nahm ich sie beim Arm, und kurz bevor ich die Tür hinter uns schloß, sah ich noch einmal zu den Kindern hin. Die Zwillinge waren schon fest eingeschlafen. Die beiden Älteren standen nebeneinander, und der Junge hielt die Hand des Mädchens, genau wie Christopher Corinnas Hand gehalten hatte. Ich sah, wie er in ihre Augen blickte und sie anlächelte – ein Lächeln, das mich schaudern ließ. Denn es war ein Lächeln, das ich früher schon einmal gesehen hatte, es war das Lächeln von Christopher für Corinna, das Lächeln, für das ich zu blind gewesen war. Aber jetzt war ich nicht mehr blind.

Ich schloß die Tür hinter mir.